全国高职高专教育精品规划教材

单片机原理与应用

主　编　王效华　张咏梅

副主编　吕　群　曹　伟

　　　　任艳艳　韩太东

　　　　刘长国　安玲玲

北京交通大学出版社

·北京·

内 容 简 介

本书以 80C51 单片机为核心，采用教、学、做相结合的教学模式，以理论够用、注重应用的原则，通过循序渐进、不断拓宽思路的方法讲述单片机应用技术所需的基础知识和基本技能。全面系统地介绍了单片机的系统结构、存储器结构、指令系统、汇编语言程序设计、定时器与中断、串行口通信、系统扩展、A/D 及 D/A 接口技术、系统设计与开发及实验实训。每章前有学习目标，后有本章小结，并配有多样性的习题。

本书阐述简洁透彻、清晰，可读性好，实例较多，程序翔实，实用性强。知识系统、全面，注重实验、实训及动手能力的培养。本书既可作为高职高专院校电子类和计算机类专业教材，也适宜于从事单片机应用的工程技术人员阅读。

图书在版编目（CIP）数据

单片机原理与应用/王效华，张咏梅主编. —北京：北京交通大学出版社，2007.5
（2009.8 重印）
（全国高职高专教育精品规划教材）
ISBN 978 - 7 - 81123 - 011 - 6

Ⅰ. 单⋯　Ⅱ.①王⋯　②张⋯　Ⅲ. 单片微型计算机-高等学校：技术学校-教材
Ⅳ. TP368.1

中国版本图书馆 CIP 数据核字（2007）第 047882 号

责任编辑：史鸿飞
出版发行：北京交通大学出版社　　　　　　电话：010 - 51686414
　　　　　北京市海淀区高梁桥斜街 44 号　　邮编：100044
印　刷　者：北京鑫海金澳胶印有限公司
经　　销：全国新华书店
开　　本：185×260　印张：21　字数：515 千字
版　　次：2007 年 5 月第 1 版　2009 年 8 月第 5 次印刷
书　　号：ISBN 978 - 7 - 81123 - 011 - 6/TP·341
印　　数：12 001～15 000 册　定价：31.00 元

本书如有质量问题，请向北京交通大学出版社质监组反映。对您的意见和批评，我们表示欢迎和感谢。
投诉电话：010 - 51686043，51686008；传真：010 - 62225406；E-mail：press@bjtu.edu.cn。

全国高职高专教育精品
规划教材丛书编委会

出 版 说 明

　　高职高专教育是我国高等教育的重要组成部分，其根本任务是培养生产、建设、管理和服务第一线需要的德、智、体、美全面发展的应用型专门人才，所培养的学生在掌握必要的基础理论和专业知识的基础上，应重点掌握从事本专业领域实际工作的基础知识和职业技能，因此与其对应的教材也必须有自己的体系和特点。

　　为了适应我国高职高专教育发展及其对教育改革和教材建设的需要，在教育部的指导下，我们在全国范围内组织并成立了"全国高职高专教育精品规划教材研究与编审委员会"（以下简称"教材研究与编审委员会"）。"教材研究与编审委员会"的成员所在单位皆为教学改革成效较大、办学实力强、办学特色鲜明的高等专科学校、成人高等学校、高等职业学校及高等院校主办的二级职业技术学院，其中一些学校是国家重点建设的示范性职业技术学院。

　　为了保证精品规划教材的出版质量，"教材研究与编审委员会"在全国范围内选聘"全国高职高专教育精品规划教材编审委员会"（以下简称"教材编审委员会"）成员和征集教材，并要求"教材编审委员会"成员和规划教材的编著者必须是从事高职高专教学第一线的优秀教师和专家。此外，"教材编审委员会"还组织各专业的专家、教授对所征集的教材进行评选，对所列选教材进行审定。

　　此次精品规划教材按照教育部制定的"高职高专教育基础课程教学基本要求"而编写。该规划教材按照突出应用性、针对性和实践性的原则编写，并重组系列课程教材结构，力求反映高职高专课程和教学内容体系改革方向；反映当前教学的新内容，突出基础理论知识的应用和实践技能的培养；在兼顾理论和实践内容的同时，避免"全"而"深"的面面俱到，基础理论以应用为目的，以必需、够用为尺度；尽量体现新知识和新方法，以利于学生综合素质的形成和科学思维方式与创新能力的培养。

　　此外，为了使规划教材更具广泛性、科学性、先进性和代表性，我们真心希望全国从事高职高专教育的院校能够积极参加到"教材研究与编审委员会"中来，推荐有特色的、有创新的教材。同时，希望将教学实践的意见和建议，及时反馈给我们，以便对出版的教材不断修订、完善，不断提高教材质量，完善教材体系，为社会奉献更多更新的与高职高专教育配套的高质量教材。

　　　　　　此次所有精品规划教材由全国重点大学出版社——北京交通大学出版社出版，适应于各类高等专科学校、成人高等学校、高等职业学校及高等院校主办的二级技术学院使用。

全国高职高专教育精品规划教材研究与编审委员会

2007 年 5 月

总　序

历史的年轮已经跨入了公元 2007 年，我国高等教育的规模已经是世界之最，2005 年毛入学率达到 21%，属于高等教育大众化教育的阶段。与此相对应的是促进了高等教育举办者和对人才培养的多样化。我国从 1999 年高校扩大招生规模以来，经过了 8 年的摸索和积累，当我们回头看时，发现在我国高等教育取得了可喜进步的同时，在毕业生就业方面，部分高职高专院校的毕业生依然稍显不足。近几年来，与本科毕业生相比较，就业率落后将近 20 个百分点，这不得不引起我们的思考与重视。

是什么导致高职高专院校的学生就业陷入困境？是什么破坏了高职高专院校的人才培养机制？是哪些因素使得社会给高职高专学生贴上了"压缩饼干"的标签？经过认真分析、比较，我们看到各个高职高专院校培养出来的毕业生水平参差不齐，能力飘忽不定，究其根源，不合理的课程设置、落后的教材建设、低效的教学方法可以说是造成上述状况的主导因素。在这种情况下，办学缺乏特色，毕业生缺少专长，就业率自然要落后于本科院校。

新设高职类型的院校是一种新型的专科教育模式，高职高专院校培养的人才应当是应用型、操作型人才，是高级蓝领。新型的教育模式需要我们改变原有的教育模式和教育方法；改变没有相应的专用教材和相应的新型师资力量的现状。

为了使高职院校的办学有特色、毕业生有专长，需要建立"以就业为导向"的新型人才培养模式。为了达到这样的目标，我们提出"以就业为导向，要从教材差异化开始"的改革思路，打破高职高专院校使用教材的统一性，根据各高职高专院校专业和生源的差异性，因材施教。从高职高专教学最基本的基础课程，到各个专业的专业课程，着重编写出实用、适用于高职高专不同类型人才培养的教材，同时根据院校所在地经济条件的不同和学生兴趣的差异，编写出形式活泼、授课方式灵活、引领社会需求的教材。

培养的差异性是高等教育进入大众化教育阶段的客观规律，也是高等教育发展与社会发展相适应的必然结果。也只有使在校学生接受差异性的教育，才能充分调动学生浓厚的学习兴趣，才能保证不同层次的学生掌握不同的技能专长，避免毕业生被用人单位打上"批量产品"的标签。只有高等学校培养有差异性，毕业生才能够有特色，才会在就业市场具有竞争力，才会使高职高专毕业生的就业率大幅提高。

北京交通大学出版社出版的这套高职高专教材，是在教育部"十一五规划教材"所倡导的"创新独特"四字方针下产生的。教材本身融入了很多较新的理念，出现了一批独具匠心的教材，其中，扬州环境资源职业技术学院的李德才教授所编写的《分层数学》，教材立意很新，独具一格，提出以生源的质量决定教授数学课程的层次和级别。还有无锡南洋职业技术学院的杨鑫教授编写的一套《经营学概论》系列教材，将管理学、经济学等不同学科知识融为一体，具有很强的实用性。

此套系列教材是由长期工作在第一线、具有丰富教学经验的老师编写的，具有很好的指导作用，达到了我们所提倡的"以就业为导向培养高职高专学生"和因材施教的目标要求。

教育部全国高等学校学生信息咨询与就业指导中心择业指导处处长
中国高等教育学会毕业生就业指导分会秘书长
曹　殊　研究员

前　言

近年来，电子技术和计算机技术应用领域不断扩大，单片机技术已经成为电子技术领域中的一个新的亮点，使单片机技术成为电子类及计算机类工作者必须掌握的专业技术之一。

本书以 51 系列单片机中的 80C51 单片机为核心，采用教、学、做相结合的教学模式，以理论够用、注重应用的原则，通过循序渐进、不断拓宽思路的方法讲述单片机应用技术所需的基础知识和基本技能。全面系统地介绍了单片机的系统结构、存储器结构、指令系统、汇编语言程序设计、定时器与中断、串行口通信、系统扩展、A/D 及 D/A 接口技术、系统设计与开发及实验实训。每章前有学习目标，后有本章小结，并配有多样性的习题。

考虑到高职高专教育的教学基本要求和教学规律，把本书编写立意放在：注重与高职高专学生的知识、能力结构相适应上；根据高职高专人才培养的特点和人才主要去向，确定本教材的内容，加强针对性和实用性；注重培养学生解决实际问题的能力，强化学生单片机技术综合运用能力；正确处理专科教材与本科教材、中专教材的区别。努力做到语言通俗易懂，并强化训练，增加了学习目标及本章小结，把习题做成各种类型，便于学生学习掌握；实验实训内容都经过实验验证，增加了上机操作指导，有助于学生动手能力的培养。

本书可作为高等职业技术学院、高等专科学校、成人高校、电大的电子类专业、计算机类专业教材，也适用于电气自动化专业、机电一体化专业及相关专业。

本书由福建武夷学院王效华、河南济源职业技术学院张咏梅任主编。王效华对本书的编写思路与编写大纲进行了总体规划，指导全书的编写，并对全书进行了统稿。张咏梅协助王效华完成上述工作。其中廊坊职业技术学院曹伟编写第 1、2 章，张咏梅编写第 3、4 章及附录和第 2 章的修改工作，王效华编写第 5、6 章，扬州职业大学吕群编写第 7 章，闽南理工学院安玲玲编写第 8 章。任艳艳编写实验实训内容。沈阳航空职业技术学院韩太东、四平职业大学刘长国对于本书的编写提供了重要的编写思路，在此一并致谢。

北京交通大学出版社的张新民主任为本书的编写和出版提供了很大的帮助，在此向张新民主任及其他为本书出版做出贡献的各位朋友表示深深的谢意。

由于时间紧迫和编者的水平有限，书中缺点和错误在所难免，真诚地欢迎各位读者对本书提出批评和建议。

使用本教材的读者，若有什么疑问和建议，内容请发邮件至：wxh321@163.com，zym98@163.com。在此对大家的支持表示感谢。

编　者
2007 年 5 月

目　　录

Ⅰ

第1章 概　述

学习目标

近几十年来，人类的生产和生活方式发生了巨大的变化，产生这一变化的重要原因就是微机技术的飞速发展。通过本章的学习，应该达到以下目标：

1. 了解计算机的发展及微型计算机的基本结构；
2. 了解单片机的发展历史及发展趋势，逐步了解单片机的应用领域；
3. 掌握单片机的组成及特点，了解其常用系列；
4. 掌握微机中的数制、数的表示及运算。

1.1　微型计算机基础

1.1.1　计算机的发展

1946 年，第一台计算机在美国诞生，至今已有 60 多年的历史。60 年来，计算机经历了迅猛的发展，得到了广泛的普及，对整个社会的进步和科学的发展产生了极其深远的影响。在此期间，计算机经历了电子管计算机时代、晶体管计算机时代、集成电路计算机时代、大规模及超大规模集成电路计算机时代。计算机的功能已经从早期的数值计算、数据处理发展到可以进行知识处理的人工智能阶段，不仅可以处理文字、字符、图形图像信息，而且可以处理音频、视频信息，形成了智能化的多媒体计算机。

在推动计算机技术发展的诸多因素中，除了计算机的系统结构和计算机的软件技术发展起到了重要的作用之外，电子技术特别是微电子技术的发展也起到了决定性的作用。20 世纪 70 年代初，随着大规模集成电路的出现，原来体积很大的中央处理器电路（CPU）集成为一个只有十几平方毫米的半导体芯片，称为微处理器。

微处理器的出现，开创了微型计算机的新时代。以微处理器为核心，再配上半导体存储器（RAM、ROM）、输入/输出接口电路（I/O 接口电路）、系统总线及其他支持逻辑，这样组成的计算机称为微型计算机。微型计算机的出现，是计算机技术发展史上的一个新的里程碑，为计算机技术的发展和普及开辟了崭新的途径。

微型计算机具有体积小、重量轻、价格便宜、耗电少、可靠性高、通用性和灵活性好等特点，加上超大规模集成电路工艺技术的迅速发展和成熟，使得微型计算机技术得到了极其迅速的发展和广泛的应用。从 1971 年美国 Intel 公司首先研制成功世界上第一块微处理器芯片 4004 以来，在前 10 年中，差不多每隔 2～3 年就推出一代新的微处理器芯片，如今已经推出了多代微处理器产品。微处理器是计算机的核心部件。它的性能在很大程度上决定了微型计算机的性能，因此，微型计算机的发展是以微处理器的发展来更新换代的。

第一代微处理器（1971—1973 年）

在这一时期是微处理器发展的初级阶段，其产品均为 4 位或 8 位低档机。典型的产品有 Intel 4004、Intel 8008。其中 Intel 8008 是第一个 8 位通用微处理器，以 4004、8008 为 CPU 构成的微型计算机分别是 MCC-4 和 MCS-8。第一代微处理器的特点是：芯片采用 PMOS 工艺，集成度仅为 2 000 只晶体管/片，主时钟频率为 1 MHz，平均指令执行时间为 10～20 μs，指令系统简单，运算功能单一，只能进行串行十进制运算。采用机器语言编程，价格低廉，使用方便，主要应用于各种袖珍计算器、家电、交通灯控制等简单控制领域。

第二代微处理器（1974—1978 年）

1974—1978 年是微处理器发展的第二阶段。这个时代的微处理器为 8 位中档和高档机。

1973 年 Intel 公司推出了性能更好的 8 位微处理器 8080。它的出现加速了微处理器和微型计算机的发展。这时，很多公司对微处理器产生了极大的兴趣，纷纷加入这一行业。从此，微处理器和微型计算机像雨后春笋般蓬勃发展起来，先后推出了一批性能优良的 8 位微处理器产品，如 Motorola 公司的 MC6800，Zilog 公司的 Z-80，Intel 公司的 8085 等。

这一时期，微处理器的设计和生产技术已经相当成熟，微处理器的生产普遍采用 NMOS 工艺，集成度已高达 9 000 管/片，性能有明显的改进，主时钟频率为 2～4 MHz，平均指令执行时间为 1～2 μs，指令系统较为完善。这一时期推出的微型计算机在系统结构上已具有典型的计算机体系结构及中断、DMA 等控制功能，在系统设计上考虑了机器间的兼容性，接口的标准化和通用性；外围配套电路种类齐全，功能完善。在系统软件方面，除可使用汇编语言外，还配有高级语言和操作系统，广泛用于数据处理、工业控制智能仪器仪表及家电等各个领域。

第三代微处理器（1978—1981 年）

20 世纪 70 年代后期，超大规模集成电路的成熟，进一步推动了微处理器和微型计算机生产技术向更高层次发展。1978 年，Intel 公司率先推出了新一代 16 位微处理器 8086。随后，Intel 公司的 8086/8088，Motorola 公司的 MC68000 和 Zilog 公司的 Z-8000，这些高性能的 16 位微处理器成为当时国内外市场上流行的典型产品，集成度高达 29 000 管/片。其中，MC68000 集成了 68 000 个元件，采用 HMOS 高密度制造工艺技术，时钟频率为 5～10 MHz，平均指令执行时间为 0.5 μs，数据总线宽度为 16 位，地址线为 20 位，最大可寻址空间为 1 MB，具有丰富的指令系统，CPU 内部结构有很大改进，如 Intel 8086/8088 内部采用流水线结构，设置了指令预取队列，使处理速度大大提高。在软件方面使用多种高级语言，有完善的操作系统，支持构成多处理器系统。

总之，以这些高性能的 16 位微处理器为 CPU 构成的微型机的性能指标已达到和超过了当时的中档小型机的水平，传统的小型机受到严峻的挑战，激烈的竞争又促使微型计算机技术以更快的速度发展，特别是 1982 年，Intel 公司推出了 16 位微处理器中的高档芯片 80286，它具有多任务系统所必需的任务切换功能、存储器管理功能和多种保护功能，支持虚拟存储体系结构，地址总线从 20 位增加到 24 位，存储器直接寻址空间达到 16 MB，时钟频率提高到 5～10 MHz。从 20 世纪 80 年代中、后期到 90 年代初，80286 一直是个人计算机 IBM PC/AT 机的主流型 CPU。同期的产品还有 Motorola 的 MC68010。

第四代微处理器（1981—1992 年）

这一时期的典型产品有 Zilog 公司推出的 Z-80000，Motorola 公司推出的 MC68020，Intel 公司推出的 80386、80486，Motorola 公司推出的 68040 等。其中，Intel 公司推出的与 8086 向上兼容的 80386 具有 32 位数据总线和 32 位地址总线，存储器寻址空间可达到 4 GB，时钟频率达到 16～33 MHz，平均指令执行时间＜0.1 μs，运算速度达到 300～400 万条每秒，CPU 内部采用 6 级流水线结构，使取指令、译码、内存管理、执行指令和总线访问并行操作。使用二级存储器管理方式，支持带有存储器保护的虚拟存储机制，虚拟存储空间高达 264 KB。随着集成电路工艺水平的进一步提高，1989 年，Intel 公司又推出了性能更高的 32 位微处理器 80486，其集成度约 120 万管/片，是 80386 的 4 倍。80486 CPU 内除了含有一个 80386 体系结构的主处理器外，还增加了一个与 80387 兼容的片内数字协处理器和一个 8 KB 容量的片内高速缓存（即一级 Cache），内部数据总线宽度可为 32 位、64 位和 128 位，分别用于不同单元间的数据交换。80486 还采用了 RISC（即精简指令集计算机）技术和突发（Burst）总线技术，缩短了每条指令的执行时间，在相同频率下，80486 的处理速度一般要比 80386 快 2～3 倍。同期推出的高性能 32 位微处理器产品还有 MC68040 和 V80 等。由这些高性能 32 位微处理器为 CPU 构成的微型机的性能指标已达到或超过当时的高档小型机甚至大型机的水平，被称为高档超级微型机。

第五代微处理器（1992 年至今）

1992 年以来，微处理器进入了第五个发展阶段，即 64 位微处理器发展时代。代表产品是 Intel 推出的 Pentium 微处理器（简称 P5 或 586），Pentium 微处理器的推出，使微处理器的技术发展到了一个崭新的阶段，标志着微处理器完成从 CISC 向 RISC 时代的过渡，也标志着微处理器向工作站和超级小型机冲击的开始。作为 Intel 系列微处理器的新成员，Pentium 不仅继承了其前辈的所有优点，而且许多方面都有新的突破。它采用亚微米（0.8 μm）CMOS 工艺技术，集成度为 310 万管/片，数据总线 64 位，地址总线 36 位，CPU 内部采用超标量流水线设计，有 U、V 两条流水线并行工作，使 Pentium 在单个时钟内执行两条整数指令；Pentium 片内采用双 Cache 结构（指令 Cache 和数据 Cache），每个 Cache 容量为 8 KB，数据宽度为 32 位，数据 Cache 采用回写技术，大大节省了处理时间；Pentium 处理器为了提高浮点运算速度，采用 8 级流水线和部分指令固化技术；片内设置分支目标缓冲器（BTB），可动态预测分支程序的指令流向，节省了 CPU 判断分支的时间，大大提高了处理速度。Pentium 系列处理器有多种工作频率，最低为 60 MHz，工作在 60 MHz 和 66 MHz 时，其速度分别可达 1 亿次/秒和 1.116 亿次/秒。尽管如此，它已作为经典的 Pentium 被淘汰。

1996 年，Intel 公司正式公布其高档 Pentium 产品 Pentium PRO，该处理器采用 0.35 μm 工艺，片内集成有 550 万个晶体管，具有 8 KB 指令和 8 KB 数据的一级 Cache，256 KB 的二级 Cache，它在 CISC/RISC 中混合使用，程序执行等方面都有新的特点，时钟频率为 200 MHz，运算速度高达 2 亿次/秒。同期的产品还有 AMD 公司的 K5，IBM、Apple、Motorola 三家联合推出的 Power PC。继 Pentium PRO 之后，Intel 公司又推出了 Pentium Ⅱ、Pentium Ⅲ、Pentium 4 等微处理器的极品，成为 PC 机的主流 CPU。

随着 LSI 和 VLSI 技术的进一步发展，微处理器的集成度越来越高，芯片功能越来越强。从微型机总的发展情况看，为了使微处理器获得高性能，一方面提高集成度，另一方面在系统设计上追求综合性能的提高，更加全面地采用大、中型计算机体系结构中的先进技术，如流水线技术、高速缓存技术、虚拟存储管理技术、RISC 技术、并行处理技术，更好地支持多处理器运行环境、多媒体技术和计算机网络应用等。

1.1.2　微型计算机的基本结构

微型计算机是在中小型计算机基础上发展起来的，并以大规模集成电路技术为条件的一种新型计算机。微型计算机不但具有其他计算机快速、精确、程序控制等特点，最突出的是它还具有体积小、重量轻、功耗低、价格便宜等优点。

微型计算机系统由硬件系统和软件系统两大部分组成。如图 1-1 所示。

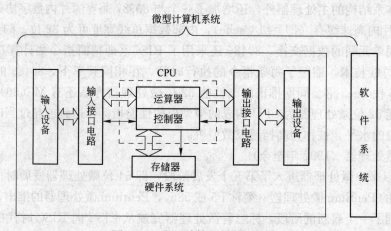

图 1-1　微型计算机的基本结构

硬件系统是指构成微机系统的实体和装置，通常由运算器、控制器、存储器、输入接口电路和输入设备、输出接口电路和输出设备等组成。其中，运算器和控制器一般做在一个集成芯片上，统称中央处理单元（Central Processing Unit），简称 CPU，是微机的核心部件。CPU 配上存放程序和数据的存储器、输入/输出（Input/Output，简称 I/O）接口电路及外部设备即构成微机的硬件系统。

软件系统是微机系统所使用的各种程序的总称。人们通过它对整机进行控制并与微机系统进行信息交换，使微机按照人的意图完成预定的任务。

下面简单介绍一下硬件部分的基本组成。

1. 微处理器 CPU

微处理器是微型计算机的核心。它主要由 3 部分组成：运算器、控制器及寄存器阵列。

（1）运算器

运算器用于对二进制数进行算术和逻辑操作；其操作顺序是在控制器控制下进行的。运算器主要由累加器 A、暂存寄存器 TMP、标志寄存器 F、算术逻辑单元 ALU 等组成。

累加器 A：用来存放参与算术运算和逻辑运算的一个操作数和运算结果。

暂存寄存器 TMP：用来存放参与算术运算和逻辑运算的另一个操作数。

标志寄存器 F：用来保存 ALU 操作结果的条件标志，如进位标志、溢出标志、奇偶标志等。

算术逻辑单元 ALU：由加法器和其他逻辑电路组成，其基本功能是进行加法和移位，并由此实现其他各种算术和逻辑运算。

（2）控制器

控制器是分析和执行指令的部件，是统一指挥微型计算机按一定时序协调工作的核心。控制器主要由程序计数器 PC、指令寄存器 IR、指令译码器 ID、定时和控制逻辑电路等组成。

程序计数器 PC：CPU 总是根据程序计数器 PC 中的地址到 ROM 中去读相应地址存储单元中的指令码和数据。PC 总是存放下一条指令的首址。

指令寄存器 IR：存放从 ROM 中读出的指令操作码。

指令译码器 ID：是分析指令操作的部件。指令操作码经译码后产生相应于某一特定操作的指令。

定时和控制逻辑电路：可分为定时和微操作两部分。定时部件用来产生脉冲序列和各种节拍脉冲，每种节拍脉冲对应于一种微操作。微操作控制部件根据指令译码器产生的信号，按一定时间顺序发出一系列节拍脉冲，作为一系列微操作控制信号，来完成指令规定的全部操作。

（3）寄存器阵列

它是微处理器内部的临时存储单元，包括通用寄存器组和专用寄存器。

通用寄存器组：用来存放数据和地址，减少 CPU 访问存储器的次数，从而提高运行速度。

专用寄存器：用来存放特定的数据或地址。

2. 存储器

存储器是用来存放程序和数据的器件。它由若干存储单元组成。一般情况下，存储器存储的二进制位数与 CPU 的位数相对应。存储容量是指存储器所能够存放的最大字节数。每个存储单元按顺序都有一个唯一的编号，称存储地址。

（1）存储器的分类

根据存储器与微处理器的关系，可分为内存储器和外存储器。

① 内存储器设在 CPU 芯片内部，存放当前运算所需要的程序和数据，容量较小，但存取速度快。

② 外存储器设在 CPU 芯片外部，存放大量暂时不直接参与运算的程序和数据，需要时可以成批送至内存储器。外存储器容量大，但存取速度较慢。

根据存储器存储功能的不同，可分为随机读写存储器（RAM）和只读存储器（ROM）。

（2）存储器的读操作

若要将地址为 40H 单元中的数据 50H 读出，其过程如下：

① CPU 将 40H 送到地址总线上，经存储器地址译码器选通地址为 40H 的存储单元；

② CPU 发出"读"信号，存储器读/写控制开关将数据传输方向拨向"读"；

③ 地址为 40H 的存储单元中的数据 50H 送到数据总线上；

④ CPU 将数据总线上的数据 50H 读入指定的寄存器。

对存储单元的读操作，不会破坏其原来的内容，相当于复制。

（3）存储器的写操作

若要将数据 5BH 写入存储器地址为 C9H 的存储单元中，其过程如下：

① CPU 将地址码 CDH 送到地址总线上，经存储器地址译成选通地址为 C9H 的存储单元；

② CPU 将数据 5BH 送到数据总线上；

③ CPU 发出"写"信号，存储器读/写控制开关将数据传送方向拨向"写"；

④ 数据总线上的数据 ABH 送入已被选中的地址 C9H 的存储单元中。

对存储单元进行写操作，改变或刷新了其原来的内容，俗称"冲"掉了原来的内容。

需要指出的是，初学者往往把存储单元的地址与存储单元中的内容混淆，如上述读写例中的 40H、C9H 是地址码，50H、5BH 为数据码，通常二者均用十六进制数表示，不能混淆。

3. 输入/输出设备及其接口电路

微型计算机的输入/输出设备也称外部设备，简称 I/O 设备。输入/输出接口电路是 CPU 与外部设备交换数据和通道的桥梁，简称 I/O 接口电路。由于输入/输出设备的种类繁多，数据传输速度有快有慢，信号形式及电平不尽相同，这时必须由 I/O 接口电路进行转换和协调。

● 输入设备。输入原始数据、程序和控制命令，例如键盘、鼠标、扫描仪、摄像机等。

● 输出设备。输出计算机数据信息处理的结果和计算机工作状态信息，例如屏幕显示器、打印机、LED 数码显示器、绘图仪等。

● I/O 接口电路。输入/输出设备一般不能与 CPU 直接相连，而是通过某种电路完成寻址、数据缓冲、输入/输出控制、功率驱动、A/D 转换、D/A 转换等功能，这种电路称为 I/O 接口电路。例如 8255、8155、8279、ADC0809 等。

微型计算机的另外一个特点是其内部采用总线结构，其中三总线结构最普遍。如图1-2所示。

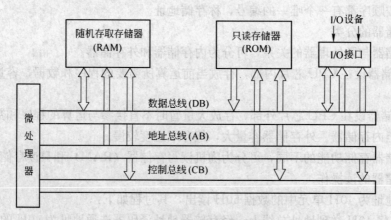

图1-2　微型计算机的总线结构

总线是用于传送信息的公共途径。总线可以分为数据总线、地址总线、控制总线，总线把微处理器、存储器、I/O 接口连接在一起。采用总线结构，可以减少信息传输线的根数，提高系统的可靠性，增加系统的灵活性。

（1）地址总线 AB（Adress Bus）

地址总线 AB 也叫地址母线，因其上仅传送 CPU 的地址而得名。当微处理器 CPU 和存储器或外部设备交换信息时，必须指明要和哪个存储单元或哪个外部设备交换。因此，当微处理器 CPU 对存储器或外设读写数据时，只要把存储单元的地址码或外设的设备码送到地址总线上，便可选中它们工作。地址总线条数有所选 CPU 型号决定。在 8 位机上，它通常为 16 条。

（2）数据总线 DB（Data Bus）

数据总线也叫数据母线，因其上传送的是数据和指令码而得名。数据总线条数常和所用微处理器字长相等，但也有内部为 16 位运算而外部仍为 8 位数据总线的情况。由于 CPU 有时需要把数据写入存储器或从外设输出数据，有时又需要从存储器或输入设备输入数据，因此数据总线是双向的。在 8 位机中，数据总线通常有 8 条。

（3）控制总线 CB（Control Bus）

控制总线也叫控制母线，用于传送各类控制信号。控制总线条数因机器而异，每条控制线最多传送两个控制信号。控制信号有两类：一类是 CPU 发出的控制命令，如读命令、写命令、中断响应信号等；另一类是存储器或外设的状态信息，如外设的中断请求、复位、总线请求和中断请求等。

1.1.3　存储器的分类

存储器是计算机的记忆设备，输入到计算机中的程序、数据及计算机的运算结果都存放在存储器中。计算机运行时，程序和数据在 CPU 的控制下，首先通过输入设备输入到存储器，然后 CPU 再从存储器中取出程序指令和要处理的数据，并按程序指令的要求进行运算处理，最后处理的结果仍送回存储器中或通过输出设备显示，打印出来。

存储器按存储信息的功能可分为只读存储器 ROM（Read Only Memory）和随机存储器 RAM（Random Access Memory）。详细分类如图 1 - 3 所示。

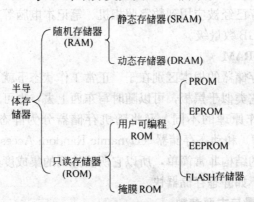

图 1 - 3　半导体存储器的分类

1. 只读存储器 ROM

只读存储器在正常工作状态下只能从中读出数据，不能快速地随时修改或者重新写入数据。它类似书本，我们只能读里面的内容，不可以随意更改书本上印刷的内容。ROM 的优点是电路结构简单，而且在断电以后数据不会丢失；它的缺点是只适用于存储那些固定数据的场合。只读存储器中又分为掩膜 ROM、可编程 ROM（Programmable Read-Only Memory，PROM）和可擦除可编程 ROM（Erasable Programmable Read-Only Memory，

EPROM）几种不同类型。掩膜 ROM 中的数据在制作时已经确定，无法更改。PROM 中的数据可以由用户根据自己的需要写入，但一经写入以后就不能再修改了。EPROM 里的数据则不但可以由用户根据自己的需要写入，而且还能擦除重写，所以具有更大的使用灵活性。

　　闪速存储器（Flash Memory）也称快闪存储器或闪存，是近年来发展很快的新型半导体存储器。它的主要特点是在不加电的情况下能长期保持存储的信息。就其本质而言，Flash Memory 属于 EEPROM（电可擦除可编程只读存储器）类型。它既有 ROM 的特点，又有很高的存取速度，而且易于擦除和重写，功耗很小。目前其集成度已达数百兆，同时价格也有所下降。

　　与同容量的其他类型存储器相比，Flash 存储器具有明显的优点。

　　① 闪存内部有状态寄存器和命令寄存器，因此可以通过软件实现灵活控制进入各种不同工作状态，如页面擦除、分页编程、整片擦除、整片编程、进入保护方式等。

　　② CPU 可以将一页数据按芯片存取速度写入缓存，再在内部逻辑的控制下，将整页数据写入相应页面。这样大大加快了编程速度。CPU 可以通过状态查询获知编程是否结束，从而提高 CPU 的效率。编程速度较快，编程灵活。

　　③ 闪存内部可以自行产生编程电压（VPP）。所以只用 VCC 供电，具有在线系统编程能力，擦除和写入都无需把芯片取下。

　　④ 具有软件和硬件保护能力，可以防止有用数据被破坏。

　　由于闪存所具有的优点，使得它的应用范围越来越广泛。主要包括以下几方面。

　　① 存储监控程序、引导程序等基本不变或不经常变的程序或在掉电时需要保持的系统配置等基本不常改变的数据。

　　② 固态盘的应用。闪存和普通硬盘的原理不同，它不需要机械运动就可进行数据的存取，可靠性高，存取速度快，体积小巧，又不需要任何控制器，因此可以取代现在使用的磁介质存储器。目前，闪存已经被应用到数字照相机、笔记本电脑等产品的辅助存储部件。而且容量上也早已突破了 GB 数量级。

2. 随机存取存储器 RAM

　　随机存储器与只读存储器的根本区别在于，正常工作状态下就可以随时向存储器里写入数据或从中读出数据。它类似于黑板，可以随时写东西上去，也可以用黑板擦擦掉重写。根据所采用的存储单元工作原理的不同，又将随机存储器分为静态存储器（Static Random Access Memory，SRAM）和动态存储器（Dynamic Random Access Memory，DRAM）。由于动态存储器存储单元的结构非常简单，所以它所能达到的集成度远高于静态存储器。但是动态存储器的存取速度不如静态存储器快。

3. 半导体存储器容量与主要参数

　　存储器是具有"记忆"功能的设备，它用具有两种稳定状态的物理器件来表示二进制数码"0"和"1"，这种器件称为记忆元件或记忆单元。记忆元件可以是磁芯、半导体触发器、MOS 电路或电容器等。

　　（1）位、字节与字长

　　位（bit）是二进制数的最基本单位，也是存储器存储信息的最小单位，8 位二进制数称为一个字节（Byte）。可以由一个字节或若干个字节组成一个字（Word），在 PC 机中一般认为 2 个字节组成一个字。若干个记忆单元组成一个存储单元，大量的存储单元的集合组成一个存储体（Memory Bank）。为了区分存储体内的存储单元，必须将它们逐一进行编号，称为地址。地址与存储单元之间一一对应，且是存储单元的唯一标志。应注意存储单元的地址和它里面存放的内容完全是两回事。

（2）存储容量

存储器可以容纳的二进制信息量称为存储容量。1024（2^{10}）个字节单元称为 1 KB 的容量。1024 KB（2^{20}）称为 1 MB。1024 MB（2^{30}）称为 1 GB。一般主存储器（内存）容量为几十 KB 到几十 MB；辅助存储器（外存）为几百 KB 到几千 MB。在 MCS-51 系列单片机中，能扩展的并行存储器最大容量为 64 KB；而扩展的串行存储器最大容量可达数 MB，甚至上百 MB。

（3）存取周期

存储器的两个基本操作为读出与写入，是指将信息在存储单元与存储寄存器（MDR）之间进行读写。存储器从接收读出命令到被读出信息稳定在 MDR 的输出端为止的时间间隔，称为取数时间 TA；两次独立的存取操作之间所需的最短时间，称为存储周期 TMC。半导体存储器的存取周期一般为 60～100 ns。

（4）存储器的可靠性

存储器的可靠性用平均故障间隔时间 MTBF（Mean Time Between Failure）来衡量。MTBF 可以理解为两次故障之间的平均时间间隔。MTBF 越长，表示可靠性越高，即保持正确工作能力越强。

（5）性能价格比

性能主要包括存储器容量、存储周期和可靠性 3 项内容。性能价格比是一个综合性指标，对于不同的存储器有不同的要求。对于外存储器，要求容量极大，而对缓冲存储器则要求速度非常快，容量不一定大。因此性能价格比是评价整个存储器系统很重要的指标。

1.1.4　数制及其相互转换

所谓数制是指数的制式，是人们利用符号计数的一种科学方法。数制有很多种，微型计算机中常用的数制有十进制、二进制和十六进制 3 种。在本课程中经常用到这 3 种数制表示方法的相互转换。

1. 数制

（1）十进制数

它共有 0、1、2、3、4、5、6、7、8 和 9 十个数字符号。这十个数字符号又称为数码，每个数码在数中最多可有两个值的概念。例如：十进制数 54 中数码 5，其本身的值为 5，但它实际代表的值为 50。在数学上，数制中数码的个数定义为基数，故十进制的基数为 10。

十进制数通常具有如下两个主要特点：

① 基数是 10，有 0～9 十个不同的数码；

② 进位规则是"逢十进一"。

因此，任何一个十进制数不仅和构成它的每个数码本身的值有关，而且还和这些数码在数中的位置有关。这就是说，任何一个十进制数都可以展开成幂级数的形式。例如：

$$123.45 = 1 \times 10^2 + 2 \times 10^1 + 3 \times 10^0 + 4 \times 10^{-1} + 5 \times 10^{-2}$$

式中：指数 10^2、10^1、10^0、10^{-1} 和 10^{-2} 在数学上称为权，10 为它的基数；整数部分中

每位的幂是该位位数减一，小数部分中每位的幂是该位小数的位数。

（2）二进制数

二进制比十进制更为简单，它是随着计算机的发展而兴旺起来的。二进制数也有如下两个主要特点：

① 基数是 2，只有 0 和 1 两个数码；

② 进位规则是"逢二进一"。

二进制数也可展开成幂级数的形式。

例如：二进制数 $0111.11 = 1 \times 2^2 + 1 \times 2^1 + 1 \times 2^0 + 1 \times 2^{-1} + 1 \times 2^{-2} = 7.75$

其中，2^2、2^1、2^0、2^{-1}、2^{-2} 称为二进制数各数位的"权"，2 为基数，其余和十进制时相同。

（3）十六进制数

十六进制是人们学习和研究计算机中二进制数的一种工具，它是随着计算机的发展而广泛应用的。十六进制数也有以下两个主要特点。

① 基数是 16，共有 16 个数码构成：0，1，…，9，A，B，C，D，E，F。其中 A、B、C、D、E、F 分别代表 10、11、12、13、14、15。

② 进位规则是"逢十六进一"。

与其他进制的数一样，同一数码在不同数位所代表的数值是不相同的。十六进制数也可展开成幂级数的形式。例如：

$3BCH = 3 \times 16^2 + 11 \times 16^1 + 12 \times 16^0 = 768 + 176 + 12 = 956$

在微型计算机内部，数的表示形式是二进制的，这是因为二进制数只有 0 和 1 两个数码，人们采用晶体管的导通和截止、脉冲的高电平和低电平等都是很容易表示它的。此外，二进制数运算简单，便于用电子线路实现。

人们采用十六进制数可以大大减轻阅读和书写二进制数时的负担。例如：

11011011 = DBH

1001001111110010B = 93F2H

显然，采用十六进制数描述一个二进制数特别简短，尤其在被描述二进制数位数较长时更令计算机工作者感到方便。

在阅读和书写不同数制的数时，如果不在每个数上外加一些辨认标记，就会混淆而无法分清。通常，标记方法有两种：一种是把数加上方括号，并在方括号右下角标注数制代号，如 $[101]_{16}$、$[101]_2$、$[101]_{10}$ 分别表示十六进制、二进制和十进制；另一种是用英文字母标记，加在被标记数的后面，分别用 B、D 和 H 大写字母表示二进制、十进制和十六进制数，如 89H 为十六进制数、101B 为二进制数等。其中，十进制数中的 D 标记也可以省略。

2. 不同数制之间的转换

（1）二进制、十六进制转换为十进制

根据定义，只需将二进制数按权展开后相加即可。例如：

$1101B = 1 \times 2^3 + 1 \times 2^2 + 0 \times 2^1 + 1 \times 2^0 = 13$

$3AB.11H = 3 \times 16^2 + 10 \times 16^1 + 11 \times 16^0 + 1 \times 16^{-1} + 1 \times 16^{-2} = 939.066\ 4$

（2）十进制转换为二、十六进制数

一个十进制整数转换为二进制数时，通常采用"除 2 取余"法，即用 2 连续除十进制数，直至商为 0，倒序排列余数即可得到。例如，将 45 转换成二进制数，运算过程如图 1-4 所示，最终结果：45＝101101B。

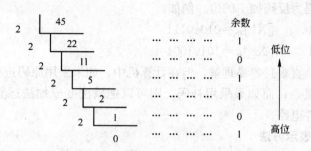

图 1-4 除 2 取余法示意图

同理，将十进制转换为十六进制可以用"除 16 取余"法。或者可以先转换为二进制，然后把二进制转换为十六进制。

1.1.5 微机中数的表示及运算

计算机中的数均用二进制数表示，通常称为"机器数"，其数值为真值。真值可以分为用有符号和无符号数表示，下面分别介绍其表示方法及运算。

1. 有符号数的表示方法

数学中有符号的数的正、负分别是用"＋"和"－"表示。在计算机中由于采用二进制，只有"0"和"1"两个数码，故一般规定最高位是符号位。以 8 位二进制数为例：最高位 D7 为"0"表示正数，最高位为"1"表示负数；因为符号位占据了最高位 D7 位，所以其实际可以表达的数值位为 D0～D6。

计算机中的有符号的数有 3 种表示法，即原码、反码和补码。由于在 8 位单片机中多数情况以 8 位二进制数为单位表示数字，因而下面所举例子均为 8 位二进制数。下面用两个数值相同但符号相反的二进制数 X1、X2 举例说明。

(1) 原码

正数的符号位用"0"表示，负数的符号位用"1"表示。这种表示方法称为"原码"。例如：

$$X1＝＋1010111 \qquad [X1]_原＝01010111$$
$$X2＝－1010111 \qquad [X2]_原＝11010111$$

左边数称为"真值"，即为某数的实际有效值。右边为用原码表示的数。二者的最高位分别用"0"、"1"代替了"＋"、"－"。

(2) 反码

反码是在原码的基础上求得的。如果是正数，则其反码和原码相同；如果是负数，则其反码除符号为 1 外，其他各数位均将 1 转换为 0，将 0 转换为 1（即除符号位外逐位取反）。例如：

$$X1＝＋1010111 \qquad [X1]_反＝01010111$$
$$X2＝－1010111 \qquad [X2]_反＝10101000$$

（3）补码

补码是在反码的基础上求得的。如果是正数，则其补码和反码相同，亦与原码相同；如果是负数，则其补码为反码加1的值。例如：

X1＝＋1010111　　　[X1]$_补$＝01010111

X2＝－1010111　　　[X2]$_补$＝10101001

虽然原码简单、直观且容易理解，但在计算机中，如果采用原码进行加、减运算，则所需要的电路将比较复杂；而如果采用补码，则可以把减法变成加法运算，从而省去了减法器，大大简化了硬件电路。

2. 无符号数的表示方法

无符号数因为不需要专门的符号位，所以8位二进制数的D7～D0均为数值位，它的表示范围为0～255。

综上所述，8位二进制数的不同表达方式之间的换算关系如表1-1所示。

表1-1　8位二进制数的不同表达方式

8位二进制数	无符号数	原　码	反　码	补　码
00000000	0	＋0	＋0	＋0
00000001	1	＋1	＋1	＋1
00000010	2	＋2	＋2	＋2
……	……	……	……	……
01111100	124	＋124	＋124	＋124
01111101	125	＋125	＋125	＋125
01111110	126	＋126	＋126	＋126
01111111	127	＋127	＋127	＋127
10000000	128	－0	－127	－128
10000001	129	－1	－126	－127
10000010	130	－2	－125	－126
……	……	……	……	……
11111100	252	－124	－3	－4
11111101	253	－125	－2	－3
11111110	254	－126	－1	－2
11111111	255	－127	－0	－1

由表1-1可以看出，对于计算机中的同一个二进制数，当采用不同的表达方式时，它所表达的实际数值是不同的，这里特别典型的数值即128。要想确切地知道计算机中的二进制数所对应的十进制数究竟是多少，首先需要确定这个数是有符号数还是无符号数。注意：计算机中的有符号数通常是用补码表示的。

3. 微机中数的运算

在微型计算机中，经常碰到的运算分为两类：一类是算术运算；另一类是逻辑运算。算术运算包括加、减、乘、除运算，逻辑运算有逻辑乘、逻辑加、逻辑非和逻辑异或。现分别加以介绍（以 1 位二进制数介绍运算规则）。

1）算术运算

（1）加法运算

二进制加法法则为：

0＋0＝0　　　1＋0＝1　　　0＋1＝1　　　1＋1＝10（向邻近高位有进位）

两个二进制数的加法过程和十进制数加法过程类似。两个二进制数相加时，要注意低位的进位，且两个八位二进制数的和最大不会超过 9 位（8 位是数值，还有 1 位是进位）。

（2）减法运算

二进制减法法则为：

0－0＝0　　　1－1＝0　　　1－0＝1　　　0－1＝1（向邻近高位借 1 当作 2）

两个二进制数的减法运算过程和十进制数减法类似。两个二进制数相减时，先要判断它们的大小，差的符号由两个数的大小决定。此外，在减法过程中还要注意低位向高位借 1，应看作 2。

（3）乘法运算

二进制乘法法则为：

0×0＝0　　　1×0＝0　　　0×1＝0　　　1×1＝1

两个二进制数相乘与两个十进制数相乘类似，可以用乘数的每一位分别去乘被乘数，所得结果的最低位与相应乘数位对齐，最后把所有结果总和加起来，便得到积，这些中间结果又称部分积。

（4）除法运算

除法是乘法的逆运算。与十进制类似，二进制除法也是从被除数最高位开始，查找出能够减除数的位数，并在其最高位处上商 1 和完成它对除数的减法运算，然后把被除数的下一位移到余数位置上。若余数不够减除数，则上商 0，并把被除数的再下一位移到余数位置上。若余数够减除数，则上商 1，余数减除数。这样反复进行，直到全部被除数的各位都下移到余数位置上为止。

2）逻辑运算

计算机处理数据时常常要用到逻辑运算。逻辑运算是由专门的逻辑电路完成的。下面介绍几种常用的逻辑运算。

（1）逻辑乘运算

逻辑乘又称逻辑与，常用运算符"∧"表示。逻辑乘运算法则为：

0∧0＝0　　　1∧0＝0　　　0∧1＝0　　　1∧1＝1

从上式可见，逻辑乘法有"与"的意义，即当参与运算的两个逻辑变量均为 1 时，其逻辑乘积才等于 1。

（2）逻辑加运算

逻辑加又称逻辑或，常用运算符"∨"表示。逻辑加运算规则为：

0∨0＝0　　　0∨1＝1　　　1∨0＝1　　　1∨1＝1

从上式可见，逻辑加法有"或"的意义，即在给定的逻辑变量中，两者只要有一个为 1 或两个均为 1 时，其逻辑加的结果就为 1。

（3）逻辑非运算

逻辑非运算又称逻辑取反，常采用"—"运算符表示。其运算规则为：

$$\bar{0}=1 \qquad \bar{1}=0$$

（4）逻辑异或

逻辑异或又称半加，是不考虑进位的加法，常采用⊕运算符表示。逻辑异或的运算规则为：

$$0 \oplus 0=0 \qquad 1 \oplus 1=0 \qquad 1 \oplus 0=1 \qquad 0 \oplus 1=1$$

即两个逻辑变量相同，输出为 0；两个逻辑变量相异，输出则为 1。

1.2　单片机概述

单片微型计算机是微型计算机的一个重要分支，也是一种非常活跃和颇具生命力的机种。单片微型机简称单片机，特别适用于控制领域，故又称微控制器，即 MCU（Micro Controller Unit）

通常，单片机由单块集成电路芯片构成，内部包含计算机的基本功能部件：中央处理器CPU、存储器和 I/O 接口电路等。因此，单片机只需要和适当的软件及外部设备相结合，便可成为一个单片机控制系统。

1.2.1　单片机的发展历史

如果将 8 位单片机的推出作为起点，那么单片机的发展历史大致可分为以下几个阶段。

（1）第一阶段（1974—1976 年），单片机的探索阶段

该阶段主要是探索如何把计算机的主要部件集成在单芯片上。Intel 公司推出的 MCS-48就是工控领域的代表。这个阶段生产的单片机虽然已能在单块芯片内集成有 CPU、并行口、定时器、RAM 和 ROM 等功能，但性能低，品种少，应用范围也不广。

（2）第二阶段（1976—1978 年），单片机的完善阶段

Intel 公司在 MCS-48 基础上推出了完善的、典型的单片机系列 MCS-51。它在以下几个方面奠定了典型的通用总线型单片机体系结构。

① 完善的外部总线。MCS-51 设置了经典的 8 位单片机的总线结构，包括 8 位数据总线、16 位地址总线、控制总线及具有很多机通信功能的串行通信接口。

② CPU 外围功能单元的集中管理模式。

③ 体现工控特性的位地址空间及位操作方式。

④ 指令系统趋于丰富和完善，并且增加了许多突出控制功能的指令。

MCS-51 系列单片机在结构上的逐渐完善，奠定了它在这一阶段的领先地位。其产品曾经在世界单片机市场占有 50% 以上的份额，因而多年来，国内一直以 MCS-51 系列单片机作为教学的主要机型。在这一阶段，Motorola 公司的 M68 系列和 Zilog 公司的 Z8 系列也占据了一定的市场份额。

（3）第三阶段（1978—1982 年），向微控制器发展的阶段

这一阶段主要是为满足测控系统要求的各种外围电路与接口电路，突出其智能化控制能力。Philips 公司等一些著名半导体厂商在 8051 基本结构的基础上，加强了外围电路的功能，体现了单片机的微控制器特征。

为进一步缩小单片机体积，出现了为满足串行外围扩展要求的串行总线及接口，如 I^2C、SPI、Microwire 等。同时也出现了带有这些接口的各种外围芯片，如存储器、A/D、时钟等，出现了具有较高性能的 16 位单片机。

单片机的首创公司 Intel 将其 MCS-51 系列中的 8051 内核使用权以专利互换或出售的形式转让给世界许多著名 IC 制造厂商，如 Philips、Atmel、NEC、SST、华邦等，这些公司的产品都在保持与 8051 单片机兼容的基础上增强和提高了 8051 的许多特性，且其在工艺上都采用了 CHMOS 技术。为了与 Intel 公司早期的 MCS-51 系列产品加以区别，后来统称为80C51 系列，也有人将其简称为 51 系列。这样，80C51 系列就变成有众多制造厂商支持的、发展出了上百个品种的大家族。从此，作为单片机领军代表的 Intel 公司退出了 8 位单片机市场，但它的历史功绩是不会被抹杀的。在本书中提到的 80C51，已经不是 MCS-51 系列中的 80C51 型号单片机，而是 80C51 系列的一个统称。专家认为，虽然世界上的单片机品种繁多，功能各异，开发装置也互不兼容，但是客观发展表明：尽管 80C51 系列单片机现在并不是最完善、最先进的单片机，但从综合因素（如教学的连续性和教学实验设备等问题）考虑，它仍然适合用作单片机教学的首选机型。

（4）第四阶段（1986 年以后），单片机的全面发展阶段

由于很多大半导体和电气厂都开始参与单片机的研制和生产，单片机世界出现了百花齐放、欣欣向荣的景象。随着单片机在各个领域全面深入的发展和应用，逐渐出现了高速、低功耗、大寻址范围、强运算能力的 8 位、16 位、32 位通用型单片机及小型廉价的专用型单片机，还有功能全面的片上单片机系统。这些单片机有 Intel 公司的 8044（双 CPU 工作）、Zilog 公司的 Super8（含 DMA 通道）、Motorola 公司的 MC68CH11（内含 E^2PROM 及 A/D 电路）和 WDC 公司的 65C124（内含网络接口电路）等。进入 20 世纪 90 年代，各厂家又推出更加强大的单片机，如 Intel 的 96 系列升级产品 80196 芯片，Motorola 的 16 位产品 M68CH16 和 32 位产品 MC8300 系列等。

众多半导体厂商在竞争中发展，在发展中互相取长补短，使得单片机的发展与完善速度始终处于其他各类产品的前列。

1.2.2　单片机的组成及特点

单片机是微型机的一个主要分支，它在结构上的最大特点是把 CPU、存储器、定时器和多种输入/输出接口电路集成在一块超大规模的集成电路芯片上。就其组成和基本工作原理而言，一块单片机芯片就是一台计算机。

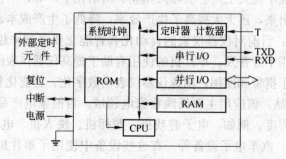

图 1-5　单片机内部结构图

1. 单片机的组成

图 1-5 为单片机的典型组成框图。由图可知，单片机的核心部分是中央处理器 CPU，它是单片机的大脑，由它统一指挥和协调各部分的工作。时钟电路用于给单片机提供工作时所需要的时钟信号。程序存储器和数据存储器分别用于存放单片机工作的用户软件和存储临时数据。中断系统用于处理系统工作时出现的突发事件。定时/计数器用于对时间定时或对外部事件计数。内部总线把计算机的各主要部件连接为一体，其内部总线包括地址总线、数据总线和控制总线。输入/输出接口（I/O 接口）是计算机与输入/输出设备之间的接口。输入/输出设备（I/O 设备）是计算机与人或其他设备交换信息的装置，如显示器、键盘和打印机等。

2. 单片机的特点

由于单片机是把微型计算机主要部件都集成在一块芯片上，即一块芯片就是一个微型计算机。因此，单片机具有以下特点。

① 控制功能强。为了满足工业控制要求，单片机的指令系统中均有极丰富的条件分支转移指令、较强的 I/O 逻辑操作及位处理功能，因而其控制灵活、方便，容易满足工业控制的要求。

② 抗干扰能力强，可靠性好。单片机集成度高，体积小，内部采用总线结构，减少了芯片内部之间的连线，大大提高了单片机的可靠性和抗干扰能力，适宜于恶劣环境下工作。

③ 性能价格比高。单片机功能丰富，而其价格仅为 5～30 元。

④ 易扩展。片内具有计算机正常运行所必需的部件，片外有许多供扩展用的三总线并行、串行输入输出管脚，很容易构成各种规模的应用系统。

⑤ 低功耗、低电压。一般单片机的功耗仅为 20～100 mW，电压为 2～6 V（不同型号的数值不完全一样），便于生产便携式产品。

1.2.3 单片机的应用领域

单片机由于体积小、集成度高、成本低、抗干扰能力和控制能力强等优点，因而广泛应用于以下的各个领域中。

① 工业自动化：在自动化技术中，无论是过程控制技术、数据采集技术还是测控技术，都离不开单片机。在工业自动化的领域中，机电一体化技术将发挥愈来愈重要的作用，在这种集机械、微电子和计算机技术为一体的综合技术（例如机器人技术、数控技术）中，单片机将发挥非常重要的作用。特别是近些年来，随着计算机技术的发展，工业自动化也发展到了一个新的高度，出现了无人工厂、机器人作业、网络化工厂等，不仅将人从繁重、重复和危险的工业现场解放出来，还大大提高了生产效率，降低了生产成本。

② 智能仪器仪表：目前对仪器仪表的自动化和智能化要求越来越高。在自动化测量仪器仪表中，单片机应用十分普及。单片机的使用有助于提高仪器仪表的精度和准确度，简化结构，减小体积，易于携带和使用，加速仪器仪表向数字化、智能化和多功能化方向发展。

③ 消费类电子产品：该应用主要反映在家电领域。目前家电产品的一个重要发展趋势是不断提高其智能化程度。例如，电子游戏机、照相机、洗衣机、电冰箱、空调、电视机、微波炉、手机、IC 卡、汽车电子设备等。在这些设备中使用了单片机后，其功能和性能大大提高，并实现了智能化、最优化控制。

④ 通信方面：较高档的单片机都具有通信接口，因而为单片机在通信设备中的应用创造了很好的条件。例如，在微波通信、短波通信、载波通信、光纤通信、程控交换等通信设备和仪器中都能找到单片机的应用。

⑤ 武器装备：在现代化的武器装备中，如飞机、军舰、坦克、导弹、鱼雷制导、智能武器装备、航天飞机导航系统，都有单片机在其中发挥重要作用。

⑥ 终端及外部设备控制：计算机网络终端设备（如银行终端）及计算机外部设备（如打印机、硬盘驱动器、绘图机、传真机、复印机等），在这些设备中都使用了单片机。

在以过程控制为主，以数据处理为辅的系统中，使用单片机可以获得良好的效果。对于工作速度不高，数据处理量不大，控制过程不很复杂的场合，如家用电器、商用产品等，可选用四位单片机；对于工业控制、智能仪表等，可选用八位单片机；对于要求很高的实时控制及复杂的过程控制，如机器人、信号处理等，则最好选用 16 位单片机。

1.2.4 单片机的发展趋势

总的来说，单片机的发展趋势是向大容量、高性能化、外围电路内装化等方面发展。为满足不同的用户要求，各公司竞相推出了能满足不同需要的产品。

下面从不同角度介绍一下单片机的发展趋势：

(1) CPU 的改进

主要是提高 CPU 的处理字长或提高时钟频率。采用双 CPU 结构，这样可以提高处理能力，还有一些改进了系统的设计，提升了系统速度；高性能单片机增加数据总线宽度，内部采用 16 位或 32 位数据总线，这样其数据处理能力明显优于一般 8 位单片机；16 位和 32 位单片机大多采用了流水线结构，指令以队列形式出现在 CPU 中，且具有很快的运算速度，尤其适合于作数字信号处理用；大多数单片机的总线接口采用串行总线结构，如 I^2C 总线，该总线是用 3 条数据线代替现行的 8 位数据总线，从而大大地减少了单片机引线，降低了单片机的成本，目前许多公司都在积极开发此类产品。

(2) 存储器的发展

主要是存储容量的扩展。现在的半导体技术更新越来越快，早期使用的 EEPROM 都已被 Flash 存储器所替代，这样不仅大大提高了程序固化的速度，而且程序的擦写次数也高达 10 万次；对于 8051 内核的单片机片内的程序存储器容量从 1 KB 到 64 KB 都有，甚至部分单片机内部程序存储器的容量超过 128 KB，这也简化了外围电路的设计。对于 16 位和 32 位单片机来说，只要制造条件允许，就可以集成更多的程序存储器。

(3) 片内 I/O 的改进

一般单片机都有较多的并行接口，以满足外围设备、芯片扩展的需要；并配有串行接口，以满足多机通信功能的要求。

① 增加并行接口的驱动能力。这样可减少外部驱动，例如，有的单片机能直接输出大电流和高电压，以便能直接驱动 LED 和 LCD（液晶显示器）。

② 增加 I/O 接口的逻辑控制功能。大部分单片机的 I/O 都能进行逻辑操作。中、高档单片机的位处理系统能够对 I/O 接口进行位寻址及位操作，大大地加强了 I/O 接口线控制的灵活性。

③ 有些单片机设置了一些特殊的串行接口功能，为构成网络化系统提供了方便条件。

（4）外围电路内装化

随着集成度的不断提高，有可能把众多的外同功能器件集成在片内。这也是单片机发展的重要趋势。除了一般必须具有的 ROM、RAM、定时器/计数器、中断系统外，随着单片机档次的提高，以适应检测、控制功能更高的要求，片内集成的部件还有模/数转换器（A/D 转换器）、数/模转换器（D/A 转换器）、DMA 控制器、中断控制器、锁相环、频率合成器、字符发生器、声音发生器、CRI 控制器、译码驱动器等。

随着集成电路技术及工艺的不断发展，能装入片内的外围电路也可以是大规模的，把所需的外围电路全部装入单片机内，即系统的单片化是目前单片机发展的趋势之一。

（5）低功耗化

MCS-51 系列的 8031 推出时功耗达 630 mW，而现在的单片机普遍都在 100 mW 左右，随着对单片机要求功耗越来越低，现在的各个单片机制造商基本都采用了 CMOS（互补金属氧化物半导体工艺），如 80C51 就采用了 HMOS（高密度金属氧化物半导体工艺）和 CHMOS（互补高密度金属氧化物半导体工艺）。CMOS 虽然功耗较低，但由于其物理特性决定其工作速度不够高，而 CHMOS 则具备了高速和低功耗的特点，这些特性更适合于在要求低功耗像电池供电的应用场合。所以，这种工艺将是今后一段时期单片机发展的主要方向。

目前 8 位单片机中有 1/2 的产品已 CMOS 化，这类单片机普遍配有 Wait 和 Stop 两种工作方式。例如，采用 CHMOS 工艺的 MCS-51 系列单片机 80C31/80C51/87C51 在正常运行（5 V，12 MHz）时，工作电流为 16 mA；同样条件下用 Wait 方式工作时，工作电流则为 3.7 mA；而用 Stop（2 V）方式工作时，工作电流仅为 50 nA。

纵观单片机几十年的发展历程，单片机的今后发展方向将向多功能、高性能、高速度、低电压、低功耗、低价格、外围电路内装化，以及片内存储器容量增加和 FLash 存储器化方向发展。但其位数不一定会继续增加，尽管现在已经有了 32 位单片机，但使用的并不多。可以预言，今后的单片机将是功能更强、集成度和可靠性更高而功耗更低，以及使用更方便。

1.3 单片机常用系列介绍

1.3.1 MCS-51 系列简介

单片机种类繁多，而且还在不断推出新的更高性能的单片机品种。从使用情况来看，MCS-51 型系列单片机的应用最为广泛。因此本书将以 MCS-51 型系列为主，介绍单片机的原理与应用。

MCS-51 型单片机系列共有十几种芯片，表 1-2 中列出了比较典型的几种芯片的型号及它们的主要技术性能指标。

MCS-51 型系列可分为 51 和 52 两个子系列，并以芯片型号的最末位数字作为标志。其中 8X51 是基本型，8X52 是增强型，8XC252 是超级型。

采用 HMOS 工艺的基本型 8X51，片内集成有 8 位 CPU，4 KB ROM（8031 片内无 ROM），128B RAM，两个 16 位定时/计数器，一个全双工串行通信接口（UART），拥有乘除运算指令和位处理指令。采用 CHMOS 工艺的基本型 8XC51，有 3 种功耗控制方式，能有效降低功耗。增强型 8X52，于 8X51 不同的是片内 ROM 增加到 8 KB，RAM 增加到 256 B，定时/计数器增加到 3 个，串行接口的通信速率快了 6 倍。

MCS-51 系列单片机片内的程序存储器由多种配置形式：没有 ROM、掩膜 ROM、EPROM 和 FPEROM。不同的配置形式分别对应不同的芯片，使用时可根据需要进行选择。

表 1-2　MCS-51 型系列单片机芯片主要特性

子系列	片内 ROM 形式			片内存储容量		片外寻址能力		I/O 特性			中断源
	无	ROM	EPROM	ROM	RAM	EPROM	RAM	计数器	并行口	串行口	
551	8031	8051	8751	4 KB	128 B	64 KB	64 KB	2×16 位	4×8 位	1	5
	80C31	80C51	87C51	4 KB	128 B	64 KB	64 KB	2×16 位	4×8 位	1	5
552	8032	8052	8752	8 KB	256 B	64 KB	64 KB	3×16 位	4×8 位	1	6
	80C32	80C52	87C52	8 KB	256 B	64 KB	64 KB	3×16 位	4×8 位	1	6

1.3.2　80C51 系列简介

80C51 系列单片机作为微型计算机的一个重要分支，它应用面很广，且发展迅速。根据近年来的使用情况看，8 位单片机仍然是低端应用的主要机型。专家预测，在未来相当长一段时间内，仍将保持这个局面。所以，目前教学的首选机型还是 8 位单片机，而 8 位单片机中最具代表性、最经典的机型，当属 80C51 系列单片机。

1. 80C51 系列单片机的发展

80C51 系列单片机是在 Intel 公司 MCS-51 系列单片机的基础上发展起来的。现在常简称 MCS-51 和 80C51 系列单片机为 51 系列单片机。多年前，由于 Intel 公司彻底的技术开放，使得众多的半导体厂商参与了 MCS-51 单片机的技术开发。不同厂家在发展 80C51 系列时都保证了产品的兼容性，这主要是指令兼容、总线兼容和引脚兼容（但随着封装形式种类的增加，引脚兼容主要是指有效引脚的数量与作用兼容，其引脚序号和数量可能不同）。众多厂家的参与使得 80C51 的发展长盛不衰，从而形成了一个既具有经典性，又有旺盛生命力的单片机系列。

纵观 80C51 系列单片机的发展史，可以看出它曾经历过 3 次技术飞越。

（1）从 MCS-51 到 MCU 的第一次飞越

在 Intel 公司实行技术开放后，著名半导体厂商 Philips 公司利用其在电子应用方面的优势，在 8051 基本结构的基础上，着重发展 80C51 的控制功能及外围电路的功能，突出了单片机的微控制器特征。可以说，这使得单片机的发展出现了第一次飞越。

（2）引入快擦写存储器的第二次飞越

1998 年以后，80C51 系列单片机又出现了一个新的分支，称为 89 系列单片机。这种单片机是由美国 Atmel 公司率先推出的，它最突出的优点是把快擦写存储器应用于单片机中。这使得系统在开发过程中修改程序十分容易，大大缩短了单片机系统的开发周期。另外，AT89 系列单片机的引脚与 80C51 是一样的，因此，当用 89 系列单片机取代 80C51 时，可以直接进行代换，新增加型号的功能是往下兼容的，并且有些型号可以不更换仿真机。由于 AT89 系列单片机的上述显著优点，使得它很快在单片机市场脱颖而出。随后，各厂家都陆续采用了此技术，这使得单片机的发展出现了第二次飞越。

（3）向 SoC 转化的第三次飞越

美国 Silicon Labs 公司推出的 C8051F 系列单片机把 80C51 系列单片机从 MCU（微控制器）推向 SoC（片上系统）时代。而今兴起的片上系统，从广义上讲，也可以看作是一种高级单片机。它使得以 8051 为内核的单片机技术又上了一个新的台阶，这就是 80C51 单片机发展的第三次飞越。其主要特点是在保留 80C51 系列单片机基本功能和指令系统的基础上，以先进的技术改进了 8051 内核，使得其指令运行速度比一般的 80C51 系列单片机提高了大约 10 倍，在片上增加了模/数和数/模转换模块；I/O 接口的配置由固定方式改变为由软件设定方式；时钟系统更加完善，有多种复位方式等。鉴于 C8051F 系列单片机的特殊优点，SoC 单片机应用的高潮正在悄然兴起。

2. 89 系列单片机的特点及分类

C8051F 系列单片机虽然性能价格比最高，功能最全面，但由于其使用难度较大，初学者不容易入门，所以本教材还是以价格较低，较容易理解和使用，并且应用广泛的 AT89 系列单片机为例进行讲解。

AT89 系列单片机的成功促使几个著名的半导体厂家也相继生产了类似产品，如 Philips 公司的 P89 系列、美国 STC 公司的 STC89 系列、华邦公司的 W78 系列等。后来，人们就简称这一类产品为"89 系列单片机"，实际上它仍属于 80C51 系列。AT89C51（AT89S51）、P89C51、STC89C51、W78E51 都是与 MCS-51 系列的 80C51 兼容的型号。这些芯片相互之间也是兼容的，所以如果不写前缀，仅写 89C51 就可能是其中任何一个厂家的产品。

由于 Atmel 公司的 AT89C51/C52 曾经在国内市场占有较大的份额，与其配套的仿真机也很多，因此，为方便教学，本书在介绍具体单片机结构时，选用了 AT89S51 单片机（因为 AT89C51/C52 在 2003 年刚刚停止生产，而 AT89S51/S52 是其替代产品，但 Philips 等公司的 89C51/C52 仍然有产品）。而在作一般共性介绍时还是用符号 80C51 代表；但请读者注意，此时它指的是 80C51 系列芯片，而不是 Intel 公司以前生产的 80C51 型号芯片。

近年来，市场上比较流行的 Atmel89S51 系列单片机，也采用 CHMOS 工艺，其片内含有 4 KB 快闪可编程/擦除只读存储器 FPEROM（Flash Programmable and Erasable Read Only Memory），使用高密度、非易失存储技术制造，并且与 80C51 引脚和指令系统完全兼容。芯片上的 FPEROM 允许在线编程或采用通用的非易失存储器编程器对程序存储器重复编程，因为 89C51 性能价格比远高于 87C51。

89 系列单片机的主要特点如下：

① 内部含 Flash 存储器；

② 内部结构与 80C51 相近；

③ 工作原理和指令系统完全相同；

④ 有些型号和 80C51 的引脚完全兼容。

89 系列单片机可分为标准型、低档型和高档型 3 类。标准型单片机的主要结构与性能详见第 2 章。低档 AT89 单片机是在标准型结构的基础上，适当减少某些功能部件，如减少 I/O 引脚数、Flash 存储器和 RAM 容量、可响应的中断源等，从而使其体积更小，价格更低，并在某些对功能要求较低的家电领域得到广泛应用。在 89 系列单片机中，高档型产品是在标准型的基础上增加了部分功能而形成的。所增加的功能部件主要有串行外围接口

SPI、看门狗定时器、A/D 功能模块等。AT89S51/S52 单片机与 AT89C51/C52 单片机的主要区别是，前者增加了 SPI 串行口和看门狗定时器。

89 系列单片机是 80C51 系列单片机的典型代表，89 系列单片机目前在全世界的应用很广泛，可以满足大多数用户的需要。由于 80C51 系列中的典型型号在基本结构、工作原理和引脚上与 MCS-51 系列单片机的 8051 是完全兼容的，所以 89 系列单片机虽然并不是功能最强、最先进的单片机，但它源于经典的 MCS-51 系列。考虑到教学的连续性及 89 系列单片机和所用开发装置的普及性，因而 89 系列单片机成为单片机教学的首选机型。掌握了这种单片机技术，对于其他型号单片机的学习就可以起到举一反三、触类旁通的作用。

本章小结

将运算器、控制器和专用寄存器阵列集成在一片芯片上，组成微处理器 CPU。CPU 配以存储器、输入/输出接口等便构成了微型计算机。

单片机是把微处理器 CPU、存储器（RAM 和 ROM）、输入/输出接口电路及定时器/计数器等集成在一个芯片上，它具有体积小、功耗低、重量轻、价格低、可靠性高、开发使用简便等一系列优点，自问世以来得到了非常广泛的应用。其中 MCS-51 系列单片机在我国推广应用最为广泛。

存储器按存储信息的功能可分为只读存储器 ROM 和随机存储器 RAM。随着电子科技的发展，ROM 的发展变化情况是我们应该注意的。

微机中常用的数制是二进制和十六进制，表达形式有原码、反码和补码，可使微机中二进制数的四则运算归结为加法和移位这两种操作。

微机中，数的正负在最高位分别用"0"和"1"表示。原码、反码和补码是微机中有符号数的三种表示方法，引入补码，是为了将减法运算转换成加法运算。

习　题　1

一、选择题

1. 8051 与 8751 的区别是（　　）。

  （A）内部数据存储数目的不同　　　　　（B）内部数据存储器的类型不同

  （C）内部程序存储器的类型不同　　　　（D）内部的寄存器的数目不同

2. 八进制的基数为（　　）。

  （A）16　　　　　（B）8　　　　　（C）15　　　　　（D）2

3. 把 117 转换成十六进制的结果是（　　）。

  （A）85H　　　　（B）75H　　　　（C）86H　　　　（D）76H

4. 80C51 单片机有片内 RAM 容量（　　）。

  （A）4 KB　　　　（B）8 KB　　　　（C）128 B　　　　（D）256 B

5. 微机系统由（　　）组成。

  （A）硬件系统和系统软件　　　　　　　（B）CPU 和存储器

  （C）硬件系统和软件系统　　　　　　　（D）主机和显示器

6. EEPROM 是指（　　）。

  （A）掩膜 ROM   （B）紫外线可擦除的 ROM

  （C）闪存   （D）电擦除的 ROM

7.（　　）不属于 CPU 的内部元件。

  （A）运算器   （B）存储器   （C）寄存器   （D）控制器

8. 89S51 的 CPU 的位数是（　　）。

  （A）4 位   （B）8 位   （C）16 位   （D）32 位

9. 8031 是（　　）。

  （A）CPU   （B）微处理器   （C）单片微机   （D）控制器

10.（　　）外设是输出设备。

  （A）打印机   （B）纸带读出机

  （C）键盘   （D）A/D 转换器

二、填空题

1. CPU 由 _____、_____ 和 _____ 组成。

2. 将二进制数 11001011B 转换成对应的十六进制数是 _____，转换成对应的十进制数是 _____。

3. 计算机的系统总线有 _____ 总线、_____ 总线和 _____ 总线。

4. 将十进制数 215 转换成对应的二进制数是 _____，转换成对应的十六进制数是 _____。

5. 微机中常用的带符号数的表示方法有原码、_____ 码和 _____ 码。

6. 十进制数 −29 的补码表示为 _____。

7. 十进制数 36 的原码是 _____ B，反码是 _____ B，补码是 _____ B。

8. 十进制数 −36 的原码是 _____ H，反码是 _____ H，补码是 _____ H。

9. 输入/输出接口电路是 CPU 与 _____ 交换数据和通道的桥梁，简称 I/O 接口电路。

10. 美国 Atmel 公司率先推出的 89 系列单片机最突出的优点是使用 _____。

11. 10001101B 如果是无符号数，是 _____，如果是带符号数，是 _____。

12. 7EH 表示的十进制数是 _____，其二进制表示是 _____ B。

三、名词解释

1. 数据总线

2. 中央处理单元

3. 单片机

4. 微控制器

四、简答题

1. 微处理器分哪几代？各代微处理器的主要特点是什么？

2. 简述单片机的发展趋势。

3. 半导体存储器有哪些分类？各有什么特点？

4. 单片机主要应用于哪几个方面？

5. 单片机有哪几个发展阶段？八位单片机会不会过时？为什么？

第 2 章　80C51 系列单片机的结构

学习目标

　　本章将以 80C51 系列的 AT89S51 为典型例子，详细介绍单片机的结构、存储器空间配置、时序及复位电路等。通过学习应达到以下目标：

1. 掌握 80C51 单片机芯片各控制引脚的名称、作用；
2. 掌握单片机 3 个不同的存储空间配置；
3. 了解特殊功能寄存器结构组成和各位作用；
4. 理解 4 个 I/O 口在扩展外存储器情况下的功能作用；P3 口第二功能；
5. 了解单片机的时钟电路的工作原理，简单理解其时序；
6. 理解单片机的复位电路的工作原理，掌握复位后的状态。

2.1　80C51 结构和引脚

　　在 MCS-51 系列中，各类单片机是相互兼容的，只是引脚功能略有差异。89 系列单片机是 80C51 系列单片机的一个子系列。在进行原理介绍的时候，本节将以 89S51 单片机为例介绍单片机的结构及引脚功能。在进行原理性介绍的时候，凡属于与 80C51 系列单片机相同处均用符号"80C51"代表，此时并不专指某种具体型号。

　　AT89S51/S52 单片机与 Intel 公司 MCS-51 系列的 80C51 型号单片机在芯片结构与功能上基本相同，外部引脚完全相同，主要不同点是 89 系列产品中程序存储器全部采用快擦写存储器，简称"闪存"。此外，Atmel 公司的 AT89S51/S52 单片机与 2003 年停产的 AT89C51/C52 单片机的主要不同点是，增加了 ISP 串行接口（可实现串行下载功能）和看门狗定时器。本书中提到的 89C51/C52 泛指与 Atmel 公司的 AT89C51/C52 产品兼容的其他公司的同型号产品，例如 P89C51/C52 等。

2.1.1　标准型单片机的组成与结构

　　AT89S51/S52 属于标准型单片机，其基本组成如图 2-1 所示。从图中可以看出，在这块芯片上集成了一台微型计算机的各个主要部分，包括 CPU、存储器、可编程 I/O 口、定时/计数器、串行口等，各部分通过内部总线相连。该图中，P0、P1、P2、P3 为 4 个可编程 I/O 口，TXD、RXD 为串行口的输入/输出端。

　　图 2-2 为 AT89S51/S52 的内部结构框图。从图中可以看出，单片机内部除了有 CPU、RAM、ROM、定时器和串行口等主要功能部件之外，还有驱动器、锁存器、指令寄存器、

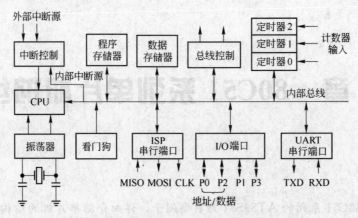

图 2-1　AT89S51/S52 的基本组成功能框图

地址寄存器等辅助电路部分，由图还可以看出各功能模块在单片机中的相互关系。

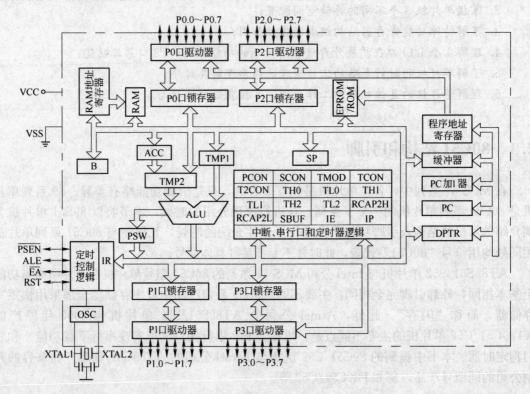

图 2-2　单片机的内部结构框图

各部分的详细内容将在以后章节中陆续介绍，下面首先简要介绍几个共同的主要部分。

① 中央处理器（CPU）。中央处理器是单片机最核心的部分，是单片机的大脑和心脏，主要完成运算和控制功能。这一点与通用微处理器基本相同，只是中央处理器的控制功能更强。80C51 系列的 CPU 是一个字长为 8 位的中央处理单元，它对数据的处理是以字节为单位进行的。

② 数据存储器（内部 RAM）。数据存储器用于存放变化的数据。在 80C51 单片机中，

通常把控制与管理寄存器（简称为"专用寄存器"）在逻辑上划分在内部 RAM 中，因为其地址与 RAM 是连续的。AT89S51 中数据存储器的地址空间为 256 个 RAM 单元，但其中能作为数据存储器供用户使用的仅有前面 128 个，后 128 个被专用寄存器占用；AT89S52 中可供用户使用的数据存储器比 AT89S51 多 128 个，共 256 个。

③ 程序存储器（内部 ROM）。程序存储器用于存放程序和固定不变的常数、表格等。通常采用只读存储器，且其有多种类型，在 89 系列单片机中全部采用闪存。AT89S51/C51 内部配置了 4 KB 闪存，AT89S52/C52 配置了 8 KB 闪存。

④ 定时/计数器。定时/计数器用于实现定时和计数功能。AT89S51 共有 2 个 16 位定时/计数器，AT89S52 共有 3 个 16 位定时/计数器。

⑤ 并行 I/O 口。AT89S51/S52 共有 4 个 8 位的并行 I/O 口（P0、P1、P2、P3），每个口都由 1 个锁存器和 1 个驱动器组成。并行 I/O 口主要是用于实现与外部设备中数据的并行输入/输出，有些 I/O 口还具有其他功能。

⑥ 串行口。AT89S51/S52 有 1 个 UART、全双工异步串行口，用以实现单片机和其他具有相应接口的设备之间的异步串行数据传送。AT89S51/S52 还有一个 ISP 串行接口，用于实现串行在线下载程序。

⑦ 时钟电路。时钟电路的作用是产生单片机工作所需要的时钟脉冲序列。89 系列单片机内部有时钟电路，但晶振和微调电容需要外接（目前，有的型号可以不外接）。

⑧ 中断系统。中断系统的主要作用是对外部或内部的中断请求进行管理与处理，有关中断的作用及使用方法详见第 5 章。AT89S51/S52 的中断系统可以满足一般控制应用的需要：AT89S51 共有 5 个中断源，其中有 2 个外部中断源 $\overline{\text{INT0}}$ 和 $\overline{\text{INT1}}$、3 个内部中断源（2 个定时/计数中断和 1 个串行口中断）；此外，AT89S52 还增加了一个定时器 2 的中断源。

由上述可知，虽然 AT89S51/S52 仅是一块芯片，但它包括了构成计算机的基本部件，因此，可以说它是一台简单的计算机。又由于其主要作用是控制，所以又称为"微控制器"。

2.1.2　引脚定义及功能

AT89S51/S52 单片机实际有效的引脚为 40 个，常用的有 2 种封装形式，其引脚图可参见图 2-3：(a) 为 DIP（Dual In-line Package）封装形式，这是普通 40 脚塑封双列直插形式；(b) 为 PLCC（Plastic Chip Carrier）封装形式，这种形式是具有 44 个"J"形脚（其中有 4 个是空脚）的方型芯片，使用时需要插入到与其相配的方型插座中。

为了尽可能缩小体积，减少引脚数，AT89S51/52 单片机的不少引脚还具有第二功能（也称为"复用功能"）。40 个引脚大致可分为 4 类：电源、时钟、控制和 I/O 引脚。其逻辑图如图 2-4 所示。

1. 电源

① VCC 芯片电源，接+5 V；

② VSS 接地端。

2. 时钟

XTAL1、XTAL2 晶体振荡电路反相输入端和输出端。使用内部振荡电路时，外接石英晶体；外部振荡脉冲输入时 XTAL1 接外部时钟振荡脉冲，XTAL2 悬空不用。

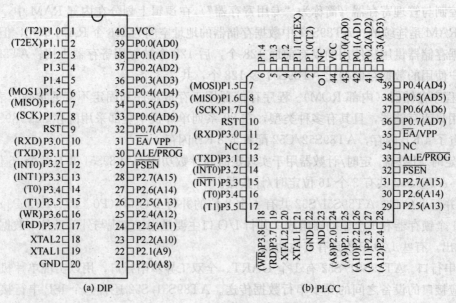

图 2-3　AT89S51/S52 的引脚图

3. 控制线

控制线共有 4 根，其中 3 根是复用线（即都有第二功能）。

（1）ALE/$\overline{PROG}$地址锁存允许/编程脉冲

① 正常使用时为 ALE 功能，用来锁存 P0 口送出的低 8 位地址。P0 口一般分时传送低 8 位地址和数据信号，且均为二进制数。那么如何区分是低 8 位地址还是 8 位数据信号呢？当 ALE 信号有效时，P0 口传送的是低 8 位地址信号；ALE 信号无效时，P0 口传送的是 8 位数据信号。通常在 ALE 信号的下降沿，锁定 P0 口传送的内容，即低 8 位地址信号。

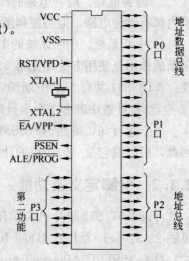

图 2-4　单片机引脚逻辑图

需要指出的是，当 CPU 不执行访问外 RAM 指令（MOVX）时，ALE 以时钟振荡频率 1/6 的固定速率输出，因此 ALE 信号也可作为外部芯片 CLK 时钟或其他需要。但是，当 CPU 执行 MOVX 指令时，ALE 将跳过一个 ALE 脉冲。

ALE 端可驱动 8 个 LSTTL 门电路。

② $\overline{PROG}$在固化片内存储器的程序（也称为"烧录程序"）时，此引脚用于输入编程脉冲，此时为低电平有效。

（2）$\overline{PSEN}$外 ROM 读选通信号

在 MCS-51 型单片机读 ROM（包括读指令、数据）时，每个机器周期内$\overline{PSEN}$两次有效输出。$\overline{PSEN}$作为外 ROM 芯片输出允许$\overline{OE}$的选通信号。在读内 ROM 或读外 RAM 时，$\overline{PSEN}$无效。

$\overline{PSEN}$可驱动 8 个 LSTTL 门电路。

（3）RST/VPD　复位/备用电源

① 正常工作时，RST（Reset）端为复位信号输入端，只要在该引脚上连续保持 2 个机器周期以上高电平，80C51 型单片机芯片即实现复位操作，复位后一切从头开始，CPU 从 0000H 开始执行指令。

② 在 VCC 掉电情况下，该引脚还可接上备用电源，由 VPD 向内 RAM 供电，以保持内 RAM 中的数据不丢失。

（4）$\overline{EA}$/VPP 内外 ROM 选择端/编程电源

① 正常工作时，$\overline{EA}$ 为内外 ROM 选择端。MCS-51 型单片机 ROM 寻址范围为 64 KB，其中 4 KB 在片内，60 KB 在片外（80C31 芯片无内 ROM，全部在片外）。当 $\overline{EA}$ 保持高电平时，先访问内 ROM，但当 PC（程序计数器）值超过 4 KB（0FFFH）时，将自动转向执行外 ROM 中的程序。当 $\overline{EA}$ 保持低电平时，则只访问外 ROM，不管芯片内有否内 ROM。对 80C31 芯片，片内无 ROM，因为 $\overline{EA}$ 必须接地。

② 对闪存进行编程期间，此引脚用于施加编程电源 VPP。80C51 系列单片机不同型号单片机的编程电压不同，有 12 V、5 V 等几种。

4. I/O 线

MCS-51 型单片机共有 4 个 8 位并行 I/O 端口，共 32 个引脚。

① P0 口（P0.0～P0.7）：8 位双向 I/O 口。在访问外部存储器时，P0 口用于分时传送低 8 位地址（地址总线）和 8 位数据信号（数据总线）。P0 口能驱动 8 个 LSTTL 门。

在不接外 ROM 和外 RAM 时，P0 口可做双向 I/O 口用。

② P1 口（P1.0～P1.7）：8 位准双向 I/O 口（"准双向"是指口内部有固定的上拉电阻）。P1 口负载能力为 4 个 LSTTL 门。

③ P2 口（P2.0～P2.7）：8 位准双向 I/O 口。在访问外部存储器时，P2 口用于传送高 8 位地址（属地址总线）。P2 口负载能力为 4 个 LSTTL 门。

④ P3 口（P3.0～P3.7）：8 位准双向 I/O 口。可做一般 I/O 口用，同时 P3 口每一引脚还具有第二功能，用于特殊信号输入输出和控制信号（属控制总线）。P3 口第二功能如下。

P3.0——RXD：串行口输入端；

P3.1——TXD：串行口输出端；

P3.2——$\overline{INT0}$：外部中断 0 请求输入端；

P3.3——$\overline{INT1}$：外部中断 1 请求输入端；

P3.4——T0：定时/计数器 0 外部信号输入端；

P3.5——T1：定时/计数器 1 外部信号输入端；

P3.6——$\overline{WR}$：外部 RAM 写选通信号输出端；

P3.7——$\overline{RD}$：外部 RAM 读选通信号输出端；

P3 口负载能力为 4 个 LSTTL 门。

上述 4 个 I/O 口，各有各的用途，在扩展外部存储器系统中，P0 口专用于分时传送低 8 位地址信号和 8 位数据信号，P2 口专用于传送高 8 位地址信号，P3 口根据需要常用于第二功能，真正可提供给用户使用的 I/O 口是 P1 口和一部分未用作第二功能的 P3 口端线。

2.2　存储器结构与位处理器

2.2.1　存储器结构和地址空间

存储器是计算机的主要组成部分，其用途是存放程序和数据。80C51 系列单片机的存储器结构与一般通用计算机不同。一般通用计算机通常只有一个逻辑空间，即程序存储器和数据存储器是统一编址的。访问存储器时，同一地址对应唯一的存储空间，可以是 ROM，也可以是 RAM，并用同类访问指令，这种存储器结构称为"冯·诺伊曼结构"。80C51 系列单片机的程序存储器和数据存储器在物理结构上是分开的，这种结构称为"哈佛结构"。80C51 系列单片机的存储器在物理结构上可以分为如下 4 个存储空间：片内程序存储器、片外程序存储器、片内数据存储器和片外数据存储器。

80C51 系列单片机各具体型号的基本结构与操作方法相同，但是存储容量不完全相同，下面以 AT89S51 为例来说明。图 2-5 所示为 AT89S51 的存储器结构与地址空间。从逻辑上（即从用户使用的角度）来划分，80C51 系列有 3 个存储空间：

① 片内外统一编址的 64 KB 的程序存储器地址空间（用 16 位地址）；

② 片内数据存储器地址空间，寻址范围为 00H～FFH；

③ 64 KB 片外数据存储器地址空间。

由图 2-5 可以看出：片内程序存储器的地址空间（0000H～0FFFH）和片外程序存储器的低地址空间相同；片内数据存储器的地址空间（00H～0FFH）与片外数据存储器的低地址空间相同。通过采用不同形式的指令产生不同存储空间的选通信号，即可访问 3 个不同的逻辑空间。下面分别介绍程序存储器和数据存储器的配置特点。

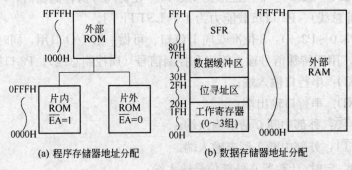

(a) 程序存储器地址分配　　　　(b) 数据存储器地址分配

图 2-5　80C51 存储器空间分配图

2.2.2　程序存储器

1. 程序存储器的结构

AT89C51 有 64 KB ROM 的寻址区，其中 0000H～0FFFH 的 4 KB 地址区可以为片内 ROM 和片外 ROM 公用，1000H～FFFFH 的 60 KB 地址区为片外 ROM 所专用。在 0000H～0FFFH 的 4 KB 地址区，片内 ROM 可以占用，片外 ROM 也可以占用，但不能为两者同时占用。为了指示机器的这种占用，设计者为用户提供了一条专用的控制引脚$\overline{\text{EA}}$。

若$\overline{EA}$接+5 V高电平，则机器使用片内 4 KB ROM；若$\overline{EA}$接低电平，则机器自动使用片外 ROM，这一关系如图 2-5(a)所示。

2. 程序存储器的入口地址

在程序存储器 64 KB 中，有一小段范围是 80C51 型单片机系统专用单元，以下 7 个单元具有特殊用途。

0000H：程序入口地址。51 系列单片机上电复位后，PC＝0000H，程序将自动从 0000H 地址单元开始取指令执行。

0003H：外部中断 0 入口地址。

000BH：定时器 0 溢出中断入口地址。

0013H：外部中断 1 入口地址。

001BH：定时器 1 溢出中断入口地址。

0023H：串行口中断入口地址。

002BH：定时器 2 溢出中断入口地址（仅 AT89S52/C52 有）。

0003H～0023H 是 5 个中断源中断服务程序入口地址，用户不能安排其他内容。MCS-51型单片机复位后，(PC)＝0000H，CPU 从地址为 0000H 的 ROM 单元中读取指令和数据。从 0000H 到 0003H 只有 3 个字节，根本不可能安排一个完整的系统程序，而 MCS-51型单片机又是一次读 ROM 字节的，因此，这 3 个字节只能用来安排一条无条件跳转指令，跳转到其他合适的地址范围执行真正的主程序。

3. 访问 ROM 的过程

读 ROM 是以程序计数器 PC 作为 16 位地址指针的，依次读相应地址 ROM 中的指令和数据，每读一个字节，(PC)＋1→PC，这是 CPU 自动形成的。但是有些指令有修改 PC 的功能，例如转移类指令和 MOVC 指令，CPU 将按修改后的 PC 16 位地址读 ROM。

读外 ROM 的过程：CPU 从 PC 中取出当前 ROM 的 16 位地址，分别由 P0 口（低 8位）和 P2 口（高 8 位）同时输出，ALE 信号有效时由地址锁存器锁存低 8 位地址信号，地址锁存器输出的低 8 位地址信号和 P2 口输出的高 8 位地址信号同时加到外 ROM 16 位地址输入端，当信号有效时，外 ROM 将相应地址存储单元中的内容送至数据总线（P0 口），CPU 读入后存入指定单元。

2.2.3　数据存储器

1. 数据存储器的结构

RAM 存储器主要用来存放数据，故它又称为数据存储器。80C51 的 RAM 存储器有片内和片外之分：片内 RAM 共有 128 B，地址范围为 00H～7FH；片外 RAM 共有 64 KB，地址范围为 0000H～FFFFH。因此，80C51 RAM 的总存储容量是超过 64 KB 的，如图 2-5(b)所示。图中可见，片内 RAM 的地址范围 00H～FFH 和片外 RAM 的地址范围 0000H～00FFH 实际上是同一个地址范围的两种不同表示方法。为了指示机器到片内 ROM 寻址还是到片外 ROM 寻址，单片机设计者为用户提供了两种不同的传送指令：MOV 指令用于片内 00H～FFH 范围内的寻址，MOVX 指令用于片外 0000H～FFFFH 范围内的寻址。

2. 片内低 128 字节 RAM

片内共有 128 字节，分为工作寄存器区、位寻址区和堆栈、数据缓冲区，如图 2-6 所示。

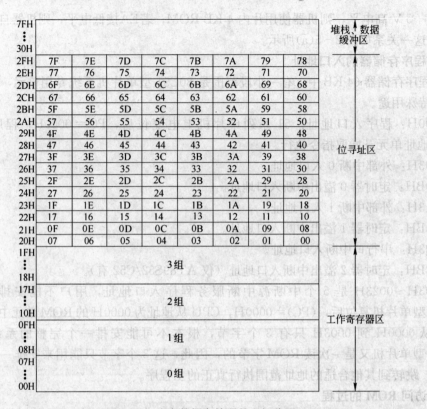

图 2-6　片内数据存储器的空间分配

（1）工作寄存器区（00H～1FH）

这 32 个 RAM 单元共分 4 组，每组占 8 个 RAM 单元，分别用代号 R0～R7 表示。R0～R7 可以指向四组中任一组，由 PSW 中的 RS1、RS0 状态决定，如表 2-1 所示。

表 2-1　RS1、RS0 对工作寄存器的选择

RS1、RS0	R0～R7 的组号	R0～R7 的物理地址
00	0	00H～07H
01	1	08H～0FH
10	2	10H～17H
11	3	18H～1FH

（2）位寻址区（20H～2FH）

这 16 个 RAM 单元具有双重功能。它们既可以像普通 RAM 单元一样按字节存取，也可以对每个 RAM 单元中的任何一个单独存取，这就是位寻址。20H～2FH 用作位寻址时，共有 $16 \times 8 = 128$ 位，每位都分配了一个特定地址，即 00H～7FH。这些地址称为位地址，如图 2-6 所示。位地址在位寻址指令中使用。例如：欲把 2FH 单元中最高位 D7（位地址为 7FH）置位成 1，则可使用如下位置位指令：

　　SETB 7FH　；7FH←1

其中，SETB 为位置位指令的操作码。

（3）堆栈和数据缓冲区（30H～7FH）

堆栈、数据缓冲区共有 80 个 RAM 单元，用于存放用户数据或作堆栈区使用，也称用户 RAM 区。80C51 对用户 RAM 区中每个 RAM 单元是按字节存取的。不使用的工作寄存器或位寻址区也都可以作为一般的 RAM 使用。例如，如果在程序中只用到第 0 组工作寄存器，那么 08～1FH 区域就可以作为一般的 RAM 使用。

2.2.4　特殊功能寄存器

80C51 系列单片机内的锁存器、定时器、串行口、数据缓冲器及各种控制寄存器、状态寄存器都以特殊功能寄存器（Special Function Register）的形式出现，它们离散地分布在高 128 位片内 RAM 80H～FFH 中，表 2-2 为特殊功能寄存器地址映像表（表中仅列出 AT89S51 的 21 个 SFR）。

表 2-2　特殊功能寄存器地址映像

SFR 名称	符号	位地址/位定义/位编号								字节地址
		D7	D6	D5	D4	D3	D2	D1	D0	
B 寄存器	B	F7H	F6H	F5H	F4H	F3H	F2H	F1H	F0H	(F0H)
累加器 A	ACC	E7H	E6H	E5H	E4H	E3H	E2H	E1H	E0H	(E0H)
		ACC.7	ACC.6	ACC.5	ACC.4	ACC.3	ACC.2	ACC.1	ACC.0	
程序状态字	PSW	D7H	D6H	D5H	D4H	D3H	D2H	D1H	D0H	(D0H)
		CY	AC	F0	RS1	RS0	OV		P	
		PSW.7	PSW.6	PSW.5	PSW.4	PSW.3	PSW.2	PSW.1	PSW.0	
中断优先级控制	IP	BFH	BEH	BDH	BCH	BBH	BAH	B9H	B8H	(B8H)
					PS	PT1	PX1	PT0	PX0	
I/O 端口 3	P3	B7H	B6H	B5H	B4H	B3H	B2H	B1H	B0H	B0H
		P3.7	P3.6	P3.5	P3.4	P3.4	P3.2	P3.1	P3.0	
中断允许控制	IE	AFH	AEH	ADH	ACH	ABH	AAH	A9H	A8H	(A8H)
		EA			ES	ET1	EX1	ET0	EX0	
I/O 端口 2	P2	A7H	A6H	A5H	A4H	A3H	A2H	A1H	A0H	(A0H)
		P2.7	P2.6	P2.5	P2.4	P2.3	P2.2	P2.1	P2.0	
串行数据缓冲	SBUF									99H
串行控制	SCON	BH9FH	9EH	9DH	9CH	9BH	9AH	99H	98H	(98H)
		SM0	SM1	SM2	REN	TB8	RB8	TI	RI	
I/O 端口 1	P1	97H	96H	95H	94H	93H	92H	91H	90H	(90H)
		P1.7	P1.6	P1.5	P1.4	P1.3	P1.2	P1.1	P1.0	
T1（高字节）	TH1									8DH
T0（高字节）	TH0									8CH
T1（低字节）	TL1									8BH

SFR 名称	符号	位地址/位定义/位编号								字节地址
		D7	D6	D5	D4	D3	D2	D1	D0	
T0（低字节）	TL0									8AH
定时/计数器方式选择	TMOD	GATE	C/$\overline{\text{T}}$	M1	M0	GATE	C/$\overline{\text{T}}$	M1	M0	89H
定时/计数器控制	TCON	8FH	8EH	8DH	8CH	8BH	8AH	89H	88H	(88H)
		TF1	TR1	TF0	TR0	IE1	IT1	IE0	IT0	
电源控制及波特率选择	PCON	SMOD				GF1	GF0	PD	IDL	87H
数据指针高字节	DPH									83H
数据指针低字节	DPL									82H
堆栈指针	SP									81H
I/O 端口 0	P0	87H	86H	85H	84H	83H	82H	81H	80H	(80H)
		P0.7	P0.6	P0.5	P0.4	P0.3	P0.2	P1.0	P0.0	

表中罗列了这些特殊功能寄存器的名称、符号和字节地址，其中字节地址能被 8 整除的特殊功能寄存器（字节地址末位为 0 或 8）可位寻址位操作。可位寻址的特殊功能寄存器每一位都有位地址，有的还有位定义名。对累加器 A 和程序状态字 PSW，还可以其位编号进行位操作。例如 ACC.7 是位编号，代表累加器 ACC 的最高位，它的位地址为 E7H；又如 PSW.0 是位编号，代表程序状态字寄存器 PSW 最低位，它的位地址为 D0H，位定义名为 P，编程时三者都可使用。有的特殊功能寄存器有位定义名，却无位地址，也不可位寻址位操作。例如 TMOD，每一位都有位定义名：GATE、C/$\overline{\text{T}}$、M1、M0，但无位地址，因此不可位寻址位操作。不可位寻址位操作的特殊功能寄存器只有字节地址。

下面对部分特殊功能寄存器做一下介绍。

（1）累加器 ACC

累加器 ACC 是 80C51 型单片机中最常用的寄存器。许多指令的操作数取自 ACC，许多运算的结果存放在 ACC 中。

乘除法指令必须通过 ACC 进行。累加器 ACC 的指令助记符为 A。

（2）寄存器 B

在 MCS-51 型单片机乘除法指令中要用到寄存器 B。除此外，B 可作为一般寄存器用。

（3）程序状态字寄存器 PSW

PSW 也称为标志寄存器，存放各有关标志。其结构和定义如表 2-3 所示。

表 2-3　PSW 结构

位编号	PSW.7	PSW.6	PSW.5	PSW.4	PSW.3	PSW.2	PSW.1	PSW.0
位地址	D7H	D6H	D5H	D4H	D3H	D2H	D1H	D0H
位定义名	CY	AC	F0	RS1	RS0	0V		P

表中：

CY——进位标志。在累加器 A 执行减法运算中，若最高位有进位或借位，则 CY 置 1，否则清 0。在进行位操作时，CY 是位操作累加器，指令助记符用 C 表示。

　　AC——辅助进位标志。累加器 A 执行加减运算时，若低半字节 ACC.3 向高半字节 ACC.4 有进位，则 AC 置 1，否则清 0。

　　F0——用户标志。与位操作区 20H～2FH 中的位地址 00H～7FH 功能相同。区别在于位操作区内的位地址仅有位地址，而 F0 可有 3 种表示方法，位地址 D5H，位编号 PSW.5 和位定义名 F0。

　　RS1、RS0——工作寄存器区选择控制位。工作寄存器区有 4 个，但当前工作的寄存器区只能有一个。RS1、RS0 的编号用于选择当前工作的寄存器区。如表 2-1 所示。

　　OV——溢出标志。用于表示 ACC 在有符号数算术运算中的溢出。溢出和进位是两个不同的概念，溢出是指有符号数运算时，结果数超出 +127～-128。当次高位 ACC.6 向最高位 ACC.7 有进位或借位，而 ACC.7 未向更高位进位或借位时，发生溢出。或者 ACC.6 未向 ACC.7 进位或借位，但 ACC.7 却向更高位有进位或借位时，发生溢出。溢出标志可由下式求得：

$$OV = C6' \oplus C7'$$

　　其中，C6′ 为 ACC.6 向 ACC.7 的进位或借位，有进位或借位时置 1，否则清 0；C7′ 为 ACC.7 向更高位进位或借位，有进位或借位时置 1，否则清 0。

　　发生溢出时 OV 置 1，否则清 0。

　　P——奇偶标志。表示 ACC 中 "1" 的个数的奇偶性。如果 A 中 "1" 的个数为奇数，则 P 置 1，反之清 0。奇偶标志 P 主要用于信号传输过程中奇偶校验。

　　PSW.1——这一位未定义位名称，但仍可进行位寻址操作，用位编号 PSW.1 或位地址 D1H 表示。在有的开发系统 DBUG 软件中用 F1 表示这一位位定义名。

　　PSW 是 MCS-51 型单片机中一个重要寄存器，其中 CY、AC、OV、P 反映了累加器 ACC 的状态或信息，RS1、RS0 决定工作寄存器区，F0 和 PSW.1 提供用户位操作使用。对 PSW 操作时，既可按字节整体操作，也可对其中某一位单独进行位操作。

　　（4）数据指针 DPTR

　　数据指针 DPTR 是一个 16 位的特殊功能寄存器，由两个 8 位寄存器 DPH 和 DPL 组成，DPH 是 DPTR 的高 8 位，DPL 是 DPTR 的低 8 位，DPTR 既可合并作为一个 16 位寄存器，又可分开按 8 位寄存器单独操作。相对于地址指针，DPTR 称为数据指针。但实际上 DPTR 主要用于存放一个 16 位地址，作为访问外部存储器（外 RAM 和外 ROM）的地址指针。

　　（5）堆栈指针 SP

　　堆栈是 CPU 用于暂时存放部分数据的 "仓库"。在 80C51 中，由内 RAM 中若干存储单元组成。存储单元的个数称为堆栈的深度（可理解为仓库容量）。堆栈中数据存取按先进后出的原则。相当于冲锋枪的子弹夹，子弹一粒粒压进去，射击时，最后压进去的子弹先打进去（后进先出），最先压进去的子弹最后打出去（先进后出），如图 2-7(a) 所示。

　　假设堆栈的底部存储单元地址为 07H，称为栈底。堆栈里面已存放了 8 个数据，第 8 个数据即最后一个数据存放在 0FH 中，0FH 为栈顶地址，而堆栈指针 SP 指向栈顶地址，即 (SP)=0FH，(0FH)=4CH。如图 2-7(a) 所示。

　　若要存放第 9 个数据 2BH 时，首先 (SP)+1→SP，此时 (SP)=10H，然后 CPU 将 2BH 存入 10H 中，(10H)=2BH。如图 2-7(b) 所示。

　　若要在初始状态下取出数据，CPU 首先从栈顶地址 (SP)=0FH 中取出数据 4CH，然后（SP）－1→SP。（SP）＝0EH。如图2－7(c)所示。

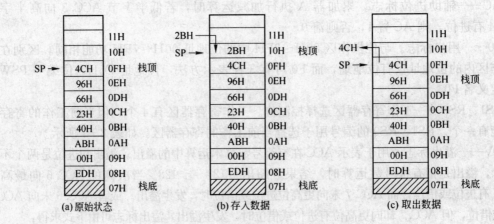

图 2－7　堆栈存入/取出数据操作

无论存入还是取出数据，SP 始终指向堆栈最顶部数据的地址。

80C51 系列单片机复位后堆栈指针 SP 为 07H。在初始化中，可用软件将 SP 设置在内 RAM 的堆栈、数据缓冲区。

需要指出的是，80C51 子系列单片机的特殊功能寄存器共有 21 个，80C52 子系列单片机共有 26 个，分散在 80H～FFH 范围内，中间并不连续。对未命名的字节进行操作无意义，结果将是一个随机数。

2.2.5　位处理器

80C51 型单片机硬件结构中有一个布尔处理器，它是一个 1 位处理器，有自己的累加器（借用进位 CY 位），自己的存储器（即位寻址区中的各位），也有完成位操作的运算等。从指令方面，与此相对应的一个进行布尔操作的指令集，包括位变量的传送、修改和逻辑操作等。

2.3　并行输入/输出端口

2.3.1　并行 I/O 口的结构

80C51 有 4 个并行 I/O 端口，分别命名为 P0、P1、P2 和 P3，在这 4 个并行 I/O 端口中，每个端口都有双向 I/O 功能。即：CPU 既可以从 4 个并行 I/O 端口中的任何一个输出数据，又可以从它们那里输入数据。每个 I/O 端口内部都有一个 8 位数据输出锁存器和一个 8 位数据输入缓冲器，4 个数据输出锁存器和端口号 P0、P1、P2 和 P3 同名，皆为特殊功能寄存器 SFR 中的一个。因此，CPU 数据从并行 I/O 端口输出时可以得到锁存，数据输入时可以得到缓冲。

在无片外扩展存储器的系统中，这 4 个端口的每一位都可以作为准双向通用 I/O 端口使用。在具有片外扩展存储器的系统中，P2 口送出高 8 位地址，P0 口为双向总线，分时送出低 8 位地址和数据的输入/输出。

4 个并行 I/O 端口在结构上并不相同，因此它们在功能和用途上的差异较大。P0 口和

P2 口内部均有一个受控制器控制的二选一选择电路，故它们除可以用作通用 I/O 口外，还具有特殊的功能。例如：P0 口可以输出片外存储器的低 8 位地址码和读写数据，P2 口可以输出片外存储器的高 8 位地址码等。P1 口常作为通用 I/O 口使用，为 CPU 传送用户数据；P3 口除可以作为通用 I/O 口使用外，还具有第二功能。在 4 个并行 I/O 端口中，只有 P0 口是真正的双向 I/O 口，故它具有较大的负载能力，最多可以推动 8 个 LSTTL 门，其余 3 个 I/O 口是准双向 I/O 口，只能推动 4 个 LSTTL 门。

2.3.2　并行 I/O 口的操作

1. P0 口

P0 口既能用作通用 I/O 口，又能用作地址/数据总线。图 2-8 是 P0 口的一位结构图。

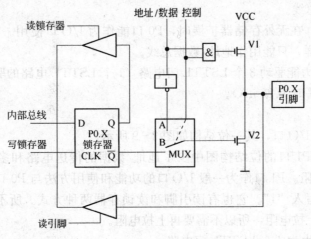

图 2-8　P0 口一位结构图

（1）用作通用 I/O 口

用作通用 I/O 口时，CPU 令控制信号为低电平，其作用有两个：一个使多路开关 MUX 接通 B 端，即锁存器输出端 $\overline{Q}$；二是令与门输出低电平，V1 截止，致使输出级开漏输出电路。

① 作为输出口。当 P0 口用作输出口时，因输出级处于开漏状态，必须外接上拉电阻。当写信号加在锁存器的时钟端 CLK 上，此时 D 触发器将内部总线上的信号反相后输出到端 $\overline{Q}$，若 D 端信号为 0，$\overline{Q}=1$，V2 导通，P0.X 引脚输出"0"；若 D 端信号为 1，$\overline{Q}=0$，V2 截止，虽然 V1 截至，因 P0.X 引脚已外接上拉电阻，P0.X 引脚输出"1"。

② 作为输入口。当 P0 口用作输入时，必须保证 V2 截止。因为若 V2 导通，则从 P0 口引脚上输入的信号被 V2 短路。为使 V2 截至，必须先向该端口锁存器写入"1"。$Q=0$，V2 截止。输入信号从 P0 引脚输入后，先进入图中下方的读引脚输入缓冲器。CPU 执行端口输入指令后，"读引脚"信号使输入缓冲器开通，输入信号进入内部数据总线。

③ "读—修改—写"。80C51 型单片机对端口的操作除了输入输出外，还能对端口进行"读—修改—写"操作。例如执行 ANL P0，A 指令是将 P0 口的状态信号（读）与累加器 A 内容相"与"（修改）后，再重新写入 P0 口锁存器输出（写）。其中"读"不是读 P0 口引脚上的输入信号，而是读 P0 口端口原来输出的信号，即读锁存器 Q 端的信号，所用的输入缓冲器是图中上方的读锁存器输入缓冲器，防止错读引脚上的电平信号。读锁存器信号使该

缓冲器开通，锁存器 Q 端的信号进入内部数据总线。

（2）作为地址/数据总线

P0 口除一般输入输出作用外，还能作为地址总线低 8 位和数据总线，供系统扩展时使用。这时控制信号为高电平，多路开关 MUX 接通 A 端。

① 总线输出。做总线输出时，从"地址/数据"端输入的地址或数据信号同时作用于与门和反相器，并分别驱动 V1、V2，结果在引脚上得到地址或数据输出信号。例如，若地址/数据信号为"1"，则与门输出"1"，V1 导通；反相器输出"0"，V2 截止，引脚输出"1"。若地址/数据信号为"0"，则与门输出"0"，V1 截止；反相器输出"1"，V2 导通，引脚输出"0"。

② 外部数据输入。此时 CPU 使 V1、V2 均截至，从引脚上输入的外部数据经读引脚缓冲器进入内部数据总线。

对于 80C51 型，在无外存储器扩展时，P0 口能作为 I/O 口使用。在扩展外存储器时，与 80C31 单片机一样，只能用作地址/数据总线。

P0 口的负载能力能驱动 8 个 LSTTL 门电路（1 个 LSTTL 电路的驱动电流，低电平时为 0.36 mA，高电平时为 20 μA）。

2. P1 口

P1 口用作通用 I/O 口，其一位结构如图 2-9 所示。

与 P0 口相比，P1 口的位结构图中少了地址/数据的传送电路和多路开关，上面一只 MOS 管改为上拉电阻。P1 口作为一般 I/O 口的功能和使用方法与 P0 口相似。当用作输入口时，应先向端口写入"1"。它也有读引脚和读锁存器两种方式。所不同的是当输出数据时，由于内部有了上拉电阻，所以不需要再上拉电阻。

P1 口的负载能力为 4 个 LSTTL 门电路。

3. P2 口

图 2-10 是 P2 口一位结构图。P2 口能用作通用 I/O 口或地址总线高 8 位。

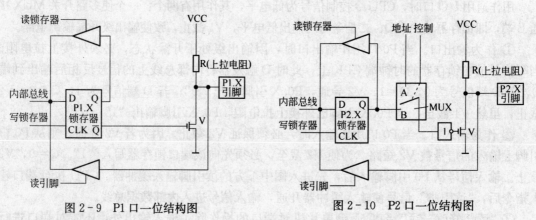

图 2-9　P1 口一位结构图　　　　图 2-10　P2 口一位结构图

（1）作为通用 I/O 口

当控制信号为低电平时，多路开关 MUX 接到 B 端，P2 口作为通用 I/O 口使用，其功能和使用方法与 P0、P1 口相同。用作输入时，必须先写入"1"。

（2）作为地址总线

当控制端输出高电平时,多路开关 MUX 接到 A 端,地址信号经反相器和 V 管二次反相后从引脚输出。这时 P2 口输出地址总线高 8 位,供系统扩展用。

对于 8051 型、8751 型单片机,P2 口能用作 I/O 口或地址总线。对于 8031 型单片机,P2 口只能用作地址总线高 8 位。

P2 口的负载能力为 4 个 LSTTL 门电路。

4. P3 口

图 2 - 11 是 P3 口一位结构图。

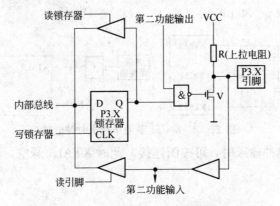

图 2 - 11 P3 口一位结构图

P3 口能用作通用 I/O 口,同时每个引脚还有第二功能。

(1)作为通用 I/O 口

此时"第二功能输出"端为高电平,用作输出时,与非门输出取决于锁存器 Q 端信号,引脚输出信号与内部总线信号相同。其功能和使用方法与 P1、P2 口相同。用作输入时,必须先写入"1"。

(2)用作第二功能

当 P3 口的某一位作为第二功能输出使用时,应将该位的锁存器置"1",使与非门和输出状态只受"第二功能输出"端控制,第二功能输出信号经与非门和 V 管二次反相后输出到该位引脚上。

当 P3 口的某一位作为第二功能输入使用时,该位的"第二功能输出"端和锁存器自行置"1",该位引脚上信号经缓冲器送入"第二功能输入"端。

P3 口的负载能力为 4 个 LSTTL 门电路。

在一般情况下(指扩展存储器),P0 口分时作为地址总线低 8 位和数据总线,P2 口作为地址总线高 8 位,P3 口作为第二功能使用(不一定全部),真正能提供给用户使用的 I/O 口只有 P1 口和未使用第二功能的部分 P3 口端线。在用作输入时,P0~P3 口均需先写入"1"。

2.4 时钟电路与复位电路

2.4.1 时钟电路和时序

CPU 功能总的来说是以不同的方式执行各种指令。不同的指令其功能各异。有的指令涉及 CPU 各寄存器之间的关系；有的指令涉及单片机核心电路内部各功能部件之间的关系；有的则与外部器件如外部程序存储器发生联系。事实上，CPU 是通过复杂的时序电路完成不同指令功能的。所谓的时序是指控制器按照指令功能发出一系列在时间上有一定次序的信号，控制和启动一部分逻辑电路，完成某种操作。

1. 时钟电路

80C51 型单片机内有一高增益反相放大器，按图 2-12 连接即可构成自激振荡电路，振荡频率取决于石英晶体的振荡频率，范围可取 1.2～12 MHz，C01、C02 主要起频率微调和稳定作用，电容值可取 5～30 pF。

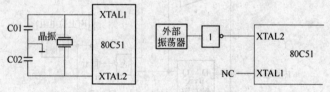

图 2-12 80C51 系列单片机时钟电路

当采用外部振荡脉冲输入时，可按图连接，此时 XTAL1 悬空，从 XTAL2 输入外部振荡脉冲。

2. 时序

80C51 单片机的一个机器周期由 6 个状态（S1～S6）组成，每个状态又持续 2 个振荡周期，分为 P1 和 P2 两个节拍。这样，一个机器周期由 12 个振荡周期组成，一个状态周期（也称时钟周期）由 2 个振荡周期构成。若采用 12 MHz 的晶体振荡器，则每个机器周期为 1 μs，每个状态周期为 1/6 μs。在一般情况下，算术和逻辑操作发生在 P1 期间，而内部寄存器到寄存器的传输发生在 P2 期间。

80C51 单片机的取指令和执行指令的定时关系如图 2-13 所示。从图中可以看出低 8 位

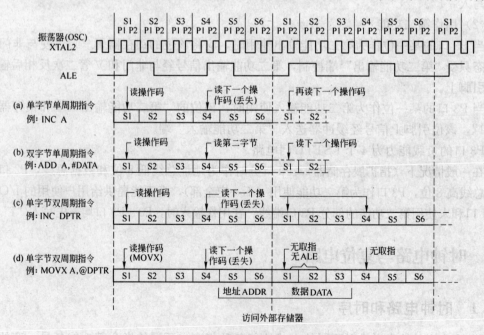

图 2-13 80C51 取指和执行指令时序图

的地址锁存信号 ALE 在访问外部程序存储器的机器周期中两次有效（S1P2～S2P1 和 S4P2～S5P1）。在访问外部数据存储器的机器周期时，第二个机器周期不产生有效的 ALE 信号。

对于单周期指令，当指令操作码读入指令寄存器时，便从 S1P2 开始执行指令。如果是双字节指令，则在同一机器周期的 S4 读入第二字节。若为单字节指令，则在 S1 期间仍进行读，但所读入的字节操作码被忽略，且程序计数器也不加 1。在 S6P2 结束时完成指令操作。

大多数 80C51 指令周期为 1～2 个机器周期，只有乘法和除法指令需要两个以上机器周期的指令，它们需要 4 个机器周期。

对于双字节单机器指令，通常是一个机器周期内从程序存储器中读入两个字节，但 MOVX 指令例外，MOVX 指令是访问外部数据存储器的单字节双机器周期指令，在执行 MOVX 指令期间，外部数据存储器被选通时跳过两次取指操作，如图 2-13(d) 所示。

2.4.2　复位和复位电路

复位是计算机的一个重要工作状态。在单片机工作时，接电时要复位，断电后要复位，发生故障后要复位，所以必须弄清楚复位方式和复位电路。

1. 复位方式

单片机在开关机时都需要复位，以便中央处理器 CPU 及其他功能部件都处于一个确定的初始状态，并从这个状态开始工作。80C51 的 RST 引脚是复位信号的输入端。复位信号高电平有效，持续时间需要 24 个时钟周期以上。例如：若 80C51 单片机时钟频率为 12 MHz，则复位脉冲宽度至少应为 2 μs。单片机复位后，其片内各寄存器状态如表 2-4 所示。这时，堆栈指针 SP 为 07H，ALE、$\overline{PSEN}$、P0、P1、P2 和 P3 口各引脚均为高电平，片内 RAM 中内容不变。

表 2-4　复位后的内部存储器状态

寄存器名	内　　容	寄存器名	内　　容
PC	0000H	TCON	00H
ACC	00H	TH0	00H
B	00H	TL0	00H
PSW	00H	TH1	00H
SP	07H	TL1	00H
DPTR	0000H	TH2 (80C52)	00H
P0～P3	FFH	TL2 (80C52)	00H
IP (80C51)	×××00000B	RCAP2H (80C52)	00H
IP (80C52)	××000000B	RCAP2L (80C52)	00H
IE (80C51)	0××00000B	SCON	00H
IE (80C52)	0×000000B	PCON (HMOS)	0×××××××B
SBUF	不定	PCON (CHMOS)	0×××0000B
TMOD	00H		

2. 复位电路

图 2-14(a)为 80C51 型单片机上电复位电路。RC 构成微分电路，在接电瞬间，产生一个微分脉冲，其宽度若大于 2 个机器周期，80C51 型单片机将复位。为保证微分脉冲宽度足够大，RC 时间常数应大于 2 个机器周期。一般取 10 μF 电容、8.2 kΩ 电阻。

图 2-14(b)为手动复位电路。图 2-14(c)为自动复位电路。

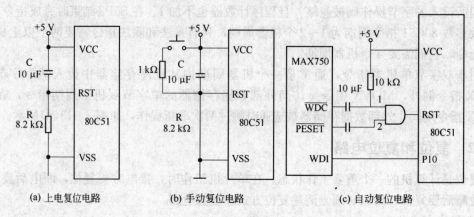

(a) 上电复位电路　　　　(b) 手动复位电路　　　　(c) 自动复位电路

图 2-14　80C51 系列单片机的复位电路

2.5　单片机的工作方式

2.5.1　程序执行方式

程序执行方式是单片机的基本工作方式，通常可以分为单步执行和连续执行两种工作方式。

1. 单步执行方式

单步执行方式是指单片机在控制面板上某个按钮（即单步执行键）控制下一条一条执行用户程序中指令的方式，即按一次单步执行键执行一条用户指令的方式。单步执行方式常常用于用户程序的调试。

单步执行方式是利用单片机外部中断功能实现的。单步执行键相当于外部的中断源，当它被按下时相应电路就产生一个负脉冲（即中断请求信号）送到单片机的 $\overline{\text{INT0}}$（或 $\overline{\text{INT1}}$）引脚。80C51 单片机在 $\overline{\text{INT0}}$ 上负脉冲作用下便能启动一次中断处理过程，CPU 执行一条程序指令，这样就可以一步一步地进行单步操作。

2. 连续执行方式

连续执行方式是所有单片机都需要的一种工作方式，被执行程序可以放在片内或片外 ROM 中。由于单片机复位后程序计数器 PC=0000H，因此机器在加电或按钮复位后总是到 0000H 处执行程序，这就可以预先在 0000H 处放一条转移指令，以便跳转到 0000H～FFFFH 中的任何地方执行程序。

2.5.2　省电方式

省电方式是一种减少单片机功耗的工作方式，通常可以分为空闲（等待）方式和掉电

（停机）方式两种，只有 CHMOS 型器件才有这种工作方式。CHMOS 型单片机是一种低功耗器件，正常工作时消耗 11～20 mA 电流，空闲状态时为 1.7～5 mA 电流，掉电方式为 5～50 μA。因此，CHMOS 型单片机特别适用于低功耗应用场合。

CHMOS 型单片机的节电方式是由特殊功能寄存器 PCON 控制的，PCON 各位定义为：

PCON.7	PCON.6	PCON.5	PCON.4	PCON.3	PCON.2	PCON.1	PCON.0
SMOD	—	—	—	GF1	GF0	$\overline{\text{PD}}$	$\overline{\text{IDL}}$

其中，SMOD 为串行口波特率倍率控制位，若 SMOD＝1，则串行口波特率倍数为 2 倍；PCON.6～PCON.4 无定义，用户不可使用；GF1 和 GF0 为通用标志位，用户可通过指令改变它们的状态；$\overline{\text{PD}}$ 为掉电控制位；$\overline{\text{IDL}}$ 为空闲控制位。$\overline{\text{PD}}$ 和 $\overline{\text{IDL}}$ 的片内控制电路如图 2－15 所示。

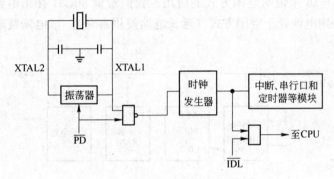

图 2－15　空闲和掉电方式控制电路

图 2－15 中，$\overline{\text{PD}}$ 和 $\overline{\text{IDL}}$ 均为 PCON 中的 PD 和 IDL 触发器的相应输出端。

1. 掉电方式

80C31 执行如下指令便可进入掉电方式

```
MOV PCON, #02H  ; PD←1
```

由图 2－15 可见，上述指令执行后 PD 端变为高电平，振荡器因此停振，片内所有功能部件停止工作，但片内 RAM 和特殊功能寄存器 SFR 中内容保持不变，ALE 和 $\overline{\text{PSEN}}$ 均为逻辑低电平。在掉电期间，VCC 电源可以降为 2 V（可以由干电池供电），但 80C31 退出掉电方式必须等待 VCC 恢复＋5 V 电压后经过一段时间后才能允许。

80C31 从掉电状态退出的唯一方法是硬件复位，即需要给 RST 引脚上外加一个足够宽的复位正脉冲。80C31 复位以后 SFR 重新被初始化，但 RAM 中内容保持不变。因此，若要使得 80C31 在掉电后继续执行掉电前的程序，那就必须在掉电前预先把 SFR 中内容保护到片内 RAM，并在掉电方式退出后为 SFR 恢复掉电前的状态。

2. 空闲方式

80C31 执行如下指令可以进入空闲方式：

```
MOV PCON, # 01H  ; IDL←1
```

由图 2-15 可见,上述指令执行后 $\overline{IDL}$ 端变为低电平,与门无输出,CPU 停止工作,但中断、串行口和定时器/计数器可以继续工作。此时,CPU 现场(即 SP、PC、PSW 和 ACC 等)、片内 RAM 和 SFR 中其他寄存器内容均维持不变,ALE 和 $\overline{PSEN}$ 变为高电平。总之,CPU 进入空闲状态后是不工作的,但各功能部件保持了进入空闲状态前的内容,且消耗功耗很少。因此,在程序执行过程中,用户在 CPU 无事可做或不希望它执行有用程序时应让它进入空闲状态,一旦需要继续工作就让它退出空闲状态。

CHMOS 型器件退出空闲状态有两种方法。一种方法是让被允许中断的中断源发出中断请求(例如:定时器 T0 定时 1 ms 时间已到),中断系统收到这个中断请求后,片内硬件电路会自动使 $\overline{IDL}=0$,致使图中与门重新打开,CPU 便可从激活空闲方式指令的下一条指令开始继续执行程序。另一种使 CPU 退出空闲状态的方法是硬件复位,即在 80C31 的 RST 引脚上送一个脉宽大于 24 个时钟周期的脉冲。此时,PCON 中的 IDL 被硬件自动清零,CPU 便可继续执行进入空闲方式前的用户程序。

现在,以图 2-16 来说明空闲方式的应用。我们希望 80C31 在市电正常时执行用户程序,停电时依靠备用电池处于空闲方式(延长电池使用寿命),市电恢复后继续执行停电前的用户程序。

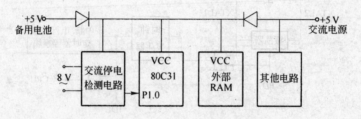

图 2-16 80C31 系统供电框图

在图 2-16 中,硬件电路十分简单。两只二极管用于对两种电源起隔离作用,即市电正常时备用电池不工作,反之亦然。"交流停电检测电路"既可以由市电电源+5 V 供电,也可以由备用干电池供电。"交流停电检测电路"的作用是:若市电未停,则它使 P1.0 引脚变为低电平"0";若市电停,则它使 P1.0 变为高电平"1"。

其实,空闲方式的进入和退出是由程序控制的,图只是它的硬件支持电路。通常,能完成上述切换的程序由主程序和定时器 T0 的中断服务程序组成。

2.5.3 EPROM 编程和校验方式

EPROM 编程是指利用特殊手段对单片机片内 EPROM 进行写入的过程,校验则是对刚刚写入的程序代码进行读出验证的过程。因此,单片机的编程和校验方式只有 EPROM 型器件才有,如 87C51H 这样的器件。

87C51H 和 80C51 类似,只是 87C51H 片内 4 KB 程序存储器是 EPROM 型的,不像 80C51 那样是 ROM 型的。87C51H 片内 EPROM 有编程、校验和保密等 3 种工作方式。在每种工作方式下,各引脚的输入电平是不相同的,如表 2-5 所示。

应当注意:$\overline{EA}$/VPP 上编程电源电压不能大于 21.5 V,即使是一个小小的尖脉冲也会引起器件的永久性损坏。

表 2 - 5 85C71H EPROM 操作方式

方　式	RST	$\overline{PSEN}$	EA/VPP	ALE/$\overline{PROG}$	P2.7	P2.6	P2.5	P2.4
编　程	1	0	VPP	0	1	0	×	×
禁　止	1	0	×	1	1	0	×	×
校　验	1	0	1	1	0	0	×	×
保密位编程	1	0	VPP	0	1	1	×	×

表中：“1”表示逻辑高电平，“0”表示逻辑低电平，×表示任意逻辑电平，VPP 为 21 V±0.5 V，$\overline{PROG}$ 的编程脉冲为 50 ms 负脉冲。

1. EPROM 编程方式

87C51H EPROM 的编程方式要求它的引脚按表中相应状态连接，如图 2 - 17 所示。

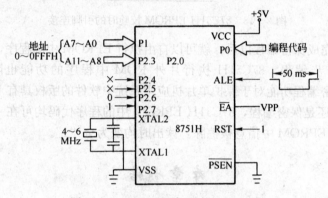

图 2 - 17 87C51H 编程时的引脚连接

在图 2 - 17 中，87C51H 振荡器频率应为 4～6 MHz，CPU 应处于工作状态。87C51H 片内 EPROM 的编程是在另一台主单片机控制下进行的。片内 EPROM 的 12 位地址加在 P2.3～P2.0 和 P1.7～P1.0 引脚上，被写入的程序代码由 P0 口输入，ALE 线上应输入一个 50 ms 宽的负脉冲，以完成一个存储单元的程序代码写入。因此，若位每个负脉冲再外加 5 ms 余量，则 87C51H 完成片内 4 KB EPROM 编程至少需要 55 ms×4 096＝3.75 min。在编程时，12 位 EPROM 地址码、被写编程代码和 ALE 上负脉冲必须彼此间符合一定的时间关系，符合这种时间关系的波形称为编程波形。87C51H 的编程波形可参见有关资料，因为编程/校验通常可以在专门的 EPROM 编程器上完成，读者仅需学会相应的操作就行了。

2. EPROM 的校验方式

87C51H EPROM 的校验方式要求它的引脚按表中相应状态连接，如图 2 - 18 所示。

和编程时类似，EPROM 校验也是在另一台主单片机控制下进行的。在校验时，主单片机把 12 位地址送入被校验 87C51H 的 P2 和 P1 口，以选中读出相应 EPROM 存储单元中内容，经 P0 口送给主单片机。主单片机把该读出代码和编程时写入的编程代码进行比较；若两者结果相同，则该单元编程正确；若结果不同，则应查明原因重新进行编程，直到正确为止。

3. EPROM 的保密方式

87C51H 的保密方式要求它的引脚按表 2 - 5 中相应状态连接，它和图 2 - 17 的唯一差别在于 P2.6 应接逻辑高电平“1”。87C51H EPROM 保密编程的过程和 EPROM 编程过程类同，在此不再赘述。

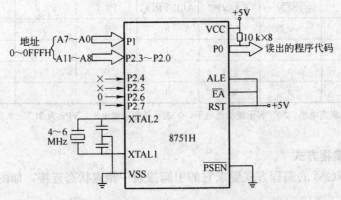

图 2-18　87C51H EPROM 校验时的引脚连接

87C51H 一旦完成保密编程以后，就可以自由执行 EPROM 中的程序，但不能以任何形式读出和对它进一步编程，87C51H 执行片外 ROM 中程序的功能也随之消失。因此，87C51H 的这种保密编程功能对于保护单片机应用系统中软件的版权具有十分重要的意义。

无论是编程，还是保密编程，87C51H EPROM 中的程序代码均可在专用的 EPROM 擦除器中擦除。一旦 EPROM 中信息被擦除，读出时均变为全"1"。

本章小结

1. 80C51 单片机芯片是由一个 8 位 CPU，128 B 的内 RAM、21 个特殊功能寄存器、4 个 8 位并行 I/O 口、两个 16 位定时/计数器、一个串行输入输出口和时钟电路等组成。芯片共有 40 个引脚。除了电源、接地、时钟端和 32 条端线外，有 4 个控制引脚：ALE（地址锁存允许）、$\overline{\text{PSEN}}$（外 ROM 读选通）、RST（复位）、$\overline{\text{EA}}$（内外 ROM 选择）。

2. 80C51 系列单片机从逻辑上有 3 个不同的存储空间，分别是片内外统一编址的 64 KB ROM、64 KB 外 RAM 和 128 B 片内 RAM，用不同的指令和控制信号实现操作。片内低 128 B 内 RAM 可分为工作寄存器区（00H～1FH）、位寻址区（20H～2FH）和堆栈、数据缓冲区（30H～7FH）。片内高 128 B 离散存放着 21 个特殊功能寄存器：累加器 A、程序状态字 PSW、堆栈指针 SP、数据指针 DPTR、地址指针 PC 等，它们均有着特殊的用途和功能。

3. 80C51 单片机 4 个 I/O 口在扩展外 RAM 和外 ROM 情况下，P0 口分时传送低 8 位地址和 8 位数据，P2 口传送高 8 位地址，P3 口常用于第二功能，提供给用户的只有 P1 口和部分未使用第二功能的 P3 口端线。

4. 指挥 80C51 单片机有条不紊工作的是时钟脉冲，执行指令均按一定时序操作。机器周期是 80C51 单片机工作的基本定时单位，一个机器周期包含 12 个振荡脉冲，6 个时钟脉冲。

5. 复位是单片机一个重要的工作状态。复位的条件是 RST 引脚保持 2 个机器周期以上的高电平；复位电路一般由 RC 微分电路构成；复位后的状态：PC 值为 0000H，SP 的值为 07H，P0～P3 口值为 FFH。

习 题 2

一、选择题

1. 80C51 单片机用于选择内外程序存储器的控制信号是（ ）。

    (A) RST   (B) $\overline{EA}$ (C) $\overline{PSEN}$ (D) ALE

2. PC 的值是（ ）。

    (A) 当前正在执行指令的前一条指令的地址

    (B) 当前正在执行指令的地址

    (C) 当前正在执行指令的下一条指令的地址

    (D) 控制器中指令寄存器的地址

3. ALE 信号有效的时候，表示（ ）。

    (A) 从 ROM 中读取数据   (B) 从 P0 口可靠地送出地址低 8 位

    (C) 从 P0 口送出数据   (D) 从 RAM 中读取数据

4. 80C51 复位时，下述说法正确的是（ ）。

    (A)（20H）＝00H   (B) SP＝00H   (C) SUBF＝00H   (D) TH0＝00H

5. 80C51 的并行 I/O 口信息有两种读取方法：一种是读引脚，还有一种是（ ）。

    (A) 读锁存器   (B) 读数据   (C) 读 A 累加器   (D) 内部锁存器

6. 外部中断 1 固定对应的中断入口地址为（ ）。

    (A) 0003H   (B) 000BH   (C) 0013H   (D) 001BH

7. P1 口的每一位都能驱动（ ）。

    (A) 2 个 TTL 低电平负载   (B) 4 个 TTL 低电平负载

    (C) 8 个 TTL 低电平负载   (D) 10 个 TTL 低电平负载

8. 使用 87C51 且 $\overline{EA}$＝1 时，则可以扩展 ROM（ ）。

    (A) 64 KB   (B) 60 KB   (C) 56 KB   (D) 58 KB

9. 在扩展系统中，能够提供地址信号的高 8 位的端口是（ ）。

    (A) P0 口   (B) P1 口   (C) P2 口   (D) P3 口

10. 内部 RAM 中具有位地址的区域是（ ）。

    (A) 00H～1FH   (B) 20H～2FH   (C) 20H～3FH   (D) 30H～7FH

二、填空题

1. MCS-51 单片机的 P0～P3 均是＿＿＿＿＿＿＿ I/O 口，其中的 P0 口和 P2 口除了可以进行数据的输入、输出外，通常还用来构建扩展系统的＿＿＿＿＿＿＿和＿＿＿＿＿＿＿，在 P0～P3 口中，真正的双向口为＿＿＿＿＿＿＿，＿＿＿＿＿＿＿为准双向口。

2. P2 口在扩展系统当中通常用作＿＿＿＿＿＿＿，也可以作通用的 I/O 口使用。

3. 80C51 的堆栈只可设置在＿＿＿＿＿＿＿＿＿＿，堆栈寄存器 SP 是＿＿＿＿＿＿＿位寄存器。

4. 80C51 单片机内部 RAM 低 128 单元有＿＿＿＿＿＿＿组工作寄存器，＿＿＿＿＿＿＿个位地址。

5. 80C51 单片机中的 PC 的长度为＿＿＿＿＿＿＿＿＿＿位，MCS-51 单片机中的累加器 A 的长度为＿＿＿＿＿＿＿位，80C51 单片机中的 DPTR 的长度为＿＿＿＿＿＿＿＿＿＿位。

6. 若 80C51 单片机的程序状态字 PSW 中的 RS1 RS0＝11，那么工作寄存器 R0～R7 的直接地址为＿＿＿＿＿＿＿＿＿＿＿＿＿。

7. 80C51 单片机的 RST 引脚上保持＿＿＿＿＿＿＿＿个机器周期以上的低电平时，单片机即发生复位。

8. 80C51 单片机扩展片外的 I/O 接口占用片外＿＿＿＿＿＿＿存储器的地址空间。

9. 80C51 单片机复位后 SP 的值为＿＿＿＿＿＿＿，第一个入栈的数据存入＿＿＿＿＿＿单元。

10. 若单片机使用频率为 6 MHz 的晶振，那么时钟周期为＿＿＿＿＿＿＿＿，机器周期为＿＿＿＿＿。

三、简答题

1. 80C51 单片机内部结构包含哪些功能部件？

2. 80C51 型单片机控制线有几根？每一根控制线的作用是什么？

3. 程序状态字 PSW 各位的定义是什么？

4. ALE 信号频率与振荡频率有什么关系？

5. 读外 ROM 的控制线是哪几条？读写外 RAM 的控制线又是哪几条？

6. 对扩展外存储器的 MCS-51 型单片机系统，P0～P3 口各有什么功用？

7. P3 口第二功能是什么？

8. 80C51 单片机寻址范围有多少？80C51 最多可以配置多大容量的 ROM 和 RAM？用户可以使用的容量又有多少？

9. 80C51 片内 RAM 容量有多少？可以分为哪几个区？各有什么特点？

10. 80C51 的特殊功能寄存器 SFR 有多少个？可以位寻址的有多少？

11. 位地址 00H～7FH 和内部 RAM 字节地址 00～7FH 编址相同，读写时会不会搞错？为什么？

12. 80C51 的 $\overline{\text{PSEN}}$ 线的作用是什么？$\overline{\text{RD}}$ 和 $\overline{\text{WR}}$ 的作用是什么？

13. 80C51 RST 引脚的作用是什么？有哪几种复位方式？复位后的状态如何？

第 3 章 80C51 的指令系统

┌─ 学习目标 ───

　　学习和应用单片机一个很重要的环节就是理解并熟练掌握它的指令系统。通过本章的学习，应达到以下的学习目标：

　　1. 了解机器语言、汇编语言和高级语言的特点；

　　2. 掌握汇编语言指令的基本格式，熟悉机器语言指令的格式；

　　3. 理解 80C51 的 7 种寻址方式及相应的寻址空间，并能实际应用；

　　4. 熟记 80C51 的 111 条汇编语言指令的形式；

　　5. 熟悉每条指令的功能、操作的对象和结果；并会根据不同的实践需要选择合适的指令。

───┘

3.1 概述

　　指令是 CPU 用来执行某种操作的命令。一条指令只能完成有限的功能，为了使计算机能够完成一定复杂的功能就需要一系列的指令，计算机能够执行的各种指令的集合称为它的指令系统。计算机的总体功能是由指令系统来体现的，一般来说，若一台计算机的指令越丰富、寻址方式越多、且每条指令执行速度都较快，那么它的总体功能就越强。不同型号的计算机其指令系统也不相同。

3.1.1 机器语言、汇编语言和高级语言

　　在计算机中，所有的指令、数据都是用二进制代码来表示的。这种用二进制代码表示的指令系统称为机器语言（Machine Language），用机器语言编写的程序称为机器语言程序或"目标程序"（Object Program）。为了书写方便，二进制代码常用十六进制代码表示。对于计算机，机器语言能被直接识别并快速执行。但对于使用者，这种用机器语言编写的程序很难识别和记忆，容易出错。为了克服这些缺点，出现了汇编语言和高级语言。

　　用英文字符来代替机器语言，这些英文字符被称为助记符。用助记符表示指令系统的语言称为汇编语言（Assembly Language）。它由字母、数字和符号组成，又称"符号语言"。由于助记符一般都是操作功能的英文缩写，这样使程序易写、易读和易改。可见汇编语言仍是一种面向机器的语言，和 CPU 类别密切相关，不同 CPU 的机器有不同的汇编语言。本章介绍的 80C51 系列单片机程序都是汇编语言形式。

　　但是计算机不能直接识别在汇编语言中出现的各种字符，需要将其转换成机器语言，通

常把这一转换（翻译）工作称为汇编。汇编可以由查表的形式手工完成，也可由专门的程序来进行，这种程序称为汇编程序。汇编后得到的机器语言程序称为目的程序或目标程序，原来的汇编语言程序称为源程序。

由于汇编语言是一种面向机器的语言，因此受到机器种类的限制，不能在不同类型的计算机上通用，这样就出现了高级语言，例如 BASIC、PASCAL、C 语言等。高级语言是一种面向过程的语言，这种语言更接近英语和数字表达式，易被一般用户掌握。高级语言是独立于机器的，在编程时，用户不需要对机器的硬件结构和指令系统有深入的了解。高级语言直观、易学，通用性强，易于移植到不同类型的机器上去。

计算机对高级语言不能直接识别和执行，需要转换为机器语言，因此它的执行速度比机器语言和汇编语言慢，且占用内存空间大。

因汇编语言运行速度快，占用内存空间小，且易读易记，所以在工业控制中广泛采用的是汇编语言。本章就用 80C51 单片机的汇编语言来描述其指令功能。

3.1.2 指令的格式

1. 汇编语言指令的格式

汇编语言指令的一般格式如下：

［标号：］操作码助记符［操作数］［；注释］

其中每条指令必须有操作码助记符，带 ［ ］ 的为可选项，可有可无。

标号是表示该指令位置的符号地址，代表该指令第一个字节所存放的存储器单元的地址。它是以英文字母开始的由 1～8 个字母或者数字组成的字符串，并以"："结尾。通常在子程序入口或者转移指令的目标地址才赋标号。

操作码助记符是表示指令功能的英文缩写。它是指令的核心部分，不能缺省。例如：ADD 是加法的助记符，MOV 是传送的助记符。

操作数是表示指令操作所需要的操作数或者操作数的地址。指令的操作数可以是 1 个、2 个或者 3 个，也可以没有。例如：NOP 指令就没有操作数。操作数之间以"，"分隔，操作码与操作数之间以空格分隔。

注释字段是用户给该条指令或该程序的功能说明，是为了方便阅读程序的一种标注。注释以"；"为开始。注释不影响该指令的执行。

2. 机器语言指令的格式

机器语言指令是一种二进制代码，它包括两个基本部分：操作码和操作数。操作码规定了指令操作的性质，操作数则表示指令操作的对象。在 80C51 的指令系统中，有单字节、双字节和三字节共 3 种指令，它们分别占有 1～3 个程序存储器的单元。机器语言指令格式如图 3-1 所示。

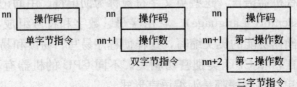

图 3-1 机器语言指令的格式示意图

本章 3.4 节中每条指令都有较详细的机器语言格式说明。

3.1.3　常用符号

在描述 80C51 指令系统的功能时，规定了一些描述寄存器、地址及数据等的符号，其意义如下。

Rn——当前选中的工作寄存器组 R0～R7（n：0～7）。它在片内数据存储器中的地址由 PSW 中的 RS1、RS0 确定，可以是 00H～07H（第 0 组）、08H～0FH（第 1 组）、10H～17H（第 2 组）、18H～1FH（第 3 组）。

Ri——当前选中的工作寄存器组中可作为地址指针的 2 个工作寄存器 R0、R1（i=0 或 1）。它在片内数据存储器中的地址由 RS0、RS1 确定，分别为 00H、01H；08H、09H；10H、11H；18H、19H。

♯data——8 位立即数，即包含在指令中的 8 位常数。

♯data16——16 位立即数，即包含在指令中的 16 位常数。

direct——8 位片内 RAM 单元（包括 SFR）的直接地址。对于 SFR，此地址可以直接用它的名称来表示，例如 ACC（此时不能用 A 代替）、PSW、P0 等。

addr11——11 位目的地址。用于 ACALL 和 AJMP 指令中，目的地址必须放在与下一条指令第 1 个字节同一个 2 KB 程序存储器地址空间之内。

addr16——16 位目的地址。用于 LCALL 和 LJMP 指令中，目的地址范围在 64 KB 程序存储器地址空间。

rel——补码形式的 8 位地址偏移量，用于相对转移指令中。偏移量以下一条指令第 1 个字节地址为基值，偏移范围为 −128～＋127。

bit——片内 RAM 或特殊功能寄存器的直接寻址位地址。

@——在间接寻址方式中，表示间址寄存器的符号。

/——在位操作指令中，表示对该位先取反，再参与操作，但不影响该位原值。

以下符号仅出现在指令注释或功能说明中。

X——片内 RAM 的直接地址（包含位地址）或寄存器。

(X)——在直接寻址方式中，表示直接地址 X 中的内容；在间接寻址方式中，表示由间址寄存器 X 指出的地址单元。

((X))——在间接寻址方式中，表示由间址寄存器 X 指出的地址单元中的内容。

←——在指令操作流程中，将箭头右边的内容送入箭头左边的单元内。

在本章指令注释中，表示寄存器 Rn 或累加器 A、寄存器 B 等中的内容时均不加括号。源操作数中的间址内容用 ((Ri)) 表示，但是目的操作数中送入某间址单元用 (Ri) 表示（注意：不是表示 Ri 中的内容，而是表示 Ri 间址单元的内容）。

3.2　寻址方式

执行任何一条指令都需要使用操作数（空操作除外）。寻址方式就是指在寻找操作数所在地址的方式。在这里，地址泛指一个立即数、某个存储单元或者某个寄存器等。80C51 系列单片机有以下 7 种寻址方式。

3.2.1 立即寻址

立即寻址指在该指令中直接给出参与操作的常数（称为立即数）。立即数前冠以"#"，以便与直接地址相区别。

例 3-1 传送指令：MOV A,#5AH

这条指令的功能是把立即数 5AH 送入到累加器 A 中。指令机器代码为 74H、5AH，双字节指令。在程序存储器中占的地址为 0100H 和 0101H（存放指令的起始地址是任意假设的）。该指令的执行过程如图 3-2(a)所示。

在 80C51 系列指令系统中，还有一条 16 的立即数传送指令，即：

```
MOV   DPTR, #data16
```

该指令是把 16 位立即数 data16 送入数据指针 DPTR 中。DPTR 由两个特殊功能寄存器 DPH 和 DPL 组成。立即数的高 8 位送入 DPH 中，低 8 位送入 DPL 中。

例 3-2 16 位传送指令：MOV DPTR,#1023H

这条指令的功能是把 16 位的立即数送 DPTR 中。其中高字节 10H 送入 DPH 中，低字节 23H 送入 DPL 中。指令的机器代码为 90H、10H、23H，三字节指令。在程序存储器中占的地址为 0100H、0101H 及 0102H。该指令的执行过程如图 3-2(b)所示。

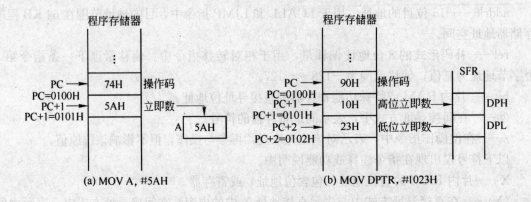

图 3-2 立即寻址示意图

3.2.2 直接寻址

直接寻址就是在指令中直接给出操作数所在存储单元的地址，该地址指出了参与操作的数据所在的字节地址或者是位地址。在 80C51 单片机中，直接地址只能用来表示特殊功能寄存器、内部数据存储器和位地址空间。其中，特殊功能寄存器和位地址空间只能用直接寻址方式来访问。

例 3-3 传送指令：MOV A,30H

这条指令的功能是把内部 RAM30H 单元的内容送入 A 中（注意：内部 RAM 地址为 30H 单元中的内容可以是 00H~0FFH 范围内的任意一个数）。指令代码为 E5H、30H，为双字节指令。在程序存储器中占的空间及寻址示意图如图 3-3 所示。

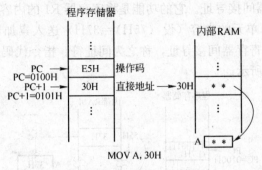

图 3 - 3 直接寻址示意图

3.2.3 寄存器寻址

在指令中指出某个寄存器（Rn、A、B 和 DPTR 等）中的内容作为操作数，这种寻址方式称为寄存器寻址。采用寄存器寻址可以获得较高的运算速度。

例 3 - 4 传送指令：MOV A, R5

这条指令的功能是把寄存器 R5 的内容送入到累加器 A 中。指令的代码为 0EDH，单字节指令。其寻址示意图如图 3 - 4 所示。

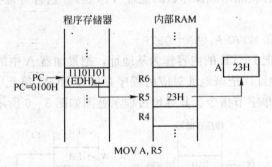

图 3 - 4 寄存器寻址示意图

3.2.4 寄存器间接寻址

寄存器间接寻址是指把指令中指定的寄存器的内容作为操作数的地址，把该地址对应单元中的内容作为操作数。这种寻址方式适于访问内部 RAM 和外部 RAM。可以看出，在寄存器寻址中寄存器的内容作为操作数，但是在寄存器间接寻址方式中，寄存器中存放的是操作数的地址。即指令操作数的获得是通过寄存器间接得到的。为了区别寄存器寻址和寄存器间接寻址，在寄存器间接寻址中应在寄存器名称的前面加间址符"@"。

在访问内部 RAM 的 00H～7FH 地址单元时，用当前工作寄存器 R0 或 R1 作地址指针来间接寻址。对于栈操作指令 PUSH 和 POP，则用堆栈指针 SP 进行寄存器间接寻址。

在访问外部 RAM 的页内 256 个单元（00H～FFH）时，用 R0 或 R1 工作寄存器来间接寻址。在访问外部 RAM 整个 64 K（0000H～FFFFH）地址空间时，用数据指针 DPTR 来间接寻址。

例 3 - 5 传送指令：MOV A,@R1

这条指令属于寄存器间接寻址。它的功能是将寄存器 R1 的内容（设 R1＝75H）作为地址，再将片内 RAM75H 单元的内容（设（75H）＝37H）送入累加器 A 中。指令中在寄存器名前冠以"@"，表示寄存器间接寻址，称之为间址符。指令代码为 0E7H，单字节指令。其寻址示意图如图 3－5 所示。

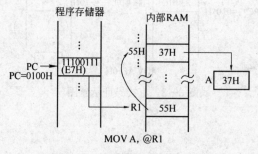

MOV A, @R1

图 3－5　寄存器间接寻址示意图

3.2.5　变址寻址

变址寻址以程序计数器 PC 或数据指针 DPTR 作为基地址寄存器，以累加器 A 作为变址寄存器，把二者的内容相加形成操作数的地址（16 位）。这种寻址方式用于读取程序存储器中的常数表。

例 3－6　查表指令：MOVC A,@A＋DPTR

这条指令的功能是把 DPTR 的内容作为基地址，把累加器 A 中的内容作为地址偏移量，两者相加后得到 16 位地址，把该地址对应的程序存储器 ROM 单元中的内容送到累加器 A 中。指令代码为 93H，单字节指令。其寻址过程示意图如图 3－6 所示。

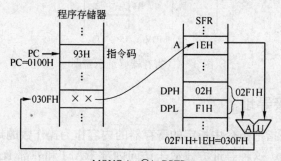

MOVC A, @A+DPTR

图 3－6　变址寻址示意图

3.2.6　相对寻址

相对寻址以程序计数器 PC 的当前值作为基地址，与指令中给定的相对偏移量 rel 进行相加，把所得之和作为程序的转移地址。这种寻址方式用于相对转移指令中。指令中的相对偏移量是一个 8 位带符号数，用补码表示。

例 3－7　累加器 A 内容判零指令：JZ 30H

这条指令是以累加器 A 的内容是否为零作为条件的相对转移指令，指令代码为 60H、30H，为 2 字节指令。其功能为当 A＝0 时，条件满足，则程序执行发生转移 PC←PC＋2＋rel；

当 A≠0 时，条件不能满足，则程序顺序执行 PC←PC+2。相对寻址示意图如图 3-7 所示。

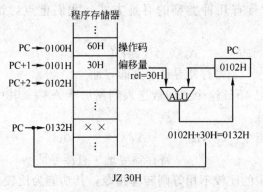

JZ 30H

图 3-7 相对寻址示意图

在 80C51 指令系统中，相对转移指令多数为 2 字节指令，执行完相对转移指令后，当前的 PC 值应该为这条指令首字节所在单元的地址值（源地址）加 2，所以偏移量应该为：

$$rel=目的地址-（源地址+2）$$

但也有一些是 3 字节的相对转移指令（如 CJNE A，direct，rel），那么执行完这条指令后，当前的 PC 值应该为本指令首字节所在单元的地址值加 3，所以偏移量为：

$$rel=目的地址-（源地址+3）$$

相对偏移量 rel 是一个带符号的 8 位二进制数，以补码形式出现。因此，程序的转移范围在相对 PC 当前值的+127～-128 个字节单元之间。

3.2.7 位寻址

80C51 单片机中设有独立的位处理器。位操作指令能对内部 RAM 中的位寻址区和某些有位地址的特殊功能寄存器进行位操作。也就是说，可对位地址空间的每个位进行位变量传送、状态控制、逻辑运算等操作。

例 3-8 位传送指令 MOV C,04H

这条指令的功能是把位地址 04H 中的内容传送到 C_y 中（即把内部 RAM20H 单元的 D_4 位（位地址为 04H）的内容传送到位累加器 C 中）。指令代码为 0A2H、04H，为双字节指令。其操作过程如图 3-8 所示。

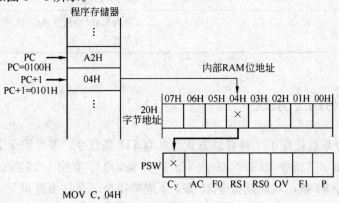

MOV C, 04H

图 3-8 位寻址示意图

以上介绍了 80C51 指令系统的 7 种寻址方式。实际上许多指令本身包含着两个或 3 个操作数，这时往往就具有几种类型的寻址方式。我们重点讨论的是源操作数的寻址方式。

例 3 - 9 传送指令 MOV A, #4FH
寄存器寻址 立即寻址

这条指令的功能是把 4FH 这个立即数送入到累加器 A 中。其中源操作数为立即寻址，目标操作数为寄存器寻址。

比较不相等则转移指令：CJNE A, 30H, NEXT
寄存器寻址 直接寻址 相对寻址

这是条件转移指令中的比较不相等则转移指令，其功能为比较累加器 A 的内容与直接地址 30H 的内容是否相等，如果不相等，则加上偏移量 rel 转移到 NEXT 位置；如果相等，则顺序执行。

3.3 寻址空间

80C51 单片机指令系统一共有 7 种寻址方式，每种寻址方式都有自己使用的变量和适用的寻址空间，如表 3 - 1 所示。根据不同的存储器或者存储器中不同的位置，可分别采用不同的寻址方式，这是 80C51 单片机指令系统的特点，在以后学习的过程中应注意区分。

表 3 - 1 80C51 中的寻址方式和寻址空间

序号	寻址方式	使用的变量	寻址空间
1	立即寻址		程序存储器
2	直接寻址		片内 RAM 低 128 字节，特殊功能寄存器
3	寄存器寻址	R0~R7、A、B、DPTR、C$_Y$	
4	寄存器间接寻址	@R0、@R1、SP	片内 RAM
		@R0、@R1、@DPTR	片外 RAM
5	相对寻址	PC+偏移量	程序存储器
6	变址寻址	@A+PC、@A+DPTR	程序存储器
7	位寻址		片内 RAM 中的位寻址区，可以位寻址的特殊功能寄存器

3.4 80C51 的指令系统

80C51 的指令系统使用了 7 种寻址方式，共有 111 条指令，参见附录 B 和附录 C。若按字节数分类，则单字节指令 49 条，双字节指令 46 条，3 字节指令 16 条；若按运算速度分类，则单周期指令 64 条，双周期指令 45 条，4 周期指令 2 条。由此可见，80C51 指令系统在占用存储空间和运行时间方面，效率都比较高。按照指令的功能来分类，80C51 指令系统

可分为以下 5 类:

- 数据传送指令（28 条）;
- 算术运算指令（24 条）;
- 逻辑运算指令（25 条）;
- 控制转移指令（17 条）;
- 位操作指令（17 条）。

3.4.1　数据传送指令

数据传送指令把第二个"源操作数"中的数据传送到第一个"目的操作数"中去，而"源操作数"的内容保持不变。这类指令在程序中占有较大的比重，是一种最基本、最常用的操作。

1. 对内部 RAM 和 SFR 之间的数据传送指令

80C51 内部 RAM 和特殊功能寄存器 SFR 各存储单元之间的数据传送，通常是通过 MOV指令来实现的，这类指令称为内部 RAM 和 SFR 的一般数据传送指令。如图 3-9 所示。

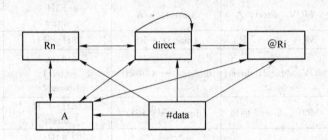

图 3-9　内部 RAM 和 SFR 之间的传送操作示意图

（1）以累加器为目的操作数的指令

以累加器为目的操作数的指令，如表 3-2 所示。

表 3-2　以累加器为目的操作数的指令

指令名称	汇编格式	操　作	机　器　码	机器周期
以累加器 A 为目的 操作数	MOV　A，Rn	A←（Rn）	E8H~EFH	1
	MOV　A，direct	A←（direct）	85H，direct	1
	MOV　A，@Ri	A←（（Ri））	E6H~E7H	1
	MOV　A，#data	A←data	74H，data	1

这类指令是把源操作数送入目的操作数 A 中，源操作数的寻址方式分别为寄存器寻址、直接寻址、寄存器间接寻址和立即寻址。

例 3-10　若 R1=21H，(21H)=55H，执行指令 MOV A，@R1 后的结果为:
A=55H，而 R1 的内容和 21H 单元的内容均不变。

（2）以寄存器为目的操作数的指令

以寄存器为目的操作数的指令，如表 3-3 所示。

表 3-3　以寄存器为目的操作数的指令

指令名称	汇编格式	操　作	机器码	机器周期
以寄存器 Rn 为目的操作数	MOV　Rn, A	Rn←A	F8H～FFH	1
	MOV　Rn, direct	Rn←(direct)	A8H～AFH direct	2
	MOV　Rn, #data	Rn←data	78H～7FH data	1

这类指令是把源操作数送入目的操作数 Rn 中，源操作数的寻址方式分别为寄存器寻址、直接寻址和立即寻址。

例 3-11　若（50H）=45H，R5=33H，执行指令 MOV R5,50H 后的结果为：

R5=45H，50H 单元中的内容不变。

（3）以直接地址为目的操作数的指令

以直接地址为目的操作数的指令，如表 3-4 所示。

表 3-4　以直接地址为目的操作数的指令

指令名称	汇编格式	操　作	机器码	机器周期
以直接地址为目的操作数	MOV　direct, A	(direct)←A	F5H direct	1
	MOV　direct, Rn	(direct)←Rn	88H～8FH	2
	MOV　direct2, direct1	(direct2)←(direct1)	85H direct1 direct2	2
	MOV　direct, @Ri	(direct)←((Ri))	86H～87H direct	2
	MOV　direct, #data	(direct)←data	75H direct data	2

这类指令的功能是把源操作数送入目的操作数 direct 中，源操作数的寻址方式分别为寄存器寻址、直接寻址、寄存器间接寻址和立即寻址。

直接地址之间的直接传送指令生产机器码是源地址在前，目的地址在后。如 MOV 40H，41H 对应的机器码为 85H、41H、40H。

例 3-12　若 R0=50H，（50H）=6AH，（70H）=2FH，执行指令 MOV 70H，@R0 后的结果为：

（70H）=6AH，R0 中的内容和 50H 单元的内容不变。

（4）以寄存器间接地址为目的操作数的指令

以寄存器间接地址为目的操作数的指令，如表 3-5 所示。

表 3-5　以寄存器间接地址为目的操作数的指令

指令名称	汇编格式	操　作	机器码	机器周期
以寄存器间接地址为目的操作数	MOV　@Ri, A	(Ri)←A	F6H～F7H	2
	MOV　@Ri, direct	(Ri)←(direct)	A6H～A7H Direct	2
	MOV　@Ri, #data	(Ri)←data	76H～77H data	1

　　这类指令的功能是把源操作数送入目的操作数@Ri 中，源操作数的寻址方式分别为寄存器寻址、直接寻址和立即寻址。提醒一下读者：在这类指令中目的操作数@Ri 中的表示方法为单括号，并不表示 Ri 中的内容，而是表示间址寄存器 Ri 表示的地址单元。

　　例 3 - 13　若 R1＝30H，(30H)＝22H，A＝34H，执行指令 MOV @R1，A 后的结果为：

　　(30H)＝34H，R1 和 A 中的内容不变。

　　(5) 16 位数据的传送指令

　　16 位数据的传送指令，如表 3 - 6 所示。

表 3 - 6　16 位数据的传送指令

指 令 名 称	汇 编 格 式	操　　作	机 器 码	机 器 周 期
16 位数据 传送	MOV　DPTR， ♯data16	DPH←data15～8 DPL←data7～0	90H data15～8 data7～0	2

　　这条指令是唯一的一条 16 位传送指令，通常用来给 DPTR 赋初值。源操作数的寻址方式为立即寻址。读者可以参看本章寻址方式中例 3 - 2。

　　有关内部 RAM 和 SFR 之间的数据传送指令的说明如下。

　　① 指令操作数为 Rn 时，属于寄存器寻址。80C51 内部 RAM 区中有 4 组工作寄存器，每组由 8 个寄存器组成，用户可通过改变 PSW 中的 RS0 和 RS1 这两位来切换当前工作寄存器组。

　　② 指令中操作数为@Ri 时，属于寄存器 R0 或 R1 间接寻址。它根据操作码字节中 D0 位 i 的取值为 0 或 1 来决定以哪个寄存器进行间接寻址。

　　③ 直接寻址的数传指令比较丰富，使得内部数据存储器各单元之间的数传十分方便。特别令人感兴趣的是直接地址到直接地址的传送。直接地址 direct 是 8 位地址，原则上寻址范围为 00H～FFH。对 80C51 来说，内部 RAM 地址空间是 00H～7FH。而 21 个 SFR 离散地分布在 80H～FFH 的地址空间中，有许多单元是无定义的。因此 direct 不能为无定义的内部数据存储单元的地址，否则将得不到正确的结果。

　　④ 数据传送指令都不影响标志位（除目的操作数是累加器 A 时会根据传送来的数据改变奇偶标志外）。

　　2. 累加器 A 与外部数据存储器传送指令

　　CPU 与外部 RAM 的数据传送指令，其助记符为 MOVX，其中的 X 就是 external（外部）的第二个字母，表示访问外部 RAM。这类指令共有 4 条，如表 3 - 7 所示。

表 3 - 7　累加器 A 与外部数据存储器传送指令

指 令 名 称	汇 编 格 式	操　　作	机 器 码	机 器 周 期
累加器 A 与外 部 RAM 的数据传送	MOVX　A，@DPTR	A←((DPTR))	E0H	2
	MOVX　@DPTR，A	(DPTR)←A	F0H	2
	MOVX　A，@Ri	A←((Ri)＋(P2))	E2H～E3H	2
	MOVX　@Ri，A	(Ri＋P2)←A	F2H～F3H	2

这组指令的功能是，在累加器 A 与外部 RAM 或扩展 I/O 口之间进行数据传送，且仅为寄存器间接寻址。80C51 只能用这种方式与连接在扩展 I/O 口的外部设备进行数据传送。

前 2 条指令以 DPTR 作为外部 RAM 的 16 位地址指针，由 P0 口送出低 8 位地址，由 P2 口送出高 8 位地址，寻址能力为 64 KB。后 2 条指令用 R0 或 R1 作外部 RAM 的低 8 位地址指针，由 P0 口送出地址码，P2 口的状态不受影响，寻址能力为外部 RAM 空间 256 个字节单元（即为 1 页）。

例 3 - 14　若 DPTR＝1020H，外部 RAM（1020H）＝54H，执行指令 MOVX　A，@DPTR 的结果为：

A＝54H，DPTR 的内容和外部 RAM1020H 单元的内容不变。

例 3 - 15　若 P2＝03H，R1＝40H，A＝7FH，执行指令 MOVX　@R1，A 后的结果为：

外部 RAM（0340H）＝7FH，P2 和 R1 及 A 中内容不变。

例 3 - 16　把外部数据存储器 2040H 单元的内容送入内部寄存器 R2 中。

```
MOV   DPTR,#2040H
MOVX  A,@DPTR
MOV   R2,A
```

3. 累加器 A 与程序存储器的传送指令

80C51 指令系统提供了 2 条累加器 A 与程序存储器的数传指令，指令助记符采用 MOVC，其中 C 就是 code（代码）的第一字母，表示读取 ROM 中的代码。这是两条极为有用的查表指令。

第一条指令为单字节指令，CPU 读取本指令后，PC 已执行加 1 操作，指向下一条指令的首字节地址。该指令以 PC 作为基址寄存器，累加器 A 的内容为无符号整数，两者相加得到一个 16 位地址，把该地址指出的程序存储器单元的内容送到累加器 A 中。如表 3 - 8 所示。

表 3 - 8　累加器 A 与程序存储器的传送指令

指令名称	汇编格式	操　作	机　器　码	机器周期
查　表	MOVC A，@A＋PC	PC←PC＋1 A←（A＋PC）	83H	2
	MOVC A，@A＋DPTR	A←（A＋DPTR）	93H	2

例 3 - 17　设 A＝35H，执行 1000H：MOVC A，@A＋PC 指令后的结果为：

首先把累加器 A 中的内容加上本条指令执行后的 PC 值 1001H，然后将程序存储器 1036H 单元的内容送入累加器 A 中，即，A←（1036H）$_{ROM}$。

本指令的优点是不改变 PC 的状态，仅根据累加器 A 的内容就可以取出表格中的数据。缺点是表格只能存放在该查表指令后面的 256 个单元之内，表格的长度受到限制，而且表格只能被一段程序所使用。

第二条指令以 DPTR 作为基址寄存器，累加器 A 的内容作为无符号数，两者相加后得到一个 16 位地址，把该地址指出的程序存储器单元的内容送到累加器 A 中。

例 3 - 18　设 DPTR＝2010H，A＝40H，执行 MOVC　A，@A＋DPTR 指令后的结果为：

首先把累加器 A 与 DPTR 的内容相加得 2050H，然后将程序存储器中 2050H 单元中的内容送入累加器 A 中，即，A← (2050H)_{ROM}。

本查表指令的执行结果只与 DPTR 和 A 的内容有关，与该指令存放的地址及表格存放的地址无关。因此表格的长度和位置可以在 64 KB 的程序存储器空间内任意改变，而且一个表格可以被多个程序段共享。

例 3 - 19　把外部数据存储器 2042H 的内容送入内部 RAM 的 50H 中。

方法一：

```
MOV   DPTR,#2 042H
MOVX  A,@DPTR          ;外部 RAM2042H 单元的内容中送入 A 中
MOV   50H,A            ;由 A 送入内部 RAM50H 中
```

方法二：

```
MOV   P2,#20H          ;地址的高 8 位由 P2 口送出
MOV   R0,#42H
MOVX  A,@R0            ;把外部 RAM2042H 的内容送入 A 中
MOV   50H,A            ;由 A 送入内部 RAM50H 中
```

例 3 - 20　把程序存储器 0150H 单元的内容取出送到外部 RAM1070H 单元中。

```
MOV   DPTR,#0150H
MOV   A,#00H
MOVC  A,@A＋DPTR       ;程序存储器 0150H 的内容取到 A 中
MOV   DPTR,#1070H
MOVX  @DPTR,A          ;A 的内容送入外部 RAM1070H 单元中
```

4. 字节交换指令

数据传送指令还提供了 4 条数据交换指令，包括 3 条字节交换指令和 1 条半字节交换指令。

（1）字节交换指令

字节交换指令，如表 3 - 9 所示。

表 3 - 9　字节交换指令

指令名称	汇编格式	操　作	机　器　码	机器周期
字节交换	XCH　A，Rn	A⇌Rn	C8H～CFH	1
	XCH　A，direct	A⇌(direct)	C5H direct	1
	XCH　A，@Ri	A⇌((Ri))	C7H	1

字节交换指令的功能是将累加器 A 的内容与内部 RAM 中任何一个单元的内容相互交换。其操作也可表示为：

例 3-21 若 A＝7AH，R1＝45H，（45H）＝39H，执行指令 XCH　A，R1 后的结果为：

A＝45H，R1＝7AH

若 A＝7AH，R1＝45H，（45H）＝39H，执行指令 XCH　A，@R1 后的结果为：

A＝39H，（45H）＝7AH，R1＝45H

（2）低半字节交换指令

低半字节交换指令，如表 3-10 所示。

表 3-10　低半字节交换指令

指令名称	汇编格式	操　作	机器码	机器周期
低半字节交换	XCHD　A，@Ri	$A_{0\sim3} \leftrightarrows ((Ri))_{0\sim3}$	D6H～D7H	1

这条指令的功能是将累加器 A 的低 4 位与 Ri 间接寻址单元的低 4 位相互交换，而各自的高 4 位维持不变。其操作表示为：

例 3-22 设 A＝59H，R0＝45H，（45H）＝7AH，执行指令 XCHD　A，@R0 后的结果为：

A＝5AH，R0＝45H（不变），（45H）＝79H。

5. 堆栈操作指令

在 80C51 内部 RAM 中可以设定一个 LIFO（后进先出）或 FILO（先进后出）区域作为堆栈，在 SFR 中有一堆栈指针 SP（8 位寄存器），它指出栈顶的位置。堆栈的栈底是固定的，栈顶是浮动的，所有的信息存入和取出都是在浮动的栈顶进行的。存取数据依据"先进后出、后进先出"的规则。在 80C51 指令系统中，有两条用于数据传送的堆栈操作指令，如表 3-11 所示。

表 3-11　用于数据传送的堆栈操作指令

指令名称	汇编格式	操　作	机器码	机器周期
进　栈	PUSH direct	SP←SP＋1 (SP) ← (direct)	C0H direct	2
出　栈	POP direct	(direct) ←((SP)) SP←SP－1	D0H direct	2

堆栈技术在子程序嵌套时常用于保存断点，在多级中断时用来保存断点和现场等。用堆栈指令也可以实现内部 RAM 单元之间的数据传送和交换。

例 3-23 在中断处理时堆栈指令用于保护现场和恢复现场。设 SP＝60H，中断服务程序的一般结构如下：

```
PUSH  ACC        ;SP←SP+1(SP=61H)
                     (61H)←ACC
PUSH  PSW        ;SP←SP+1(SP=62H)
                     (62H)←PSW
    ⋮            ;中断处理
POP   PSW        ;PSW←(62H)
                  SP←SP-1(SP=61H)
POP   ACC        ;A←(61H)
                  SP←SP-1(SP=60H)
RETI             ;中断返回
```

例 3 - 24　设（30H）=51H,（40H）=6AH，将内部 RAM 的这两个单元的内容交换。

```
PUSH  30H        ;30H 单元的内容进栈
PUSH  40H        ;40H 单元的内容进栈
POP   30H        ;将栈顶元素弹出,送入 30H 单元
POP   40H        ;再将下一个元素出栈,送入 40H 单元
```

执行结果：(30H)= 6AH,（40H）= 51H

3.4.2　算术运算指令

80C51 的算术运算指令也比较丰富，包括加、减、乘、除法指令，数据运算功能较强。

80C51 的算术运算指令，仅仅直接执行 8 位数的算术操作。指令的执行结果将使程序状态字 PSW 中的进位标志 CY、半进位标志 AC 和溢出标志 OV 置位或复位，只有加 1 和减 1 指令不影响这些标志，乘除指令不影响 AC 标志位。注意，无论执行何种指令，PSW 中的奇偶标志 P 总是表示累加器 A 中 1 的个数的奇偶性。

1. 加法指令

（1）不带进位的加法指令

不带进位的加法指令，如表 3 - 12 所示。

表 3 - 12　不带进位的加法指令

指 令 名 称	汇编格式	操　　作	机 器 码	机 器 周 期
	ADD　A，Rn	A←A+Rn	28H~2FH	1
	ADD　A，direct	A←A+(direct)	25H direct	1
不带进位加法	ADD　A，@Ri	A←A+((Ri))	26H~27H	1
	ADD　A，#data	A←A+data	24H	1

这类指令的功能是把所指出的字节变量加到累加器 A 中去，运算结果存放在累加器 A 中。

加法指令对 PSW 各标志位产生影响。在相加的结果中，如果 D7 有进位，则 CY=1，否则 CY=0；如果 D3 有进位，则 AC=1，否则 AC=0；如果 D6 有进位而 D7 没进位，或者 D7 有进位而 D6 没进位，则 OV=1，否则 OV=0；如果相加结果在 A 中 1 的个数为奇

数，则 P＝1，否则 P＝0。

例 3－25 设 A＝46H，R1＝5AH，试分析执行指令 ADD A，R1；A←A＋R1 后的执行结果及对标志位的影响。

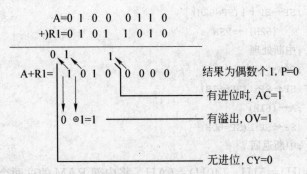

结果为：A＝A0H，R1＝5AH（不变）。

（2）带进位的加法指令

带进位的加法指令，如表 3－13 所示。

表 3－13   带进位的加法指令

指令名称	汇编格式	操　作	机 器 码	机器周期
带进位加法	ADDC A，Rn	A←A＋Rn＋Cy	38H～3FH	1
	ADDC A，direct	A←A＋(direct)＋Cy	35H direct	1
	ADDC A，@Ri	A←A＋((Ri))＋Cy	36H～37H	1
	ADDC A，#data	A←A＋data＋Cy	34H data	1

这类指令的功能是同时把所指出的字节变量、进位标志 Cy 和累加器 A 的内容相加，相加后的结果存放在累加器 A 中。

例 3－26 设 A＝85H，(20H)＝FFH，CY＝1，执行指令：ADDC A，20H；A←A＋(20H)＋CY，执行情况为：

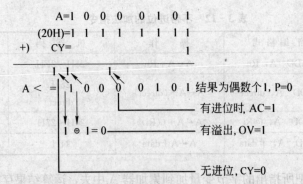

结果为：A＝85H，(20H)＝FFH（不变）。

例 3－27 编写计算 1234H＋0FE7H 的程序，将和的高 8 位存入 31H 中，低 8 位存入 30H 中。2 个 16 位数相加可以分为 2 步：第 1 步先加低 8 位，第 2 步再对高 8 位相加。由于高 8

位相加时需要考虑到低 8 位可能产生的进位，第 2 步必须用带进位的加法指令。

```
MOV   A,#34H
ADD   A,#0E7H
MOV   30H,A
MOV   A,#12H
ADDC  A,#0FH
MOV   31H,A
```

（3）加 1 指令

加 1 指令，如表 3－14 所示。

表 3－14　加 1 指令

指令名称	汇编格式	操　　作	机 器 码	机器周期
加 1	INC A	A←A+1	04H	1
	INC Rn	Rn←Rn+1	08H～0FH	1
	INC direct	(direct) ← (direct)+1	05H, direct	1
	INC @Ri	(Ri) ←((Ri))+1	06H～07H	1
	INC DPTR	DPTR←DPTR+1	A3H	2

这类指令的功能是把操作数指定单元的内容加 1（提醒读者加 1 指令是单操作数的指令），除奇偶标志外，操作结果不影响 PSW 中的标志位。若原来单元的内容为 0FFH 时，加 1 后将溢出为 00H。

例 3－28　将累加器 A 的内容加 1，有以下两种方法为：

```
INC  A              ;单字节指令,只影响奇偶标志 P,不影响其他标志位。
或 ADD A,#01H       ;双字节指令,影响 PSW 各标志位(CY,OV,AC,P)。
```

从标志位状态和指令长度来看，这两条指令是不等价的。

2. 减法指令

80C51 指令系统中减法指令仅有带借位的减法和减 1 指令。

（1）带借位减法指令

带借位减法指令，如表 3－15 所示。

表 3－15　带借位减法指令

指令名称	汇编格式	操　　作	机 器 码	机器周期
带借位减法	SUBB A, Rn	A←A－Rn－CY	98H～9FH	1
	SUBB A, direct	A←A－(direct)－CY	95H, direct	1
	SUBB A, @Ri	A←A－((Ri))－CY	96H～97H	1
	SUBB A, #data	A←A－data－CY	94H, data	1

这组指令的功能是从累加器 A 中减去所指出的字节变量及借位 CY 的值，差值存放在累加器 A 中。

在 80C51 指令系统中没有提供不带借位减法指令，但在"SUBB"指令之前加一条"CLR　C"指令先将 CY 清零，可以实现不带借位减法的功能。

带借位的减法指令对 PSW 各标志位产生影响。在相减时，如果 D7 位有借位，则 CY＝1，否则 CY＝0；若 D3 位有借位，则 AC＝1，否则 AC＝0；如果 D6 位需借位而 D7 位不需借位，或者 D7 位需借位而 D6 位不需借位，则 OV＝1，否则 OV＝0；如果 A 中（相减的差）1 的个数为奇数，则 P＝1，否则 P＝0。

例 3-29　设 A＝C9H，R2＝54H，CY＝1，执行指令：SUBB A，R2 ；A←A－R2－CY 执行情况如下：

$$
\begin{array}{r}
A=\overset{\cdot}{1}\ 1\ 0\ 0\ \overset{\cdot}{1}\ 0\ 0\ 1 \\
-)R2=0\ 1\ 0\ 1\ 0\ 1\ 0\ 0 \\
-)CY=\hspace{6em}1 \\
\hline
A<\ =\ 0\ 1\ 1\ 1\ 0\ 1\ 0\ 0
\end{array}
$$

结果：A＝74H，R2＝54H（不变）；CY＝0，AC＝0，OV＝1，P＝0。

本例中，若看作两个无符号数相减，差为 74H，是正确的；若看作两个带符号数相减，则从负数减去一个正数，结果为正数是错误的，OV＝1 表示运算有溢出。

（2）减 1 指令

减 1 指令，如表 3-16 所示。

表 3-16　减 1 指令

指令名称	汇编格式	操　作	机 器 码	机器周期
减 1	DEC A	A←A－1	14H	1
	DEC Rn	·Rn←Rn－1	18H～1FH	1
	DEC direct	(direct)←(direct)－1	15H direct	1
	DEC @Ri	(Ri)←((Ri))－1	16H～17H	1

减 1 指令的功能是，将操作数指定单元的内容减 1。除奇偶标志外，操作结果不影响 PSW 的标志位。若原单元的内容为 00H，减 1 后下溢为 FFH。其他情况与加 1 指令类同。

3. 乘法指令

乘法指令，如表 3-17 所示。

表 3-17　乘法指令

指令名称	汇编格式	操　作	机 器 码	机器周期
乘法	MUL AB	BA←A×B	A4H	4

这条指令的功能是把累加器 A 和 B 寄存器中的两个 8 位无符号数相乘，把 16 位乘积的低 8 位存放在累加器 A 中，高 8 位存放 B 寄存器中。如果乘积大于 255（FFH），则溢出标志位 OV 置 1，否则清 0。进位标志总是清 0。半进位标志 AC 保持不变。奇偶标志 P 仍按 A 中的 1 的奇偶性来确定。

例 3-30　设 A＝32H（即 50），B＝60（即 96），执行指令 MUL AB ；BA←A×B 后的结果为：乘积为 12C0H（即 4 800）＞FFH（即 255）。A＝C0H，B＝12H。各标志位：CY＝0，OV＝1，P＝0。

4. 除法指令

除法指令，如表 3 - 18 所示。

表 3 - 18　除 法 指 令

指 令 名 称	汇编格式	操 作	机 器 码	机器周期
除　　法	DIV AB	A（商）$\Leftarrow \dfrac{A}{B}$ B（余数）	84H	4

这条指令的功能是把累加器 A 中的 8 位无符号整数除以 B 寄存器中的 8 位无符号数，所得的商（为整数）存放在 A 中，余数存放在 B 中。标志位 CY 和 OV 均被清 0。但是，如果除数 B=00H 时，执行该指令，A、B 的内容无法确定，且溢出标志 OV 置 1，CY 仍为 0。执行除法指令时，半进位标志 AC 不受影响，奇偶标志 P 仍按 A 的内容而定。

例 3 - 31　设 A=FFH（255），B=12H（18），执行指令 DIV AB；A B←A÷B 后的结果为：商 A=0EH（14），余数 B=03H（3）。

标志位：CY=0，OV=0，P=1。

5. 十进制调整指令

十进制调整指令，如表 3 - 19 所示。

表 3 - 19　十进制调整指令

指 令 名 称	汇编格式	操　作	机 器 码	机器周期
二—十进 制调整	DA　A	将 A 的内容转 换为 BCD 码	D4H	1

这是一条专用于 BCD 码加法的指令。此指令的功能是在累加器 A 进行加法运算后，根据 PSW 中标志位 AC、CY 的状态及 A 中的结果，将 A 的内容进行"加 6 修正（通过加 00H、06H、60H、或 66H 到累加器上）"，使其转换成压缩的 BCD 码形式。

例 3 - 32　设 A＝45H（01000101B），表示十进制数 45 的压缩 BCD 码；R5＝78H（01111000B），表示十进制数 78 的压缩 BCD 码。执行下列指令：

```
ADD  A,R5   ;使 A= BDH(10111101),CY=0,AC=0
DA   A      ;使 A= 23H(00100011),CY=1
```

结果为：A=23H，CY=1，相当于十进制数 123。

在 80C51 指令系统中，这条十进制调整指令不能对减法指令的结果进行修正。

3.4.3　逻辑运算指令

80C51 的逻辑运算指令可分为 4 大类：对累加器 A 单独进行逻辑操作、对字节变量的逻辑与、逻辑或、逻辑异或操作。指令中的操作数都是 8 位，它们在进行逻辑运算操作时都不影响除奇偶标志外的其他标志位。其中逻辑与、逻辑或、逻辑异或操作指令可以实现对某些字节变量的清零、置位、取反功能。

1. 对累加器 A 单独进行的逻辑操作

（1）清零、取反与半字节交换指令

清零、取反与半字节交换指令，如表 3 - 20 所示。

表 3-20　清零、取反与半字节交换指令

指令名称		汇编格式	操　作	机　器　码	机器周期
简单逻辑操作	清　零	CLR A	A←0	E4H	1
	取　反	CPL A	A←$\overline{A}$	F4H	1
	半字节交换	SWAP A	A 高4位 低4位	C4H	1

清零指令是将累加器 A 中的所有位全部置 0。

取反指令是将累加器 A 中的内容按位取反，即原来为 1 变为 0，原来为 0 变为 1。

半字节交换指令是将累加器 A 的两个半字节（高 4 位和低 4 位）内容交换。

（2）循环移位指令

循环移位指令，如表 3-21 所示。

表 3-21　循环移位指令

指令名称		汇编格式	操　作	机　器　码	机器周期
循环移位	左移 左环移	RL A	A7←A0	23H	1
	左移 带进位左环移	RLC A	CY A7←A0	33H	1
	右移 右环移	RR A	A7→A0	03H	1
	右移 带进位右环移	RRC A	CY A7→A0	13H	1

RL A 和 RLC A 指令都使 A 中的内容逐位左移一位，但 RLC A 将使 CY 连同 A 的内容一起左移循环，A7 进入 CY，CY 进入 A0。

RR A 和 RRC A 指令的功能类似于 RL A 和 RLC A，仅是 A 中数据移位的方向向右。

例 3-33　若 A=24H，执行 RL A 后 A=48H

若 A=24H，CY=1，执行 RLC A 后 A=49H，CY=0

若 A=24H，执行 RR A 后 A=12H

若 A=24H，CY=1，执行 RRC A 后 A=92H

2. 逻辑与运算指令

逻辑与运算指令，如表 3-22 所示。

表 3-22　逻辑与运算指令

指令名称	汇编格式	操　作	机　器　码	机器周期
逻辑与	ANL A, Rn	A←A∧Rn	58H~5FH	1
	ANL A, direct	A←A∧（direct）	55H direct	1
	ANL A, @Ri	A←A∧（（Ri））	56H~57H	1
	ANL A, #data	A←A∧data	54H data	1
	ANL direct, A	（direct）←（direct）∧A	52H direct	1
	ANL direct, #data	（direct）←（direct）∧data	53H direct data	2

这组指令的功能是进行逻辑与运算，前 4 条指令的功能是把源操作数与累加器 A 的内容相与，结果送入目的操作数 A 中，后 2 条指令的功能是把源操作数与直接地址指定的单元内容相与，结果送入直接地址指定的单元。

通过逻辑与运算指令的功能可以实现一个字节里面的某些位清零（与 0 相与）和某些位不变的效果（与 1 相与）。

例 3-34 已知寄存器 R5＝59H，把 R5 内容的低 4 位清零，高 4 位保持不变。

```
MOV  A,R5
ANL  A,#0F0H        ;高4位都与1相与达到不变效果,低4位都与0相与达到清零效果
MOV  R5,A
```

3. 逻辑或运算指令

逻辑或运算指令，如表 3-23 所示。

表 3-23　逻辑或运算指令

指令名称	汇编格式	操　作	机　器　码	机器周期
逻辑或	ORL A, Rn	A←A∨Rn	48H～4FH	1
	ORL A, direct	A←A∨(direct)	45H direct	1
	ORL A, @Ri	A←A∨((Ri))	46H～47H	1
	ORL A, #data	A←A∨data	44H data	1
	ORL direct, A	(direct)←(direct)∨A	42H direct	1
	ORL direct, #data	(direct)←(direct)∨data	43H direct data	2

这组指令的功能是进行逻辑或运算，前 4 条指令的功能是把源操作数与累加器 A 的内容相或，结果送入目的操作数 A 中，后 2 条指令的功能是把源操作数与直接地址指定的单元内容相或，结果送入直接地址指定的单元。

通过逻辑或运算指令的功能可以实现一个字节里面的某些位置位（与 1 相或）和某些位不变的效果（与 0 相或）。请读者分析一下如果把例 3-34 中的与运算指令换成或运算指令会出现什么样的结果？

4. 逻辑异或指令

逻辑异或指令，如表 3-24 所示。

表 3-24　逻辑异或指令

指令名称	汇编格式	操　作	机　器　码	机器周期
逻辑异或	XRL A, Rn	A←A⊕Rn	68H～6FH	1
	XRL A, direct	A←A⊕(direct)	65H direct	1
	XRL A, @Ri	A←A⊕((Ri))	66H～67H	1
	XRL A, #data	A←A⊕data	64H data	1
	XRL direct, A	(direct)←(direct)⊕A	62H direct	1
	XRL direct, #data	(direct)←(direct)⊕data	63H direct data	2

这组指令的功能是进行逻辑异或运算，前 4 条指令的功能是把源操作数与累加器 A 的内容相异或，结果送入目的操作数 A 中，后 2 条指令的功能是把源操作数与直接地址指定的单元内容相异或，结果送入直接地址指定的单元。

这些逻辑运算指令，除了带进位位 CY 循环移位指令只影响 CY 和 P 标志位外，其余的逻辑运算都不会影响 PSW 的各标志位。

通过逻辑异或运算指令的功能可以实现一个字节里面的某些位取反 1（与 1 相异或）和某些位不变的效果（与 0 相异或）。请读者分析一下如果把例 3 - 34 中的与运算指令换成异或运算指令会出现什么样的结果？

3.4.4　控制转移指令

1. 无条件转移指令

无条件转移指令功能是，当程序执行无条件转移指令时，程序就无条件地转移到该指令所提供的地址去。下面将分别介绍各种无条件转移指令的功能（表 3 - 25）。

表 3 - 25　各种无条件转移指令的功能

指令名称	汇编格式	操　作	机 器 码	机器周期
绝对转移	AJMP　addr11	PC←PC+2 PC10~PC0←addr10~addr0 PC15~PC11 不变	a10a9a800001 a7~a0	2
长转移	LJMP　addr16	PC←addr15~addr0	00000010 a15~a8 a7~a0	2
相对转移	SJMP　rel	PC←PC+2 PC←PC+rel	10000000 rel	2
间接转移	JMP　@A+DPTR	PC←A+DPTR	01110011	2

（1）绝对无条件转移指令 AJMP　addr11

这是 2 字节指令。指令中包含 addr11 共 11 位地址码，转移的目标地址必须和 AJMP 指令的下一条指令首字节位于程序存储器的同一 2 KB 区内。指令执行过程是：先将 PC 值加 2，然后把指令中给出的 11 位地址 addr11（a10~a0）送入 PC 的低 11 位（PC10~PC0），PC 的高 5 位（PC15~PC11）保持不变，形成新的目标地址 PC15~PC11a10~a0，程序随即转移到该地址处。应当注意，即 PC+2 后的 PC 值和目标地址的高 5 位 a15~a11 应该相同。这里，PC 就是指向 AJMP 指令首字节单元的指针。

AJMP addr11 指令的机器码如下：

$a_{10}a_9a_8$00001	$a_7a_6a_5a_4a_3a_2a_1a_0$
页号　操作码	页内地址

该指令为 2 字节指令，第一字节的低 5 位 00001 是这条指令特有的操作码。指令中给出的 11 位地址 addr11（a10~a0）被分成两部分，分放在指令机器码的两个字节中，第一字节的高 3 位 a10a9a8，它指出大小为 2 KB 的转移范围内的页号（每一 2 KB 区分 8 页）；第二字节为 a7~a0，它指出页内地址。如表 3 - 26 所示。

表 3－26　AJMP 指令转移分布地址

操　作　码	a10	a9	a8	地址页码	a7～a0（页码地址）
01H	0	0	0	0 页	00H～FFH
21H	0	0	1	1 页	00H～FFH
41H	0	1	0	2 页	00H～FFH
61H	0	1	1	3 页	00H～FFH
81H	1	0	0	4 页	00H～FFH
A1H	1	0	1	5 页	00H～FFH
C1H	1	1	0	6 页	00H～FFH
E1H	1	1	1	7 页	00H～FFH

　　绝对转移指令仅为 2 个字节指令，却能提供 2 KB 范围的转移空间，它比相对转移指令的转移范围大得多。但是要求 AJMP 指令的转移目标地址和 PC＋2 的地址处于同一 2 KB 区域内，故受一定的限制。

　　例 3－35　设 AJMP 27BCH 存放在 ROM 的 1FFEH 和 1FFFH 两地址单元中。在执行该指令时，PC＋2 指向 2000H 单元。转移目标地址 27BCH 和 PC＋2 后指向的单元地址 2000H 在同一 2 KB 区，因此能够转移到。页号为 7，指令机器码为 E1H，BCH。

　　如果把存放在 1FFEH 和 1FFFH 两单元的绝对转移指令改为 AJMP1F00H，这种转移是不能实现的，因为转移目标地址 1F00H 和指令执行时 PC＋2 后指向的下一单元地址 2000H 不在同一 2 KB 区。

　　（2）长转移指令 LJMP addr16

　　这条指令执行时把指令操作数提供的 16 位目标地址 a15～a0 装入 PC 中，即 PC＝a15～a0。所以用长转移指令可以跳到 64 KB 程序存储器的任何位置。长转移指令本身是 3 字节指令。

　　（3）相对转移指令 SJMP rel

　　这是一条无条件相对转移指令，转移的目标地址为

$$目标地址＝源地址＋2＋rel$$

　　源地址是 SJMP 指令操作码所在的地址。相对偏移量 rel 是一个用补码表示的 8 位带符号数。转移范围为－128～＋127 共 256 个单元，即从（PC－126）～（PC＋129）。

　　相对转移指令是 2 字节指令，首字节的操作码，第二字节为相对偏移量。在执行此指令时，PC＋2 指向下一条指令的首字节地址，因此转移目标地址可以在 SJMP 指令的下条指令首字节前 128 个字节和后 127 个字节之间。

　　若偏移量 rel 取值为 FEH，则目标地址等于源地址，相当于动态暂停，程序"终止"在这条指令上。动态暂停指令在调试程序时很有用。MCS-51 没有专用的停止指令，若要求动态暂停可以用 SJMP 指令来实现：

```
HERE: SJMP HERE   ;动态停机(80H,FEH)
```

或写成：

```
SJMP $ ;"$"表示本指令首字节所在单元的地址，使用它可省略标号
```

这是一条死循环指令，如果系统的中断是开放的，那么 SJMP ＄ 指令实际上是在等待中断。当有中断申请后，CPU 转至执行中断服务程序。中断返回时，仍然返回到这条死循环指令，继续等待中断，而不是返回到该指令的下一条指令。这是因为执行 SJMP ＄ 后，PC 仍指向这条指令，中断的断点就是这条指令的首字节地址。

（4）间接转移指令 JMP　@A＋DPTR

这条指令的功能是把累加器 A 中的 8 位无符号数与数据指针 DPTR 的 16 位数相加，相加之和作为下一条指令的地址送入 PC 中，不改变 A 和 DPTR 的内容，也不影响标志。

间接转移指令采用变址方式实现无条件转移，其特点是转移地址可以在程序运行中加以改变。例如，当把 DPTR 作为基地址且确定时，根据 A 的不同值就可以实现多分支转移，故一条指令可完成多条条件判断转移指令功能。这种功能称为散转功能，所以间接转移指令又称为散转指令。

2. 条件转移指令

条件转移指令是依某种特定条件转移的指令。条件满足时转移（相当于执行一条相对转移指令）；条件不满足时则按顺序执行下一条指令。

80C51 的条件转移目标地址位于条件转移指令的下一条指令首字节地址前 128 个字节和后 127 个字节之间，即转移可以向前也可以向后，转移范围为 −128～＋127，共 256 个单元。在执行条件转移指令时，PC 已指向下一条指令的第一字节地址，如果条件满足，再把相对偏移量 rel 加到 PC 上，计算出转移目标地址。

80C51 的条件转移指令非常丰富，包括累加器判零转移、比较不相等转移和减 1 不为零转移共 3 组。

（1）累加器判零转移指令

累加器判零转移指令，如表 3 - 27 所示。

表 3 - 27　累加器判零转移指令

指 令 名 称		汇 编 格 式	操　　作	机 器 码	机器周期
判断 A＝0? 转移	零转移	JZ rel	PC←PC＋2，若 A＝0，则 PC←PC＋rel 若 A≠0，顺序执行	60Hrel	2
	非零 转移	JNZ rel	PC←PC＋2，若 A≠0，则 PC←PC＋rel 若 A＝0，顺序执行	70Hrel	2

这 2 条指令的功能是对累加器 A 的内容为零和不为零进行判断并实现转移。在实际应用中，读者分析一下何时选用为零转移，何时选用不为零转移。

例 3 - 36　已知 A＝01H，分析执行如下指令后的结果。

```
JZ  LOOP1      ;因为 A≠0,则程序顺序执行
DEC A          ;A 的内容减 1 后变成 0
JZ  LOOP2      ;因为 A＝0,则程序转移到 LOOP2 处执行
```

（2）减 1 不为 0 转移指令

减 1 不为 0 转移指令，如表 3 - 28 所示。

表 3-28　减 1 不为 0 转移指令

指 令 名 称	汇 编 格 式	操　　作	机 器 码	机器周期
减 1 不为 0 转移	DJNZ Rn, rel	PC←PC+2, Rn←Rn−1 当 Rn≠0, 则 PC←PC+rel 当 Rn=0, 则结束循环, 程序往下执行	D8H~DFH rel	2
	DJNZ direct, rel	PC←PC+3, (direct)←(direct)−1 当 (direct)≠0, 则 PC←PC+rel 当 (direct)=0, 则结束循环, 程序往下执行	D5H direct rel	2

减 1 不为 0 转移指令是把源操作数减 1, 结果送回到源操作数中去。如果结果不为 0, 则转移。源操作数有寄存器寻址和直接寻址两种方式, 允许用户把内部 RAM 单元用作程序循环计数器。

例 3-37　由单条 DJNZ 指令来实现软件延时:

```
LOOP:DJNZ R1,LOOP  ;2 个机器周期
```

可写成省略标号的形式:

```
DJNZ R1,$  ;"$"表示本条指令首字节地址
```

其中 R1 的取值范围为 00H~FFH, 可实现延时 2~512 个机器周期 (当时钟频率 12 MHz 时, 一个机器周期为 1 μs)。

（3）比较不相等转移指令

比较不相等转移指令, 如表 3-29 所示。

表 3-29　比较不相等转移指令

指令名称	汇编格式	操　作	机　器　码	机器周期
比较不相等转移	CJNE A, direct, rel	PC←PC+3, 若 (direct)<A, 则 PC←PC+rel, 且 CY←0 若 (direct)>A, 则 PC←PC+rel, 且 CY←1 若 (direct)=A, 则顺序执行, 且 CY←0	B5H direct rel	2
	CJNE A, #data, rel	PC←PC+3, 若 data<A, 则 PC←PC+rel, 且 CY←0 若 data>A, 则 PC←PC+rel 且 CY←1 若 data=A, 则顺序执行 且 CY←0	B4H data rel	2
	CJNE Rn, #data, rel	PC←PC+3, 若 data<Rn, 则 PC←PC+rel, 且 CY←0 若 data>Rn, 则 PC←PC+rel 且 CY←1 若 data=Rn, 则顺序执行, 且 CY←0	B8H~BFH data rel	2
	CJNE @Ri, #data, rel	PC←PC+3 若 data<((Ri)), 则 PC←PC+rel, 且 CY←0 若 data>((Ri)), 则 PC←PC+rel 且 CY←1 若 data=((Ri)), 则顺序执行, 且 CY←0	B6H~B7H data rel	2

比较不相等转移指令是 80C51 指令系统中具有 3 个操作数的指令组。比较不相等转移指令的功能是比较前两个无符号操作数的大小。若不相等，则转移，否则顺序往下执行。如果第一个操作数大于或等于第二个操作数，则 CY 清 0，否则 CY 置 1。指令执行结果不影响其他标志位和所有的操作数。这组指令为 3 字节指令，因此转移目标地址应是 PC 加 3 以后再加偏移量 rel 所得的 PC 的值。即：

目标地址＝源地址＋3＋rel

源地址是比较转移指令所在位置的首字节地址。

除了比较转移指令外，3 字节的条件转移指令还包括 3 条位判断转移指令和 1 条减 1 不为 0 循环转移指令，其余的都是 2 字节指令。因此在计算偏移量时要特别注意。

例 3－38　写出完成下列要求的指令组合。

累加器 A 的内容不等于 55H 时把 A 的内容加上 5；累加器 A 的内容等于 55H 时把 A 的内容减去 5。指令组合如下：

```
        CJNE  A,#55H,NEXT1    ; A 的内容和 55H 比较不相等转移到 NEXT1
        CLR   C               ;顺序执行说明 A 的内容与 55H 相等
        SUBB  A,#05H          ;完成减 5 操作
        SJMP  LAST            ;跳到结束
NEXT1:  ADD   A,#05H          ;若不相等完成加 5 操作
LAST:   SJMP  $               ;动态暂停
```

3. 子程序调用与返回指令

子程序调用与返回指令，如表 3－30 所示。

表 3－30　子程序调用与返回指令

指令名称	汇编格式	操作	机器码	机器周期
绝对调用	ACALL addr11	PC←PC＋2, SP←SP＋1 (SP) ←PC7～PC0, SP←SP＋1 (SP) ←PC15～PC8 PC10～PC0←addr10～addr0 PC15～PC11 不变	a10a9a810001 addr7～addr0	2
长调用	LCALL addr16	PC←PC＋3, SP←SP＋1 (SP) ←PC7～PC0, SP←SP＋1 (SP) ←PC15～PC8, PC←addr15～addr0	00010010 addr15～addr8 addr7～addr0	2
子程序返回	RET	PC15～PC8←((SP)), SP←SP－1 PC7～PC0←((SP)), SP←SP－1	22H	2
中断返回	RETI	PC15～PC8←((SP)), SP←SP－1 PC7～PC0←((SP)), SP←SP－1	32H	2

绝对调用指令 ACALL 是一条 2 字节指令。该指令提供了 11 位目标地址 addr11，产生调用地址的方法和绝对转移指令 AJMP 产生转移地址的方法相同，ACALL 是在同一 2 KB 区范围内调用子程序的指令。指令执行过程是：执行 ACALL 指令时，PC 加 2 后获得了下一条指令的地址，然后把 PC 的当前值压栈（栈指针 SP 加 1，PCL 进栈，SP 再加 1，PCH 进栈）。最后把 PC 的高 5 位和指令给出的 11 位地址 addr11 连接组成 16 位目标地址（PC15～PC11a10～a0），并作为子程序入口地址送入 PC 中，使 CPU 转向执行子程序。因此，所调用的子程序入口地址必须和 ACALL 指令下一条指令的第一个字节在同一个 2 KB

区域的程序存储器空间。

例 3 - 39　当 ACALL 指令所在的首地址为 2000H 时，可调用子程序的入口地址范围是多少？如果 ACALL 指令首地址位于 07FEH 时呢？

ACALL 指令的下一条指令的首地址应该为 2002H，其地址的高 5 位是 00100，因此，可调用子程序的入口地址范围是 2000H～27FFH。

如果 ACALL 指令位于 07FEH 和 07FFH 两地址单元时，执行该指令时 PC 加 2 后的值为 0800H，使其高 5 位是 00001，因此，可调用子程序的入口地址范围是 0800H～0FFFH。

长调用指令 LCALL 是一条可以在 64 KB 程序存储器内调用子程序的指令，它是 3 字节指令。指令执行过程是：把 PC 加 3 获得的下一条指令的地址进栈（先压入低字节，后压入高字节）。进栈操作使 SP 加 1 两次。接着把指令的第二和第三字节（a15～a8，a7～a0）分别装入 PC 的高位和低位字节中，然后从该地址 addr16（a15～a0）开始执行子程序。

两条返回指令的功能都是从堆栈中取出断点地址，送给 PC，并从断点处开始继续执行程序。RET 应放在一般子程序的末尾，而 RETI 应放在中断服务子程序的末尾。在执行 RETI 指令时，还将清除 80C51 中断响应时所置位的优先级状态触发器，开放中断逻辑，使得已申请的较低级中断源可以响应，但必须在 RETI 指令执行完之后，至少要再执行一条指令才能响应这个中断。

4. 空操作指令

空操作指令，如表 3 - 31 所示。

表 3 - 31　空操作指令

指令名称	汇编格式	操　作	机器码	机器周期
空操作	NOP	PC←PC+1	00H	1

空操作指令也是一条控制指令，它控制 CPU 不作任何操作，只是消耗该指令的执行时间。在执行 NOP 指令时，仅使 PC 加 1，时间上消耗了 12 个振荡周期，不作其他操作。常用于等待、延时等。

3.4.5　位操作指令

另外，80C51 单片机有丰富的位操作指令，这些指令与位操作部件结合在一起，可以把大量的硬件组合逻辑用软件来代替，这样可以方便地应用于各种逻辑控制，这是 80C51 指令系统的一大特色。

80C51 单片机内部有一个性能优异的位处理器，实际上是一个一位微处理器，它有自己的位变量操作运算器、位累加器（借用进位标志 CY）和存储器（位寻址区中的各位）等。80C51 指令系统加强了对位变量的处理能力，具有丰富的位操作指令，可以完成以位变量为对象的传送、运算、控制转移等操作。位操作指令的操作对象是内部 RAM 的位寻址区，即字节地址为 20H～2FH 单元中连续的 128 位（位地址为 00H～7FH），以及特殊功能寄存器中可以进行位寻址的各位。

下面说明一下关于位地址 bit 的表示方式。在汇编语言级指令格式中，位地址有多种表示方式：

① 直接（位）地址方式，如 20H；7FH 等；

② 字节地址.位方式，如 23H.0，表示字节地址为 23H 单元中的 D0 位；

③ 寄存器名.位方式，如 ACC.7，但不能写成 A.7；

④ 位定义名方式，如 RS0；

⑤ 用伪指令 BIT 定义位名方式，如 F1 BIT PSW.1。

经定义后，允许在指令中用 F1 来代替 PSW.1。

对于不同的汇编程序，位地址的表示方式不尽相同，可参考有关说明。

下面介绍位变量传送、控制和运算指令。

1. 位变量传送指令

位变量传送指令，如表 3-32 所示。

表 3-32　位变量传送指令

指令名称	汇编格式	操　作	机　器　码	机器周期
位变量传送	MOV C, bit	C← (bit)	A2H bit	1
	MOV bit, C	(bit) ←C	92H bit	2

这两条指令可以实现位地址单元与位累加器之间的数据传送（注意传送的位数是 1 位）。

2. 位变量修改指令

位变量修改指令，如表 3-33 所示。

表 3-33　位变量修改指令

指令名称		汇编格式	操　作	机　器　码	机器周期
位变量修改	位清零	CLR C	C←0	C3H	1
		CLR bit	(bit) ←0	C2H bit	1
	位求反	CPL C	C←$\overline{\text{C}}$	B3H	1
		CPL bit	(bit) ←$\overline{\text{(bit)}}$	B2H bit	1
	位置 1	SETB C	C←1	D3H	1
		SETB bit	(bit) ←1	D2H bit	1

这些指令可以完成位地址单元与位累加器的清零、置位、取反操作。

3. 位逻辑运算指令

位逻辑运算指令，如表 3-34 所示。

表 3-34　位逻辑运算指令

指令名称		汇编格式	操　作	机　器　码	机器周期
位逻辑运算	逻辑与	ANL C, bit	C←C∧ (bit)	82H bit	2
		ANL C, /bit	C←C∧ $\overline{\text{(bit)}}$	B0H bit	2
	逻辑或	ORL C, bit	C←C∨ (bit)	72H bit	2
		ORL C, /bit	C←C∨ $\overline{\text{(bit)}}$	A0H bit	2

这些指令可以实现位地址单元内容或者内容取反后的值与位累加器的内容相与或者相或运算，操作结果送位累加器 C 中。

4. 位条件转移指令

位条件转移指令，如表 3 - 35 所示。

表 3 - 35 位条件转移指令

指令名称		汇编格式	操 作	机 器 码	机器周期
位条件转移	CY=1 转移	JC rel	PC←PC+2，若 Cy=1，则 PC←PC+rel 若 CY=0，则顺序执行	40Hrel	2
	CY=0 转移	JNC rel	PC←PC+2，若 Cy=0，则 PC←PC+rel 若 CY=1，则顺序执行	50Hrel	2
	(bit)=1 转移	JB bit，rel	PC←PC+3，若 (bit)=1，则 PC←PC+rel 若 (bit)=0，则顺序执行	20H bit rel	2
	(bit)=0 转移	JNB bit，rel	PC←PC+3，若 (bit)=0，则 PC←PC+rel 若 (bit)=1，则顺序执行	30H bit rel	2
	(bit)=1 位清零转移	JBC bit，rel	PC←PC+3，若 (bit)=1，则 (bit)←0，PC←PC+rel 若 (bit)=0，则顺序执行	10H bit rel	2

例 3 - 40 设 x、y、z 为位地址，用指令实现下列逻辑表达式。

$$(x)(y) = (\bar{x})(y) + (x)(\bar{y}) \Rightarrow (z)$$

可由以下 8 条指令来实现：

```
MOV  C,y
ANL  C,/x  ;C← (x̄)∧(y)
MOV  z,C   ;暂存
MOV  C,x
ANL  C,/y  ;C← (x)∧(y)
ORL  C,z   ;C← (x)⊕(y)
MOV  z,C   ;存结果
```

3.5 伪指令

3.4 节介绍的指令系统中每一条指令都是用意义明确的助记符来表示的。下面所介绍的伪指令不是单片机执行的指令，没有对应的机器码，仅仅用来对汇编过程进行某种控制。伪指令就是汇编程序能够识别的汇编命令。常用的伪指令有以下 8 条。

1. 起始伪指令 ORG

起始地址伪指令 ORG 是用来设定程序或数据存储区的起始地址。其格式为：

[标号：] ORG 16 位地址

例如：

ORG　0030H

START：MOV　A，♯30H

······

该语句规定第一条指令从地址 0030H 单元开始存放。标号 START 的值为 0030H。通常，在一个汇编语言程序的开始，都要设置一条 ORG 伪指令来指定该程序在存储器中存放的起始位置。若省略 ORG 伪指令，则该程序段从 0000H 单元开始存放。在一个源程序中，可以多次使用 ORG 伪指令，以规定不同程序段或数据段存放的起始地址，但要求 16 位地址值由小到大依次排列，不允许空间重叠。

2. 汇编结束伪指令 END

其格式为：〔标号：〕　　END

END 是汇编语言源程序结束的伪指令，表示汇编程序结束。在 END 语句后面的所有语句都不进行汇编。在一个程序中，只允许出现一条 END 语句，应放在程序的末尾。

在编写汇编语言源程序时，必须严格按照汇编语言的规范书写。在伪指令中，ORG 和 END 最重要，不可缺少。

3. 赋值伪指令 EQU（或＝）

其格式为：符号名 EQU 表达式或符号名＝表达式

其功能是将表达式的值或特定的某个汇编符号定义为一个指定的符号名。例如：

```
LEN EQU 10
BLOCK EQU 22H
MOV R7,#LEN
MOV R0,#BLOCK
```

在程序中 LEN 这个符号就代表 10，MOV R7，♯LEN 相当于 MOV R7，♯10。

4. 字节数据定义伪指令 DB（Define Byte）

其格式为：〔标号：〕　　DB　8 位字节数据表

其功能是从标号指定的地址单元开始，在程序存储器中定义字节数据。

字节数据表可以是一个或多个字节数据、字符或表达式。该伪指令将字节数据表中的数据按从左到右的顺序依次存放在指定的存储单元中。一个数据占一个存储单元。例如：

```
ORG 0080H
TAB：DB   3FH,06H,5BH,4FH,66H,6DH
```

把 6 个 8 位二进制常数从首地址开始连续地存放在 6 个 ROM 单元中，其中（0080H）＝3FH，（0081H）＝06H……

该伪指令常用于存放数据表格常数，如存放数码管显示的十六进制的字形码，可以用多条伪指令完成：

```
DB  C0H,F9H,A4H,B0H,99H,92H,82H,F8H
DB  80H,90H,88H,83H,C6H,A1H,86H,84H
```

5. 字数据定义伪指令 DW（Define Word）

其格式为：〔标号：〕　　DW　16 位字节数据表

其功能是从标号指定的地址单元开始，在程序存储器中定义字数据。

　　该伪指令将字数据表中的数据按从左到右的顺序依次存放在指定的存储单元中。应特别注意：16 位的二进制数，高 8 位存放在低地址单元，低 8 位存放在高地址单元。例如：

```
ORG  0100H
TABLE: DW  8D41H,78H……
```

汇编后,(0100H)＝8DH,(0101H)＝41H,(0102H)＝00H,(0103H)＝78H。

6. 空间定义伪指令 DS(Define Storage)

　　其格式为：[标号：]　DS　表达式

　　其功能是从标号指定的地址单元开始，在程序存储器中保留由表达式所指定个数的存储单元作为备用的空间，并均填以零值。例如：

```
ORG  0200H
DS  05H
DB  11H,22H,33H
```

　　以上伪指令经汇编后从 0200H 单元开始，保留 5 个字节的存储单元，从 0205H 单元开始连续存放 11H、22H、33H 的代码。

　　注意：对 MCS-51 系列单片机来说，DB、DW、DS 伪指令只能用于程序存储器而不能用于数据存储器。

7. 数据地址赋值伪指令 DATA

　　其格式为：符号名　DATA　表达式

　　DATA 数据地址赋值伪指令功能是把由表达式指定的数据地址或代码地址赋予规定的标号。它和 EQU 伪指令的功能有些相似，但有以下不同的地方：

　　① DATA 伪指令带有的字符名称可以先使用，后定义；

　　② DATA 伪指令后只能跟表达式或数据，而不能跟汇编符号；

　　③ DATA 伪指令可将一个表达式赋给一个字符名称，所有由 DATA 定义的名称也可以出现在表达式中，而由 EQU 定义的字符则不能这样使用；

　　④ DATA 伪指令常在程序中用来定义数据地址；

　　⑤ DATA 语句一般放在程序的开头或末尾。

8. 位地址符号定义伪指令 BIT

　　其格式为：字符名称　BIT　位地址

　　位地址符号定义伪指令 BIT，其功能就是将位地址赋给指定的符号名。例如：

```
          ST0  BIT  P1.0
          QQQ  BIT  23H
```

　　将 P1.0 的位地址赋给符号名 ST0，23H 值赋给 QQQ，在其后的编程中可以用 ST0 代替 P1.0 使用，而 QQQ 的值为位地址 23H。

本章小结

　　单片机常用的编程语言是汇编语言，它具有占存储空间少、运行速度快、实时性强等优点，但是缺乏通用性。高级语言面向过程，具有直观、易学，通用性强的优点。但是单片机直接能够识别和执行的是机器语言，需要把它们经过汇编的过程变成机器语言。

80C51 共有 111 条指令，其指令执行时间短、字节少、位操作指令非常丰富。按指令长度分类，可分为 1 字节、2 字节和 3 字节指令。按指令执行时间分类，可分为 1 个机器周期、2 个机器周期和 4 个机器周期指令。

1. 80C51 指令基本格式由标号、操作码、操作数和注释组成。其中标号和注释为选择项，可有可无；操作数可以为 0～3 个；操作码为必需项，代表了指令的操作功能。

2. 80C51 指令系统有 7 种寻址方式：立即寻址、直接寻址、寄存器寻址、寄存器间接寻址、变址寻址、相对寻址和位寻址。所谓寻址就是寻找操作数的地址。

3. 80C51 的指令系统按指令功能分类，可分为数据传送类（28 条）、算术运算类（24 条）、逻辑运算类（25 条）、控制转移类（17 条）和位操作类（17 条）等五大类指令。下面分类总结一下。

（1）数据传送类指令

① 内 RAM 和特殊功能寄存器 A、Rn、@Ri、direct 之间可用 MOV 指令互相传送数据。

注意：工作寄存器 Rn 之间不能直接传送。

② 读写外 RAM 要用 MOVX 指令间址传送。

③ 读 ROM 要用 MOVC 指令。

④ 堆栈操作：入栈 PUSH；出栈 POP。

⑤ 字节交换可在 A 与 Rn、@Ri、direct 之间进行；低半字节交换只能在 A 与 @Ri 之间进行；高低 4 位交换只能在 A 中进行。

（2）算术运算指令

① 加减法必须由 A 与另一加减数之间进行；运算结果存在 A 中，有进（借）位时，CY=1；无进（借）位时，CY 清 0，另有带 CY 的加法指令，减法指令必须带 CY。

② 加 1 减 1 可在 A、Rn、@Ri、direct 中进行，另有 DPTR 加 1 指令。

注意：加 1 减 1 指令不影响 CY。

③ 乘除法必须在 A 与 B 之间进行，积低位和商存在 A 中，积高位和余数存在 B 中。

④ BCD 码调整指令用于 BCD 码加法，须紧跟在加法指令之后。

（3）逻辑运算及移位指令

① 逻辑运算有"与"、"或"和"异或"运算指令，逐位进行，目的寄存器可以是 A 或 direct。

② 循环移位必须在 A 中进行，分为带或不带 CY 的左移或右移指令。

③ 字节（8 位）清零和取反必须在 A 中进行。

（4）控制转移类指令

① 无条件转移指令可分为长转移、绝对转移、相对转移和间接转移 4 种。长转移 LJMP 转移范围是 64 KB；绝对转移 AJMP 转移范围是与当前 PC 值同一 2 KB 范围；相对转移 SJMP 转移范围是当前 PC−128 B～+127 B。使用 AJMP 和 SJMP 指令应该注意转移目标地址是否在转移范围内，若超出范围，程序将出错。

间接转移也称散转指令，属变址寻址，以 DPTR 为基址，由 A 的值来决定具体的转移地址。

② 条件转移指令可分为判 C 转移、判 bit 转移、判 A 转移、减 1 非 0 转移和比较转移指令。满足条件，则转移；不满足条件，则程序顺序执行。

③ 调用指令根据其调用子程序范围分为长调用和绝对调用两种，其特点类似于长转移和绝对转移指令。长调用可调用 64 KB 范围内的子程序；绝对调用只能调用与当前 PC 值同一 2 KB 范围内的子程序。

④ 返回指令对应于调用指令，分为子程序返回和中断返回两种，两者不能混淆。其功能都是从堆栈中取出断点地址，送入 PC，使程序从主程序断点处继续执行。

⑤ 空操作指令的功能仅使 PC 加 1，常用于在延时或等待程序中时间"微调"。

（5）位操作类指令

① 位传送只能在 CY 与 bit 之间进行，bit 与 bit 之间不能直接传送。

② 位修正分置 1、清 0 和取反，只能由 CY 或 bit 进行。

③ 位逻辑运算只有"与"、"或"两种指令，无位"异或"指令。

4. 伪指令不是指令，是对汇编语言源程序进行汇编时，提供有关汇编信息的辅助标记。其中最常用的有：起始伪指令 ORG，用于规定指令起始地址；等值伪指令 EQU，用于给字符赋值；定义字节伪指令 DB，用于在程序存储器中定义字节数据。

习 题 3

一、填空题

1. 计算机能够执行的_____称为它的指令系统。

2. 汇编语言中可以使用伪指令，它们不是真正的指令，只是用来_____。

3. 执行 ANL A，#0FH 指令后，累加器 A 的高 4 位＝_____。

4. JZ rel 的操作码首地址为 1000H，rel＝20H，它的转移目的地址为_____。

5. MOV PSW，#10H 是将 MCS-51 的工作寄存器置为第_____组。

6. 80C51 指令基本格式由标号、_____、_____和注释组成。

7. SJMP rel 的指令操作码首地址为 0050H，rel＝65H，那么它的转移目的地址为_____。

8. MOV C，20H 源寻址方式为_____寻址。

9. 指令 LCALL 37B0H，首地址在 2000H，所完成的操作是_____入栈，37B0H→PC。

10. RET 是_____指令，RETI 是_____指令。

11. ORL A，#0F0H 是将 A 的高 4 位置 1，而低 4 位_____。

12. 堆栈是在 RAM 中设定的存储区，栈底是固定的，栈顶是浮动的，存取数据的规则是_____。

13. MCS-51 的两条查表指令是_____和_____。

14. 假定（A）＝85H，（R0）＝40H，（40H）＝0AFH。执行指令 ADD A，@R0 后，累加器 A 的内容为_____，CY 的内容为_____，AC 的内容是_____，OV 的内容是_____。

15. 在 MCS-51 中，PC 和 DPTR 都用于提供地址，但 PC 是为访问_____存储器提供地址，而 DPTR 是为访问＿＿＿＿＿＿存储器提供地址。

16. 累加器 A 中存放着一个其值小于或等于 127 的 8 位无符号数，CY 清零后执行 RLC A 指令，则 A 中的数变为原来的＿＿＿＿＿＿倍。

17. 假定（A）＝0A5H，执行指令 SWAP　A 后，累加器 A 的内容为＿＿＿＿＿＿。

18. 执行下列指令序列后，所实现的逻辑运算式为＿＿＿＿＿＿＿＿＿＿＿。

```
MOV  C,P1.0
ANL  C,P1.1
ANL  C,/P1.2
MOV  P3.0,C
```

19. 若 R7 的初值为 00H 的情况下，DJNZ R7,rel 指令将循环执行＿＿＿＿＿＿次。

二、选择题

1. 在中断服务程序中，至少应该有一条（　　）。
   (A) 传送指令　　　(B) 转移指令　　　(C) 加法指令　　　(D) 中断返回指令

2. 要用传送指令访问 MCS-51 片外 RAM，它的指令操作码助记符应是（　　）。
   (A) MOV　　　　(B) MOVC　　　　(C) MOVX　　　　(D) 以上都行

3. JNZ rel 指令的寻址方式是（　　）。
   (A) 立即寻址　　　(B) 寄存器寻址　　　(C) 相对寻址　　　(D) 位寻址

4. 执行 LCALL 1020H 指令时，MCS-51 所完成的操作是（　　）。
   (A) 保护 PC　　　　　　　　　(B) PC←1020H
   (C) 保护现场　　　　　　　　(D) PC＋3 入栈，PC←1020H

5. 下面（　　）指令产生 $\overline{WR}$ 信号。
   (A) MOVX A，@DPTR　　　　(B) MOVC A，@A＋PC
   (C) MOVC A，@A＋DPTR　　(D) MOVX　@DPTR，A

6. 在执行 PUSH ACC 指令时，MCS-51 完成的操作是（　　）。
   (A)（SP）←（SP）＋1，（（SP））←（ACC）
   (B)（SP）←（ACC），（（SP））←（SP）－1
   (C)（SP）←（SP）－1，（（SP））←（ACC）
   (D)（（SP））←（ACC），（SP）←（SP）＋1

7. MCS-51 执行完 MOV A，♯08H 后，PSW 的（　　）位被置位。
   (A) C　　　　　　(B) F0　　　　　　(C) OV　　　　　　(D) P

8. 在相对寻址中，"相对" 两字是指相对于（　　）。
   (A) 地址偏移量 rel　　　　　　(B) 当前指令的首地址
   (C) 当前指令的末地址　　　　(D) DPTR 值

9. 在寄存器间接寻址方式中，指定寄存器中存放的是（　　）。
   (A) 操作数　　　(B) 操作数地址　　　(C) 转移地址　　　(D) 地址偏移量

10. 执行返回指令时，返回的断点是（　　）。
   (A) 调用指令的首地址　　　　(B) 调用指令的末地址
   (C) 调用指令下一条指令的首地址　　(D) 返回指令的末地址

11. 指令 AJMP 的跳转范围是（　　）。
    (A) 256 B   (B) 1 KB   (C) 2 KB   (D) 64 KB
12. 以下运算中，对溢出标志 OV 没有影响或不受 OV 影响的运算是（　　）。
    (A) 逻辑运算   (B) 符号数加减法运算
    (C) 乘法运算   (D) 除法运算

三、判断题

1. MCS-51 的相对转移指令最大负跳距是 127 B。（　　）
2. 数据传送指令将改变源操作数的内容。（　　）
3. 在堆栈操作中，当栈内的数据未置空时，这时的 SP 指向栈底单元。（　　）
4. 子程序返回可以使用 RET 指令，也可以使用 RETI 指令。（　　）
5. 加法指令只有带进位的加法，没有不带进位的加法。（　　）
6. 汇编语言能够直接被单片机识别和执行。（　　）
7. 在一个程序中，只允许出现一条 END 语句，应放在程序的末尾。（　　）
8. 特殊功能寄存器可以用直接寻址，也可以用寄存器寻址。（　　）
9. 调用子程序指令（如 LCALL）及返回指令（如 RET）与堆栈有关，但与 PC 无关。
（　　）
10. MOV @R0, P1 在任何情况下都是一条能够正确执行的 MCS-51 指令。（　　）
11. 判断下列指令的正误：

(1) MOV @R1，#80H（　　）   (2) MOV R7，@R1（　　）
(3) MOV 20H，@R0（　　）   (4) MOV R1，0100H（　　）
(5) CLR R4（　　）   (6) SETB R7.0（　　）
(7) MOV 20H，21H（　　）   (8) ORL A，R5（　　）
(9) ANL R1，0FH（　　）   (10) XRL P1，31H（　　）
(11) MOVX A，2000H（　　）   (12) MOV 20H，@DPTR（　　）
(13) MOV A，DPTR（　　）   (14) MOV R1，R7（　　）
(15) PUSH DPTR（　　）   (16) POP 30H（　　）
(17) MOVC A，@R1（　　）   (18) MOVC A，@DPTR（　　）
(19) MOV @DPTR，50H（　　）   (20) RLC B（　　）
(21) ADDC A，C（　　）   (22) MOVC @R1，A（　　）
(23) DEC DPTR（　　）   (24) SUBB B，A（　　）
(25) MUL A，B（　　）   (26) INC B（　　）
(27) ADDC ACC，30H（　　）   (28) RLC 30H（　　）
(29) MOV R1，C（　　）   (30) CLR 25H（　　）
(31) LJMP DEC（　　）   (32) LACLL BC1（　　）
(33) JZ 30H（　　）   (34) JBC 0FFH，LL1（　　）
(35) JB P，LOOP（　　）   (36) DJNZ @R1，NEXT（　　）
(37) DJNE R1，LAST（　　）   (38) DJNZ DPTR，LOO P（　　）
(39) CJNZ A，30H，NEXT（　　）   (40) CJNE R7，30H，ABC（　　）

四、应用题

1. 说明下列指令中源操作数和目的操作数的寻址方式。

(1) ADD A, 30H　　　　　　　　(2) MOV 30H, 20H

(3) MOV A, @R0　　　　　　　　(4) MOVX @R1, A

(5) SJMP $　　　　　　　　　　(6) MOV R0, ♯20H

(7) ORL C, 00H　　　　　　　　(8) MOV DPTR, ♯2000H

(9) MOVC A, @A+PC　　　　　　(10) ANL 20H, ♯30H

(11) ANL C, /30H　　　　　　　(12) CPL C

(13) CPL A　　　　　　　　　　(14) CPL 20H

(15) ADD A, @R1　　　　　　　(16) MOVC A, @A+DPTR

(17) DJNZ R0, rel　　　　　　　(18) SETB 00H

(19) CJNE A, ♯00H, rel　　　　　(20) INC DPTR

2. 设 A=5AH，R1=30H，(30H)=0E0H，CY=1。分析下列各指令执行后 A 的内容及对标志位的影响（每条指令都以题中规定的原始数据参加操作）。

(1) XCH A, R1　　　　　　　　(2) XCH A, 30H

(3) XCH A, @R1　　　　　　　(4) XCHD A, @R1

(5) SWAP A　　　　　　　　　(6) ADD A, R1

(7) ADD A, 30H　　　　　　　(8) ADD A, ♯30H

(9) ADDC A, 30H　　　　　　(10) INC A

(11) SUBB A, 30H　　　　　　(12) SUBB A, ♯30H

(13) DEC A　　　　　　　　　(14) RL A

(15) RL A　　　　　　　　　　(16) CPL A

(17) CLR A　　　　　　　　　(18) ANL A, 30H

(19) ORL A, @R1　　　　　　(20) CRL A, ♯30H

3. 分步写出下列程序每条指令的运行结果。

(1) MOV SP, ♯40H　　　　　　(2) MOV A, ♯83H

　　MOV A, ♯20H　　　　　　　MOV R0, ♯47H

　　MOV B, ♯30H　　　　　　　MOV 47H, ♯34H

　　PUSH A　　　　　　　　　　ANL A, ♯47H

　　PUSH B　　　　　　　　　　ORL 47H, A

　　POP A　　　　　　　　　　XRL A, @R0

　　POP B

(3) MOV R0, ♯00H　　　　　　(4) MOV A♯45H

　　MOV A, ♯20H　　　　　　　MOV R5, 378H

　　MOV B, ♯0FFH　　　　　　ADD A, R5

　　MOV 20H, ♯0F0H　　　　　DA A

　　XCH A, R0

　　XCH A, B

　　XCHD A, @R0

4. 请用数据传送指令来实现下列要求的数据传送。

（1）R0 的内容输出到 R1。

（2）内部 RAM 20H 单元的内容传送到 A 中。

（3）外部 RAM 30H 单元的内容送到 R0。

（4）外部 RAM 30H 单元的内容送内部 RAM 20H 单元。

（5）外部 RAM 1000H 单元的内容送内部 RAM 20H 单元。

（6）程序存储器 ROM 2000H 单元的内容送 R1。

（7）ROM 2000H 单元的内容送到内部 RAM 20H 单元。

（8）ROM 2000H 单元的内容送外部 RAM 30H 单元。

（9）ROM 2000H 单元的内容送外部 RAM 1000H 单元。

（10）立即数 40H 送到内部 RAM 40H 单元。

5. 试分别用 3 种方法实现数据交换：R0 与 50H 的内容互换。

6. 被减数存在 31H30H（高位在前），减数存在 33H32H 中，试编写其减法程序，差值存入 31H30H 单元，借位存入 32H 单元。

7. 已知两乘数分别存在 R1 和 R0，试编程求其积，并存入 R3R2 中。

8. 对下列程序进行手工汇编。

```
     ORG   1000H
     CLR   A
     MOV   R0,# 20H
LOOP:CJNE  @R0,# 24H,NEXT
     SJMP  QUIT
NEXT:INC   A
     INC   R0
     SJMP  LOOP
QUIT:MOV   R1,A
HALT:SJMP  HALT
     END
```

第4章 80C51 汇编语言程序设计

学习目标

利用第3章学过的指令按工作要求有序地编写一段完整的程序，完成某种特定的任务。通过本章的学习，应达到以下目标：

1. 了解汇编语言程序的设计步骤及编程注意事项；
2. 掌握常用简单顺序结构、分支结构和循环结构程序的编写基本思路与方法；
3. 理解子程序的特点及设计中应该注意的问题，具有看懂常用子程序的能力；
4. 学会画程序流程框图，逐步掌握结构化程序设计方法。

4.1 概述

在了解 80C51 单片机的硬件结构和指令系统后，可利用它们去完成人们所期望的工作，即程序设计工作。程序就是为了计算某一算式或者完成某一工作的若干指令的有序集合。微机的全部工作都要靠执行程序来完成。程序有简有繁，有些复杂程序往往是由简单的基本程序所构成。程序设计是一个重要的环节，它是一个按照实际问题的要求和单片机的特点，采用适当的算法，合理地利用指令系统中的指令编写程序的过程。对于单片机应用系统，通常采用汇编语言编写程序。用汇编语言编写程序的过程，称为汇编语言程序设计。本章通过一些基本程序，介绍部分常用的程序设计方法。

4.1.1 汇编语言程序设计的步骤

① 分析问题：首先对要解决的问题进行分析，以求对问题有正确的理解。例如，解决问题的方法、具体的工作过程、现有的条件、已知的数据、精度和速度的要求、设计的硬件结构是否方便编程等。

② 确定算法：在明确要解决问题的各种要求和指令系统的特点后，通过对多种可能方案的分析比较，挑选出最佳方案、最佳的计算公式和计算方法。

③ 画出程序流程图：为了直观地表示出解决问题的思路、步骤、方法，充分表达程序的设计方法，将问题与程序联系起来，体现出程序的基本结构、整体和部分之间的关系，常常采用画程序流程图的方法，以便于阅读、理解程序，查找错误。

程序流程图又叫程序框图，由一些简单的线条和符号组成，流程图中常用的符号如图 4-1 所示。

④ 分配内存单元：分配内存工作单元，确定程序和数据区的起始地址。

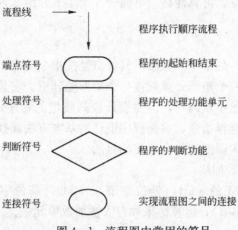

图 4 - 1　流程图中常用的符号

⑤ 编写汇编语言源程序：根据确定的算法及程序流程图并结合所选用的指令系统写出相应的汇编语言源程序。编写程序时，力求简单明了，层次清晰。

⑥ 汇编语言程序的调试：将编制好的源程序输入单片机并试运行，根据运行的结果来判断程序的正确性，从而为修改程序、优化程序提供依据。

4.1.2　汇编语言编程的注意事项

在进行程序设计过程中，应注意以下事项。

① 编写程序时应尽量使程序简短及缩短运行时间。编程技巧须经大量实践后，才能逐渐提高。

② 应尽量采用循环结构和子程序。这样可以使程序的总容量减少，提高程序的效率，节省内存。

③ 尽量少用无条件转移指令。这样可以使程序条理更加清晰，从而减少错误。

④ 在设计程序时，还要考虑程序与数据的存放地址，在使用内存单元和工作寄存器时，须注意它们相互之间不能发生冲突。

⑤ 对于通用子程序，要考虑保护现场。由于子程序的通用性，除了保护子程序入口参数的寄存器内容外，对于子程序中用到的其他寄存器的内容也应进栈保护。

⑥ 对于中断处理，除了保护处理程序中用到的寄存器外，还要保护程序状态字。在中断服务程序中，难免对程序状态字产生影响，如果程序状态字被改变，当中断服务程序执行结束返回主程序时，整个程序的执行就被打乱。

⑦ 充分利用累加器。累加器是主程序和子程序之间信息传递的枢纽，利用累加器传递入口参数或返回参数比较方便，在子程序中，一般不要把累加器内容压入堆栈。

4.2　基本结构程序设计

在汇编语言程序设计中，比较理想的方法是结构化程序设计方法。这种设计方法对任何复杂的程序都可由顺序结构、分支结构和循环结构构成。结构程序设计的特点是使程序的结构清晰，易于读写，易于验证，可靠性高。下面分 3 个小节介绍 3 种基本的程序设计方法。

4.2.1　顺序结构程序

顺序结构程序是最简单、最基本的程序。其特点是按指令的先后顺序依次执行，程序流向不变。用流程图表示时是一个矩形处理框接一个矩形处理框。它是所有复杂程序的基础或某个组成部分。顺序程序虽然不难编写，但要设计较高质量的程序还需一定的技巧。为此，读者要熟悉指令系统以正确选择指令，掌握程序设计的基本方法和技巧，以达到提高程序执行效率，缩短程序长度，最大限度地优化程序的目的。

例 4 - 1　双字节无符号数加法。

被加数存放于片内 RAM 的 add1（低位字节）、add2（高位字节），加数存放于 add3（低位字节）和 add4（高位字节），运算结果和存入被加数单元中。

解：程序如下：

```
        add1  EQU  30H
        add2  EQU  31H
        add3  EQU  40H
        add4  EQU  41H
        ORG   0000H
        LJMP  MAIN
        ORG   0030H
MAIN:   MOV   R0,#add1
        MOV   R1,#add3
        MOV   A,@R0        ;被加数低位字节送 A
        ADD   A,@R1        ;低字节数相加
        MOV   @R0,A        ;低字节和存入 add1 中
        INC   R0
        INC   R1
        MOV   A,@R0        ;被加数高位字节送 A
        ADDC  A,@R1        ;高字节数相加
        MOV   @R0,A        ;高字节和存入 add2 中
        SJMP  $
```

如果相加结果高字节的最高位产生进位且有意义时，应对标志位 CY 检测并存入某位地址单元。

这是一个简单但格式编写完整的小顺序程序。开始的无条件转移指令 LJMP 是所有程序中都必须写的，详细原因见第 2 章单片机的程序存储器结构。最后面的指令 SJMP $ 表示动态暂停或程序结束，以后出现类似情况不再重复讲述。

例 4 - 2　将 30H 单元的 2 个 BCD 码拆开并分别存入到 31H 和 32H 单元中。

解：先把 20H 中低 4 位 BCD 码交换出来，存入到 31H 中，再把高 4 位 BCD 码交换至低 4 位存入 32H 中。题意如图 4 - 2 所示。

```
        ORG   0000H
        LJMP  MAIN
```

```
        ORG   0030H
MAIN:MOV   R0,#32H
        MOV   @R0,#00H
        MOV   A,30H
        XCHD  A,@R0
        SWAP  A
        MOV   31H,A
        SJMP  $
        END
```

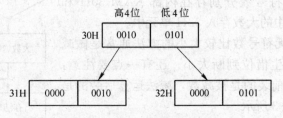

图 4-2　BCD 码拆开示意图

本程序用以前学过的 ANL　A,♯0FH 等逻辑指令也可以完成，请读者思考一下。

例 4-3　设数 a 存放在 R1 中，数 b 存放在 R2 中，计算 $y=a^2-b$，并将结果存入 R4（低 8 位）和 R5（高 8 位）中。

解：因为 y 的值为 16 位，因此在存放结果时，需要用到 R4、R5 两个寄存器。程序如下：

```
        ORG   0000H
        LJMP  START
        ORG   0030H
START:MOV   A,R1          ;A←a
        MOV   B,A           ;B←a
        MUL   AB            ;计算 a²
        CLR   C
        SUBB  A,R2          ;a² 低 8 位减 b
        MOV   R4,A          ;存低 8 位结果到 R4
        MOV   A,B           ;a² 高 8 位送 A
        SUBB  A,#00H        ;a² 高 8 位减去低位可能有的进位
        MOV   R5,A          ;存高 8 位结果到 R5
        SJMP  $
        END
```

4.2.2　分支结构程序

单纯由顺序结构构成的程序比较简单，应用范围有限。在实际问题中，往往需要计算机对某种情况进行判断，根据不同的判断结果作出相应的处理。通常单片机应用程序中分支的产生在于正确运用条件转移指令。

分支程序又分为单分支和多分支结构。在 80C51 指令系统中，实现单分支程序的条件转移指令有 JZ、JNZ、CJNE 和 DJNZ 等，此外，还有以位状态作为条件进行程序分支的指令，如 JC、JNC、JB、JNB 和 JBC 等。实现多分支程序可以进行多次判断或使用一条专门的散转指令 JMP。

注意：凡是产生分支的转移类指令在流程图中必须用菱形框表示，而且要注明 Y 或 N。

例 4-4 两个单字节无符号数比较大小。

设两个单字节无符号数分别存在内部 RAM 30H 和 31H 单元中，找出其中的大数存入 32H 单元中。

解：两个单字节无符号数比较大小的方法通常是做减法，然后根据是否产生借位判断大小。还有一点要注意：累加器 A 在减法运算前装的是被减数，减法运算后装的是差。思路框图如图 4-3 所示。

程序如下：

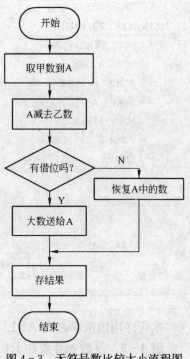

图 4-3　无符号数比较大小流程图

```
        ORG   0000H
        LJMP  MAIN
        ORG   0030H
MAIN:MOV R0,#30H
        MOV   A,@R0        ;取第一个数作为被减数
        INC   R0
        CLR   C
        SUBB  A,@R0        ;减去第二个数
        JC BIG2
        ADD   A,@R0        ;恢复 A 中原来的大数
        SJMP  NEXT
BIG2:MOV A,@R0             ;大数送 A 中
NEXT:INC R0
        MOV   @R0,A        ;存结果
        SJMP  $
        END
```

读者在编程序练习过程中尽量多练习使用间址，为学习循环程序打下基础。完成本程序功能还可以用 CJNE 指令，请大家思考一下如何编程序。

例 4-5 求符号函数，其中 x 存在内部 RAM 40H 单元中，结果 y 放在 41H 单元中。

$$y=\begin{cases} 1, & x>0 \\ 0, & x=0 \\ -1, & x<0 \end{cases}$$

解：程序流程图如图 4-4 所示。

程序如下：

```
        ORG   0000H
        LJMP  START
        ORG   0030H
START:  MOV   A,40H
        CJNE  A,#00H,NEXT1        ;比较 x≠0 转 NEXT1
        SJMP  LAST               ;若 x＝0 则转 LAST 存结果
NEXT1:  JB    ACC.7,NEXT2         ;x 若为负数转 NEXT2
        MOV   A,#01H             ;x 若为正数,01H 送 A 中
        SJMP  LAST
NEXT2:  MOV   A,#0FFH            ;x 为负数,0FFH(—1 的补码)送 A 中
LAST:   MOV   41H,A              ;存结果到 41H 单元
        SJMP  $
        END
```

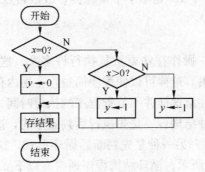

图 4-4　求符号函数流程图

例 4-6　散转程序。

散转程序的功能是根据某一输入变量或运算结果的值，转向各个不同的处理程序入口，它是多分支程序的一种。80C51 单片机指令系统中的"JMP @A＋DPTR"作为散转指令，可以方便地实现多分支结构程序。下面介绍常用的键盘处理散转程序。

某单片机应用系统中有 8 个键，经键盘扫描程序得到某个键的键码值（00H～07H）存放在 R2 中，8 个键的键处理程序入口地址分别为 KEY0、KEY1、KEY2、KEY3、KEY4、KEY5、KEY6、KEY7。

解：针对这种情况，需要先按 A 的值从小到大的顺序建立一个转移表，每 2 个单元写入一无条件转移指令，再将转移表首址装入 DPTR 中。

```
        ORG   0000H
        LJMP  MAIN
        ORG   0030H
MAIN:   MOV   DPTR,#TAB          ;转移表首址送入 DPTR 中
        MOV   A,R2               ;
        ADD   A,R2               ;R2×2→A(修正变址值)
        JNC   NEXT               ;判断是否有进位
        INC   DPH                ;有进位应加到高字节地址
```

```
NEXT: JMP   @A+DPTR
TAB:  AJMP  KEY0                    ;转向 0 号键的处理程序
      AJMP  KEY1                    ;转向 1 号键的处理程序
      AJMP  KEY2                    ;转向 2 号键的处理程序
      AJMP  KEY3                    ;转向 3 号键的处理程序
      AJMP  KEY4                    ;转向 4 号键的处理程序
      AJMP  KEY5                    ;转向 5 号键的处理程序
      AJMP  KEY6                    ;转向 6 号键的处理程序
      AJMP  KEY7                    ;转向 7 号键的处理程序
```

程序中转移表是由双字节指令 AJMP 组成，各转移指令地址依次差 2 字节，所以要对累加器 A 中变址值作乘 2 修正。若改为 LJMP 指令，则要进行乘 3 修正。当修正值有进位时，则应将进位先加在 DPH 中，然后转移。

由于散转表中使用 AJMP 指令，这就限制了 KEY0～KEY7 必须和散转表首址 TAB 位于同一 2 KB 空间范围内。由于 R2 是单字节寄存器，故散转点不能超过 256 个。

4.2.3 循环结构程序

在实际应用系统中，同一操作往往要重复执行许多次，这种有规可循又反复处理的问题，可以采用循环程序来解决。这样可以使程序简短，占用内存少，重复的次数越多，运行的效率也就越高，但请读者注意这样并不节省程序的执行时间。

循环结构程序常见的两种结构：一是先执行后判断形式，这种结构循环处理部分至少要执行 1 次，如图 4-5(a) 所示；另一种是先判断后循环形式，这种结构中循环处理部分可以 1 次也不执行，如图 4-5(b) 所示。循环结构程序通常有以下 3 个部分组成。

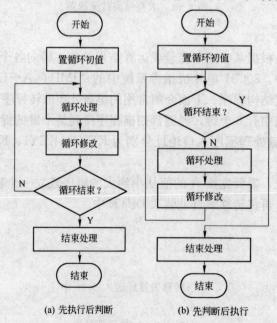

(a) 先执行后判断   (b) 先判断后执行

图 4-5 循环程序常见的两种结构示意图

● 初始化部分：程序在进入循环部分之前，应对用于循环过程的单元赋初值：如循环次数的初值，地址指针的初值，为某些变量预置初值等，都属于循环程序的初始化部分。

● 循环处理部分：循环处理部分是指重复执行的程序段，完成的主要任务或操作，同时也包括对地址指针的修改。

● 循环控制部分：循环控制部分用于控制循环的执行和结束。当循环程序每执行一次都应判断是否满足结束条件。当条件不满足时，则修改地址指针和控制变量，当条件满足时，则停止循环。在实际问题中，有循环次数已知的循环，可以用计数器控制循环。还有循环次数为未知的循环，可以用某些特定条件来控制循环。

循环程序可分为单循环程序和多重循环程序。在多重循环程序中，只允许外重循环嵌套循环程序，而不允许循环体互相交叉；另外，也不允许从循环程序的外部跳入到循环程序的内部。

1. 单循环程序的设计

例 4-7 多字节加法运算程序。

在内部 RAM 中从 30H 单元和 40H 单元开始，分别存有 2 个 8 字节数，现编程求它们的和放入内部 RAM 30H 开始的单元中（低字节存在小地址单元内）。思路框图如图 4-6 所示。

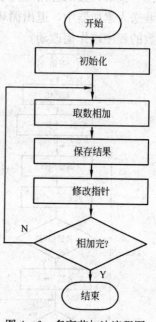

```
        ORG   0000H
        LJMP  MAIN
        ORG   0030H
MAIN:   MOV   R0,#30H      ;被加数的地址指针初始化
        MOV   R1,#40H      ;加数的地址指针初始化
        MOV   R7,#08H      ;循环次数的初始化
        CLR   C
LOOP:   MOV   A,@R0        ;取被加的一个字节
        ADDC  A,@R1        ;加上加数的一个字节
        MOV   @R0,A        ;存结果
        INC   R0           ;调整被加数的地址指针
        INC   R1           ;调整加数的地址指针
        DJNZ  R7,LOOP      ;判断是否 8 个字节全部加完
        SJMP  $
        END
```

图 4-6 多字节加法流程图

这是一个简单但结构清晰的循环程序，仿照例题读者可思考数据块搬家程序和工作单元连续清零程序的设计。

例 4-8 无符号单字节数中找最大数的程序。

在内部 RAM 中 50H 单元开始存有 10 个单字节无符号数，编程找出它们中的最大数，并存入 4FH 单元。思路框图如图 4-7 所示。

```
        ORG   0000H
        LJMP  MAIN
        ORG   0030H
MAIN:   MOV   R0,#50H      ;地址指针初始化
        MOV   R7,#9        ;循环次数初始化
```

```
        MOV  A,@R0              ;取第一个数送 A
LOOP:   INC  R0                 ;调整地址指针
        CLR  C
        SUBB A,@R0              ;两数相减
        JC   NEXT1              ;若 CY=1,则@R0 中数大转 NEXT1
        ADD  A,@R0              ;恢复 A 中原来的大数
        SJMP NEXT2
NEXT1:  MOV  A,@R0              ;大数送给 A
NEXT2:  DJNZ R7,LOOP            ;判断是否全部比较完
        MOV  4FH,A              ;存结果
        SJMP $
        END
```

找最大数的思路是先取出第一个数, 依次和后面的 9 个数比较 9 次, 比较的时候谁大把谁送入累加器中, 退出循环后最大的数就存在累加器中, 请读者思考一下如果修改成找最小数的程序该作何改动?

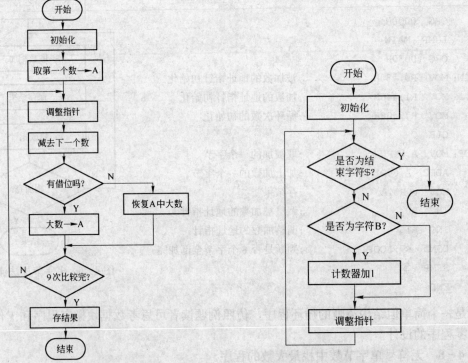

图 4-7 找最大数流程图   图 4-8 统计字符串中 B 个数流程图

例 4-9   有一字符串放在内部 RAM 以 30H 为首址的连续单元中, 字符串以 $ (24H) 为结束标志, 要求统计出字符串中字符 B (B=42H) 的个数, 并存入 R3 中。思路框图如图 4-8 所示。

```
        ORG  0000H
        LJMP START
```

```
          ORG   0030H
START:  MOV   R0,#30H            ;地址指针初始化
          MOV   R3,#00H            ;计数器初始化
LOOP:   CJNE  @R0,#24H,NEXT1     ;判是否为 $ 字符
          SJMP  LAST              ;是 $ 字符则结束查找
NEXT1:  CJNE  @R0,#42H,NEXT2     ;判断是否为字符 B
          INC   R3                ;是 B 字符则计数器加 1
NEXT2:  INC   R0                ;调整地址指针
          SJMP  LOOP              ;开始查找下一个
LAST:   SJMP  $
          END
```

2. 多重循环程序

例 4 - 10　已知 80C51 单片机的晶振频率为 12 MHz，设计一个延时 50 ms 的程序。

解:　延时程序的延时时间主要与两个因素有关: 一是所用晶振的频率，另一个是延时程序中的循环次数。在晶振频率为 12 MHz 的已知条件下，一个机器周期为 1 μs，执行一条 DJNZ　Rn，rel 的指令为 2 μs，则延时 50 ms 的子程序如下:

```
          ORG   0000H
          LJMP  START
          ORG   0030H
START:  MOV   R7,#200           ;单周期指令为 1 μs 时间
DEL1:   MOV   R6,#123           ;单周期指令为 1 μs 时间
          NOP                    ;单周期指令为 1 μs 时间
DEL2:   DJNZ  R6,DEL2           ;双周期指令为 2 μs 时间
          DJNZ  R7,DEL1           ;双周期指令为 2 μs 时间
          SJMP  $                ;双周期指令为 2 μs 时间
```

该程序延时时间为:

$$[(2\times123)+2+2]\times200\ \mu s+3\ \mu s=50.001(ms)$$

若编写一个延时约为 1 秒的程序段必须使用三重循环，请读者思考一下 1 秒的延时子程序该如何编写呢?

例 4 - 11　单字节无符号数的排序。

在内部 RAM 中 40H 开始的单元中有一无符号数据块，其长度存入 3FH 单元，试将这些无符号数按升序排列，并存入原存储区。

解:　数据排序常用的方法是冒泡排序法，这种方法的过程类似水中气泡上浮，故称冒泡法。执行时间从前向后进行，相邻数的比较，如果数据的大小次序与要求的顺序不符就将这两数互换，否则不互换。对于升序排序，通过这种相邻数的互换使小数向前移动，大数向后移动，从前向后进行一次冒泡 (相邻数的互换)，就会把最大的数换到最后，再进行一次冒泡，就会把次大的数排在倒数第二的位置。在程序中设置一个交换标志，如果一轮比较下来，从未交换过两数，即说明这些数已经按照升序排列，可以退出循环。其流程图如图 4 - 9 所示。

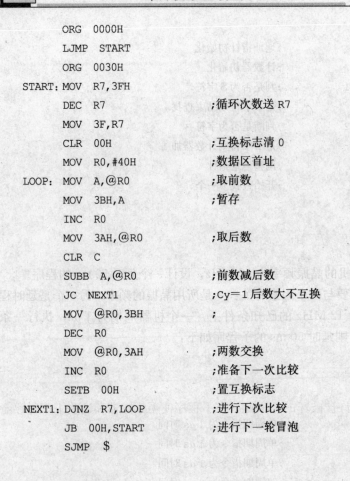

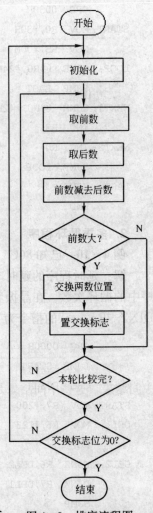

```
        ORG  0000H
        LJMP START
        ORG  0030H
START:  MOV  R7,3FH
        DEC  R7           ;循环次数送 R7
        MOV  3F,R7
        CLR  00H          ;互换标志清 0
        MOV  R0,#40H      ;数据区首址
LOOP:   MOV  A,@R0        ;取前数
        MOV  3BH,A        ;暂存
        INC  R0
        MOV  3AH,@R0      ;取后数
        CLR  C
        SUBB A,@R0        ;前数减后数
        JC   NEXT1        ;Cy＝1 后数大不互换
        MOV  @R0,3BH      ;
        DEC  R0
        MOV  @R0,3AH      ;两数交换
        INC  R0           ;准备下一次比较
        SETB 00H          ;置互换标志
NEXT1:  DJNZ R7,LOOP      ;进行下次比较
        JB   00H,START    ;进行下一轮冒泡
        SJMP $
```

图 4-9　排序流程图

4.3　子程序设计

在实际应用中，经常会遇到在不同的程序中或在同一程序不同的地方，要求实现某些相同的操作，如代码转换、算术运算、数制转换、检索与排序、输入输出等。这时可以把这些操作按一定的结构编成独立的程序段，存放在程序存储器中；当需要时，程序就可以去调用这些独立的程序段。通常把这种可以被调用的程序段称为子程序，把调用子程序的程序称为主程序。子程序也可以调用子程序，称为子程序嵌套。如图 4-10 所示。

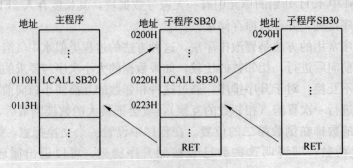

图 4-10　子程序嵌套示意图

4.3.1　子程序调用与返回

主程序可在不同的位置通过子程序调用指令多次调用子程序。主程序调用子程序是通过子程序调用指令"LCALL add16"和"ACALL add11"来实现的。前者称为"长调用指令"，其操作数给出 16 位的子程序首地址。后者称为"绝对（短）调用指令"，其操作数提供子程序的低 11 位入口地址，此地址与程序计数器 PC 的高 5 位合在一起，构成 16 位的转移地址（即子程序入口地址）。

子程序调用指令的功能是将 PC 中的内容（调用指令的下一条指令地址，称为"断点"）压入堆栈（即保护断点），然后将调用地址送入 PC，使程序转入子程序的入口地址。

子程序的返回是通过返回指令 RET 实现的。该指令的功能是将堆栈中存放的返回地址（即断点）弹出堆栈，并送回到 PC 中，使程序继续从断点处执行。

4.3.2　子程序设计时应注意的基本事项

① 子程序取名：子程序的第一条指令应加标号，作为子程序的入口地址（即有唯一的名称），以便主程序正确地调用它，子程序通常以 RET 指令作为结束，以便正确地返回主程序。

② 现场保护与恢复：调用子程序后，CPU 处理转到了子程序，在执行子程序时，可能要使用累加器或某些工作寄存器。而在调用子程序之前，这些寄存器中可能存放有主程序的中间结果，这些中间结果是不允许被破坏的。因此，在子程序使用累加器和这些工作寄存器之前，需要将其中的内容保存起来，即保护现场。当子程序执行完，即将返回主程序之前，再将这些内容取出，送回到累加器或原来的工作寄存器中，这一过程称为"恢复现场"。

保护现场的方式很多，多数情况是在调用子程序后由子程序前部操作完成现场保护，再由子程序后部操作完成恢复。现场信息可以压栈或传送到不被占用的存储单元，也可以避开这些主程序中用过的寄存器或内存单元，达到保护现场的目的。

恢复现场是保护现场的逆操作。当用堆栈保护现场时，还应注意恢复现场的顺序不能搞错，否则不能正确地恢复主程序的现场。

③ 参数的传递：参数传递是指主程序与子程序之间相关信息或数据的传递。在调用子程序时，主程序应先把有关参数（常称为入口参数）放到某些约定的位置，如寄存器、A 累加器或堆栈等，子程序在运行时，从约定的位置取到有关参数。同样，子程序在运行结束前，也应把运行结果（常称为出口参数）送到约定位置，在返回主程序后，主程序可以从这些地方得到所需的结果，这就是所谓的参数传递。

④ 子程序应具有通用性：为了使子程序具有通用性，子程序的操作对象通常采用寄存器或寄存器间址等寻址方式，而不用立即寻址方式。

4.3.3　子程序设计实例

1. 查表子程序设计

所谓查表，就是根据某个数 x 进入表格中寻址，使满足 $y = f(x)$。在很多情况下，通过查表比通过计算要简单得多，查表程序也较为容易编制。

在 80C51 指令系统中，有两条查表指令：

```
MOVC   A, @A+DPTR
MOVC   A, @A+PC
```

用于查找存放在程序存储器中的数据表格。

第一条指令是以 DPTR 为基地址寄存器，累加器 A 中的内容作为无符号数，两者相加后所得的 16 位数作为程序存储器的地址，取出该地址所对应单元的内容送回到累加器 A 中。用 DPTR 来查表，方法比较简单，通常把表格的首地址送入 DPTR 中，把所查表格的项数（即所需读取的表格元素在表中的位置是第几项，通常从 0 开始计数）送入累加器 A 中，执行该查表指令后，表中读取的数据送入到累加器 A 中。

第二条指令以 PC 为基地址寄存器，A 中的内容作为无符号数，两者相加后所得到的 16 位数作为地址，取出程序存储器该地址单元的内容送回 A 中。由于 PC 的值并不是表格的首地址，所以要在执行该指令前加上一条 ADD A，♯data 指令，data 的值是 MOVC 的下一条指令到表格首地址之间的距离，即偏移量，data 值可以用下列公式计算：

偏移量＝表格首地址－（MOVC 指令所在的地址＋1）

例 4 - 12 将十六进制数转换为 ASCII 码（用查表方法完成）。

设一位十六进制数存放在 R0 寄存器的低 4 位，转换后的 ASCII 码仍送回 R0 中存放。

解： 此题需要设计一个 ASCII 码表放到程序存储器中，事先建立的 ASCII 码表 ASCTAB 顺序存放着十六进制数 0～F 的 ASCII 码。即表的首址里面放 00H 的 ASCII 码，首址＋1 单元里面存放 01H 的 ASCII 码……。程序用 DPTR 为基地址寄存器编写的子程序如下：

```
HEXASC1: PUSH  DPH            ;保护 DPTR 的内容
         PUSH  DPL
         MOV   DPTR,#ASCTAB   ;表格首地址送 DPTR
         MOV   A,R0           ;取待转换的数
         ANL   A,#0FH
         MOVC  A,@A+DPTR      ;查表
         MOV   R0,A           ;存转换结果
         POP   DPL            ;恢复 DPTR 的原值
         POP   DPH
         RET
ASCTAB:  DB    30H,31H,32H,33H,34H
         DB    35H,36H,37H,38H,39H
         DB    41H,42H,43H,44H,45H,46H
```

本查表程序采用 DPTR 作为基地址寄存器，如果 DPTR 已被使用，那么子程序的开头应先将 DPTR 的内容进栈保护，代码转换完成后再恢复 DPTR 的内容。实际上，使用 MOVC A，@A＋DPTR 指令查表，其表格可以放在程序存储器 64 KB 地址空间的任何地方。

在主程序中如果已经用过 DPTR，这个程序还可以改用 PC 作为基址寄存器。在子程序中就不用把 DPTR 推入堆栈保护。用 PC 作基址寄存器的查表程序如下：

```
HEXASC2:MOV   A,R0                      ;取待转换的数
```

```
        ANL  A,#0FH
        ADD  A,#02H              ;距离调整
        MOVC A,@A+PC             ;查 ASCII 码表
        MOV  R0,A                ;存结果
        RET
ASCTAB: DB   30H,31H,32H,33H,34H
        DB   35H,36H,37H,38H,39H
        DB   41H,42H,43H,44H,45H,46H
```

从查表指令 MOVC 到表格的首地址 ASCTAB 之间的距离相差 2 个单元，所以 MOVC 指令前面加一条 ADD A，#02H 指令，用于跳过表格上面的 2 条指令（占 2 个字节单元）。

例 4 - 13　用程序实现 $c=a^2+b^2$，已知 a、b 都是小于 10 的数，a 存在内 RAM 的 40H 单元，b 存在内部 RAM 的 41H 单元中，结果 c 存放于 RAM 的 42H 单元中。

解：此题中可以两次利用子程序查找对应数据平方值表的方法算出 a^2 和 b^2，在主程序中完成 a^2+b^2 的计算。程序如下：

```
        ORG   0000H
        LJMP  MAIN
        ORG   0030H
MAIN:   MOV  R0,#40H
        MOV  A,@R0               ;取出数 a 并送到 A
        LCALL SQR                ;计算 a² 并送到 R1
        MOV  R1,A
        INC  R0
        MOV  A,@R0               ;取出数 b 并送到 A
        LCALL SQR                ;计算 b² 并置于 A 中
        ADD  A,R1                ;计算 a² + b²,结果放在 A 中
        INC  R0
        MOV  @R0,A               ;存放结果到指定单元 42H
        SJMP  $                  ;动态暂停
```

计算平方的子程序如下：

```
SQR:INC  A                      ;偏移量调整(RET 这条指令占一个字节)
    MOVC A,@A+PC                ;查平方表
    RET
TAB:DB   0,1,4,9,16,25
    DB   36,49,64,81
    END
```

子程序的调用地址（标号）为 SQR；入口参数为待求其平方值的数，在累加器 A 中；出口参数为查出的数据平方值，在累加器 A 中。

2. 码制转换子程序设计

例 4 - 14　将十六进制数转换为 ASCII 码（用计算的方法完成）。

设一位十六进制数存放在 R0 寄存器的低 4 位，转换后的 ASCII 码仍送回 R0 中存放。

根据 ASCII 码表可知：0～9 的 ASCII 码为 30H～39H，而 A～F 的 ASCII 码为 41H～46H。算法为：

当 R0 小于 9，相应的 ASCII 码为：R0＋30H

当 R0 大于 9 时，相应的 ASCII 码为：R0＋30H＋07H

采用这种算法的程序如下：

```
HEXASC1:MOV  A,R0          ;取一个十六进制数
        ANL  A,#0FH        ;屏蔽高 4 位
        MOV  R1, A         ;暂存要转换的数
        ADD  A,#0F6H       ;判断 A＞9?
        MOV  A,R1          ;恢复要转换的数
        JNC  SMALL         ;若小于或等于 9 转 SMALL
        ADD  A,#07H        ;若大于 9,则先加上 07H
SMALL:  ADD  A,#30H        ;转换为 ASCII 码
        MOV  R0,A          ;转换结果送回 R0 中
        RET                ;子程序返回
```

本程序是采用判断后计算的方法实现码制转换的，请读者和例 4-12 中查表的方法来实现上述的代码转换程序相比较一下，看看哪个方法使整个程序显得更为简单和容易理解呢？

例 4-15 将一个 ASCII 码转换成二进制数。

解： 入口：待转换的 ASCII 码在 R2 中。出口：转换后的结果也在 R2 中。对于小于等于 9 的 ASCII 码减去 30H 即得 4 位二进制数，对于大于 9 的则应再减去 7 即可。程序如下：

```
ASCBIN:MOV  A,R2           ;取 ASCII 码
       CLR  C
       SUBB A,#30H         ;用 ASCII 码减去 30H
       MOV  R2,A           ;存入 R2
       SUBB A,#0AH         ;再减去 0AH,即与 0AH 比较
       JC  NN              ;有借位转移,即数在 0～9 范围内
       XCH  A,R2           ;无借位则恢复,即数在 A～F 范围内
       SUBB A,#07H         ;再减去 7
       MOV  R2,A           ;存结果
NN:    RET                 ;返回
```

例 4-16 二进制转换为 BCD 码程序。

将累加器 A 中的 8 位二进制数转换成 3 位 BCD 码格式的十进制数。3 位 BCD 码占 2 个字节单元，百位数的 BCD 码放在 HUND 单元中，10 位和个数放在 TENONE 单元中。

除法指令可用于实现数制的转换，程序如下：

```
       HUND  DATA  31H
       TENONE  DATA  32H
BINBCD:MOV  B,#100         ;除以 100
       DIV  AB             ;以确定百位数
       MOV  HUND,A
       MOV  A,#10          ;余数除以 10
```

```
    XCH   A,B                      ;以确定十位数
    DIV   A,B                      ;10 位数在 A 中,余数为个位数
    SWAP  A
    ADD   A,B                      ;压缩 BCD 码在 A 中
    MOV   TENONE,A
    RET
```

3. 运算类子程序设计

例 4 - 17　2 个双字节无符号相乘。

解：设被乘数放在 R2、R3 中，R6、R7 为乘数，乘积存放在 R2、R3、R4、R5 中，以上寄存器均为高字节在前。如图 4 - 11 所示。

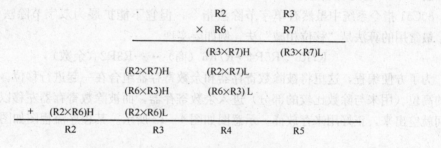

	R2	R3	
×	R6	R7	
	(R3×R7)H	(R3×R7)L	
(R2×R7)H	(R2×R7)L		
(R6×R3)H	(R6×R3)L		
+ (R2×R6)H	(R2×R6)L		
R2	R3	R4	R5

图 4 - 11　双字节无符号数乘法示意图

```
NMUL:MOV  A,R3
     MOV  B,R7
     MUL  AB                      ;R3×R7
     MOV  R5,A                    ;(R3×R7)L 存入 R5 中
     MOV  R4,B                    ;(R3×R7)H 存入 R4 中
     MOV  A,R3
     MOV  B,R6
     MUL  AB                      ;R3×R6
     ADD  A,R4                    ;(R3×R6)L＋(R3×R6)H
     MOV  R4,A
     CLR  A
     ADDC A,B                     ;(R3×R6)H 加上低位的进位
     MOV  R3,A                    ;暂存 (R3×R6)H
     MOV  A,R2
     MOV  B,R7
     MUL  AB                      ;R2×R7
     ADD  A,R4                    ;[(R3×R7)H＋(R6×R3)L]＋(R2×R7)L
     MOV  R4,A                    ;暂存结果
     MOV  A,R3
     ADDC A,B                     ;(R3×R6)H＋(R2×R7)H＋进位
     MOV  R3,A
     CLR  A
```

```
RLC   A                    ;CY 移到 A 的低
XCH   A,R2
MOV   B,R6
MUL   AB                   ;R2×R6
ADD   A,R3                 ;[(R3×R6)H+(R2×R7)H]+(R2×R6)L
MOV   R3,A
MOV   R2,A
ADDC  A,B                  ;(R2×R6)H 加上刚才的进位
MOV   R2,A
RET
```

例 4-18 双字节除法。

80C51 指令系统中虽然有单字节除法指令，但它不能扩展为双字节除法。对于多字除法，最常用的算法是"移位相减"法。例如要实现

$$R7R6 \div R5R4 \to R7R6\ （商）\cdots\cdots R3R2\ （余数）$$

为了方便编程，这里将被除数寄存器和余数寄存器组合在一起进行移位。即被除数左移出的高位（用来与除数比较的部分）进入余数寄存器，而被除数寄存器左移以后，它的低位空间就空出来，正好用来存放商。示意图如图 4-12 所示。其程序流程图如图 4-13 所示。

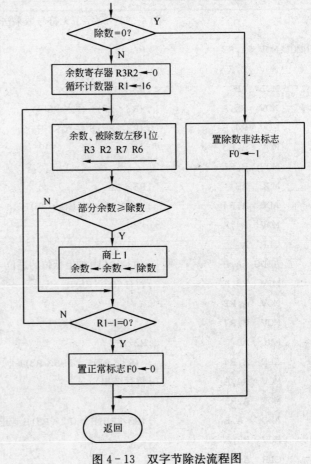

图 4-12 除法示意图   图 4-13 双字节除法流程图

程序如下：

```
DDIV:  MOV  A,R4
       JNZ  DDIV0              ;除数不为 0,转 DDIV0
       MOV  A,R5
       JZ   ERROR             ;除数为 0,转 ERROR
DDIV0: MOV  R2,#00H           ;余数寄存器清 0
       MOV  R3,#00H
       MOV  R1,#16            ;循环次数为 16
DDIV1: CLR  C                 ;R3R2R7R6 左移 1 位
       MOV  A,R6
       RLC  A
       MOV  R6,A
       MOV  A,R7
       RLC  A
       MOV  R7,A
       MOV  A,R2
       RLC  A
       MOV  R2,A
       MOV  A,R3
       RLC  A
       MOV  R3,A
       MOV  A,R2             ;部分余数减除数
       SUBB A,R4             ;低 8 位先减
       JC   DDIV2            ;不够减,转 DDIV2
       MOV  R0,A             ;暂存相减结果
       MOV  A,R3
       SUBB A,R5             ;高 8 位相减
       JC   DDIV2            ;不够减,转 DDIV2
       INC  R6              ;够减,则商为 1
       MOV  R3,A             ;相减结果送 R3R2 中
       MOV  A,R0
       MOV  R2,A
DDIV2: DJNZ R1,DDIV1         ;16 位未除完则继续
       CLR  F0              ;除数合法标志
       RET
ERROR: SETB F0              ;除数非法标志
       RET
```

4. I/O 接口控制类子程序

例 4 - 19　编写一个循环闪烁灯的程序。有 8 个发光二极管，每次其中 1 个灯闪烁点亮 10 次后，即转移到下一个灯闪烁点亮 10 次，并循环不止。

本程序的硬件连接如图 4 - 14 所示，AT89S51 的 P1 口输出经 74HC240 的 8 路反相驱动后，点亮发光二极管。由图 4 - 14 可知，P1 口为高电平，发光二极管可被点亮。

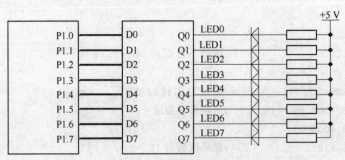

图 4-14　LED 闪烁线路示意图

源程序编写如下：

```
          MOV  A,#01H
SHIFT:    LCALL FLASH
          RR  A
          SJMP SHIFT
FLASH:    MOV  R2,#0AH
FTFLASH1: MOV  P1,A
          LCALL DELAY
          MOV  P1,#00H
          LCALL DELAY
          DJNZ R2,FLASH1
          RET
```

本程序中，DELAY 为延时子程序。读者可按延时要求（观察到闪烁的目的）自行设置。

本章小结

在进行程序设计时，首先需要明确单片机应用系统预计完成的设计任务、功能要求和硬件资源，然后确定算法并进行优化，接着画程序流程图，然后再编制和调试程序。程序流程图是用各种图形、符号、指向线等来描述程序的执行过程，可以帮助设计程序、阅读程序和查找程序中的错误。读者在编程的过程中要养成先画流程图的好习惯。

一个好的程序不仅要完成规定的功能任务，而且还应该执行速度快、占用内存少、条理清晰、阅读方便、便于移植、巧妙而实用。采用循环结构和子程序可以使程序的容量大大减少，提高程序的效率，节省内存。

结构化程序设计方法具有明显的优点，任何复杂的程序都可由顺序结构、分支结构和循环结构构成。

（1）顺序结构程序：顺序结构程序比较简单，特点是按指令的先后顺序依次执行，是构成复杂程序的基础。

（2）分支结构程序：分支程序可以根据不同的条件转向不同的处理程序，可用条件转移、比较转移和位转移指令实现分支转移程序。

（3）循环结构程序：循环程序用于需要多次反复执行的某种相同的操作，如求和、统计、排序、延时等。循环程序通常都由初始化部分、循环处理部分和循环控制部分组成。

子程序的设计中应当考虑现场的保护与恢复及参数传递等问题，要有一定的通用性。本章介绍的查表子程序、码制转换子程序及运算类子程序等都是比较常用的子程序，读者可以在理解的基础上模仿进行相应程序的设计。

习　题　4

一、填空题

1. 在设计汇编语言源程序时，经常使用的 3 种结构的程序是＿＿＿结构、＿＿＿ 结构和＿＿＿结构的程序。

2. MCS-51 汇编语言源程序的扩展名为＿＿＿＿＿＿。

3. 实现多分支程序可以通过进行＿＿＿＿＿或者使用一条＿＿＿＿＿＿＿＿。

4. 顺序执行的指令在程序流程图中用＿＿＿＿＿形状表示，判断产生分支的指令＿＿＿＿＿形状表示。

5. 循环程序常见的两种结构是＿＿＿＿＿＿＿＿＿＿和＿＿＿＿＿＿＿＿＿＿。

6. 参数传递是指＿＿＿＿＿和＿＿＿＿＿＿之间相关信息或数据的传递。

二、阅读并分析程序题

1. 该程序执行完后，累加器 A 的内容为＿＿＿＿＿，R2 的内容为＿＿＿＿＿。

```
        MOV   R2,#10
        CLR   A
NEXT:   ADD   A,R2
        DJNZ  R2,NEXT
        SJMP  $
```

2. 设 R0＝20H，R1＝25H，(20H)＝80H，(21H)＝90H，(22H)＝0A0H，(25H)＝0A0H，(26H)＝6FH，(27H)＝76H，下列程序执行后，结果如何？

```
        CLR   C
        MOV   R2,0
LOOP:   MOV   A,@R0
        ADDC  A,@R1
        MOV   @R0,A
        INC   R0
        INC   R1
        DJNZ  R2,LOOP
        JNC   NEXT
        MOV   @R0,#01H
        SJMP  $
NEXT:   DEC   R0
        SJMP  $
```

(20H)＝＿＿＿＿，(21H)＝＿＿＿＿，(22H)＝＿＿＿＿，(23H)＝＿＿＿＿，

CY=_____, A=_____, R0=_____, R1=_____。

3. 下列程序执行完后，累加器 A=_____。

```
        MOV   R1,#48H
        MOV   48H,#51H
        CJNE  @R1,#51H,00H
        JNC   NEXT1
        MOV   A,#0FFH
        SJMP  NEXT2
NEXT1:  MOV   A,#0AAH
NEXT2:  SJMP  NEXT2
```

4. 程序存储器空间表格如表 4-1 所示。

表 4-1　程序存储器空间表

地址	2000H	2001H	2002H	2003H	...
内容	3FH	06H	5BH	4FH	...

已知：片内 RAM 20H 中为 01H，执行下列程序后，(30H)=_____。

```
MOV  A,20H
INC  A
MOV  DPTR,#2000H
MOVC A,@A+DPTR
CPL  A
MOV  30H,A
SJMP $
```

三、编程题

1. 编写程序，把外部 RAM 1000H~10FFH 区域内的数据逐个搬到从 2000H 单元开始的区域。

2. 试编写程序，将内部 RAM 的 20H~2FH 共 16 个连续单元清零。

3. 试用循环转移指令编写延时 20 ms 的延时子程序。设单片机的晶振频率为 6 MHz。

4. 试用循环转移指令编写延时 1 秒的延时子程序。设单片机的晶振频率为 12 MHz。

5. 从内部 RAM 的 40H 单元开始存放着一组无符号数，其数目存放在 31H 单元中，试编写程序，求出这组无符号数中的最小的数，并将其存入 30H 单元。

6. 从内部 RAM 的 30H 单元开始存放一组用补码表示的带符号数，其数目已存放在 20H 单元。编写程序统计出其中正数、0 和负数的数目，并将结果分别存入 21H、22H、23H 单元。

7. 试编写程序，查找在内部 RAM 的 30H~4FH 单元中出现 0FFH 的次数，并将查找的结果存入 51H 单元。

8. 试编写程序计算 $\sum 2i$，i 的个数存在 50H 单元中（i 是不等于零而且小于 127 的无符号数），并将计算结果存在内 RAM 31H 中。

9. 设在内部数据存储器中存放有 20 个字节数据，其起始地址为 M。试编写程序，找出

0AH 的存放地址，并送入 N 单元。若 0AH 不存在，则将 N 单元清零。

10. 试编写程序，找出外部 RAM 2000H～200FH 数据区中的最小值，并放入 R2 中。

11. 已知某单片机系统每隔 20 ms 测一次温度，8 位 A/D 值存在特殊功能寄存器 SBUF 中，试求 1 min 内的平均值，分别存入 30H 和 31H 中。

12. 已知 ROM 中存有 0～100 的平方表，首地址为 TABDS，试根据累加器 A（≤100）中的数值查找对应的平方值，存入内 RAM 51H50H（双字节）。

13. 已知 8 位要显示的数字已经存入首址为 40H 的内部 RAM 中，试编程将其转换为共阴显示字段码存入首址为 60H 的内部 RAM 中。

14. 试编程实现逻辑函数的功能：F＝X ⊕ Y ⊕ Z，其中 X、Y、Z、F 均为位变量，依次存在以位地址 20H 为首址的位寻址区中。

15. 试编程将内部 RAM 60H 和 61H 两个单元的 ASCII 码转换为十六进制数，并合并为一个字节存在 65H 中。

16. 设无符号数 x 存在内部 RAM 的 VAR 单元（35H），y 存入 FUNC 单元（36H），试按下列要求编程。

$$y=\begin{cases} x, & x\geqslant 40 \\ 2x, & 20<x<40 \\ 0, & x\leqslant 0 \end{cases}$$

17. 试编写程序，求出内部 RAM 3FH 单元中"1"的个数，并将结果存入 30H 单元中。

18. 根据本章例题 4 - 19 中的电路图，试编程使 P1 口的高 4 位和低 4 位每隔 1 秒交叉点亮，不断循环。

19. 试编程将内部 RAM 45H 单元开始存放的 20 个单字节无符号数按降序排列，还存在原来单元中。

20. 编写子程序将 R3R2 中的 16 位二进制数转换成 3 字节压缩的 BCD 码，转换结果存放在 R6R5R4 中。

第 5 章 中断系统、定时/计数器及串行通信

中断是 CPU 与 I/O 设备之间数据交换的一种控制方式。80C51 单片机有 5 个中断源、2 个优先级，具备完善的中断系统。

通过使用中断，80C51 单片机可以方便地实现对外部事件的控制，精确实现定时与计数以及实现单片机之间的互相通信，极大地提高了 CPU 的使用效率。

5.1 单片机的中断系统

5.1.1 中断的概念

在 CPU 与外部设备交换信息时，存在着高速的 CPU 和低速的外设之间的矛盾。若采用软件查询方式，则 CPU 会浪费较多的时间去等待外设。此外，对 CPU 外部随机事件或定时器发出的信号等事件也常常需要 CPU 能马上响应。为解决这类问题，在计算机中采用了中断技术。中断技术是计算机在实时处理和实时控制中不可缺少的一个很重要的技术，它既和硬件有关，也和软件有关。

所谓中断，是指当计算机正在执行正常程序时，系统中出现了某些急需处理的异常情况和特殊请求。这时 CPU 暂时中止当时正在执行的程序，转而去对随机发生的紧迫事件进行处理（执行中断服务程序），待该事件处理完毕，CPU 自动地回到原来被中断的程序继续执行，这个过程称为"中断"。

中断之后所执行的处理程序通常称为中断服务子程序，原来执行的程序称为主程序，主程序被中断的位置（地址）称为断点，引起中断的原因或能够发出中断申请的来源称为中断源。中断源要求服务的请求称为中断请求。中断请求通常是一种电信号，CPU 一旦对这个信号进行检测和响应便可自动转入该中断源的中断服务程序中去并执行该程序。执行完后自

动返回原程序继续执行，由于中断源不同，中断服务程序的功能也不同。因此，中断又可看作 CPU 自动执行中断服务程序并返回原程序执行的过程。

中断需要解决两个主要问题：一是如何从主程序转到中断服务程序；二是如何从中断服务程序返回主程序。

在日常生活中经常会遇到"中断"的情况。比如我们正在办公室处理日常工作（相当于计算机正在执行主程序），突然有人打来电话（相当于外设有中断请求），于是我们暂时停下手中的工作而去接电话（相当于从主程序转至中断服务程序），打电话的过程就相当于执行中断服务程序，而电话打完后继续处理原来的工作（相当于从中断服务子程序返回主程序）。

实际上，当计算机系统出现故障、出错及发生一些特殊问题时，计算机就不得不停止正在进行的操作，转去处理这些非常事件，处理完后，再继续原来的操作。由此看来，中断有时是客观的需要，有时则是主观上利用中断来提高效率，例如计算机利用中断这一方式来控制多台外部设备同时工作。

大体说来，采用中断系统改善了计算机的性能，主要表现在以下几个方面：

① 有效地解决了快速 CPU 与慢速外设之间的矛盾，可使 CPU 与外设同时工作，大大提高了 CPU 的效率；

② 计算机可以及时处理控制系统中许多随机产生的参数与信息，即具有实时处理的能力，从而使控制系统的性能保持最佳状态；

③ 使系统具备及时处理故障的能力，提高了系统自身的可靠性。

5.1.2　中断源

MCS-51 中不同型号单片机的中断源是不同的，最典型的 80C51 单片机有 5 个中断源（80C52 有 6 个），具有两个中断优先级，可以实现二级中断嵌套。5 个中断源的排列顺序由中断优先级控制寄存器 IP 和顺序查询逻辑电路共同决定。80C51 基本的中断系统结构如图 5-1 所示。

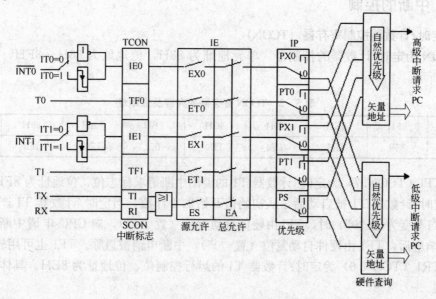

图 5-1　MCS-51 单片机中断系统结构图

80C51 单片机的 5 个中断源如下。

① $\overline{INT0}$ （P3.2），外部中断 0 请求信号输入引脚。当 CPU 检测到 P3.2 引脚上出现有效的中断信号时，中断标志 IE0（TCON.1）置 1，向 CPU 申请中断。

② $\overline{INT1}$ （P3.3），外部中断 1 请求信号输入引脚。当 CPU 检测到 P3.3 引脚上出现有效的中断信号时，中断标志 IE1（TCON.3）置 1，向 CPU 申请中断。

③ TF0（TCON.5），片内定时/计数器 T0 溢出中断请求标志。当定时/计数器 T0 发生溢出时，置位 TF0，并向 CPU 申请中断。

④ TF1（TCON.7），片内定时/计数器 T1 溢出中断请求标志。当定时/计数器 T1 发生溢出时，置位 TF1，并向 CPU 申请中断。

⑤ RI（SCON.0）或 TI（SCON.1），串行接口中断请求标志。当串行接口接收完一帧串行数据时置位 RI 或者当串行接口发送完一帧串行数据时置位 TI，并向 CPU 申请中断。

当某个中断源的中断请求被 CPU 响应之后，CPU 将把此中断源的入口地址装入程序计数器 PC 中，中断服务程序即从此地址开始执行，此地址称为中断入口地址。80C51 单片机各中断源的入口地址如表 5-1 所示。

表 5-1　80C51 单片机中断入口地址表

中 断 源	入 口 地 址	中 断 源	入 口 地 址
外部中断 0	0003H	定时/计数器 T1	001BH
定时/计数器 T0	000BH	串行接口中断	0023H
外部中断 1	0013H		

由表 5-1 可知，各中断源的入口地址之间，只相隔 8 个单元，如果中断服务程序长度不超过 8 个字节，则中断程序从入口地址直接开始就可以。如果中断服务程序长度超过 8 个字节，则需要在入口地址单元处放一条无条件转移指令，转到存储器其他任何空间去。

5.1.3　中断的控制

1. 定时/计数器控制寄存器（TCON）

TCON 为定时/计数器的控制器，单元地址为 88H，位地址为 88H～8FH，其格式如表 5-2 所示。

表 5-2　TCON 寄存器的内容及位地址

位地址	8FH	8EH	8DH	8CH	8BH	8AH	89H	88H
位符号	TF1	TR1	TF0	TR0	IE1	IT1	IE0	IT0

① TF1（TCON.7）为定时/计数器 T1 的溢出中断请求标志位，位地址为 8FH。

当定时/计数器 T1 被启动后，从初始值开始加 1 计数，当定时/计数器 T1 产生溢出中断（全"1"变为全"0"）时，TF1 由硬件自动置位（置"1"），向 CPU 申请中断；当中断被 CPU 响应后，TF1 由硬件自动复位（置"0"），中断申请被撤除。TF1 也可用软件复位。

② TR1（TCON.6）为定时/计数器 T1 的运行控制位，位地址为 8EH。具体介绍见后述定时器。

③ TF0（TCON.5）为定时/计数器 T0 的溢出中断请求标志位，位地址为 8DH，作用

和 TFl 类似。

④ TR0（TCON.4）为定时/计数器 T0 的运行控制位，位地址为 8CH。具体介绍见后述定时器。

⑤ IEl（TCON.3）为外部中断 1 的中断请求标志位，位地址为 8BH。当 CPU 检测到 $\overline{INT1}$ 上中断请求有效时，IEl 由硬件自动置位；CPU 响应此中断后，IEl 由硬件自动复位，中断申请被撤除。

⑥ ITl（TCON.2）为外部中断 1 的触发控制标志位，位地址为 8AH。当（IT1）＝0时，采用电平触发方式，$\overline{INT1}$ 低电平有效；当（IT1）＝1 时，采用边沿触发方式，$\overline{INT1}$ 输入脚上由高到低的负跳变有效。ITl 可由软件置位或清 "0"。

⑦ IE0（TCON.1）为外部中断 0 的中断请求标志位，位地址为 89H，作用和 IEl 类似。

⑧ IT0（TCON.0）为外部中断 0 的触发控制标志位，位地址为 88H，作用和 ITl 类似。

2. 串行口控制寄存器（SCON）

SCON 为串行接口的控制器，单元地址为 98H，位地址为 98H～9FH，其格式如表 5-3 所示。

表 5-3　SCON 寄存器的内容及位地址

位地址	9FH	9EH	9DH	9CH	9BH	9AH	99H	98H
位符号	SM0	SM1	SM2	REN	TB8	RB8	TI	RI

高六位是串行通信的控制位，在后述串行通信章节会详细讲述。后两位与中断控制有关。

① TI（SCON.1）为串行接口发送中断标志位，位地址为 99H。串行接口每发送完一帧串行数据后，硬件置位 TI，向 CPU 申请中断。当响应中断时，并不自动清除 TI，因此必须在中断服务程序中由软件对 TI 清 0（可用 CLR TI 或其他指令）。

② RI（SCON.0）为串行接口接收中断标志位，位地址为 98H。串行接口每接收完一帧串行数据后，硬件置位 RI，向 CPU 申请中断。同样，CPU 响应中断时不会清除 RI，必须由用户在中断服务程序中对 RI 清 0。

综上所述，80C51 的 5 个中断源的 6 个中断申请标志位是 TFl、TF0、IEl、IE0、TI 和RI。在 CPU 响应与之对应的中断后，TFl 和 TF0 可由硬件自动复位，TI 和 RI 需在中断服务程序中由软件复位，IE0 和 IEl 只有中断为边沿触发时，可由硬件自动复位。

3. 中断允许控制寄存器 IE

由于 80C51 单片机没有专门的开中断和关中断指令，5 个中断源中断的开放和关闭是通过中断允许寄存器 IE 进行两级控制的。所谓两级控制，是指有一个中断允许总控制位 EA，配合各中断源的中断允许控制位共同实现对中断请求的控制。IE 的单元地址为 A8H，位地址为 A8H～AFH，其内容及位地址如表 5-4 所示。

表 5-4　IE 寄存器的内容及位地址

位地址	AFH	AEH	ADH	ACH	ABH	AAH	A9H	A8H
位符号	EA	/	/	ES	ET1	EX1	ET0	EX0

IE 各位的作用如下：

① EA（IE.7）为 CPU 中断总允许位。EA＝0 时，CPU 关中断，禁止一切中断；EA＝1 时，CPU 开放所有中断源的中断请求，但这些中断请求能否被 CPU 响应，还要取决于 IE 中相应中断源的允许位状态。

② ES（IE.4）为串行口中断允许位。ES＝1 时，允许串行口的接收和发送中断；ES＝0 时，禁止串行口中断。

③ ET1（IE.3）为定时/计数器 T1 的中断允许位。ET1＝1 时，允许 T1 中断；否则禁止中断。

④ EX1（IE.2）为外部中断 1 的中断允许位。EX1＝1 时，允许外部中断 1 中断；否则禁止中断。

⑤ ET0（IE.1）为定时/计数器 T0 的中断允许位。ET0＝1 时，允许 T0 中断；否则禁止中断。

⑥ EX0（IE.0）为外部中断 0 的中断允许位。EX0＝1 时，允许外部中断 0 中断；否则禁止中断。

80C51 单片机复位后，IE 各位被复位成"0"状态，CPU 处于关闭所有中断的状态。所以在 80C51 复位以后，用户必须通过程序中的指令来开放所需中断。

例如：可以采用如下字节传送指令来开放定时器 T1 的溢出中断：

```
MOV IE,#88H
```

也可以用位寻址指令，则需采用如下两条指令实现同样功能：

```
SETB EA
SETB ET1
```

4. 中断优先级控制寄存器 IP

80C51 单片机的中断优先级控制比较简单，系统定义了高、低两个中断优先级。用户可由软件将每个中断源设置为高优先级中断或低优先级中断，并可实现两级中断嵌套。

高优先级中断源可以中断正在执行的低优先级中断服务程序，同级或低优先级中断源不能中断正在执行的中断服务程序。中断优先级寄存器 IP 字节地址为 B8H，位地址为 B8H～BFH，其内容及位地址如表 5-5 所示。

表 5-5 IP 寄存器的内容及位地址

位地址	BFH	BEH	BDH	BCH	BBH	BAH	B9H	B8H
位符号	/	/	/	PS	PT1	PX1	PT0	PX0

IP 各位的作用如下。

① PS（IP.4）为串行接口中断优先级控制位。PS＝1 时，串行口中断为高优先级中断；否则为低优先级中断。

② PT1（IP.3）为定时/计数器 T1 中断优先级控制位。PT1＝1 时，定时/计数器 T1 中断为高优先级中断；否则为低优先级中断。

③ PX1（IP.2）为外部中断 1 中断优先级控制位。PX1＝1 时，外部中断 1 为高优先级中断；否则为低优先级中断。

④ PT0（IP.1）为定时/计数器 T0 中断优先级控制位。PT0＝1 时，定时/计数器 T0 为高优先级中断；否则为低优先级中断。

⑤ PX0（IP.0）为外部中断 0 中断优先级控制位。PX0＝1 时，外部中断 0 为高优先级中断；否则为低优先级中断。

80C51 单片机复位后，IP 各位均为 0，所有中断源设置为低优先级中断。用户可通过字节寻址和位寻址指令对 IP 进行各中断源优先级别的设置。如果将定时/计数器 T1 设为高优先级，其余为低优先级，则 IP＝00001000B。

如果在执行主程序过程中，只有一个中断源向 CPU 发出中断请求，而这时 CPU 又是允许中断的，那么这个中断请求可以得到响应。然而中断源有 5 个，如果其中的几个同时向 CPU 发出中断请求，这时中断系统如何处理呢？

当 CPU 同时收到几个不同优先级的中断请求时，先处理高优先级的中断。

当 CPU 同时收到几个同一优先级的中断请求时，CPU 将按自然优先级顺序确定应该响应哪个中断请求。其自然优先级由硬件形成，排列如下。

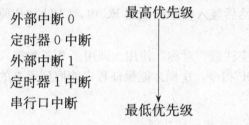

外部中断 0 　　最高优先级
定时器 0 中断
外部中断 1
定时器 1 中断
串行口中断 　　最低优先级

5.1.4 中断的处理过程

中断的处理过程可分为 3 个阶段，即中断响应、中断处理和中断返回。

1. 中断响应

某一中断源向 CPU 发出中断请求，只有满足下面条件后，才能得到 CPU 的响应：

① 有中断源发出中断请求；

② 中断总允许位 EA＝1，即 CPU 开中断；

③ 申请中断的中断源的中断允许位为 1，即相应的中断允许标志位为 1。

满足以上条件时，CPU 一般会响应中断。但如果有下列情况之一时，则中断响应被暂时搁置：

① CPU 正在执行一个同级或高优先级别的中断服务程序；

② 当前的机器周期不是正在执行的指令的最后一个机器周期，即只有在当前指令执行完毕后，才能进行中断响应；

③ 当前正在执行的指令是返回指令（RET，RETI）或访问 IE、IP 的指令。按 80C51 及 MCS-51 单片机中断系统的特性规定，在执行完这些指令之后，还应再执行一条指令，然后才能响应中断。

2. 中断处理

中断响应的主要内容就是由硬件自动执行一条长调用指令 LCALL，其格式为 LCALL addr16。这里的 addr16 就是相应的中断服务程序入口地址。这些中断入口地址已由系统设定。例如对于定时器/计数器 T0 的中断响应，自动调用的长调用指令为：

```
LCALL   000BH
```

生成 LCALL 指令后，紧接着就由 CPU 执行。首先保护断点，再将中断入口地址装入 PC 中使程序执行，即转向相应的中断入口地址。但每个中断源的中断区只有 8 个单元，一般难以安排一个完整的中断服务程序。因此，通常是在各中断区入口地址处放置一条无条件转移指令，使程序转向存放在其他地址执行。

CPU 响应中断后从中断服务程序的第一条指令开始到返回指令 RETI 为止，这个过程称为中断处理或中断服务。一般情况下，中断处理包括两部分内容：一是保护现场；二是为中断源服务。

现场通常有程序状态字 PSW、累加器 A、工作寄存器 Rn 等。如果在中断服务程序中要用这些寄存器，则在进入中断服务之前应将它们的内容保护起来（堆栈保护现场），在中断结束后，执行 RETI 指令前应恢复现场（堆栈保护内容恢复原状态）。

3. 中断返回

中断服务程序的最后一条指令必须是中断返回指令 RETI。CPU 执行完这条指令后，把响应中断时所保护的断点地址从堆栈中弹出，然后装入程序计数器 PC 中，CPU 就从原来被中断处继续执行原来被中断的程序。

如果在中断服务程序中使用了堆栈的话，应注意"对称"使用。即用了几条数据入栈 PUSH 指令，就要使用对应的几条数据出栈 POP 指令，这样才能保证程序能回到原来的断点处继续执行主程序。

5.1.5　中断系统的应用

在中断服务程序编程时，首先要对中断系统进行初始化，也就是对几个特殊功能寄存器的有关控制位进行赋值，具体来说，就是要完成下列工作：

① CPU 开中断和允许中断源中断；

② 确定各中断源的优先级；

③ 若是外部中断，则应规定是电平触发还是边沿触发。

例 5 - 1　若规定外部中断 0 为边沿触发方式，高优先级，试写出有关初始化程序。

```
STEB EA          ;CPU 开中断
SETB EX0         ;允许外部中断 0 申请中断
SETB PX0         ;将外部中断 0 定为高优先级中断
SETB IT0         ;边沿触发
```

例 5 - 2　如图 5 - 2 所示，将 P1 口的 P1.～P1.7 作为输入位，P1.0～P1.3 作为输出位。要求利用 80C51 将开关所设的数据读入单片机内，并依次通过 P1.0～P1.3 输出，驱动发光二极管，以检查 P1.4～P1.7 输入的电平情况（若输入为高电平，则相应的 LED 亮）。现要求采用中断边沿触发方式，每中断一次，完成一次读/写操作。

解：如图 5 - 2 所示，采用外部中断 0，中断申请从 $\overline{INT0}$ 输入，并采用了去抖动电路。当 P1.0～P1.3 的任何一位输出 1 时，相应的发光二极管就会发光。当开关 S1 闭合时，发出中断请求。中断服务程序的矢量地址为 0003H。程序如下：

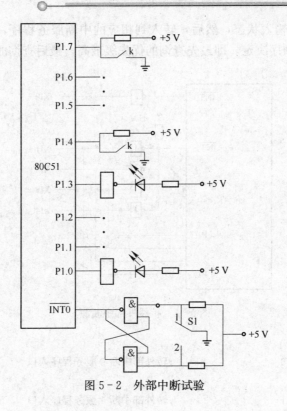

图 5 - 2 外部中断试验

```
        ORG   0000H
        LJMP  MAIN        ;上电,转向主程序
        ORG   0003H       ;外部中断 0 入口地址
        LJMP  INTE0       ;转向中断服务程序
        ORG   0030H       ;主程序
MAIN:   SETB  EX0         ;允许外部中断 0 中断
        SETB  IT0         ;选择边沿触发方式
        SETB  EA          ;CPU 开中断
HERE:   SJMP  HERE        ;等待中断
        ORG   0100H       ;中断服务程序
INTE0:  MOV   A,#0F0H
        MOV   P1,A        ;设 P1. 4～P1. 7 为输入
        MOV   A,P1        ;取开关代表的二进制数
        SWAP  A           ;A 的高低 4 位互换
        MOV   P1,A        ;输出驱动 LED 发光
        RETI              ;中断返回
        END
```

例 5 - 3 多外部中断源的系统示例。

设有 5 个外部中断源如图 5 - 3 所示,中断优先级排队顺序为:XI0、XI1、XI2、XI3、XI4。由图 5 - 3 可知,4 个外部扩展中断源 XI1～XI4 都与 $\overline{INT1}$ (P3.3) 相连,4 个中断源中有一个或几个出现高电平,则输出为 0,使 $\overline{INT1}$ 脚为低电平,从而发出中断请求,因此,这些扩充的外部中断源都是电平触发方式(高电平有效)。CPU 执行中断服务程序时,先依次查询 P1 口的中断源输入状态，然后，转入到相应的中断服务程序，4 个扩展中断源的优先级顺序由软件查询顺序决定，即最先查询的优先级最高，最后查询的优先级最低。

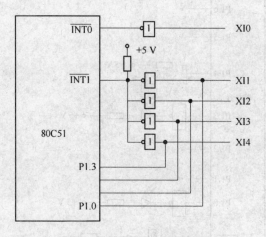

图 5 - 3　扩展外部中断源

```
        ORG   0003H
        LJMP  INSE0                    ;转外部中断 0 服务程序入口
        ORG   0013H
        LJMP  INSE1                    ;转外部中断 1 服务程序入口
INSE0:  PUSH  PSW                      ;XI0 中断服务程序
        PUSH  ACC
        ……
         ……
        POP   ACC
        POP   PSW
        RETI
INSE1:  PUSH PSW                       ;XI0～XI4 中断服务程序
        PUSH ACC
        JB P1.0,DV1                    ;P1.0 为 1,转 XI1 中断服务程序
        JB P1.1,DV2                    ;P1.1 为 1,转 XI2 中断服务程序
        JB P1.2,DV3                    ;P1.2 为 1,转 XI3 中断服务程序
        JB P1.3,DV4                    ;P1.3 为 1,转 XI4 中断服务程序
INRET:  POP ACC
        POP PSW
        RETI
DV1:……                                ;XI1 中断服务程序
        AJMP INRET
DV2:……                                ;XI2 中断服务程序
        AJMP INRET
DV3: ……                               ;XI3 中断服务程序
        AJMP INRET
```

```
        DV4:……                                    ;XI4 中断服务程序
            AJMP INRET
```

5.1.6　80C51 外部中断源的扩展

　　MCS-51 及 80C51 单片机外部只有两个中断源请求输入端 $\overline{INT0}$ 和 $\overline{INT1}$，实际应用中如果需要更多外部中断请求的话，就要扩展外部中断输入口。扩展中断源输入端口有以下方法：用优先编码器扩展、通过 OC 门线扩展、通过自身的定时器/计数器扩展和通过 8259A 中断控制器芯片等，限于篇幅本书中不探讨 8259A 芯片的应用，有兴趣的读者可参考其他资料。

1. 用优先编码器扩展外部中断源

　　采用优先编码器扩展外部中断源可以实现硬件对外部中断源进行排队，如图 5-4 所示。

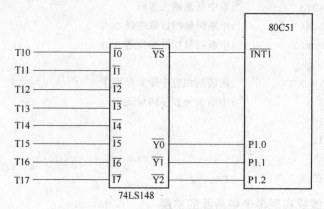

图 5-4　优先编码多外部中断系统

　　图 5-4 中优先编码器采用 74LS148，它有 8 个输入端口（$\overline{I0} \sim \overline{I7}$），3 个编码输出端（$\overline{Y0} \sim \overline{Y2}$），只要 8 个输入端中任一个输入为有效输入（低电平），$\overline{YS}$ 端就输出低电平，同时有一组对应的编码从输出端输出。当输入端同时有多个输入时，输出端口按编码值最大的那个编码输出，也就是编码值最大的输入端优先被响应，74LS148 的真值表如 5-6 所示。

表 5-6　74LS148 的真值表

输　　　入										输　　出			
$\overline{S}$	$\overline{I0}$	$\overline{I1}$	$\overline{I2}$	$\overline{I3}$	$\overline{I4}$	$\overline{I5}$	$\overline{I6}$	$\overline{I7}$	$\overline{Y2}$	$\overline{Y1}$	$\overline{Y0}$	$\overline{YS}$	$\overline{YEX}$
1	×	×	×	×	×	×	×	×	1	1	1	1	1
0	1	1	1	1	1	1	1	1	1	1	1	0	1
0	×	×	×	×	×	×	×	0	0	0	0	1	0
0	×	×	×	×	×	×	0	1	0	0	1	1	0
0	×	×	×	×	×	0	1	1	0	1	0	1	0
0	×	×	×	×	0	1	1	1	0	1	1	1	0
0	×	×	×	0	1	1	1	1	1	0	0	1	0
0	×	×	0	1	1	1	1	1	1	0	1	1	0
0	×	0	1	1	1	1	1	1	1	1	0	1	0
0	0	1	1	1	1	1	1	1	1	1	1	1	0

只要外部中断源有要求（$\overline{I0}\sim\overline{I7}$有某一个端口或多个端口输入低电平），$\overline{YS}$输出就为低电平，同时输出端口输出之对应的编码（多个输入端同时输入时，编码器只输出编码值最高的那个编码）。如果此时$\overline{INT1}$中断是开放的，$\overline{INT1}$得到低电平后响应中断，CPU 进入中断服务程序。

由于所有的中断源都由外部中断 1 响应，所以在中断服务程序中，首先必须判断是由哪一个中断源引起中断，判断的根据是 74LS148 输出的编码值，因此服务程序首先要执行下列引导程序：

```
        ORG   0013H        ;外部中断 1 中断服务程序入口
        LJMP  INT1         ;跳转到中断引导程序
        ORG   0030H
INT1:   MOV   A,P1         ;采样中断源输入状态
        ANL   A,#07H       ;取中断源输入编码
        MOV   DPL,A        ;中断向量指针低位送 DPL
        MOV   DPH,#10H     ;中断向量指针高位送 DPH
        CLR   A
        JMP   @A+ DPTR     ;跳转到相应中断服务程序
        ORG   1000H        ;中断服务程序向量表
INTAB:  LJMP  TI0
        LJMP  TI1
        ……
        LJMP  TI7
```

2. 通过 OC 门线或实现多个中断源的扩展

图 5-5 所示为扩展 n 个中断源的逻辑电路。

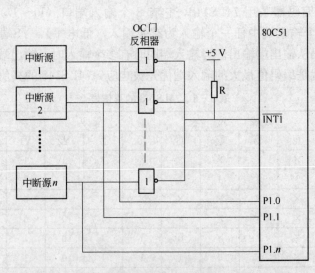

图 5-5　OC 门线或实现外部中断源扩展的逻辑图

在图 5-5 中，中断源扩展是通过$\overline{INT1}$引脚进行的，应把$\overline{INT1}$设置为电平触发方式，当 n 个扩展中断源中的一个或多个输出为高电平，经反相后为低电平，引脚$\overline{INT1}$的中断触

发，中断响应后转去 0013H 执行中断服务程序，在中断服务程序中，首先进行扩展中断源的查询，查询顺序就是扩展中断源的优先级顺序。即中断 1 的优先级数最高，中断 n 的优先权最低。0013H 的中断服务程序如下：

```
INTER:……                    ;现场保护
        JB  P1.0,LOOP1       ;转向中断服务程序 1
        JB  P1.1,LOOP2       ;转向中断服务程序 2
        ……
        JB  P1.n,LOOPn       ;转向中断服务程序 n
INTEND: ……
        RET1                 ;现场恢复
LOOP1:  ……                  ;中断服务程序 1
        AJMP  INTEND
LOOP2:  …………                ;中断服务程序 2
        AJMP  INTEND
        ……
LOOPn:  ……                  ;中断服务程序 n
        AJMP  INTEND
```

3. 通过自身的定时器/计数器实现外中断源扩展

当 MCS-51 单片机自身的定时器/计数器有富余的话，可以利用定时器/计数器计数工作方式实现外部中断。

在计数工作方式下，如果把计数器预置为全 1，则只要在计数输入端（T0 或 T1）加一个脉冲，就可以使计数器溢出，产生计数溢出中断。如果以一个外部中断请求作为计数脉冲输入，则可以借"计数中断"之名行外部中断服务之实，这就是所谓的通过定时器/计数器实现外部中断，具体方法如下：

① 置定时器/计数器为工作方式 2，即自动装载式 8 位计数，以便在一次中断响应后，自动为下一次中断请求作准备（有关定时器/计数器的具体设置在下节介绍）；

② 高低 8 位计数器（TH 和 TL）均置为 0FFH；

③ 扩展外部中断请求信号接计数输入端（T0 或 T1）；

④ 把扩展外部中断服务程序按所用的定时器/计数器中断入口地址存放。

例如，以定时器/计数器 T0 扩展一个外部中断，其初始化程序为：

```
MOV  TMOD,#06H          ;置计数器 T0 为工作方式 2
MOV  TH0,#0FFH          ;置计数初值
MOV  TL0,#0FFH
SETB  EA               ;开中断
SETB  ET0              ;计数器 0 允许中断
SETB  TR0             ;计数启动
```

5.2　定时器/计数器

在单片机实时应用系统中，往往需要实时时钟或对外部参数计数的功能。一般常用软

件、专门的硬件电路或可编程定时器/计数器实现。采用软件定时不占用硬件资源，但占用了 CPU 的时间，降低了 CPU 的使用效率。若用专门的硬件电路，例如采用 555 电路，外接必要的元器件（电阻和电容），即可构成硬件定时电路。但在硬件连接好以后，定时值与定时范围不能由软件进行控制和修改，即不可编程，参数调节不便。最好的方法是利用可编程的定时器/计数器，定时功能强，使用灵活。80C51 单片机内部提供了两个 16 位的可编程的定时器/计数器，通过编程可方便灵活地修改定时或计数的参数或方式，并能与 CPU 并行工作，大大提高了 CPU 的工作效率。在单片机的定时/计数器不够用时，还可以考虑进行片外扩展。

5.2.1　定时器/计数器的结构和工作原理

80C51 单片机中设置有两个 16 位的可编程的定时器/计数器，其结构如图 5-6 所示。

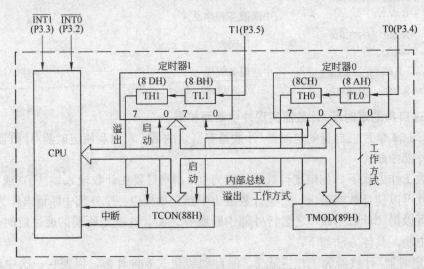

图 5-6　80C51 定时/计数器结构

定时器/计数器 T0 由计数器 TH0 和 TL0 组成，定时器/计数器 T1 由计数器 TH1 和 TL1 组成。TMOD 是定时器/计数器的工作方式寄存器，确定定时器的工作方式和功能。TCON 是定时器/计数器的控制寄存器，控制 T0、T1 的启动和停止及设置溢出标志。

定时/计数器的实质是加 1 计数器（16 位），由高 8 位和低 8 位两个寄存器组成，连接起来组成 16 位计数器。

作为定时/计数器的加 1 计数器，它的计数脉冲有两个来源：一是由系统的时钟振荡器输出脉冲经 12 分频后送来；一是 T0 或 T1 引脚输入的外部脉冲源。每来一个脉冲计数器加 1，当加到计数器为全 1 时，再输入一个脉冲就使计数器回零，且计数器的溢出使 TCON 中 TF0 或 TF1 置 1，向 CPU 发出中断请求（定时/计数器中断允许时）。如果定时/计数器工作于定时模式，则表示定时时间已到；如果工作于计数模式，则表示计数值已满。由此可见，由溢出时计数器的值减去计数初值才是加 1 计数器的计数值。

当定时/计数器设置为定时器模式时，加 1 计数器是对内部机器周期计数（1 个机器周期等于 12 个振荡周期，即计数频率为晶振频率的 1/12）。计数值 N 乘以机器周期就是定时时间 t。

当定时/计数器设置为计数器模式时，外部事件计数脉冲由 T0（P3.4）或 T1（P3.5）引脚输入到计数器。在每个机器周期的 S5P2 期间采样 T0、T1 引脚电平。当某周期采样到一高电平输入，而下一周期又采样到一低电平时，则计数器加 1，更新的计数值在下一个机器周期的 S3P1 期间装入计数器。由于检测一个从 1 到 0 的下降沿需要 2 个机器周期，因此要求被采样的电平至少要维持一个机器周期。当晶振频率为 12 MHz 时，最高计数频率不超过 1/2 MHz，即计数脉冲的周期要大于 2 μs。

5.2.2　定时器/计数器的控制

80C51 单片机定时器/计数器是一种可编程的部件，在其工作之前必须将控制字写入工作方式寄存器 TMOD 和控制寄存器 TCON，用以确定工作方式，这个过程称为定时器/计数器的初始化。通过对 TCON 和 TMOD 的编程来选择 T0、T1 的工作方式和控制 T0、T1 的运行。通过对 TH0、TL0 和 TH1、TL1 的初始化编程来设置 T0、T1 计数器初值。

1. 工作方式寄存器 TMOD

TMOD 用于控制 T0 和 T1 的工作方式，字节地址为 89H，其各位的定义格式如表 5-7 所示。

表 5-7　工作模式寄存器 TMOD 的位定义

D7	D6	D5	D4	D3	D2	D1	D0
GATE	C/$\overline{\text{T}}$	M1	M0	GATE	C/$\overline{\text{T}}$	M1	M0

其中，低 4 位为 T0 的方式控制字段，高 4 位为 T1 的方式控制字段。下面分别介绍各位的功能。

（1）工作方式选择位 M1、M0

定时器/计数器的工作方式由 M1、M0 的状态确定，其对应关系如表 5-8 所示。

表 5-8　定时/计数器的方式选择

M1	M0	功　能　选　择
0	0	方式 0，为 13 位的定时器/计数器
0	1	方式 1，为 16 位的定时器/计数器
1	0	方式 2，为常数自动重新装入的 8 位定时器/计数器
1	1	仅适用于 T0，分为两个 8 位计数器，T1 停止计数

（2）定时器/计数器方式选择位 C/$\overline{\text{T}}$

若 C/$\overline{\text{T}}$=0，设置为定时方式。定时器/计数器对 80C51 片内脉冲计数，亦即对机器周期（振荡周期的 12 倍）进行计数。若 C/$\overline{\text{T}}$=1，设置为计数方式，定时器/计数器对来自 T0（P3.4）或 T1（P3.5）端的外部脉冲进行计数。对外部输入脉冲计数的目的通常是为了测试脉冲的周期、频率或对输入的脉冲数进行累加。

（3）门控位 GATE

GATE=0 时，只要用软件使 TR0（或 TR1）置 1 就可以启动定时器/计数器工作。GATE=1 时，要用软件使 TR0 或 TR1 为 1，同时外部中断引脚$\overline{\text{INT0}}$（或$\overline{\text{INT1}}$）也为高电平时，才能启动定时/计数器工作。

　　TMOD 不能位寻址，只能用字节设置定时器工作方式，低半字节设定 T0，高半字节设定 T1。

2. 定时器/计数器控制寄存器 TCON

　　控制寄存器 TCON 的主要功能是为定时器在溢出时设定标志位，并控制定时器的运行或停止。TCON 单元地址为 88H，位地址为 88H~8FH，其格式如表 5-9 所示。

表 5-9　TCON 寄存器的内容及位地址

位地址	8FH	8EH	8DH	8CH	8BH	8AH	89H	88H
位符号	TF1	TR1	TF0	TR0	IE1	IT1	IE0	IT0

　　(1) 定时器 T0 运行控制位 TR0

　　TR0 由软件置位和清零来启动或关闭 T0。在程序中用指令"SETB TR0"使 TR0 位置1，定时器 T0 便开始计数。门控位 GATE=0 时，T0 的计数仅由 TR0 控制。TR0=1 时允许 T0 计数，TR0=0 时禁止 T0 计数；门控位 GATE=1 时，仅当 TR0=1 且 $\overline{INT0}$ (P3.2) 输入为高电平时 T0 才计数，TR0=0 或 $\overline{INT0}$ (P3.2) 输入低电平时都禁止 T0 计数。

　　(2) 定时器 T0 溢出标志位 TF0

　　当 T0 开始计数以后，T0 从初值开始加1计数，当 T0 溢出时，由硬件自动使中断触发器 TF0 置1，并向 CPU 申请中断。当 CPU 响应中断进入中断服务程序后，TF0 又被硬件自动清"0"。TF0 也可以用软件清"0"。

　　(3) 定时器 T1 运行控制位 TR1

　　TR1 的功能及操作情况同 TR0。

　　(4) 定时器 T1 溢出标志位 TF1

　　TF1 的功能及操作情况同 TF0。

　　TCON 的低 4 位已在前面介绍，在此不再重复。

　　80C51 复位时，TCON 的所有位被清"0"。

5.2.3　定时器/计数器的工作方式

　　80C51 单片机的定时器/计数器 T0 和 T1 有 4 种工作方式，即方式 0、方式 1、方式 2 和方式 3。在方式 0、方式 1 和方式 2 时，T0 与 T1 的工作方式相同；在方式 3 时，两个定时器的工作方式不同。

1. 工作方式 0

　　定时器 T0 (T1) 方式 0 的结构框图如图 5-7 所示，下面以 T0 为例说明。方式 0 为 13

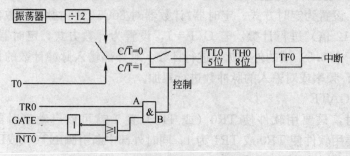

图 5-7　定时器 T0 (T1) 方式 0 的结构图

位的计数器，由 TL0 的低 5 位和 TH0 的 8 位组成，TL0 的高 3 位未用，TL0 低 5 位计数溢出时向 TH0 进位，TH0 计数溢出时，向中断标志位 TF0 进位（硬件置位 TF0），并申请中断。T0 是否溢出可查询 TF0 是否被置位，以产生 T0 中断。

13 位计数器的启动和停止是受一些逻辑门控制的。选择定时还是计数由逻辑软开关 C/$\overline{T}$ 控制。

当 C/$\overline{T}$＝0 时，控制开关接通振荡器 12 分频输出端，T0 对机器周期计数。

当 C/$\overline{T}$＝1 时，控制开关使引脚 T0（P3.4）与 13 位计数器相连，外部计数脉冲由引脚 T0（P3.4）输入，当外部信号电平发生由 1 到 0 跳变时，计数器加 1。这时，T0 成为外部事件计数器。这就是计数工作方式。

GATE＝0 时，使"或"门输出 A 点电位保持为 1，"或"门被封锁。于是，引脚 $\overline{INT0}$ 输入信号无效。这时，"或"门输出的 1 打开"与"门。B 点电位取决于 TR0 的状态，于是，由 TR0 一位就可控制计数开关 S，开启或关断 T0。若软件使 TR0 置 1，便接通计数开关 S，启动 T0 在原值上加 1 计数，直至溢出。溢出时，13 位寄存器清 0，TF0 置位，并申请中断，T0 从 0 重新开始计数。若 TR0＝0，则关断计数开关 S，停止计数。

当 GATE＝1 时，A 点电位取决于 $\overline{INT0}$（P3.2）引脚的输入电平。仅当 $\overline{INT0}$ 输入高电平且 TR0＝1 时，B 点才是高电平，计数开关 S 闭合，T0 开始计数；当 $\overline{INT0}$ 由 1 变 0 时，T0 停止计数。这一特性可以用来测量在 $\overline{INT0}$ 端出现的正脉冲的宽度。

若 T0 工作于方式 0 定时，计数初值为 X_0，则 T0 从初值 X_0 加 1 计数至溢出的时间（μs），也就是定时时间 T 为：

$$T=(2^{13}-X_0)\times T_{m}=(2^{13}-X_0)\times 1/f_{osc}\times 12$$

式中，X_0 为计数初值；T_{m} 为机器周期；f_{osc} 为晶振频率。

用于计数工作方式时，最大计数值为 $2^{13}=8\,192$。

2. 工作方式 1

方式 1 和方式 0 的差别仅仅在于计数器的位数不同，方式 1 为 16 位的定时器/计数器。定时器 T0 工作于方式 1 的结构框图如图 5-8 所示。

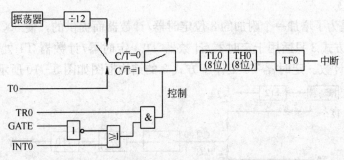

图 5-8 定时器 T0（T1）方式 1 的结构图

T0 工作于方式 1 时，由 TH0 作为高 8 位，TL0 作为低 8 位，构成一个 16 位计数器。若 T0 工作于方式 1 定时方式，计数初值为 X_0，则 T0 从计数初值 X_0 加 1 计数到溢出的定时时间（μs），也就是定时时间 T 为：

$$T=(2^{16}-X_0)\times T_{m}=(2^{16}-X_0)\times 1/f_{osc}\times 12$$

式中：T_{m} 为机器周期；f_{osc} 为晶振频率。

用于计数工作方式时，最大计数值为 $2^{16}=65\ 536$。

3. 工作方式 2

工作方式 2 为自动重装载的 8 位定时器/计数器，在工作方式 2 时，16 位计数器被拆成两个，TL0 用作 8 位计数器，TH0 用作计数初值寄存器。定时器 T0 工作于方式 2 的结构框图如图 5-9 所示。

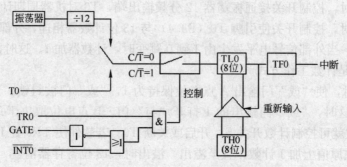

图 5-9　定时器 T0（T1）方式 2 的结构图

T0 工作在方式 2 时，编程时必须给 TH0 和 TL0 置入相同的初值。当 T0 启动后，TL0 按 8 位加 1 计数器计数。每当它计满回零时，一方面向 CPU 发出溢出中断请求，另一方面从 TH0 中重新获得初值并启动计数，也就是 CPU 自动将 TH0 中存放的初值重新装回到 TL0，并在此初值的基础上对 TL0 开始新一轮计数，周而复始，直到写入停止计数或更改工作方式命令为止。

和前两种方式相比，T0 工作于方式 2 的定时精度比较高，但定时时间（μs）小。设计数初值为 X_0，则 TL0 从计数初值加 1 计数到溢出的定时时间（μs），也就是定时时间 T 为：

$$T=(2^8-X_0)\times T_m=(2^8-X_0)\times 1/f_{osc}\times 12$$

式中：T_m 为机器周期；f_{osc} 为晶振频率。

用于计数工作方式时，最大计数值为 $2^8=256$。

4. 工作方式 3

工作方式 3 是为了增加一个附加的 8 位定时器/计数器而提供的，使 80C51 具有 3 个定时器/计数器。工作方式 3 只适用于定时器/计数器 T0，定时器/计数器 T1 处于方式 3 时相当于 TR1=0，停止计数。定时器 T0 工作于方式 3 的结构框图如图 5-10 所示。

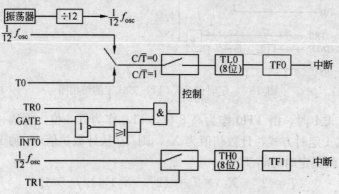

图 5-10　定时器 T0 方式 3 的结构图

　　T0 分为两个独立的 8 位计数器 TL0 和 TH0。TL0 使用 T0 的所有状态控制位 GATE、TR0、$\overline{INT0}$（P3.2）、T0（P3.4）、TF0 等，TL0 可以作为 8 位定时器或外部事件计数器，TL0 计数溢出时，溢出标志 TF0 置 1，TL0 计数初值必须由软件每次设定。

　　TH0 被固定为一个 8 位定时器方式，并使用 T1 的状态控制位 TR1、TF1。TR1 为 1 时，允许 TH0 计数，当 TH0 计数溢出时，溢出标志 TF1 置 1。

　　一般情况下，只有当 T1 用于串行口的波特率发生器时，T0 才在需要时选工作方式 3，以增加一个计数器。

　　若 T0 工作于方式 3 定时，定时时间 T 为：

$$T=(2^8-X_0)\times T_m=(2^8-X_0)\times 1/f_{osc}\times 12$$

　　式中：X_0 为计数初值；T_m 为机器周期；f_{osc} 为晶振频率。

　　用于计数工作方式时，最大计数值为 $2^8=256$。

5.2.4　定时器/计数器的初始化

1. 初始化的步骤

　　80C51 单片机的定时器/计数器是可编程的。因此，在使用定时器/计数器工作前必须对它进行初始化。初始化步骤如下：

　　① 确定工作方式——对 TMOD 赋值；

　　② 预置定时或计数的初值——直接将初值写入 TH0、TL0 或 TH1、TL1；

　　③ 根据需要开启中断、确定中断优先级——直接对 IE、IP 寄存器赋值；

　　④ 启动或禁止定时/计数器工作——将 TR0 或 TR1 置 1 或清 0。

2. 计数器初值的计算

　　定时器/计数器在计数模式下工作时，必须给计数器送计数初值，这个计数初值是送到 TH0（TH1）和 TL0（TL1）中的。

　　定时器/计数器中的计数器是在计数初值基础上以加法计数的，并能在计数器从全 "1" 变为 "0" 时自动产生溢出中断请求。因此，可以得到计数器溢出值 M、计数个数值 X 与计数初值 X_0 三者之间的关系如下：

$$X_0=M-X$$

　　式中，M 为计数器模式，该值和计数器工作方式有关。在方式 0 时，M 为 2^{13}；在方式 1 时，M 为 2^{16}；在方式 2 和方式 3 时，M 为 2^8。

3. 定时器初值的计算

　　定时器/计数器在定时器模式下工作时，计数器对单片机振荡频率 f_{osc} 经 12 分频后的机器周期进行加 1 计数，用 X 表示计数个数，M 表示溢出值，X_0 表示定时初值，T_m 表示机器周期，则定时时间 T 的计算公式为：

$$T=X\times T_m=(M-X_0)\times T_m$$

　　定时初值公式为：

$$X_0=M-T/T_m$$

5.2.5 定时器/计数器应用举例

1. 工作方式 0 的应用

例 5-4 用定时器 T1，工作方式 0 实现定时，并在 P1.0 引脚上输出周期为 10 ms 的方波，设晶振 f_{osc} = 12 MHz。

解：（1）确定工作方式——对 TMOD 赋值

使用定时器 1，所以低 4 位未用，全部设为 0，高 4 位中 GATE = 0，C/$\overline{T}$ = 0，M1M0 = 00，所以 TMOD = 00H。

（2）预置定时或计数的初值

要在 P1.0 引脚上输出周期为 10 ms 的方波，只要每隔 5 ms 将 P1.0 取反一次就可以了。因此选用 T1 在方式 0 下定时时间为 5 ms，则定时器 1 的初值为：

$$X_0 = M - 计数值 = 8192 - 5000 = 3192 = C78H = 01100011\ 11000B$$

因 13 位计数器中 TL1 的高 3 位未用，应填写 0，TH1 占高 8 位，所以，X 的实际填写值应为：

$$X = 01100011\ 00011000B = 6318H$$

即：TH1 = 63H，TL1 = 18H。

（3）编程方法

可以采用中断法或查询法实现。

采用中断法编写程序如下：

```
        ORG   0000H
        LJMP  MAIN           ;转主程序 MAIN
        ORG   001BH
        LJMP  PT1            ;转 T1 的中断服务程序 PT1
        ORG   0050H
MAIN: MOV   SP,#50H         ;设置堆栈指针
        MOV   TMOD,#00H      ;设置 T1 为方式 0,定时方式
        MOV   TL1,#18H       ;置定时器初值
        MOV   TH1,#63H
        SETB EA              ;CPU 开中断
        SETB ET1             ;允许 T1 中断
        SETB TR1             ;启动定时器 T1
        HERE:SJMP HERE       ;等待中断
```

中断服务程序清单：

```
        ORG   0200H
PT1:  MOV   TL1,#18H        ;重置定时器初值
        MOV   TH1,#63H
        CPL   P1.0           ;P1.0 取反
        RETI                 ;中断返回
        END
```

采用查询方式的程序很简单,但在定时器计数过程中,CPU 要不断地查询溢出标志位 TF1 的状态,这就占用了很多 CPU 的工作时间,使 CPU 的效率下降。程序如下:

```
            MOV   TMOD,#00H      ;设置 T1 为方式 0,定时方式
            MOV   TL1,#18H       ;送定时器初值
            MOV   TH1,#63H
            SETB  TR1            ;启动 T1 定时
HERE:  JBC   TF1,DOWN       ;查询定时时间到否?如到转 NEXT 且 TF1 清 0
            SJMP  HERE           ;定时时间未到,继续查询等待
DOWN:  MOV   TL1,#18H       ;重新装入定时初值
            MOV   TH1,#63H
            CPL   P1.0           ;P1.0 取反
            SJMP  HERE           ;重复循环
```

程序中查询采用"JBC TF1,DOWN"指令,目的是当判到 TF1=1 后,必须用软件复位 TF1,为下次计数器回零溢出做好准备。这条指令具有判 TF1 为 1 后清零的双重功能。

2. 工作方式 1 的应用

例 5-5 利用定时器 T0 的工作方式 1,在 P1.0 端输出 50 Hz 的方波,晶振频率为 12 MHz。

解:工作方式 1 与工作方式 0 基本相同,只是工作方式 1 改用 16 位计数器。在本例中,时钟频率采用 12 MHz,则机器周期为:

$$12 \div 12\,\text{MHz} = 1 \times 10^{-6}\text{s} = 1\,\mu\text{s}$$

方波周期是 $T = 1/50 = 0.02\text{s} = 20\,000\,\mu\text{s}$,定时值是 $10\,000\,\mu\text{s}$。

初值 $X_0 = M - $计数值$ = 2^{16} - 10\,000 = 65536 - 10000 = 55536 = \text{D8F0H}$

根据 16 位定时器的特性,初值应为:TH0=0D8H,TL0=0F0H

采用中断法编写程序如下:

```
            ORG   0000H
            LJMP  MAIN           ;转主程序 MAIN
            ORG   000BH
            LJMP  PT0            ;转 T0 的中断服务程序 PT0
            ORG   0050H
MAIN:  MOV   SP,#60H        ;设置堆栈指针
            MOV   TMOD,#00H      ;设置 T0 为方式 0,定时方式
            MOV   TL0,#0F0H      ;置定时器初值
            MOV   TH0,#0D8H
            SETB  EA             ;CPU 开中断
            SETB  ET0            ;允许 T0 中断
            SETB  TR0            ;启动定时器 T0
HERE:  SJMP  HERE           ;等待中断
```

中断服务程序清单:

```
            ORG   0100H
```

```
PT0: MOV   TL0,#0F0H               ;重置定时器初值
     MOV   TH0,#0D8H
     CPL   P1.0                    ;P1.0取反
     RETI                          ;中断返回
     END
```

采用查询的方式的程序参考例 5-4。

3. 工作方式 2 的应用

例 5-6　利用 T0 工作方式 2 实现以下功能：当 T0（P3.4）引脚每输入一个负脉冲时，使 P1.0 输出一个 500 μs 的同步脉冲。设晶振频率为 6 MHz，请编程实现该功能。

解：（1）确定工作方式

首先选 T0 为工作方式 2，外部事件计数方式。当 P3.4 引脚上的电平发生负跳变时，T0 计数器加 1，溢出标志 TF0 置 "1"；然后改变 T0 为 500 μs 定时工作方式，并使 P1.0 输出由 1 变为 0。T0 定时到产生溢出，使 P1.0 引脚恢复输出高电平。T0 先计数，后定时，分时操作。如图 5-11 所示。

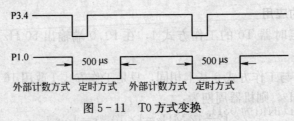

图 5-11　T0 方式变换

根据题目要求，方式控制字 TMOD 如下。

计数时：$(TMOD) = 00000110B = 06H$

定时时：$(TMOD) = 00000010B = 02H$

（2）计算初值

机器周期 $T_m = 12/f_{osc} = 12/6\,MHz = 2\,\mu s$

计数时：计数个数 $X = 1$

计数初值 $X_0 = (256 - X) = (256 - 1) = 255 = 0FFH$，$(TH0) = (TL0) = 0FFH$

定时时：计数个数 $X = T/T_m = 500\,\mu s\,/2\,\mu s = 250$

定时初值 $X_0 = 256 - X = 256 - 250 = 6$，$(TH0) = (TL0) = 06H$

（3）编程方法

采用查询 TF0 且由软件将 TF0 清零的方法。

程序如下：

```
START:MOV   TMOD,#06H   ;T0 方式 2,外部计数方式
      MOV   TH0,#0FFH    ;T0 计数初值
      MOV   TL0,#0FFH
      SETB  TR0          ;启动 T0 计数
LOOP1:JBC   TF0,PTF01    ;查询 T0 溢出标志,TF0=1 时转移且 TF0=0(即查 P3.4 负跳变)
      SJMP  LOOP1
PTF01:CLR   TR0          ;停止计数
```

```
        MOV    TMOD,#02H       ;T0 方式 2,定时
        MOV    TH0,#06H        ;T0 定时 500 μs 初值
        MOV    TL0,#06H
        CLR    P1.0            ;P1.0 清 0
        SETB   TR0             ;启动定时 500 μs
LOOP2:  JBC    TF0,PTF02       ;查询溢出标志,定时到 TF0=1 转移,且 TF0=0(第一个 500 μs 到否)
        SJMP   LOOP2
PTF02:  SETB   P1.0            ;P1.0 置"1"(到了第一个 500 μs)
        CLR    TR0             ;停止计数
        SJMP   START
```

4. 工作方式 3 的应用

例 5-7　设晶振频率为 6 MHz，利用 T0 工作方式 3，TH0、TL0 作为 2 个独立的 8 位定时器，要求 TL0 使 P1.0 产生 400 μs 的方波，TH0 使 P1.1 产生 800 μs 的方波。

解： 采用工作方式 3 时，对 TH0 来说，需要借用定时器 T1 的控制信号。TL0 使 P1.0 产生 400 μs 的方波，需要用定时器 TL0 定时 200 μs，TH0 使 P1.1 产生 800 μs 的方波，需要用定时器 TH0 定时 400 μs。

（1）计算计数初值

TL0：$X_0 = (2^8 - X) = 256 - 200 \times 10^{-6}/2 \times 10^{-6} = 156 = 9\text{CH}$

TH0：$X_0 = (2^8 - X) = 256 - 400 \times 10^{-6}/2 \times 10^{-6} = 56 = 38\text{H}$

（2）确定 TMOD 的值为 03H。

（3）中断法程序清单

```
        ORG    0000H
        LJMP   MAIN            ;转主程序 MAIN
        ORG    0050H
MAIN:   MOV    SP,#60H         ;设置堆栈指针
        MOV    TMOD,#03H       ;设置 T0 为方式 3,定时方式
        MOV    TL0,#9CH        ;置定时器初值
        MOV    TH0,#38H
        SETB   EA              ;CPU 开中断
        SETB   ET0             ;允许 T0 中断(用于 TL0)
        SETB   ET1             ;允许 T1 中断(用于 TH0)
        SETB   TR0             ;启动定时器 TL0
        SETB   TR1             ;启动定时器 TH0
HERE:   SJMP   HERE            ;等待中断
```

中断服务程序清单：

```
        ORG    000BH           ;TL0 中断服务程序
        CPL    P1.0            ;P1.0 取反
        MOV    TL0,#9CH        ;重置定时器 TL0 初值
        RETI                   ;中断返回
        ORG    001BH           ;TH0 中断服务程序
```

```
        CPL   P1.1              ;P1.1取反
        MOV   TH0,#38H          ;重置定时器 TH0 初值
        RETI                    ;中断返回
```

5. 门控制位的功能和使用方法（以 T0 为例）

门控制位 GATE＝1，且运行控制位 TR0＝1 时，允许外部输入电平控制定时器，即 $\overline{INT0}$＝1 启动计数器；$\overline{INT0}$＝0 则停止计数。利用这一特点可以测量外部输入脉冲的宽度。

例 5 - 8 利用定时器/计数器 T0 的门控制位 GATE 测量 $\overline{INT0}$ 引脚上出现的脉冲宽度。

解： 应采用 T0 定时方式工作，由外部脉冲通过 $\overline{INT0}$ 引脚控制计数器闸门的开关，每次开关通过计数器的时钟（机器周期）信号是一定的。计数值乘上机器周期就是脉冲宽度。编程时取 T0 的工作方式 1 定时，且置 GATE＝1、TR0＝0。计数初值取 00H。当 $\overline{INT0}$ 出现高电平时开始计数，$\overline{INT0}$ 为低电平时停止计数，读出 T0 值。测试过程如图 5 - 12 所示。

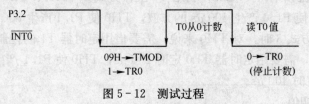

图 5 - 12 测试过程

参考程序如下：

```
        ORG   0000H
        LJMP  START
        ORG   0200H
START:  MOV   TMOD,#09H         ;GATE＝1,方式 1 定时
        MOV   TL0,#00H          ;T0 清零
        MOV   TH0,#00H
        MOV   DPTR,#1000H       ;置 RAM 地址
WATI1:  JB    P3.2,WAIT1        ;等待 INT0 变低
        SETB  TR0               ;启动定时
WAIT2:  JNB   P3.2,WAIT2        ;一旦 INT0 变高,启动定时
WAIT3:  JB    P3.2,WAIT3        ;等待 INT0 再变低
        CLR   TR0               ;停止计数
        MOV   A,TL0             ;读取运行结果
        MOVX  @DPTR,A
        INC   DPTR
        MOV   A,TH0
        MOVX  @DPTR,A
HERE:   SJMP  HERE
```

6. 扩大计数个数和定时时间

例 5 - 9 利用 80C51 单片机的定时器/计数器，产生电子时钟的 1 s 基时，并且由 P1.7 输出 2 s 的方波。f_{osc}＝12 MHz。

解：（1）思路分析

当 $f_{osc}=12\ \text{MHz}$ 时，80C51 单片机中定时器/计数器最长定时时间为 65.536 ms；当 $f_{osc}=6\ \text{MHz}$ 时，最长定时时间为 131.072 ms，都达不到 1 s 时间。对这种问题可用两种方法解决。

方法 1：用一个定时器/计数器与软件计数相结合的方法。

方法 2：采用两个定时器/计数器级联的方法，一个定时器/计数器定时，回 0 溢出时，使 P1.0 输出一个负脉冲，送到另一个定时器/计数器的外部脉冲输入端用以计数。当 $f_{osc}=12\ \text{MHz}$ 时，最长定时时间可以达到 T：

$$(65536 \times 65536) \times 1\ \mu s = 4\ 294\ 967\ 296\ \mu s \approx 4\ 294.97\ s$$

若再与软件计数相结合，则会产生更长的时间。可以产生 1 s 基时的电路如图 5 - 13 所示。

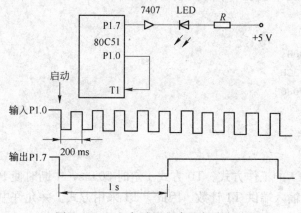

图 5 - 13　1 s 定时的电路及定时波形

(2) 方法 1 编程

① 选择 T0 定时 50 ms，中断服务程序中用工作寄存器 R2 从 0 开始计数。当（R2）=20 时，则 1 s 延时到，以驱动 P1.7 输出周期为 2 s 的方波。

确定 T0 工作方式字：

（TMOD）=00000001B＝01H，定时，TR0 启动，工作方式 1。

② 计算初值。

计数个数 $X = T/T_m = 50\ \text{ms}/1\ \mu s = 50000$

定时初值 $X_0 = M - X = 65536 - 50000 = 15536 = 3\text{CB0H}$，（TH0）=3CH，（TL0）=0B0H

③ 编写程序。软件计数器选工作寄存器 R2，初值为 0。T0 回 0 溢出采用中断程序处理。

程序如下：

```
     ORG  0000H
     AJMP  MAIN
     ORG  000BH
     AJMP  T0S
MAIN: MOV  SP,#60H
     MOV  TMOD,#01H
```

```
        MOV   TH0,#3CH
        MOV   TL0,#0B0H
        MOV   IE,#82H
        MOV   R2,#00H
        SETB  P1.7
        SETB  P1.0
        SETB  TR0
LOOP:   SJMP  LOOP
```

中断服务程序如下：

```
T0S:  INC   R2
      CJNE  R2,#14H,NEXT    ;未到1s,则转NEXT
      CPL   P1.0
      CPL   P1.7
      MOV   R2,#00H
NEXT: MOV   TH0,#3CH
      MOV   TL0,#080H
      RETI
      END
```

（3）方法2编程

① 确定 T0 和 T1 的工作方式。T0 方式1定时50 ms,中断时使P1.0输出100 ms方波传送给T1外部脉冲输入端供T1计数。因此,T1采用方式2并允许中断,再利用自动装入方式计数。每计数10次为1s。到1s后使P1.7输出2 s的方波。

根据上述要求,设 T1 为方式2计数,由 TR1 启动计数;设 T0 为方式1定时,由 TR0 启动定时。此时,方式控制字为：

（TMOD）=01100001B=61H

② 计算初值。

T0 方式1定时：计数个数 $X=T/T_m=50\ ms/1\ \mu s=50000$

定时初值 $X_0=M-X=65536-50000=15536=3CB0H$,（TH0）=3CH,（TL0）=0B0H

T1 方式2计数：计数个数 $X=10$

计数初值 $X_0=M-X=256-10=246=0F6H$,（TH1）=（TL1）=0F6H

③ 编写程序。T0 和 T1 均采用中断方式。

程序如下：

```
        ORG   0000H
        AJMP  MAIN
        ORG   000BH
        AJMP  T0S
        ORG   001BH
        AJMP  T1S
MAIN:   MOV   SP,#5FH
        MOV   TMOD,#61H
```

```
          MOV   TH0,#3CH
          MOV   TL0,#0B0H
          MOV   TH1,#0F6H
          MOV   TL1,#0F6H
          SETB  ET0
          SETB  ET1
          SETB  EA
          SETB  TR0
          SETB  TR1
          SETB  P1.0
          SETB  P1.7
    WAIT: SJMP  WAIT
          CPL   P1.0
          MOV   TH0,#3CH
          MOV   TL0,#0B0H
          RETI
    T1S:  CPL   P1.7
          RETI
          END
```

7. 用定时器作外部中断源

80C51 单片机有两个定时器,具有两个内中断标志和外计数引脚,如在某些应用中不被使用,则它们的中断可作为外部中断请求使用。此时,可将定时器设置成计数方式,计数初值可设为满量程,则它们的计数输入端 T0 (P3.4) 或 T1 (P3.5) 引脚上发生负跳变时,计数器加 1 便产生溢出中断。利用此特性,可把 T0 脚或 T1 脚作为外部中断请求输入线,而计数器的溢出中断 TF1 或 TF0 作为外部中断请求标志。

例 5-10 将定时器 T0 扩展为外部中断源。

解:将定时器 T0 设定为方式 2 (自动恢复计数初值),TH0 和 TF0 的初值均设置为 FFH,允许 T0 中断,CPU 开放中断,初始化程序如下:

```
MOV   TMOD,#06H      ;设置 T0 的工作方式
MOV   TH0,#0FFH      ;给计数器设初值
MOV   TL0,#0FFH
SETB  TR0            ;启动 T0,开始计数
SETB  ET0            ;允许 T0 中断
SETB  EA             ;CPU 开中断
```

5.3　串行通信技术

随着单片机的发展,其应用已经从单机逐渐转向多机或联网,而多机应用的关键在于单片机之间的相互通信、互相传送数据信息。80C51 单片机除具有 4 个 8 位并行口外,还具有串行接口。此串行接口是一个全双工串行通信接口,即能同时进行串行发送和接收。它可以

作 UART（通用异步接收和发送器）用，也可以作同步位移寄存器用。应用串行接口可以实现 80C51 单片机系统之间点对点的单机通信、多机通信和 80C51 与系统机的单机或多机通信。

5.3.1　串行通信的基本概念

1. 数据通信的基本方式

在微机系统中，CPU 与外部设备的通信有两种基本方式：并行通信和串行通信。并行通信是指被传送数据信息的各位同时出现在数据传送端口上，信息的各位同时进行传送；而串行通信是把被传送的数据按组成数据各位的相对位置一位一位顺序传送，而接收时再把顺序传送的数据位按原数据形式恢复。图 5-14 为并行通信和串行通信的原理。

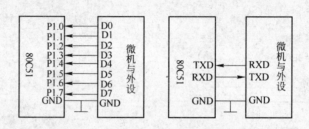

图 5-14　并行通信与串行通信

在本书各章节所涉及的数据传送指令都是采用并行方式，如片内 RAM 之间、主机与片外存储器、主机与键盘及 LED 显示器等外部设备之间的数据传送等。从图 5-14 可看出，在并行通信中，数据有多少位就需要多少条传送线。而串行通信只需要一对传送线，故串行通信能节省传送线，特别是当数据位数很多和远距离数据传送时，这一优点更加突出。串行通信方式的主要缺点是传送速度比并行通信要慢，这因为串行通信是一位位传送的，而并行通信则是所有并行数据位同时传送的。实际应用中通常根据信息传送的距离决定采用哪种通信方式。如果距离小于 30 m，可采用并行通信方式；当距离大于 30 m 时，则要采用串行通信方式。

2. 异步通信和同步通信

按照串行数据的同步方式，串行通信可以分为同步通信和异步通信两类。同步通信是按照软件识别同步字符来实现数据的发送和接收；异步通信是一种利用字符的再同步技术的通信方式。在单片机中，主要使用异步通信方式。

（1）异步通信

在异步通信（Asynchronous Communication）中，数据通常是以字符（或字节）为单位组成字符帧传送的。字符帧由发送端一帧一帧地发送，通过传输线为接收设备一帧一帧地接收。发送端和接收端可以有各自的时钟来控制数据的发送和接收，这两个时钟源彼此独立，互不同步。

在异步通信中，接收端是依靠字符帧格式来判断发送端是何时开始发送及何时结束发送。平时，发送线为高电平（逻辑"1"），每当接收端检测到传输线上发送过来的低电平逻辑"0"（字符帧中起始位）时，就知道发送端已开始发送，每当接收端接收到字符帧中的停止位时，就知道一帧字符信息已发送完毕。

在异步通信中，字符帧格式和波特率是两个重要指标，由用户根据实际情况选定。

在异步通信中，数据是一帧一帧（包括一个字符代码或以字节数据）发送的，每一帧的数据格式如图 5-15 所示。

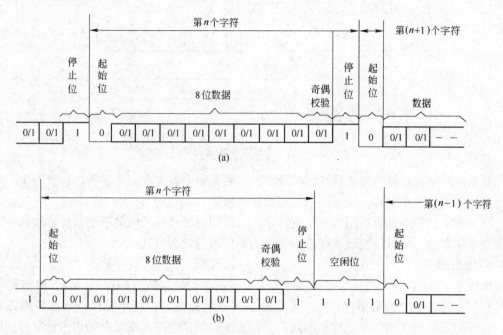

图 5-15　异步通信的一帧数据格式

在帧格式中，一个字符由 4 部分组成：起始位、数据位、奇偶校验位和停止位。首先是一个起始位（0），然后是 5～8 位数据（规定低位在前，高位在后），接下来是奇偶校验位（可省略），最后是停止位（1）。起始位（0）信号只占用 1 位，用来通知接收设备一个待接收的字符开始到达。线路上在不传送字符时应保持为 1。接收端不断检测线路的状态，若连续为 1 以后又测到一个 0，就知道发来一个新字符，应马上准备接收。字符的起始位还被用作同步接收端的时钟，以保证以后的接收能正确进行。

起始位后面紧接着是数据位，它可以是 5 位（$D_0 \sim D_4$）、6 位、7 位或 8 位（$D_0 \sim D_7$）。奇偶校验（D_8）只占 1 位，但在字符中也可以规定不用奇偶校验位，则这 1 位就可省去。也可用这 1 位（1 或 0）来确定这一帧中的字符所代表信息的性质（地址或数据等）。

停止位用来表征字符的结束，它一定是高电位（逻辑 1）。停止位可以是 1 位、1.5 位或 2 位。接收端收到停止位后，知道上一字符已传送完毕，同时，也为接收下一个字符做好准备，只要再接收到 0，就是新的字符的起始位。若停止位以后不是紧接着传送下一个字符，则使线路电平保持为高电平（逻辑 1）。图 5-15(a) 表示一个字符紧接一个字符传送的情况，上一个字符的停止位和下一个字符的起始位是紧邻的；图 5-15(b) 则是两个字符间有空闲位的情况，空闲位为 1，线路处于等待状态。存在空闲位正是异步通信的特征之一。

异步通信的特点是不要求收发双方时钟的严格一致，实现容易，设备开销小，但每个字符要附加 2～3 位用于起始位，各帧之间还有间隔，因此传输效率不高。

（2）同步通信

同步通信（Synchronous Communication）是指在一个数据块的开头使用同步字符。数据传送时使用同一频率的时钟脉冲来实现发送端与接收端的严格时间同步。这种时钟脉冲称为同步脉冲,数据同步传送的格式如图 5-16 所示。

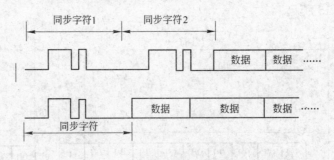

图 5-16　数据同步传送的格式

数据传送时,数据与同步脉冲同时发出。在数据块中首先发同步字符,一般为 1~2 个。接收端首先接收同步字符,确认同步后开始接收数据。

同步通信的特点是要以同步字符或特定的二进制位组合作为帧的开始,所传输的一帧数据可是是任意位。所以传输效率高,但实现的硬件设备较为复杂。

3. 波特率

波特率(Baud rate)的定义是每秒钟传送二进制数码的位数(亦称 bit 数),单位是 b/s。波特率是串行通信的重要指标,用于表征数据传送的速率。波特率越高,数据传输速度越快。字符的实际传送速率与波特率不同。字符的实际传送速率是指每秒钟内所传字符帧的帧数,与字符帧格式有关。

假设数据传送速率是 120 字符/s,而每个字符格式包含 10 个代码(1 个起始位、1 个终止位、8 个数据位)。这时传送的波特率为:

$$10 \text{ b/字符} \times 120 \text{ 字符/s} = 1\ 200 \text{ b/s}$$

每一位代码的传送时间 T_d 为波特率的倒数。

$$T_d = 1/1200 = 0.833 \text{ (ms)}$$

异步通信的传送速率在 50 b/s~19 200 b/s 之间,波特率不同于发送时钟和接收时钟,时钟频率常是波特率的 1 倍、16 倍或 64 倍。

在异步串行通信中,接收设备和发送设备保持相同的传送波特率,并以字符数据的起始位与发送设备保持同步。起始位、奇偶校验位和停止位的约定在同一次传送过程中必须保持一致,这样才能成功地传送数据。

4. 串行通信的制式

在串行通信中,数据是在两个站之间进行传送的,按照数据传送方向,串行通信可分为单工(simplex)、半双工(half duplex)和全双工(full duplex)3 种制式。图 5-17 为 3 种制式的示意图。

在单工制式下,通信线的一端接发送器,一端接接收器,数据只能按照一个固定的方向传送,如图 5-17(a)所示,数据只能由 A 站传送到 B 站。

在半双工制式下,系统的每个通信设备都由一个发送器和一个接收器组成,如图 5-17(b)所示。在这种制式下,数据能从 A 站传送到 B 站,也可以从 B 站传送到 A 站,但是不能同时在两个方向上传送,即只能一端发送,一端接收。其收/发开关一般是由软件控制的电子

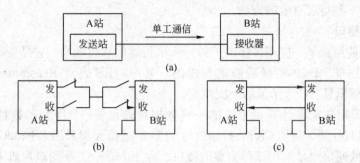

图 5-17　串行通信数据传送方式

开关。

　　全双工通信系统的每端都有发送器和接收器，可以同时发送和接收，即数据可以在两个方向上同时传送，如图 5-17(c) 所示。

　　在实际应用中，尽管多数串行通信接口电路具有全双工功能，但一般情况下，只工作于半双工制式下，这种用法简单、实用。

5.3.2　串行通信总线标准及其接口

　　在单片机应用系统中，数据通信主要采用的是异步串行通信方式。在设计通信接口时，必须根据需要选择标准接口，并考虑电平转换、传输介质等问题。

1. 串行通信接口

异步串行通信接口有以下 3 种：

● RS-232C (RS-232A、RS-232B)；

● RS-449、RS-422、RS-423 和 RS-485；

● 20 mA 电流环。

采用标准接口后，能够方便地把单片机和外部设备、测量仪器有机地连接起来，构成一个测量、控制系统。为了保证通信可靠性的要求，在选择接口标准时，需注意以下两点。

（1）通信速度和通信距离

通常的标准串行接口的电气特性，都有满足可靠传输时的最大通信速度和传送距离指标。但这两个指标之间具有相关性，适当地降低传输速度，可以提高通信距离，反之亦然。例如，采用 RS-232C 标准进行单向数据传输时，最大的数据传输速度为 20 kb/s，最大的传输距离为 15 m。而采用 RS-422 标准时，最大传输速度可达 10 Mb/s，最大传输距离为 300 m，适当降低数据传输速度，传送距离可达 1 200 m。

（2）抗干扰能力

通常选择的标准接口，在保证不超过其使用范围时都有一定的抗干扰能力，以保证可靠的信号传输。但在一些工业测控系统中，通信环境往往十分恶劣，因此在通信介质选择、接口标准选择时，要充分注意其抗干扰能力，并采取必要的抗干扰措施。例如在长距离传输时，使用 RS-422 标准，能有效地抑制共模信号干扰；使用 20 mA 电流环技术，能大大降低对噪声的敏感程度。

　　在高噪声污染的环境中，通过使用光纤介质可减少噪声的干扰、通过光电隔离提高通信系统的安全性是一些行之有效的方法。

2. RS-232C 接口

RS-232C 是使用最早、应用最多的一种异步串行通信总线标准。它是美国电子工业协会（EIA）1962 年公布、1969 年最后修定而成的。其中，RS 表示 Recommended Standard，232 是该标准的标识号，C 表示最后一次修定。

RS-232C 主要用来定义计算机系统的一些数据终端设备（DTE）和数据电路终接设备（DCE）之间的电气性能。例如 CRT、打印机与 CPU 的通信大都采用 RS-232C 接口，MCS-51 单片机与 PC 机的通信也是采用该种类型的接口。由于 MCS-51 系列单片机本身有一个全双工的串行接口，因此该系列单片机用 RS-232C 串行接口总线非常方便。

（1）RS-232C 信息格式标准

RS-232C 采用串行格式，该标准规定：信息的开始为起始位，信息的结束为停止位；信息本身可以是 5、6、7、8 位再加一位奇偶校验位。如果两个信息之间无信息，则写 "1"，表示空。其格式标准如图 5-18 所示。

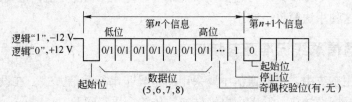

图 5-18   RS-232C 数据传输格式

（2）RS-232C 电平转换器

RS-232C 规定了自己的电气标准，由于它是在 TTL 电路之前研制的，所以它的电平不是 +5 V 和地，而是采用负逻辑，即低电平 "0" 在 +5 V～+15 V 之间；高电平 "1" 在 −5 V～−15 V 之间。因此，RS-232C 不能和 TTL 电平直接相连，使用时必须进行电平转换，否则将使 TTL 电路烧坏，这一点在实际应用时必须注意！常用的电平转换集成电路是传输线驱动器 MC1488 和传输线接收器 MC1489。

MC1488 内部有 3 个与非门和一个反相器，供电电压为 ±12 V，输入为 TTL 电平，输出为 RS-232C 电平。MC1489 内部有 4 个反相器，供电电压为 ±5 V，输入为 RS-232C 电平，输出为 TTL 电平。

（3）RS-232C 总线规定

RS-232C 标准总线为 25 根，采用标准的 D 型 25 芯插头座。

在最简单的全双工系统中，仅用发送数据、接收数据和信号地三根线即可。对于 MCS-51 单片机，利用其 RXD（串行数据接收端）线、TXD（串行数据发送端）线和一根地线，就可以构成符合 RS-232C 接口标准的全双工通信口。

3. RS-449、RS-422A、RS-423A 标准接口

RS-232C 虽然应用广泛，但因为推出较早，在现代通信系统中存在以下缺点：数据传输速率慢，传输距离短，未规定标准的连接器，接口处各信号间易产生串扰。鉴于此，EIA 制定了新的标准 RS-449，该标准除了与 RS-232C 兼容外，在提高传输速率，增加传输距离，改善电气性能等方面有了很大改进。

（1）RS-449 标准接口

RS-449 是 1977 年公布的标准接口，在很多方面可以代替 RS-232C 使用。

RS-449 与 RS-232C 的主要差别在于信号在导线上的传输方法不同：RS-232C 是利用传输信号与公共地的电压差，RS-449 是利用信号导线之间的信号电压差，可在 1219.2 m 的 24-AWG 双铰线上进行数字通信。RS-449 规定了两种接口标准连接器，一种为 37 脚，一种为 9 脚。

RS-449 可以不使用调制解调器，它比 RS-232C 传输速率高，通信距离长，且由于 RS-449 系统用平衡信号差传输高速信号，所以噪声低，又可以多点或者使用公共线通信，故 RS-449 通信电缆可与多个设备并联。

（2）RS-422A、RS-423A 标准接口

RS-422A 文本给出了 RS-449 中对于通信电缆、驱动器和接收器的要求，规定双端电气接口形式，其标准是双端线传送信号。它具体通过传输线驱动器，将逻辑电平变换成电位差，完成发送端的信息传递；通过传输线接收器，把电位差变换成逻辑电平，实现接收端的信息接收。RS-422A 比 RS-232C 传输距离长、速度快，传输速率最大可达 10 Mb/s，在此速率下，电缆的允许长度为 12 m，如果采用低速率传输，最大距离可达 1 200 m。

RS-422A 和 TTL 进行电平转换最常用的芯片是传输线驱动器 SN75174 和传输线接收器 SN75175，这两种芯片的设计都符合 EIA 标准 RS-422A 规范，均采用＋5 V 电源供电，适用于噪声环境中长总线线路的多点传输。RS-422A 的接口电平转换电路如图 5－19 所示。

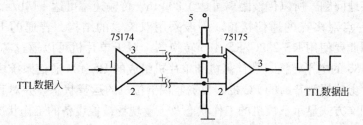

图 5－19　RS-422A 接口电平转换电路

图 5－19 所示的发送器 SN75174 将 TTL 电平转换为标准的 RS-422A 电平；接收器 SN75175 将 RS-422A 接口信号转换为 TTL 信号。

RS-423A 和 RS-422A 文本一样，也给出了 RS-449 中对于通信电缆、驱动器和接收器的要求。RS-423A 给出了不平衡信号差的规定，而 RS-422A 给出的是平衡信号差的规定。RS-423A 驱动器在 90 m 长的电缆上传送数据的最大速率为 100 kb/s，若降低到 1 000 b/s，则允许电缆长度为 1 200 m。

RS-423A 也需要进行电平转换，常用的驱动器和接收器为 3691 和 26L32。其接口电路如图 5－20 所示。

4. RS-485 标准接口

RS-485 是 RS-422A 的变型。RS-422A 用于全双工，而 RS-485 则用于半双工。RS-485 是一种多发送器标准，在通信线路上最多可以使用 32 对差分驱动器/接收器。如果在一个网络中连接的设备超过 32 个，还可以使用中继器。如图 5－21 所示。

RS-485 的信号传输采用两线间的电压来表示逻辑 1 和逻辑 0。由于发送方需要两根传输

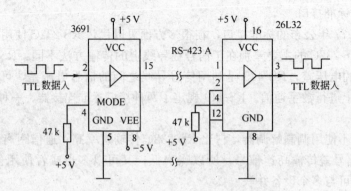

图 5-20　RS-423A 接口电平转换电路

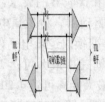

图 5-21　RS-485 接口示意图

线，接收方也需要两根传输线。传输线采用差动信道，所以它的干扰抑制性极好，又因为它的阻抗低，无接地问题，所以传输距离可达 1 200 m，传输速率可达 1 Mb/s。

　　RS-485 是一点对多点的通信接口，一般采用双绞线的结构。普通的 PC 机一般不带 RS485 接口，因此要使用 RS-232C/RS-485 转换器。对于单片机可以通过芯片 MAX485 来完成 TTL/RS-485 的电平转换。在计算机和单片机组成的 RS-485 通信系统中，下位机由单片机系统组成，上位机为普通的 PC 机，负责监视下位机的运行状态，并对其状态信息进行集中处理，以图文方式显示下位机的工作状态及工业现场被控设备的工作状况。系统中各节点（包括上位机）的识别是通过设置不同的站地址来实现的。

5.3.3　串行口的结构与控制

1. 80C51 串行口的结构

　　80C51 单片机通过引脚 RXD（P3.0，串行数据接收端）、TXD（P3.1，串行数据发送端）与外界进行通信。串行接口简化结构如图 5-22 所示。

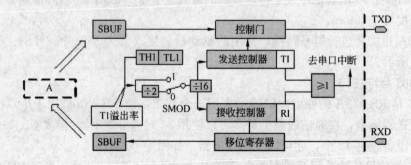

图 5-22　串行接口简化结构

图 5-22 中有两个物理上独立的接收、发送缓冲器 SBUF,它们占用同一地址 99H,可同时发送、接收数据。发送缓冲器只能写入,不能读出;接收缓冲器只能读出,不能写入。串行发送与接收的速率与移位时钟同步,定时器 Tl 作为串行通信的波特率发生器,Tl 溢出率经 2 分频(或不分频)又经 16 分频作为串行发送或接收的移位时钟。移位时钟的速率即波特率。

接收器是双缓冲结构,由于在前一个字节从接收缓冲器读出之前,就开始接收第二个字节(串行输入至移位寄存器),若在第二个字节接收完毕而前一个字节未被读走时,就会丢失前一个字节的内容。串行接口的发送和接收都是以特殊功能寄存器 SBUF 的名称进行读或写的,当向 SBUF 发"写"命令时(执行"MOV SBUF,A"指令),即是向发送缓冲器 SBUF 装载并开始由 TXD 引脚向外发送一帧数据,发送完后便使发送中断标志 TI=1;在串行接口接收中断标志 RI(SCON.0)=0 的条件下,置允许接收位 REN(SCON.4)=1 就会启动接收过程,一帧数据进入输入移位寄存器,并装载到接收 SBUF 中,同时使 RI=1。执行读 SBUF 的命令(执行"MOV A,SBUF"指令),则可以由接收缓冲器 SBUF 取出信息并通过内部总线送 CPU。

对于发送缓冲器,因为发送时 CPU 是主动的,不会产生重叠错误。

2. 80C51 串行接口的控制寄存器

单片机串行接口是可编程的,对它初始化编程只需将两个控制字分别写入特殊功能寄存器 SCON(98H)和电源控制寄存器 PCON(97H)即可。

(1)串行控制寄存器 SCON

SCON 是一个特殊功能寄存器,用以设定串行接口的工作方式、接收/发送控制及设置状态标志。字节地址为 98H,可进行位寻址,其格式如表 5-10 所示。

表 5-10　SCON 寄存器的内容及位地址

D7	D6	D5	D4	D3	D2	D1	D0
SM0	SM1	SM2	REN	TB8	RB8	TI	RI

SM0 和 SM1 为工作方式选择位,可选择 4 种工作方式,如表 5-11 所示。

表 5-11　串行接口的工作方式

SM0	SM1	方式	说　明	波　特　率
0	0	0	移位寄存器	$f_{osc}/12$
0	1	1	10 位异步收发器(8 位数据)	可变
1	0	2	11 位异步收发器(9 位数据)	$f_{osc}/64$ 或 $f_{osc}/32$
1	1	3	11 位异步收发器(9 位数据)	可变

SM2 为多机通信控制位,主要用于方式 2 和方式 3。若置 SM2=1,则允许多机通信。多机通信协议规定,第九位数据(RB8)为 1,说明本帧数据为地址帧;若第九位为 0,则本帧为数据帧。当一片 80C5l(主机)与多片 80C51(从机)通信时,所有从机的 SM2 位都置"1"。主机首先发送的一帧数据为地址,即某从机机号,其中第九位为"1",所有的从机接收到数据后,将其中第九位装入 RB8 中。各个从机根据收到的第九位数据(RB8 中)的值来决定从机可否再接收主机的信息。若(RB8)=0,说明是数据帧,则使接收中断标志位 RI=0,信息丢

失；若（RB8）＝1，说明是地址帧，数据装入 SBUF 并置 RI＝1，中断所有从机，被寻址的目标从机清除 SM2 以接收主机发来的一帧数据。其他从机仍然保持SM2＝1。

若 SM2＝0，即不属于多机通信情况，则接收一帧数据后，不管第九位数据是 0 还是 1，都置 RI＝1，接收到的数据装入 SBUF 中。

根据 SM2 这个功能，可实现多个 80C51 应用系统的串行通信。

在方式 1 时，若 SM2＝1，则只有接收到有效停止位时，RI 才置"1"，以便接收下一帧数据。在方式 0 时，SM2 必须是 0。

REN 为允许串行接收位。由软件置 REN＝1，则启动串行口接收数据；若软件置 REN＝0，则禁止接收。

TB8，在方式 2 或方式 3 中，是发送数据的第九位，可以用软件规定其作用，可以用作数据的奇偶校验位。根据发送数据的需要由软件置位或复位。在多机通信中，作为地址帧/数据帧的标志位。TB8＝1，为地址；TB8＝0，为数据。在方式 0 和方式 1 中，该位未用。

RB8，在方式 2 或方式 3 中，是接收到数据的第九位，作为奇偶校验位或地址帧/数据帧的标志位。在方式 1 时，若 SM2＝0，则 RB8 是接收到的停止位。在方式 0 时该位未用。

RI 为接收中断标志位。在方式 0 时，当串行接收第 8 位数据结束时，或在其他方式，串行接收停止位的中间时，由内部硬件使 RI 置 1，向 CPU 发中断申请。也必须在中断服务程序中，用软件将其清 0，取消此中断申请。

串行发送中断标志 TI 和接收中断标志 RI 是同一个中断源，CPU 事先不知道是发送中断 TI 还是接收中断 RI 产生的中断请求，所以，在全双工通信时，必须由软件来判别。

复位时，SCON 所有位均清"0"。

（2）电源控制寄存器（PCON）

PCON 主要是为 HCMOS 型单片机的电源控制而设置的专用寄存器，地址为 87H。PCON 中只有一位与串行口工作有关，即 SMOD（PCON.7），是波特率倍增位。在串行口方式 1、方式 2、方式 3 时，波特率与 SMOD 有关，当 SMOD＝1 时，波特率提高一倍。复位时，SMOD＝0。

5.3.4　串行口的工作方式及波特率计算

1. 串行口工作方式

根据实际需要，80C51 串行口可设置 4 种工作方式，它们是由 SCON 寄存器中的 SM0、SM1 这两位定义的。下面对这 4 种方式分别介绍。

（1）工作方式 0

工作方式 0 时，串行口为同步移位寄存器的输入输出方式。主要用于扩展并行输入或输出口。数据由 RXD（P3.0）引脚输入或输出，同步移位脉冲由 TXD（P3.1）引脚输出。发送和接收均为 8 位数据，低位在先，高位在后。

（2）工作方式 1

工作方式 1 为波特率可调的 8 位通用异步通信接口。发送或接收一帧信息为 10 位，分别为 1 位起始位（0），8 位数据位和 1 位停止位（1）。

数据发送时，数据从 TXD 端输出。当执行 MOV SBUF，A 指令时，数据被写入发送缓冲器 SBUF，启动发送器发送。当发送完一帧数据后，置中断标志 TI 为 1。

数据接收时，数据从 RXD 端输入。当允许接收控制位 REN 为 1 后，串行口采样 RXD，当采样由 1 到 0 跳变时，确认是起始位"0"，启动接收器开始接收一帧数据。当 RI＝0 且接收到停止位为 1（或 SM2＝0）时，将停止位送入 RB8，8 位数据送入接收缓冲器 SBUF，同时置中断标志 RI＝1。所以，方式 1 接收时，应先用软件清除 RI 或 SM2 标志。

（3）工作方式 2、方式 3

在工作方式 2、方式 3 下，串行口为 9 位异步通信接口，发送、接收一帧信息为 11 位：即 1 位起始位（0）、8 位数据位、1 位可编程位和 1 位停止位（1）。传送波特率与 SMOD 有关。

数据发送时，数据由 TXD 端输出，附加的第 9 位数据为 SCON 中的 RB8（由软件设置）。用指令将要发送的数据写入 SBUF，即可启动发送器。送完一帧信息时，TI 由硬件置 1。

数据接收时，当 REN＝1 时，允许接收。与方式 1 相同，CPU 开始不断采样 RXD，将 8 位数据送入 SBUF 中，接收到的第 9 位数据送入 RB8 中，当同时满足 R1＝0，SM2＝0 或接收到第 9 位数据为 1 这 3 个条件时，置 RI＝1，否则接收数据无效。

2. 串行口的波特率计算

在串行通信中，收发双方必须采用相同的数据传输速度，即采用相同的波特率。80C51 及 MCS-51 单片机的串行口有 4 种工作方式，其中方式 0 和方式 2 的波特率是固定的，方式 1 和方式 3 的波特率是可变的，由定时器 T1 的溢出率决定。

（1）方式 0 和方式 2

在方式 0 中，波特率为时钟频率的 1/12，即 $f_{osc}/12$，固定不变。

在方式 2 中，波特率取决于 PCON 中的 SMOD 值，当 SMOD＝0 时，波特率为 $f_{osc}/64$；当 SMOD＝1 时，波特率为 $f_{osc}/32$，即：

$$波特率 = 2^{SMOD} \times f_{osc}/64$$

（2）方式 1 和方式 3

在方式 1 和方式 3 下，波特率由定时器 T1 的溢出率和 SMOD 共同决定，即：

$$波特率 = 2^{SMOD}/32 \times n$$

式中，n 为定时器 T1 的溢出率。定时器 T1 的溢出率取决于定时器 T1 的预置值。通常定时器选用工作模式 2，即自动重装载的 8 位定时器，此时 TL1 作计数用，自动重装载值存在 TH1 内。设定时器的预置值（初始值）为 X_0，那么每过（$256 - X_0$）个机器周期，定时器溢出一次，此时应禁止 T1 中断。溢出周期为：

$$12/f_{osc} \times (256 - X)$$

溢出率为溢出周期的倒数，所以波特率为：

$$波特率 = (2^{SMOD}/32) \times f_{osc}/[12 \times (256 - X)]$$

表 5-12 列出了最常用的波特率及相应的振荡器频率、T1 工作方式和计数初值。

表 5-12　常用波特率与其他参数选取关系

串口工作方式	波特率/（b/s）	f_{osc}/MHz	定时器 T1			
			SMOD	C/$\overline{T}$	模　式	定时器初值
方式 0	1 M	12	×	×	×	×
	0.5 M	6	×	×	×	×

串口工作方式	波特率/ (b/s)	f_{osc}/MHz	定时器 T1			
			SMOD	C/$\overline{T}$	模　式	定时器初值
方式2	375 k	12	1	×	×	×
	187.5 k	12	0	×	×	×
方式1和 方式3	19.2 k	6	1	0	2	FEH
	9.6 k	6	1	0	2	FDH
	4.8 k	6	0	0	2	FDH
	2.4 k	6	0	0	2	FAH
	1.2 k	6	0	0	2	F3H
	9.6 k	11.059 2	0	0	2	FDH
	4.8 k	11.059 2	0	0	2	FAH
	2.4 k	11.059 2	0	0	2	F4H

值得注意的是，以上表格里的初值和波特率之间是有一定误差的。例如用初值 FDH，在 6 MHz 时钟下，当 SMOD＝1 时，算出的波特率是 10 416 波特，和要求的 9 600 波特有一定的误差。所以如果要求有比较准确的波特率，只能靠调整单片机的时钟频率 f_{osc}。

例 5 - 11　通信波特率为 2 400 b/s，f_{osc}＝11.059 2 MHz，T1 工作在模式 2，其 SMOD＝0，计算 T1 的初值 X_0。

根据波特率＝$2^{SMOD}/32 \times n$，得 n＝76 800。

根据 $n = f_{osc}/[12 \times (256 - X)]$，得 X＝244，即 X＝F4H，相应的程序为：

```
MOV    TMOD,#20H
MOV    TL1,#0F4H
MOV    TH1,#0F4H
SETB   TR1
```

5.3.5　串行口应用举例

在计算机分布式测控系统中，经常要利用串行通信方式进行数据传输。下面介绍利用 80C51 单片机的串行口进行点对点通信和多机通信的应用方法。

1. 点对点的通信

点对点的通信也称为双机通信，用于单片机和单片机之间交换信息，也常用于单片机和微机间进行信息交换。

（1）硬件连接

两个单片机之间采用 TTL 电平直接传输信息，其传输距离不超过 5 m，所以实际应用中通常采用 RS-232C 标准电平进行点对点的通信连接。图 5 - 23 为两个单片机之间的通信连接方法，电平转换采用 MAX232 芯片。

（2）甲机查询、乙机中断方式通信程序设计

例 5 - 12　甲乙两机为确保通信成功，通信双方约定软件"协议"如下：

通信双方均采用 2 400 b/s 的速率传送数据（假定 f_{osc}＝6 MHz），甲机发送数据，乙机

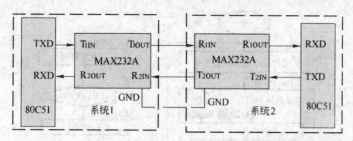

图 5 - 23　点对点的通信接口电路

接收数据。双机开始通信时,甲机发送一个呼叫信号"06",询问乙机是否可以接收数据;乙机收到呼叫信号后,若同意接收数据,则发回"00"作为应答,否则发"15"表示暂不能接收数据;甲机只有收到乙机答应信号"00"后,才可把存放在片外 RAM 中的内容发送给乙机,否则继续向乙机呼叫,直到乙机同意接收。其发送数据格式为:

字节数 n	数据 1	数据 2	……	数据 n	累加校验和

字节数 n:甲机将向乙机发送的数据字节数。

数据 1~数据 n:甲机将向乙机发送的 n 个字节数据;

累加校验和:为字节数 n,数据 1,…,数据 n 这 $(n+1)$ 个字节内容的算术累加和(向高位进位丢失)。

乙机根据接收到的"校验和"判断已接收到的数据是否正确。若接收正确,向甲机回发"0F"信号,否则回发"F0"信号给甲机。甲机只有接到信号"0F"才算完成发送任务,返回主程,否则继续呼叫,重发数据。

① 甲机查询方式发送子程序。

发送程序约定如下。

波特率设置初始化:定时器 T1 模式 2 工作,计数初值 F3H,SMOD=1。

串行口初始化:方式 1 工作,启动接收。

内片 RAM 和工作寄存器设置:31H 和 30H 存放发送的数据块首地址;2FH 存放发送的数据块长度;R6 为累加和寄存器。甲机发送子程序框图见图 5 - 24。

甲机发送子程序清单:

```
FMT_T_S:   MOV   TMOD,#20H        ;波特率设置
           MOV   TH1,#0F3H        ;装载定时器初值,波特率 2400
           MOV   TL1,#0F3H
           SETB  TR1              ;启动定时器 T1
           MOV   SCON,#50H        ;串行口初始化,方式 1 并启动接收应答
           MOV   PCON,#80H        ;置 SMOD=1
FMT_RAM:   MOV   DPH,31H          ;设置 DPTR 指针
           MOV   DPL,30H
           MOV   R7,2FH           ;送字节数至 R7
           MOV   R6,#00H          ;清累加和寄存器
TX_ACK:    MOV   A,#06H           ;发呼叫信号"06"
```

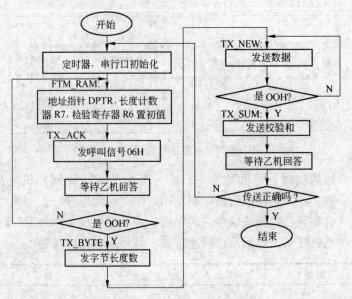

图 5 - 24 甲机发送子程序框图

```
              MOV   SBUF,A
WAIT1:        JBC   TI,RX_YES              ;等待发送完一个字节
              SJMP  WAIT1
RX_YES:       JBC   RI,NEXT1              ;接收乙机回答
              SJMP  RX_YES
NEXT1:        MOV   A,SBUF
              CJNE  A,#00H,TX_ACK
TX_BYTES:     MOV   A,R7                  ;向乙机发送要传送的字节个数
              MOV   SBUF,A
              ADD   A,R6                  ;求累加和
              MOV   R6,A
WAIT2:        JBC   TI,TX_NEWS
              SJMP  WAIT2
TX_NEWS:      MOVX  A,@DPTR              ;发送数据
              MOV   SBUF,A
              ADD   A,R6
              MOV   R6,A
              INC   DPTR                  ;指针加 1
WAIT3:        JBC   TI,NEXT2
              SJMP  WAIT3
NEXT2:        DJNZ  R7,TX_NEWS            ;判断发送是否结束
TX_SUM:       MOV   A,R6                  ;数据已发送完,发累加和给乙机
              MOV   SBUF,A
WAIT4:        JBC   TI,RX_0FH
              SJMP  WAIT4
RX_0FH:       JBC   RI,IF_0FH             ;等待乙机回答
```

```
        SJMP    RX_0FH
IF_0FH:  MOV    A,SBUF                  ;读入
        CJNE    A,#0FH,FMT_RAM          ;判断传送正确否
        RET
```

② 乙机中断接收子程序。

在中断接收程序中，须设置 3 个标志位来判断所接收的信息是呼叫信号还是数据块长度，是数据还是校验和。本例约定：

● 波特率设置：T1 方式 2 工作，计数初值 F3H，SMOD=1。

● 串行口初始化：方式 1，启动接收。

● 寄存器设置：

31H、30H——接收的数据将存放在以 31H、30H（送 DPTR）为地址指针的片外 RAM 区中。

32H——数据块长度，寄存片内 RAM 单元。

33H——累加校验和，寄存片内 RAM 单元。

bit 7FH、7EH、7DH——标准位。

接收程序框图如图 5-25 所示。

在主程序中，应安排对定时器、串行口的初始化程序。中断服务子程序所接收到的数据存放到何处，也须在主程序中规定下来。本例规定，31H 和 30H（内容送 DPTR）为接收数据的地指针，并假设数据存入以 1000H 为首地址的片外 RAM 中。

主程序 FMT_T_S 及中断服务程序 SERVE 如下：

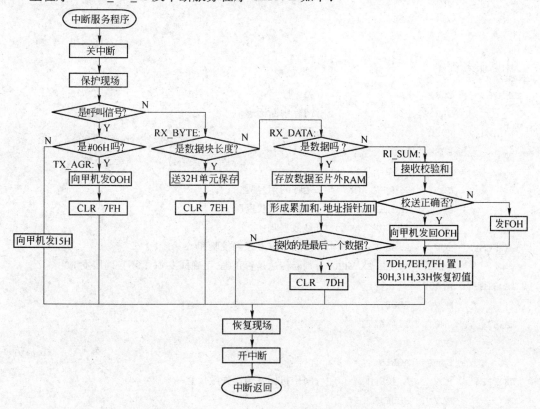

图 5-25　乙机中断方式接收服务子程序框图

```
          ORG     0000H
          LJMP    FMT_T_S          ;转至初始化程序
          ORG     0023H
          LJMP    SERVE            ;串行口中断程序入口
          ORG     0050H
FMT_T_S:  MOV     TMOD,#20H        ;定时器 T1 为方式 2,波特率 2 400
          MOV     TH1,#0F3H
          MOV     TL1,#0F3H
          MOV     SCON,#50H        ;串行口方式 1,允许接收
          MOV     PCON,#80H
          SETB    TR1              ;启动定时器
          SETB    7FH              ;标志位初始化置 1
          SETB    7EH
          SETB    7DH
          MOV     31H,#10H         ;接收到的数据存入以 1000H 为首地址的片外 RAM
          MOV     30H,#00H
          MOV     33H,#00H         ;清累加和寄存器
          SETB    EA               ;开中断
          SETB    ES               ;允许串行口中断
          LJMP    MAIN             ;转入主程序(本例未给出)
          ……
          ……
          ……
```

中断服务程序

```
SERVE:    CLR     EA               ;关中断
          CLR     RI               ;清除中断标志
          PUSH    DPH              ;保持现场
          PUSH    DPL
          PUSH    A
          JB      7FH,RX_ACK       ;是呼叫信号吗?
          JB      7EH,RX_BYTES     ;是数据块长度吗?
          JB      7DH,RX_DATA      ;是数据吗?
RX_SUM:   MOV     A,SBUF           ;接收甲方发来的校验和
          CJNE    A,33H,TX_ERR     ;判断传送是否正确,正确回发 0FH,不正确回发 F0H
TX_RIGHT: A,#0FH
          MOV     SBUF,A
WAIT1:    JNB     TI,WAIT1
          CLR     TI
          SJMP    AGAIN
TX_ERR:   MOV     A,#0F0H          ;向甲机回发传送失败信息
          MOV     SBUF,A
WAIT2:    JNB     TI,WAIT2
```

```
              CLR     TI
              SJMP    AGAIN
RX_ACK:       MOV     A,SBUF          ;判断是否甲机的呼叫信号
              XRL     A,#06H
              JZ      TX_AGREE        ;是呼叫信号#06H,转 TX_AGREE
              MOV     A,#15H          ;接收到的呼叫信号不正确,回发 15H 给甲机,要求重发呼叫信号
              MOV     SBUF,A
WAIT3:        JNB     TI,WAIT3
              CLR     TI
              SJMP    RETURN
TX_AGREE:     MOV     A,#00H          ;接收到的是呼叫信号,向甲机回发 00H,同意接收
              MOV     SBUF,A
WAIT4:        JNB     TI,WAIT4
              CLR     TI
              CLR     7FH             ;清呼叫信号标志
              SJMP    RETURN
RX_BYTES:     MOV     A,SBUF
              MOV     32H,A
              ADD     A,33H           ;形成累加和
              MOV     33H,A
              CLR     7EH             ;清数据块长度标志
              SJMP    RETURN
RX_DATA:      MOV     DPH,31H         ;取存储数据地址指针
              MOV     DPL,30H
              MOV     A,SBUF          ;接收数据
              MOVX    @DPTR,A         ;转存到存储器中
              INC     DPTR            ;存储指针加 1
              MOV     31H,DPH         ;指针存放到 31H、30H 中
              MOV     30H,DPL
              ADD     A,33H           ;形成累加和
              MOV     33H,A
              DJNZ    32H,RETURN      ;数据没接收完,中断返回,等待下次中断继续接收
              CLR     7DH             ;数据接收完,清数据标志位
              SJMP    RETURN
AGAIN:        SETB    7FH             ;恢复标志位
              SETB    7EH
              SETB    7DH
              MOV     33H,#00H        ;给累加和寄存器清 0
              MOV     31H,#10H        ;恢复接收数据缓冲区首地址
              MOV     30H,#00H
RETURN:       POP     A
              POP     DPL
              POP     DPH
```

```
        SETB    EA
        RET1
```

该程序顺序安排 4 次进入中断服务，并按顺序 CLR 7FH，CLR 7EH，CLR 7DH，才能依次完成接收呼叫号 06H，接收数据块长度，接收一字节数据和最后接收校验和。

上述乙机接收也可以采用查询方式，请用户参考甲机发送程序编制。

2. 多机通信

在许多场合，单机及双机通信不能满足实际需要，而需要多台单片机互相配合才能完成某个过程或任务。多台单片机之间的相互配合是按实际需要将它们组成一定形式的网络，使它们之间相互通信，以完成各种功能。目前，最常使用的多机网络形式是星状网络结构、串行总线状网络结构、环状网络结构和树状结构。而其中总线状网络结构接口简单，使用灵活，因此在许多场合使用。下面说明总线状主从式结构的多机通信方法。

（1）硬件连接

主从式通信是在数个单片机中，有一个是主机，其余的是从机，从机要服从主机的调度、支配。80C51 单片机的串行口方式 2 和方式 3 适于这种主从式的通信结构。当然采用不同的通信标准时，还需进行相应的电平转换，有时还要对信号进行光电隔离。在实际的多机应用系统中，常采用 RS-485 串行标准总线进行数据传输，以增大通信距离。如图 5-26 所示。

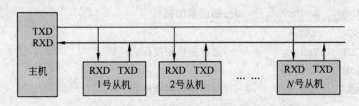

图 5-26　多机通信系统的硬件连接

（2）多机通信原理

80C51 的全双工串行通信接口具有多机通信功能。在多机通信中，为了保证主机与所选择的从机实现可靠的通信，必须保证通信接口具有识别功能，可以通过控制 80C51 的串行口控制寄存器 SCON 中的 SM2 位来实现多机通信的功能，其控制原理简述如下。

利用 80C51 串行口方式 2 或方式 3 及串行口控制寄存器 SCON 中的 SM2 和 RB8 的配合可完成主从式多机通信。串行口以方式 2 或方式 3 接收时，若 SM2 为 1，则仅当从机接收到的第九位数据（在 RB8 中）为 1 时，数据才装入接收缓冲器 SBUF，并置 RI＝1 向 CPU 申请中断；如果接收到的第九位数据为 0，则不置位中断标志 RI，信息将丢失。而 SM2 为 0 时，则接收到一个数据字节后，不管第九位数据是 1 还是 0 都产生中断标志 RI，接收到的数据装入 SBUF。应用这个特点，便可实现多个 80C51 之间的串行通信。

（3）多机通信协议

多个 80C51 单片机通信过程可约定如下。

① 使所有从机的 SM2 位置 1，处于只接收地址帧的监听状态。

② 主机向从机发送一帧地址信息，其中包含 8 位地址，可编程的第 9 位为 1（FB8＝1），表示发送的是地址，这样可以中断所有从机。

③ 从机接收到地址后，都来判别主机发来的地址信息是否与本从机地址相符。若为本

机地址，则清除 SM2，进入正式通信状态，并把本机的地址发送回主机作为应答信号，然后开始接收主机发送过来的数据或命令信息。其他从机由于地址不符，它们的 SM2＝1 保持不变，无法与主机通信，从中断返回。

④ 主机接收从机发回的应答地址信号后，与其发送的地址信息进行比较，如果相符，则清除 TB8，正式发送数据信息；如果不相符，则发送错误信息。

⑤ 通信的各机之间必须以相同的帧（字符）格式及波特率进行通信。

（4）主机查询从机中断方式通信程序设计

在实际应用中，经常采用主机查询、从机中断的通信方式。主机程序部分以子程序方式给出，要进行串行通信时，可直接调用；从机部分以串行口中断服务方式给出，其中断入口地址为 0023H。若从机未做好接收或发送准备，就从中断程序返回，在执行主程序中做好准备。主机应重新和从机联络，使从机再次进入串行口中断。

例 5－13 主从式多机通信约定如下通信协议：

（1）系统中允许接有 255 台从机，其地址分别为 00H～FFH。

（2）地址 FFH 是对所有从机都起作用的一条控制命令，命令各从机恢复 SM2＝1 状态。

（3）主机和从机的联络过程为：主机首先发送地址帧，被寻址从机返回本机地址给主机，在判断地址相符后主机给被寻址从机发送控制命令，被寻址从机根据其命令向主机回送自己的状态，若主机判断状态正常，主机开始发送或接收数据，发送或接收的第一个字节是数据块长度。

（4）假定主机发送的控制命令代码为：

00 要求从机接收数据块；

01 要求从机发送数据块；

其他非法命令。

（5）从机状态字格式如表 5－13 所示。

表 5－13 从机状态字

D7	D6	D5	D4	D3	D2	D1	D0
ERR	0	0	0	0	0	TRDY	RRDY

其中：若 ERR＝1，从机接收到非法命令；

若 TRDY＝1，从机发送准备就绪；

若 RRDY＝1，从机接收准备就绪。

① 主机串行通信子程序 MCOM1。

主机程序部分以子程序的方法给出，要与从机通信时，主程序可以直接调用该子程序。主机在接收或发送完一个数据块后可返回主程序，以便完成其他任务。但在调用这个 MCOM1 子程序之前，必须在有关寄存器内预置入口参数，现规定：

入口参数：（R2）——被寻址从机地址；

（R3）——主机命令（00H 或 01H）；

（R4）——数据块长度；

（R0）——主机发送的数据块首址；

（R1）——主机接收的数据块首址。

例如，若主机向 5 号从机发送数据块，数据块放置在内部 RAM 区的 50H～5FH 单元中，则在主程序中调用该子程序 MCOM1 的方法是：

```
MOV     R2,#05H          ;寻址 5#从机
MOV     R3,#00H          ;主机命令,要求从机接收数据块
MOV     R4,#10H          ;16 字节
MOV     R0,#50H          ;发送数据块首址
LCALL   MCOM1
```

若主机要求 5 号从机发送数据给主机，接收的数据放在 60H 开始的单元，则在主程序中调用该子程序 MCOM1 的方法是：

```
MOV     R2,#05H
MOV     R3,#01H          ;主机命令,要求从机发送数据块
MOV     R1,#60H          ;接收数据块首址
LCALL   MCOM1
```

在调用 MCOM 后，在 60H 单元存放有接收的数据块长度，60H 以后的单元存放有 5 号从机发过来的数据。

主机查询方式通信程序框图如图 5 - 27 所示。

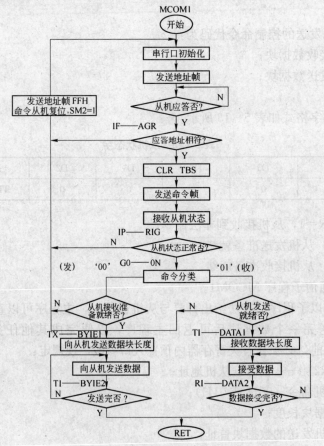

图 5 - 27　多机通信主机查询方式子程序框图

程序请用户参照前述双机通信自行编写，在此从略。

② 从机中断方式通信程序。

从机的串行通信采用中断方式，其流程图如图 5-28 所示。在串行通信启动后仍采用询问方式来接收或发送数据块。初始化程序安排在主程序中，中断服务程序选用工作寄存器组 1。本程序实例中用标志位 PSW.1 作发送准备就绪标志，PSW.5 作接收准备就绪标志，由主程序置位。

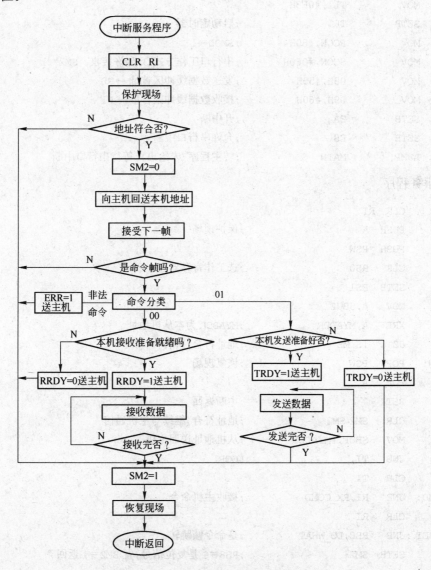

图 5-28　多机通信从机中断服务程序框图

程序中还规定，发送数据放置在片内 RAM 区内，首地址为 50H 单元。第一个数据为发数据块的长度；接收数据存放在片内 RAM 区中，首址为 60H 单元，接收的第一个数据为数据块长度。

程序清单如下：

```
        0RG         0023H
        LJMP        SERVE              ;串行口中断服务程序入口
        0RG         0050H
主程序
START:  MOV         TMOD,#20H          ;定时器 TI 初始化,方式 2
        MOV         TH1,#0F3H
        MOV         TL1,#0F3H
        SETB        TR1                ;启动定时器
        MOV         PCON,#80H          ;SMOD=1
        MOV         SCON,#0F0H         ;串行口工作方式 3,允许接收。SM2=1
        MOV         08H,#50H           ;发送数据缓冲区首址一 R0
        MOV         09H,#60H           ;接收数据缓冲区首址一 R1
        SETB        EA                 ;开中断
        SETB        ES                 ;允许串行口中断
        LJMP        MAIN               ;转主程序(未给出),等待串行口中断
中断服务程序

SERVE:    CLR  RI
          PUSH A                       ;保护现场
          PUSH PSW
          CLR  RS0                     ;选工作寄存器区 1
          SETB RS1
          MOV  A,SBUF
          XRL  A,MYADDR                ;MYADDR 为本从机地址
          JZ   IS_ME                   ;地址符合,跳转
RETURN:   POP  PSW                     ;恢复现场
          POP  A
          RETI                         ;中断返回
IS_ME:    CLR  SM2 SM2                 ;地址符合,继续与主机通信
          MOV  SBUF,#MYADDR            ;从机地址送回主机
LOOP1:    JNB  TI,             LOOP1
          CLR  TI
RX_COMD:  JNB  RI,RX_COMD              ;接收主机命令
          CLR  RI
IF_RESET :JNB  RB8,DO_WHAT             ;是命令帧跳转
          SETB SM2                     ;RB8=1 是复位信号,置 SM2=1 返回
          LJMP RETURN
DO_WHAT:  MOV  A,SBUF                  ;命令分析
          CJNE A,#02H,00H
          JC   NEXT                    ;(A)<02H,是控制命令,跳转
          CLR  TI
          MOV  A,#80H                  ;非法命令,置 ERR=1,向主机返回本机状态
          MOV  SBUF,A
```

```
LOOP2:     JNB   TI,LOOP2
           CLR   TI
           SETB  SM2
           LJMP  RETURN          ;返回
NEXT:      JZ    READY_RX        ;(A)=00H,是接收命令,跳转
READY_TX:  JB    PSW.1,TX_TRDY   ;PSW.1=1,发送准备就绪,跳转
           MOV   A,#00H          ;PSW.1=0,未准备好,置 TRDY=0,回送给主机
           MOV   SBUF,A
LOOP3:     JNB   TI,LOOP3
           CLR   TI
           SETB  SM2
           LJMP  RETURN
TX_TRDY:   MOV   A,#02H          ;向主机返回发送准备就绪标志
           MOV   SBUF,A
           CLR   PSW.1
WHAT1:     JNB   TI,WHAT1
           CLR   TI
           MOV   R4,@R0          ;数据块长度→R4
           INC   R4              ;数据块长度加 1
TX_DATA:   MOV   SBUF,@R0        ;发送数据块,发送的第一个字节是数据块长度
WHAT2:     JNB   TI,WHAT2
           CLR   TI
           INC   R0
           DJNZ  R4,TX_DATA
           SETB  SM2             ;发送完毕,置 SM2=1 返回
           LJMP  RETURN
READY_RX:  JB    PSW.5,TX_RRDY   ;PSW.5=1,接收准备就绪,跳转
           MOV   A,#00H          ;PSW.5=0,未做好接收准备
           MOV   SBUF,A
LOOP4:     JNB   TI,LOOP4
           CLR   TI
           SETB  SM2
           LJMP  RETURN
TX_RRDY:   MOV   SBUF,#01H       ;向主机报告接收准备就绪
           CLR   PSW.5
RX_BYTES:  JNB   RI,RX_BYTES     ;接收数据块长度
           CLR   RI
           MOV   A,SBUF
           MOV   @R1,A           ;保存数据块长度
           INC   R1
           MOV   R4,A            ;数据块长度送 R4
RX_DATA:   JNB   RI,RX_DATA      ;接收数据块
           CLR   RI
```

```
        MOV     @R1,SBUF
        INC     R1
        DJNZ    R4,RX_DATA      ;数据未接收完,继续
        SETB    SM2             ;数据接收完毕,恢复 SM2=1,使从机处于接收地址帧状态
        LJMP    RETURN
```

本章小结

1. 中断是计算机应用中的一种重要技术手段,在自动检测、实时控制、应急处理等方面有广泛应用。中断处理一般包括中断请求、中断响应、中断服务、中断返回 4 个环节。

2. 80C51 单片机中断系统提供了 5 个中断源,即外部中断 0 和外部中断 1,定时/计数器 T0 和 T1 的溢出中断,串行接口的接收和发送中断。这 5 个中断源可分为 2 个优先级,由中断优先级寄存器 IP 设定它们的优先级。同一优先级别的中断优先权,由系统硬件确定自然优先级。

3. 5 个中断源的中断请求标志由定时/计数器的控制寄存器 TCON 和串行控制寄存器 SCON 中的有关位作为标志,某一中断源申请中断有效时,系统硬件将自动置位 TCON 或 SCON 中的相应标志位。中断得到 CPU 响应后,大部分中断标志位可以由系统硬件自动清除。

4. CPU 对所有中断源及某个中断源的开放和禁止,是由中断允许寄存器 IE 管理的。

5. 80C51 单片机芯片中有定时器/计数器电路,它可以实现定时控制、延时、脉冲计数、频率测量、脉宽测量、信号发生等功能。内有两个可编程定时/计数器 T0 和 T1,它们实质上是特殊功能寄存器中的两个 16 位加 1 计数器。每个定时/计数器都可以通过 TMOD 设定为定时或计数模式。不论作定时器用,还是作计数器用,它们都有 4 种工作方式,以对应不同的定时/计数范围和使用。

6. 集散控制和多微机系统及现代测控系统中信息的交换经常采用串行通信。串行通信有异步通信和同步通信两种方式。远距离通信通常采用串行通信方式,但需要增加电平、接口转换电路,如 RS-232C、RS-485 接口等。

7. 80C51 单片机串行接口有 4 种工作方式。方式 0 和方式 2 的波特率是固定的,而方式 1 和方式 3 的波特率是可变的,由定时器 T1 的溢出率来决定。

8. 80C51 单片机之间可实现双机通信、多机通信并可与 PC 机通信。通信软件可采用查询与中断两种方式编制。

习 题 5

一、选择题

1. 若要求最大定时时间为 $2^{16} \times$ 机器周期,则应使定时器工作于_____。

　(A) 工作方式 0　　　(B) 工作方式 1　　　(C) 工作方式 2　　　(D) 工作方式 3

2. 定时器方式控制寄存器 TMOD 中 M1M0 为 11 时,则设置定时器工作于_____。

　(A) 工作方式 0　　　(B) 工作方式 1　　　(C) 工作方式 2　　　(D) 工作方式 3

3. 12 MHz 晶振的单片机在定时工作方式下，定时器可能实现的最大定时时间是_____。

（A）4 096 μs   （B）8 192 μs   （C）65 536 μs   （D）32 768 μs

4. 定时器/计时器 0 的初始化程序如下：

```
MOV   TMOD,#06H
MOV   TH0,#0FFH
MOV   TL0,#0FFH
SETB  EA
SETB  ET0
```

执行该程序段后，把定时器/计时器 0 的工作状态设置为_____。

（A）工作方式 0，定时应用，定时时间 2 μs，中断禁止

（B）工作方式 1，计数应用，计数值 255，中断允许

（C）工作方式 2，定时应用，定时时间 510 μs，中断禁止

（D）工作方式 2，计数应用，计数值 1，中断允许

5. 设串行口工作于方式 1，晶振频率为 6 MHz，波特率为 1 200 b/s，SMOD＝0，则定时器 1 的计数初值为_____。

（A）F1H   （B）F4H   （C）F3H   （D）F0H

6. 以下所列特点，不属于串行工作方式 0 的是_____。

（A）波特率是固定的，为时钟频率的十二分之一

（B）8 位移位寄存器

（C）TI 和 RI 都须用软件清零

（D）在通信时，须对定时器 1 的溢出率进行设置

7. 通过串行口发送或接收数据时，在程序中应使用_____。

（A）MOV 指令   （B）MOVX 指令   （C）MOVC 指令   （D）SWAP 指令

8. 下列对 SCON 的相关位描述，不正确的是_____。

（A）当 REN＝1 时，禁止串行口接收数据

（B）在方式 0 时，SM2 必须为 0

（C）RI 位由软件清零

（D）IT1＝1，表示帧发送结束

二、填空题

1. 80C51 单片机有 5 个中断源，分别是_____、_____、_____、_____和_____。

2. 80C51 单片机 5 个中断源的入口地址分别为_____、_____、_____、_____和_____。

3. 外部中断 0 和外部中断 1 有两种引起中断的方式，一种是_____，另一种是_____。

4. 要将外部中断 0 的触发方式设置成为低电平引起中断，则应将 IT0 位设置成_____。

5. 80C51 单片机有 5 个中断源，分成_____个优先级。控制中断允许的寄存器是

_____；控制中断优先级的寄存器是_____。

6. 80C51 单片机有_____个_____法定时器/计数器，它们是由_____、_____、_____和_____ 4 个专用寄存器构成的。

7. 80C51 单片机中用于定时器/计数器的控制寄存器有_____和_____两个。

8. 80C51 定时器/计数器对_____计数，是计数器；对_____计数，是定时器。

9. 要将外部中断 1 的触发方式设置成为下降沿引起中断，则应将_____位设置成_____。

10. 串行中断可以由_____或_____引起中断。

11. 当计数器/定时器 1 申请中断时，T1 中断标志 TF1 将为_____；而当该中断得到了响应后，TF1 为_____。

12. 当串行端口完成一帧字符接收申请中断时，串行中断标志_____将被系统设置为_____。当该中断得到了响应后，串行中断标志的状态为_____。

13. 定时器方式控制寄存器 TMOD 中 M1M0 为 01 时，设置定时器工作于工作方式_____。

14. 定时器方式控制寄存器 TMOD 中 C/$\overline{\text{T}}$ 为 1 时，定时器工作于_____状态。

15. 要使定时器工作于定时状态，应将定时器方式控制寄存器 TMOD 中的 C/$\overline{\text{T}}$ 设置为_____。

16. 当定时器控制寄存器 TCON 中的 TF0 为 1 时，说明 T0_____。

17. 中断服务程序必须使用_____指令返回到主程序。

18. 在串行通信中，_____称为一帧（frame）。

19. 串行通信按照数据传送方向，可分为 3 种制式：_____、_____和_____。

20. 波特率定义为_____。串行通信对波特率的基本要求是互相通信的甲乙双方必须具有_____波特率。

21. 80C51 的串行口有一个缓冲寄存器，在串行发送时，从片内总线向_____写入数据；在串行接收时，从_____向片内总线读出数据。

22. 由于 80C51 串行口的发送和接收缓冲寄存器为_____，所以发送与接收不能同时进行。

23. 单片机中使用的串行通信都是_____方式。

24. P3.0 的第二功能线为串行端口的_____端。P3.1 的第二功能线为串行端口的_____端。

25. 多机通信时，主机向从机发送的信息分地址帧和数据帧两类，以第 9 位可编程，TB8 作区分标志。TB8＝0，表示_____，TB8＝1，表示_____。

26. 当从机_____时，只能接收主机发送的地址帧，对数据帧不予理睬。

27. 多机通信开始时，主机首先发送地址，各从机核对主机发送的地址与本从机地址是否相符，若相符，则置_____。

三、判断下列描述是否正确？如有错误，请修改。

1. 80C51 单片机共有 5 个中断源，因此相应地在芯片上就有 5 个中断请求输入引脚。

2. 当全局中断允许位 EA＝0 时，系统将不响应任何中断。

3. 在 80C51 单片机中，高级中断可以打断低级中断形成中断嵌套。

4. CPU 响应中断后，能自动清除各中断源的请求标志。

5. 只要有中断出现，CPU 就立即响应中断。

6. 80C51 单片机定时工作方式 0 与定时工作方式 1 除计数结构位数不同外，别无差别。

7. 除了低优先级中断不能打断高优先级中断的情况外，其他情况都能形成中断嵌套。

8. T0 和 T1 都是减法定时器/计数器。

9. 在定时工作方式 2 状态下，因为把 TH 作为预置寄存器，所以在应用程序中应当在有计数溢出时从 TH 向 TL 加载计数初值的操作。

10. 中断初始化时，对中断控制寄存器的状态设置，只能使用位操作指令，而不能使用字节操作指令。

11. 80C51 单片机的定时和计数都使用同一计数机构，所不同的只是计数脉冲的来源。来自于单片机内部的是定时，而来自于外部的则是计数。

四、问答题

1. 80C51 中断响应有什么条件？

2. 80C51 中断优先控制有什么原则？

3. 80C51 中断处理过程包括哪 4 个步骤？简述中断处理过程。

4. 为什么 80C51 单片机在执行 RETI 或访问 IE、IP 指令时，不能立即响应中断？

5. 什么叫保护现场？需要保护哪些内容？恢复现场与保护现场有什么关系？

6. 80C51 的 5 个中断源中，哪些中断在 CPU 响应中断后，中断请求标志会自动清除？

7. 什么叫中断嵌套？中断嵌套有什么限制？中断嵌套与子程序嵌套有什么区别？

8. 为什么在一般情况下，在中断入口地址区间要设置一条跳转指令，转移到中断服务程序的实际入口处？

9. 某系统有 3 个外部中断源 1、2、3，当某一中断源变低电平时便要求 CPU 处理，它们的优先处理次序由高到低为 3、2、1，处理程序的入口地址分别为 2000H、2100H、2200H。试编写主程序及中断服务程序（转至相应的入口即可）。

10. 外部中断源有电平触发和边沿触发两种触发方式，这两种触发方式所产生的中断过程有何不同？怎样设定？

11. 80C51 定时/计数器在什么情况下是定时器？什么情况下是计数器？

12. 80C51 定时/计数器的 4 种工作方式各有何特点？

13. 当定时/计数器 T0 用作方式 3 时，定时/计数器 T1 可以工作在何种方式下？如何控制 T1 的开启和关闭？

14. 利用定时/计数器 T0 从 P1.0 输出周期为 1 s、脉宽为 20 ms 的正脉冲信号，晶振频率为 12 MHz。试设计程序。

15. 要求从 P1.1 引脚输出 1 000 Hz 方波，晶振频率为 12 MHz。试设计程序。

16. T0 运行于定时器状态，时钟振荡频率为 12 MHz，要求定时 100 μs，分别求出工作方式 0、方式 1 和方式 2 的定时初值，并分别写出设置定时初值的指令。

17. 设单片机的 f_{osc}＝12 MHz，要求用 T0 定时 150 μs，分别计算采用定时方式 0、定时方式 1 和定时方式 2 的定时初值。

18. 设单片机晶振频率 $f_{osc}=6$ MHz，使用 T1 以工作方式 0 工作，要求定时 250 μs，计算定时初值，并写出设置时间常数的指令。

19. 试用定时/计数器 T1 对外部事件计数。要求每计数 100，就将 T1 改成定时方式，控制 P1.7 输出一个脉宽为 10 ms 的正脉冲，然后又转为计数方式，如此反复循环。设晶振频率为 12 MHz。

20. 已知 $f_{osc}=12$ MHz，试编制程序，使 T0 每计满 500 个外部输入脉冲（设 10 ms 内，外部输入脉冲数少于 500 个）后，在 P1.0 输出一个脉宽 10 ms（由 T1 定时）的正脉冲。

21. 什么叫串行通信和并行通信？各有什么特点？

22. 什么叫波特率？串行通信对波特率有什么要求？

23. 串行通信按照数据传送方向有几种制式？

24. 串行缓冲寄存器 SBUF 有什么作用？简述串行口发送和接收数据的过程。

25. 试说明在串行接口控制寄存器 SCON 中，TB8 和 RB8 的作用及它们在不同方式下的装载过程。

26. 编写下列情况下 80C51 单片机串行接口的初始化程序。

（1）串行接口工作于方式 1，波特率为 1 200 b/s，初始化结束后，打开串行接口使其处于准备接收状态。

（2）串行接口工作于方式 1，波特率为 600 b/s，初始化结束后，禁止接收，发出 0、K 的 ASCII 码。

27. 某异步通信接口，其帧格式由 1 个起始位、7 个数据位、1 个奇偶位和 1 个停止位组成。若该接口每分钟传送 1 800 个字符，计算其传送波特率。

28. 用定时器 1 作为波特率发生器，并把系统设置成工作方式 2，系统时钟频率为 12 MHz，求可能产生的最高和最低波特率。

29. 设定时器 T1 处于工作方式 2，PCON=00H，单片机处于串行工作方式 1，要产生 1 200 b/s 的波特率，设单片机晶振频率 f_{osc} 分别为 6 MHz 和 12 MHz，分别求在这两种频率下 T1 的定时初值。

30. 简述 80C51 单片机多机通信的原理。

第 6 章　80C51 单片机的系统扩展

学习目标

1. 本章要求重点了解常用的程序存储器、数据存储器芯片，掌握它们与单片机如何进行连接，连接好的存储单元如何确定其地址。掌握 I/O 接口的作用和功能，掌握地址编码的方法，了解存储器的分类，掌握并行和串行 I/O 接口的扩展方法及存储器的扩展方法。

2. 了解 8255 A 芯片的工作原理，掌握使用 8255 A 进行并口扩展的方法。

3. 了解 8155 芯片的工作原理，掌握使用 8155 进行并口扩展的方法。

4. 了解 I²C 串行口原理，并掌握其扩展串口存储器的方法。

在对单片机进行应用开发时，由于 80C51 单片机内部只有 4 KB 的 ROM 或 EPROM，对一些普通的应用而言程序存储器相对较小，所以有时要进行程序存储器的扩充。对 16 位地址总线的 80C51 及 MCS-51 系列单片机，其程序寻址空间为 $2^{16} = 65\ 536$，即 64 KB，地址从 0000H~0FFFFH。同时，由于该芯片内部只有 256 个字节的 RAM，当在多数据处理的应用时，比如数据的滤波处理、数据的快速傅立叶变换等，都需要应用到大的数据存储器，所以对于数据存储器的扩展在实际中也是经常用到的。80C51 及 MCS-51 单片机虽然设置了不少的 I/O，但当采用外部程序存储器或数据存储器时，由于地址总线的应用，致使单片机可用的 I/O 减少到 14 个左右，因而当单片机外围要连接的设备较多时，势必会出现 I/O 口不够用的情况，因而在不同的应用中，也需要对单片机的 I/O 作一定的扩展。

6.1　概述

6.1.1　存储器的有关概念

半导体存储器是微计算机的重要组成部分，是微计算机的重要记忆元件。常用于存储程序、常数、原始数据、中间结果等数据。半导体存储器的容量越大，计算机的记忆功能越强；半导体存储器的速度越快，计算机的运算速度就越快。因此，半导体存储器的性能对计算机的功能具有重要的意义。下面首先介绍几个与半导体存储器有关的概念。

位（bit）——信息的基本单元，它用来表达一个二进制信息"1"或"0"。在存储器中，位信息是通过具有记忆功能的半导体电路（如触发器）实现的。

字节（Byte）——在微型计算机中信息大多数以字节形式存放。一个字节由 8 个信息位组成，通常作为一个存储单元。

字（word）——计算机进行数据处理时，一次存取、加工和传递的一组二进制位。它的长度叫字长。字长是衡量计算机性能的一个重要指标。

容量——是指在一块芯片中所能存储的信息位数。例如，8 K×8 位的芯片，其容量能存储 8×1 024×8=65 536 位信息。存储体的容量则是指由多块存储器芯片组成的存储体所能存储的信息量，一般以字节的数量表示，如上述芯片的存储容量为 8 KB。

地址——字节所处的物理空间位置是以地址标识的。可以通过地址码访问某一字节，即一个字节对应一个地址。对于 16 位地址线的微机系统来说，地址码是由 4 位十六进制数表示的。16 位地址线所能访问的最大地址空间为 64 KB。64 KB 存储空间的地址范围是 0000H～FFFFH，第 0 个字节的地址为 0000H，第一个字节的地址为 0001H，……，第 65 535 个字节的地址为 FFFFH。

6.1.2 存储器的主要性能指标

存储器有两个主要技术指标：存储容量和存储速度。

1. 存储容量

存储容量是半导体存储器存储信息量大小的指标。半导体存储器的容量越大，存放程序和数据的能力就越强。

2. 存取速度

存储器的存取速度是用存取时间来衡量的，它是指存储器从接收 CPU 发来的有效地址到存储器给出的数据稳定地出现在数据总线上所需要的时间。存取速度对 CPU 与存储器的时间配合是至关重要的。如果存储器的存取速度太慢，与 CPU 不能匹配，则 CPU 读取的信息就可能有误。

3. 存储器功耗

存储器功耗是指它在正常工作时所消耗的电功率。通常，半导体存储器的功耗和存取速度有关，存取速度越快，功耗也就越大。因此，在保证存取速度的前提下，存储器的功耗越小越好。

4. 可靠性

半导体存储器的可靠性是指它对周围电磁场、温度和湿度等的抗干扰能力。

6.1.3 扩展外部存储器的一般方法

1. 构造"三"总线

既然单片机的扩展系统是总线结构，因此单片机扩展的首要问题就是构造系统总线，这里之所以叫"构造"总线，是因为单片机与其他微型计算机不同，芯片本身并没有提供专用的地址线和数据线，而是借用它的 I/O 口线构造而成的。系统总线的构造包括以下内容。

（1）以 P0 的 8 位口线作地址/数据线

这里的地址线是指系统的低 8 位地址。因为 P0 口线既可作为地址线使用，又可作为数据线使用，具有双重功能，因为需要采用分离技术，对地址和数据进行分离。为此在构造地址总线时要增加一个 8 位锁存器，用于暂存低 8 位地址。此后即由地址锁存器为系统提供低 8 位地址，而把 P0 口作为数据线使用。

（2）以 P2 口的口线作为高位地址线

如果使用 P2 口的全部 8 位口线，再加上 P0 口提供的低 8 位地址，则形成了完整的 16 位地址总线。使单片机系统的扩展寻址范围达到 64 KB。

但实际应用系统中，高位地址线并不固定为 8 位，而是根据需要，用几位就从 P2 口中引出几条口线。极端情况下，当扩展地址单元小于 256 KB 时，根本就不需要用构造的高位地址，只用 P0 口即可。

（3）控制信号线

① 使用 ALE 作为地址锁存器的选通信号，以实现低 8 位地址锁存。

② 以 $\overline{\text{PSEN}}$ 作为扩展程序存储器的读选通信号。

③ 以 $\overline{\text{EA}}$ 为内外程序存储器的选通信号。

④ 以 $\overline{\text{RD}}$ 和 $\overline{\text{WR}}$ 作为扩展数据存储器和 I/O 端口的读写选通信号。

以上这些信号在图 6-1 中均有表示。其他如复位信号、中断请求信号及计数信号等也常被使用。

在 CPU 访问外部程序存储器时，P2 口输出地址高 8 位（PCH），P0 口分时输出地址低位（PCL）和送指令字节，其定时波形如图 6-2 所示。

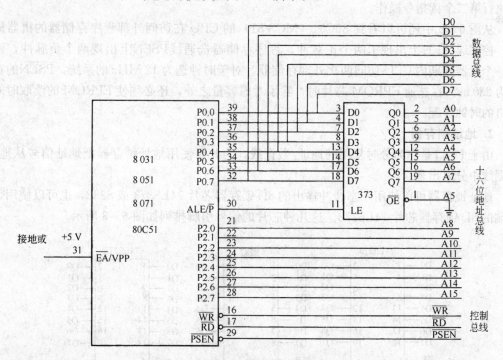

图 6-1　单片机扩展构造总线结构框图

图 6-2 为 80C51 外部程序存储器读时序图，从图中可以看出，P0 口提供低 8 位地址，P2 口提供高 8 位地址，S2 结束前，P0 口上低 8 位地址是有效的，之后出现在 P0 口上的就不再是低 8 位的地址信号，而是指令数据信号，当然地址信号与指令数据信号之间有一段缓冲的过渡时间，这就要求在 S2 期间必须把低 8 位的地址信号锁存起来，这时是 ALE 选通脉冲去控制锁存器把低 8 位地址予以锁存，P2 只输出地址信号，而没有指令数据信号，整个机器周期地址信号都是有效的，因而无需锁存这一高地址信号。

从外部程序存储器读取指令来看，必须有两个信号进行控制，除了上述的 ALE 信号

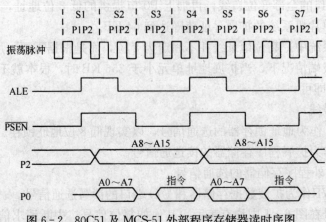

图 6-2　80C51 及 MCS-51 外部程序存储器读时序图

外，还有一个 $\overline{PSEN}$（外部 ROM 读选通脉冲），从图 6-1 显然可以看出，$\overline{PSEN}$ 从 S3P1 开始有效，直到将地址信号送出和外部程序存储器的数据读入 CPU 后方才失效。而 S4P2 开始执行第二个读指令操作。

从图 6-2 中还可以看到 80C51（MCS-51）的 CPU 在访问外部程序存储器的机器周期内，控制线 ALE 上出现了两个正脉冲，程序存储器选通线 $\overline{PSEN}$ 上出现两个负脉冲，说明在一个机器周期内 CPU 访问两次外部存储器。对于时钟选为 12 MHz 的系统，$\overline{PSEN}$ 的宽度应为 230 ns，在选通 EPROM 芯片时，除了考虑容量之外，还必须使 EPROM 的读取时间与主机的时钟匹配。

2. 地址锁存器

由于 P0 口是作为分时复用的地址/数据线，为此要使用地址锁存器把地址信号从地址/数据线中分离出来。

地址锁存器可以使用三态缓冲输出的 8D 锁存器芯片 74LS373 或 8282，也可以使用带消除端的 8D 锁存器芯片 74LS273。这几种芯片的信号引脚排列如图 6-3 所示。

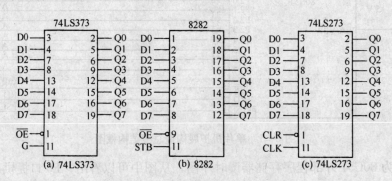

图 6-3　可用于地址锁存器的芯片

现以 74LS373 为例对地址锁存器的使用进行说明。如图 6-4 所示为 74LS373 逻辑结构形式。

该芯片有两个控制信号：

① $\overline{OE}$：使能信号，用于控制三态门的状态，低电平有效。

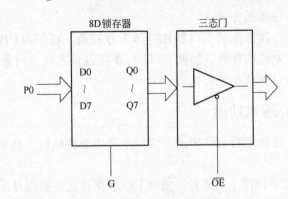

图 6-4　74LS373 逻辑结构形式

当 $\overline{OE}=0$ 时，三态门处于导通状态，锁存器的状态经三态门输出；当 $\overline{OE}=1$ 时，三态门输出处于高阻抗状态。

② G：地址打入控制信号，高电平有效。

当 G 为高电平时，锁存器输出（Q7～Q0）反映输入端（D7～D0）的状态；当 G 从高电平下跳为低电平（下降沿）时，输入端的单片机地址被锁存器锁存。

当 74LS373 作系统扩展的地址锁存器使用时，$\overline{OE}$ 固定接低电平，使其三态门总是处于导通状态，锁存的地址总是处于输出状态。

另一个控制信号 G 应该与单片机的 ALE 信号连接。按照时序，P0 口输出的低 8 位地址有效时，ALE 信号刚好处于正脉冲顶部到下降沿时刻，正好进行地址锁存。

6.1.4　输入/输出操作需要接口电路

计算机系统中共有两类数据传送操作。一类是 CPU 和存储器之间的数据读写操作；另一类则是 CPU 和外部设备之间的数据输入/输出（I/O）操作。

由于 CPU 与存储器具有相同的电路形式，所以数据信号是相同的（电平信号），能相互兼容直接使用。因此 CPU 与存储器之间采用同步定时工作方式，它们之间只要时序关系能相互满足，就可以正常工作。正因为如此，单片机的存储器扩展连接十分简单，除地线、数据线之外，就是读写选通信号，实现起来十分方便。

但是计算机的 I/O 操作，即 CPU 和外部设备之间的数据传送操作却比较复杂。其复杂性主要表现在以下几个方面。

① 外部设备的工作速度快慢差异很大。慢速设备如开关、继电器、机械传感器等，每秒钟提供不了一个数据；而高速设备如磁盘、CRT 显示器等，每秒钟可传送成千上万位数据。面对速度差异如此之大的各类外部设备，CPU 无法按固定的时序与它们以同步方式工作。

② 外部设备种类繁多，既有机械式的，又有机电式的，还有电子式的。不同种类的外部设备之间性能各异，对 I/O 数据传送的要求也各不相同，无法按统一数据格式进行。

③ 外部设备的数据信号形式是多样的：既有电压信号，也有电流信号；既有数字形式，也有模拟形式。

④ 外部设备的数据传送有近距离的，也有远距离的。近距离的使用并行数据传送，而

远距离的则需要使用串行传送方式。

正是由于这些原因，使数据的 I/O 操作变得十分复杂。必须在 CPU 与外部设备之间设置接口电路，通过接口电路的帮助，协调 CPU 与外部设备之间进行数据的传送。因此，接口电路就变成了数据 I/O 操作的核心内容。

6.1.5　接口电路的基本功能

总起来说，为了实现数据的 I/O 传送，接口电路主要提供以下几项功能。

1. 速度协调

由于 CPU 和外部设备速度上的差异，使得 I/O 数据传送主要以异步方式进行，即只能在确认外设已为数据传送做好准备的前提下，才能进行 I/O 操作。而要知道外设是否准备好，就要通过接口电路产生或传送外设的状态信息，从而实现 CPU 与外设之间的速度协调。

2. 数据锁存

锁存是数据输出的需要。由于 CPU 的工作速度快，数据在数据总线上保留的时间十分短暂，无法满足慢速输出设备的需要。为此在输出接口电路中需设置数据锁存器，以保存输出数据直至为输出设备所接收。

3. 三态缓冲

三态缓冲是数据输入的需要，因此要求输入接口电路能为数据输入提供三态缓冲功能。有关三态缓冲的具体内容将在下一个问题中详细说明。

4. 数据转换

CPU 只能输入和输出并行电压数字信号，但是有些外部设备所提供或所需要的并不是这种信号形式。为此要使用接口电路进行数据信号的转换，其中包括：模/数转换、数/模转换、串/并转换和并/串转换等。

由此可见，接口电路对数据的 I/O 传送是非常重要而且不可缺少的，因此也就成了单片机 I/O 扩展的核心内容。但本章讲述的 I/O 扩展只涉及速度协调、数据锁存及三态缓冲等内容，而不涉及数据转换的问题，该问题将在后面阐述。

6.1.6　数据总线隔离技术

在实现单片机的 I/O 扩展中，一个很重要的问题就是数据总线的隔离。

如何使数据传输设备在需要的时候能与数据总线连通，而在不需要的时候又能同数据总线隔开，这就是数据总线的隔离问题。为此，对于输出设备的接口电路，要提供数据锁存功能，当允许接收输出的数据时门锁打开，当不允许接收输出的数据时门锁关闭。

对于输入设备的接口电路，要使用三态缓冲电路。所谓三态，就是说电路输出除了通常的低电平状态、高电平状态以外，还有一种高阻抗状态。当三态缓冲器的输出为高或低电平时，就是对数据总线的取得（或连通）状态；当三态缓冲器的输出为高阻抗状态时，本缓冲器输入信号对数据总线不产生影响，这时，其他缓冲器在该总线上传输数据。

为此三态缓冲器的工作状态应是可控制的，其逻辑符号如图 6-5 所示。

在图中，由"三态控制"信号控制缓冲器的输出是驱动状态还是高阻抗状态，当"三态控制"信号为低电平时，缓冲器输出状态反映输入的数据状态；而当"三态控制"信号为高电平时，缓冲器的输出为高阻抗状态。三态缓冲器控制信号如表 6-1 所示。

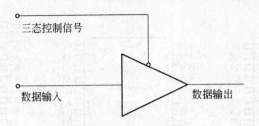

图 6-5 三态缓冲器逻辑符号

表 6-1 三态缓冲器控制信号

三态控制信号	工 作 状 态	数 据 输 入	数 据 输 出
1	高 阻 抗	0	高 阻 抗
		1	高 阻 抗
0	驱 动	0	0
		1	1

6.2 程序存储器扩展技术

6.2.1 典型存储器芯片介绍

1. 常用 EPROM 芯片

在单片机程序存储器扩展中，常用的是 Intel 公司的 27 系列 EPROM 芯片，其中包括 2716（2 K×8 位）、2732（4 K×8 位）、2764（8K×8 位）、27128（16 K×8 位）、27256（32 K×8 位）和 27512（64 K×8 位）等。型号后面的数字表示其位存储容量（K 位）。

常用的 EPROM 引脚图如图 6-6 所示。由图中可以看出，不同的 EPROM 芯片仅是地址线数目和编程信号引脚有些区别，各引脚的含义如下。

A0～A15：地址输入线。

D0～D7：双向三态数据线。读时为输出线，编程时为输入线，禁止时为高阻（有些资料中用 IO0～IO7 表示）。

$\overline{PGM}$：编程脉冲信号输入线。

$\overline{OE}$：读选通输入信号线，低电平有效。

VPP：编程电源输入线，当芯片编程时，该端加＋25 V 编程电压；当芯片使用时，该端加＋5 V 电压的电源。

VCC：芯片正常工作所需的电源输入线，一般为单一的＋5 V。

GND：芯片正常工作所需的接地线。

EPROM 芯片的主要操作方式有：编程方式、编程校验方式、读出方式、维持方式、编程禁止方式。常用 EPROM 的主要技术特性如表 6-2 所示。

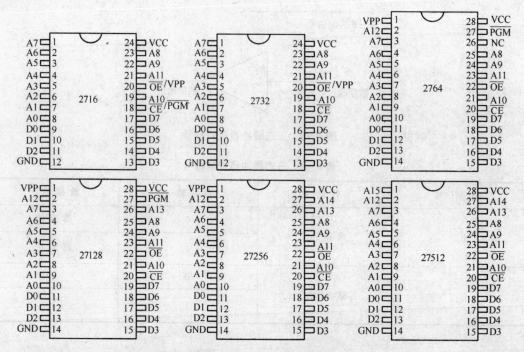

图 6-6　常用 EPROM 芯片引脚封装示意图

表 6-2　常用 EPROM 的主要技术特性

型　　号	2716	2732	2764	27128	27256	27512
容量（KB）	2	4	8	16	32	64
引脚数	24	24	28	28	28	28
读出时间（ns）	350～450	100～300	100～300	100～300	100～300	100～300
最大工作电流（mA）		100	75	100	100	125
最大维持电流（mA）		35	35	40	40	40

2. Intel 公司 EEPROM 典型芯片

EEPROM 的应用特性如下。

① EEPROM 既可用作程序存储器，也可用作数据存储器。

② 将 EEPROM 用作程序存储器时，同使用 EPROM 一样，只用系统的地址总线、数据总线和存储器读控制线 $\overline{PSEN}$ 与之相连接，使 EEPROM 被编址在程序存储器空间。

③ EEPROM 作为数据存储器编址时，由于其擦写时间较长，写入周期远比随机存储器 RAM 的写入周期长，不能满足系统写周期操作时序，故写入操作必须采用程序查询方式或中断方式来完成。

目前 EEPROM 品种很多，分串行 EEPROM 和并行 EEPROM，串行 EEPROM 常作为数据存储器。在图 6-7 中列出了 4 种 EEPROM 芯片的外部引脚示意图。

由图 6-7 可知，不同的 EEPROM 芯片仅仅是地址线数目和编程信号引脚有些区别，各引脚的含义如下。

A0～A15：地址输入线。

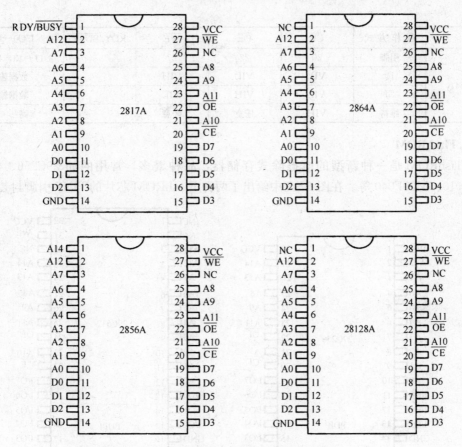

图 6-7 常用 EEPROM 芯片引脚封装示意图

D0~D7：双向三态数据线，有时也常用 I/O0~I/O7 表示。

$\overline{CE}$：片选信号输入线，低电平有效。

$\overline{OE}$：读选通信号输入线，低电平有效。

$\overline{WE}$：写选通信号输入线，低电平有效。

RDY/$\overline{BUSY}$：2817A 的状态输入线，低电平表示芯片正在进行写操作，写入后呈高阻状态；高电平表示芯片准备接收数据。

VCC：工作电源，一般为单一的＋5 V。

GND：芯片正常工作需要的接地线。

EEPROM 芯片的主要操作方式有：读方式、写方式、维持方式。EEPROM 芯片在不同操作方式下控制引脚电平的状态如表 6-3 所示（以 2817A 和 2864A 为例）。

表 6-3　EEPROM 芯片在不同操作方式下控制引脚电平的状态

型　号	操作方式	$\overline{CE}$	$\overline{OE}$	$\overline{WE}$	RDY/$\overline{BUSY}$	I/O0~I/O7
2817A	引脚	20	22	27	1	11~13, 15~19
	读	VIL	VIL	VIH	高阻	数据输出
	写	VIL	VIH	VIL	VIL	数据输入
	维持	VIH	任意	任意	高阻	高　阻

型　　号	操作方式	$\overline{CE}$	$\overline{OE}$	$\overline{WE}$	RDY/$\overline{BUSY}$	I/O0~I/O7
2864A	引脚	20	22	27		11~13, 15~19
	读	VIL	VIL	VIH		数据输出
	写	VIL	VIH	VIL		数据输入
	维持	VIH	任意	任意		高　阻

3. FlashROM

FlashROM 是一种新型的电擦除式存储器，品种繁多，常用的如 29C256、29C512、M29F010、M29F040 等。在图 6 - 8 中给出了两种 FlashROM 芯片的 PDIP 引脚封装图。

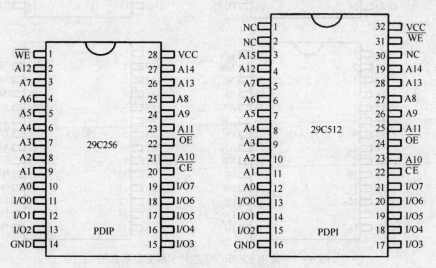

图 6 - 8　FlashROM 芯片引脚封装示意图

FlashROM 芯片的引脚含义如下。

A0~A15：地址输入线。

I/O0~I/O7：双向三态数据线，读时为输出线，编程时为输入线，禁止时为高阻（有些资料中用 D0~D7 表示）。

$\overline{CE}$：片选信号输入线，低电平有效，有时用 $\overline{E}$ 表示。

$\overline{OE}$：读选通信号输入线，低电平有效，有时用 $\overline{G}$ 表示。

$\overline{WE}$：写选通信号输入线，低电平有效，有时用 $\overline{W}$ 表示。

VCC：工作电源，一般为单一的 +5 V。

GND：芯片正常工作需要的接地线。

FlashROM 芯片在不同操作方式下控制引脚电平的状态如表 6 - 4 所示（以 29C256 为例）。

表 6 - 4　FlashROM 芯片在不同操作方式下控制引脚电平的状态

型　　号	操作方式	CE	OE	WE	I/O0~I/O7
29C256	引脚	20	22	1	11~13, 15~19
	读	VIL	VIL	VIH	数据输出
	写	VIL	VIH	VIL	数据输入
	维持	VIH	任意	任意	高　阻

常用的 FlashROM 还有 28FXXX 系列，请读者查阅相关资料。

6.2.2 EPROM 程序存储器扩展实例

程序存储器的扩展是通过外部系统总线进行的。在扩展时，程序存储器芯片的地址线 A0～An 对应连接到单片机构造的地址总线 A0～An 上；程序存储器的数据线 D0～D7 对应连接到单片机的 P0.0～P0.7 口上；程序存储器的输出允许控制端$\overline{OE}$连接到单片机的片外程序存储器读控制端$\overline{PSEN}$上。

1. 用线选法扩展一片 2764

存储器扩展的主要工作是地址线、数据线和控制信号线的连接。地址线的连接与存储芯片的容量有直接关系。2764 的存储容量为 8 KB，需要 $2^{13}=8$ KB，即 13 根线，需要 13 位地址（A12～A0）进行存储器单元的选择，为此先把芯片的 A7～A0 与锁存器的 8 位地址输出对应连接。剩下的高位地址（A12～A8）与 P2 口的 P2.4～P2.0 相连。这样 2764 芯片内存储单元的选择问题就解决了。单片程序存储器是小规模存储器扩展系统，采用线选法编址比较方便。

为此只需在剩下的高位地址线中取 P2.5 作为芯片选择信号，与 2764 的$\overline{CE}$端相连接即可。至于数据线的连接则更为简单，只要把存储芯片的数据线与单片机 P0 口线对应连接就可以了，如图 6-9 所示。

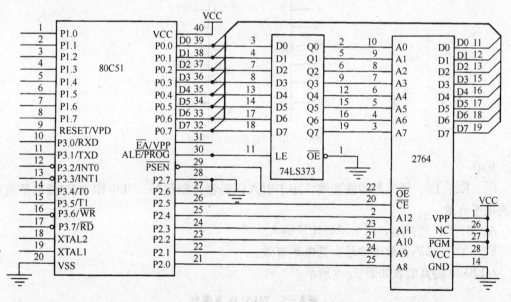

图 6-9 单片机程序存储器扩展连接

程序存储器的扩展连接只涉及$\overline{PSEN}$信号，把该信号接 2764 的$\overline{OE}$端，用于存储单元的读出选通。

分析该存储器的地址范围。分析地址范围就是根据地址连接情况确定最低地址和最高地址。如把 P2 口中没有用到的高位地址假定为 0 状态，则本例 2764 芯片的地址范围如下。

最低地址：

0000H（A15A14A13A12A11A10A9A8A7A6A5A4A3A2A1A0＝0000000000000000B）

最高地址：

1FFFH（A15A14A13A12A11A10A9A8A7A6A5A4A3A2A1A0=0001111111111111B）

　　由于 P2.7～P2.6 的状态与该 2764 芯片的编址无关，所以 P2.7～P2.6 可以从 00 到 11 共 4 种编码组合。因此，实际上该 2764 芯片对应着 4 个地址区，即 0000H～1FFFH、4 000H～5FFFH、8 000H～9FFFH、0C000H～0DFFFH，使用这些地址区中的地址都能访问这片2764的存储单元。

　　地址区重叠现象是线选法本身造成的，是线选法编址的一大缺点。

2. 用译码法扩展多片 EEPROM

　　所谓译码法，就是使用译码器对系统的高位地址进行译码。以译码输出作为存储芯片的片选信号。这种编址方法能有效地利用地址空间，适用于大容量多芯片的存储器扩展。为进行地址译码，通常使用的译码芯片有 74LS139（双 2-4 译码器）、74LS138（3-8 译码器）和74LS154（4-16 译码器）等。

　　74LS138 是 3-8 译码器，用于对 3 个地址输入进行译码，共得到 8 种输出状态。74LS138 的引脚排列如图 6-10 所示。

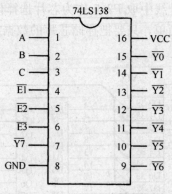

图 6-10　74LS138 引脚图

其中：

　　$\overline{E1}$、$\overline{E2}$、E3：译码器的使能端，用于引入译码器控制信号。其中$\overline{E1}$和$\overline{E2}$低电平有效；E3高电平有效。

　　A、B、C：选择端，用于译码地址输入。

　　$\overline{Y7}$～$\overline{Y0}$：译码器输出信号，低电平有效。

　　74LS138 的真值表如表 6-5 所示。

表 6-5　74LS138 真值表

输 入 端		输 出 端							
使　能	选　择	$\overline{Y7}$	$\overline{Y6}$	$\overline{Y5}$	$\overline{Y4}$	$\overline{Y3}$	$\overline{Y2}$	$\overline{Y1}$	$\overline{Y0}$
$\overline{E1}$ $\overline{E2}$ E3	CBA								
100	000	0	1	1	1	1	1	1	0
100	001	1	1	1	1	1	1	0	1
100	010	1	1	1	1	1	0	1	1
100	011	1	1	1	1	0	1	1	1

输　入　端		$\overline{Y7}$	$\overline{Y6}$	$\overline{Y5}$	$\overline{Y4}$	$\overline{Y3}$	$\overline{Y2}$	$\overline{Y1}$	$\overline{Y0}$
使　能	选　择				输　出　端				
$\overline{E1}$ E2 $\overline{E3}$	CBA								
100	100	1	1	1	0	1	1	1	1
100	101	1	1	0	1	1	1	1	1
100	110	1	0	1	1	1	1	1	1
100	111	0	1	1	1	1	1	1	1
0XX	XXX	1	1	1	1	1	1	1	1
X1X	XXX	1	1	1	1	1	1	1	1
XX1	XXX	1	1	1	1	1	1	1	1

　　应用 EEPROM 芯片作为程序存储器的扩展电路与 EPROM 的扩展电路相同，图 6 – 11 为采用两片 EEPROM 2864A 扩展的 16 KB 外部程序存储器电路连接图。2864A 片选端连接到 74LS138 译码器的输出端 Y0、Y1 上，74LS138 译码器的输入端连接到单片机的地址线的高位 P2.5、P2.6、P2.7 上。2864A（1）的地址范围为 0000H～1FFFH，2864A（2）的

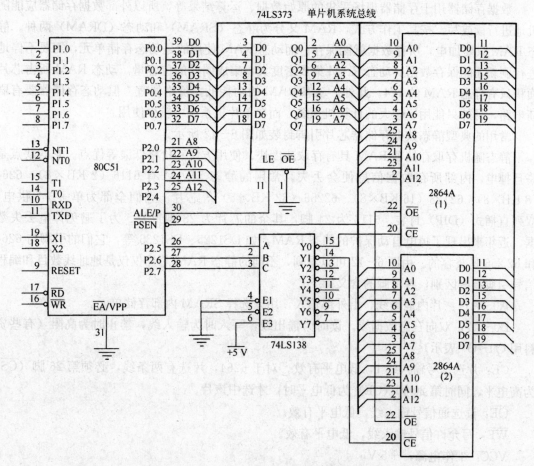

图 6 – 11　EEPROM 程序存储器扩展电路连接图

地址范围为 2000H～3FFFH，两片加起来一共 16 KB。

总结多片程序存储器的扩展连接，可以看出如下的规律性：

① 尽管位数不同，但各芯片都要使用低位地址，因此低位地址线的连接是并行的；

② 各芯片的数据线的连接也是并行的；

③ 程序存储器扩展只使用$\overline{PSEN}$信号，因此该控制信号的连接也是并行的；

④ 各芯片使用不同的片选信号，片选信号可由线选法或译码法得到。

FlashROM 是快速擦写的存储器，它与 EEPROM 相似，与单片机的连接方法也是相似的，由于篇幅所限，在此不再举例。

6.3 数据存储器扩展技术

80C51 及 MCS-51 单片机内部有 128～256 字节的数据存储器，CPU 对片内 RAM 有丰富的操作指令，应用非常方便。但在一些 80C51 及 MCS-51 单片机应用系统中，仅靠片内 RAM 往往不够用，必须扩展片外数据存储器。

6.3.1 典型芯片介绍

数据存储器用于存储器现场采集的原始数据、运算结果等，所以外部数据存储器应能随机地进行读或写。按其工作方式，RAM 又分为静态（SRAM）和动态（DRAM）两种。静态 RAM 只要加电，所存数据就能保存。而动态 RAM 使用的是动态存储单元，需要不停地进行刷新才能保存数据。动态 RAM 集成密度大，集成同样的位容量，动态 RAM 所占芯片面积只有静态 RAM 的 1/4。此外，动态 RAM 的功耗低，价格便宜。但动态存储器要有刷新电路，另外只能用于较大的计算机系统，而在单片机系统中较少使用。

常用的典型静态数据存储器芯片引脚封装如图 6-12 所示。

静态随机存取存储器 RAM 具有存取速度快、使用方便和价格低廉等优点。它的缺点是一旦掉电，内部所存数据信息便会丢失。常用的静态 SRAM 有 6116（2 KB×8）、6264（8 KB×8）、62128（16 KB×8）、62256（32 KB×8）等芯片。它们全部为单一＋5 供电、双列直插式（DIP）封装。6116 为 24 脚，其余的芯片为 28 脚封装。为了避免掉电丢失数据，近年来出现了掉电自动保护的静态 RAM，如 DS1225、DS1235 等，它们的引脚与 6264 和 62 256 是兼容的。由图 6-12 可以看到，不同的静态 RAM 芯片仅仅是地址线数目和编程信号引脚有些区别，各引脚的含义如下。

A0～A14：片内地址线，由外部输入，用以选择 SRAM 内部存储单元。

D0～D7：双向三态数据线。读时为输出线，写入时为输入线，禁止时为高阻（有些资料用 O0～O7 表示）。

$\overline{CE}$：片选信号输入线 1，低电平有效。对于 6264，片选有两条线，必须第 26 脚（$\overline{CS}$）为高电平、同时第 20 脚（$\overline{CE}$）为低电平时，才选中该片。

$\overline{OE}$：读选通信号输入线，低电平有效。

$\overline{WE}$：写允许信号输入线，低电平有效。

VCC：工作电源，＋5 V。

GND：地线。

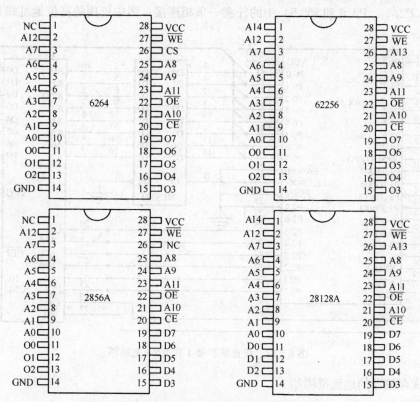

图 6-12　常用数据存储器芯片引脚封装示意图

静态 RAM 芯片不同操作方式下控制引脚电平的状态如表 6-6 所示。

表 6-6　静态 RAM 芯片不同操作方式下控制引脚电平的状态

操作方式	CE	OE	WE	O0～O7
读	VIL	VIL	VIH	数据输出
写	VIL	VIH	VIL	数据输入
维　持	VIH	任意	任意	高　阻

6.3.2　SRAM 扩展实例

1. 用线选法扩展一片 6264SRAM

线选法就是把单根的高位地址线直接连接存储器芯片的片选端，一根地址线对应一个片选。图 6-13 为用线选法扩展一片 6264 的电路图。

① 地址线、数据线的连接，与程序存储器的连接方法相同，同 2764。

② 控制线的连接，要用到下述控制信号。

$\overline{RD}$（P3.7）单片机读（输出）信号与存储器读（输入）信号 $\overline{OE}$ 相连接。

$\overline{WR}$（P3.6）单片机写（输出）信号与存储器写（输入）信号 $\overline{WE}$ 相连接。

ALE 信号的使用及连接方法与程序存储器相同。

6264 的两条片选信号线可以根据地址译码方法的需要选择其中之一，一条片选信号线固定接为选通状态。本例使用 CE2 接地，使其固定为低电平，而使 CE1 与单片机剩余 3 条高位地址线（P2.7、P2.6 和 P2.5）中的任意一条相连接，图中选用的高位地址线是 P2.5。

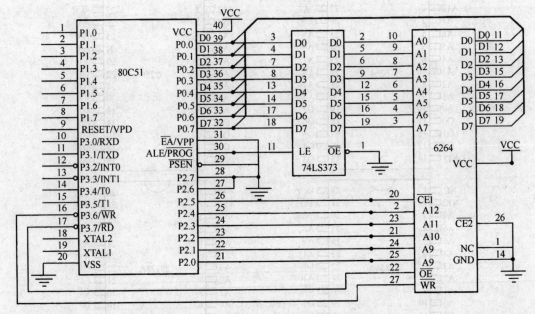

图 6-13   线选法扩展 1 片 6264 电路图

分析该存储器的地址范围如下。

最低地址：

0000H（A15A14A13A12A11A10A9A8A7A6A5A4A3A2A1A0＝0000000000000000B）

最高地址：

1FFFH（A15A14A13A12A11A10A9A8A7A6A5A4A3A2A1A0＝0001111111111111B）

由于 P2.7、P2.6 的状态与该 6264 芯片的编址无关，所以 P2.7、P2.6 可以从 00 到 11 共有 4 种编码组合。因此实际上该 6264 芯片对应着 4 个地址区，即 0000H～1FFFH、4 000H～5FFFH、8000H～9FFFH、0C000H～0DFFFH，使用这些地址区中的地址都能访问这片 6264 的存储单元。

线选法的优点是硬件简单。但是，由于所用的线选信号都是高位地址线，它们的权值比较大，因此地址空间没有被充分利用。

2. 用译码法扩展 256 KB SRAM

80C51 及 MCS-51 系列单片机的地址只有 16 条，RAM 最大空间仅为 64 KB，如果某应用系统需要大于 64 KB 的数据空间，要寻求办法加以解决。要想扩大地址空间，必须增加地址线。在 80C51 及 MCS-51 单片机系统中增加地址线，共有两种方法：一是利用 P1 口中的 I/O 线，二是利用扩展 I/O 接口中的 I/O 线来增加地址线。此处讨论用 P_1 口来增加地址线，以扩展 8 KB EPROM 和 256 KB SRAM 的方法。

8 KB EPROM 选一片 2764，256 KB SRAM 选 8 片 62256。程序存储器 2764 因只有一片，其片选信号线 $\overline{CE}$ 接地，为常选通。分配地址空间为 0000H～1FFFH。

至于 8 片 62256，各片的地址线 A0～A14 可分别与单片机的地址总线一一并联，空余一条 A15（P2.7）无法与 8 个片选线直接相连接。此时可以用 P1 口中的 P1.1 和 P1.0 增加两条地址线，与 P2.7 一起经一个 3～8 线译码器产生 8 个片选信号输出线。使用时，通过向 P1 口的低 2 位输出 4 种不同状态，便可对 4 个 64 KB 的数据存储器进行访问，如图 6-14 所示。

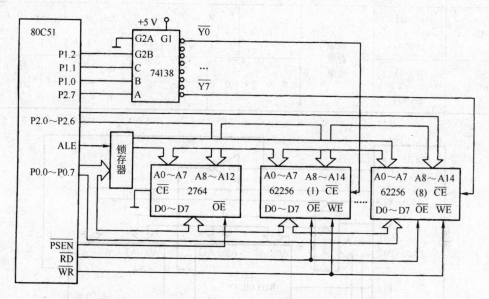

图 6-14　扩展 8 KB EPROM 和 256 KB SRAM 电路连接图

3. 用反相器的线选法扩展

若要求系统外部数据区中扩展一片 6264，地址空间为 0000H～1FFFH，另再扩展一片 2817A，并且共用数据存储器和程序存储器地址空间的 2000H～27FFH。

对于数据存储器区的一片 6264，其数据总线和片上地址线只需与系统总线正常连接，控制线 $\overline{OE}$、$\overline{WE}$ 分别与单片机的 $\overline{RD}$、$\overline{WR}$ 相连接。此外，还必须从 A15、A14、A13 三条高位地址总线中译码产生一条低电平有效的片选线。

对于要扩展的 2817A，片上地址线 A0～A10 和数据线 D0～D7 也与系统总线正常连接，$\overline{WE}$ 连接单片机的 $\overline{WR}$。而 $\overline{OE}$ 线由 $\overline{RD}$ 和 $\overline{PSEN}$ 相"与"后提供，无论是 $\overline{RD}$ 有效，还是 $\overline{PSEN}$ 有效，都能使 2817A 的 $\overline{OE}$ 有效，这种连接方法使 2817A 既可作为程序存储器，也可作为数据存储器使用。而要使其地址空间为 2000H～27FFH，需要由 A15～A11 这 5 条高位地址总线译码产生一个片选信号。

按 6264 和 2817A 的地址分配将地址总线有效状态列于表 6-7。随着大容量芯片的出现，采用多片地址译码的方法用的已经不多，而采用一根地址线使其不经反相器和经过反相器后分别连接到两个 EPROM 的片选端 $\overline{CE}$ 上，电路简单。按用反相器的线选法，其电路连接图如图 6-15 所示。显然，连线时，将 P2.5 分为两路，一路是直接连接 6264 的 $\overline{CE}$（6264 的 $\overline{CS}$ 接高电平），另一路是经一反相器连接到 2817A 的 $\overline{CE}$ 即可。用 P2.5 的两个状态分别作这两个芯片的片选信号，线路既简单，又可以完全避免地址冲突。

图 6-15 中 2817A 的 RDY/$\overline{BUSY}$ 引脚与 P1.0 连接，因而可以用查询式输出程序对 2817A 进行写入操作。如果采用中断方式对 2817A 写入，可以将该引脚与单片机外部中断请求线 $\overline{INT0}$ 与 $\overline{INT1}$ 连接。

表 6-7 6264 和 2817A 的地址分配

芯片	分配地址	地址总线	选片 A15A14A13	片内地址使用 A12 A11 A10 A9 A8 A7 A6 A5A4A3A2A1A0
6264	0000H ... 1FFFH	地址有效取值	0 0 0	0 0 0 0 0 0 0 0 0 0 0 0 0 ... 1 1 1 1 1 1 1 1 1 1 1 1 1
2817A	2000H ... 27FFH		0 0 1 0 0	0 0 0 0 0 0 0 0 0 0 0 ... 1 1 1 1 1 1 1 1 1 1 1

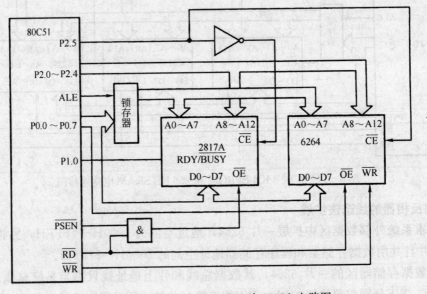

图 6-15 扩展 1 片 6264 和 1 片 2817A 电路图

例如，将 6264 中 0000H 处开始的不大于 256 B 的数据块搬移至 2000H（2817A 内）起始的存储区中的程序为：

```
SOURCE    EQU    00H       ;源区首址
DSTN      EQU    2 000H    ;目的区首址
NUM       EQU    150       ;数据块长度
RDY       BIT    P1.0      ;2817A 写状态线 R0 作源区指针,DPTR 作目的区指针,
                           ;作数据块计数

EGISMOV:  MOV    R0,#SOURCE
          MOV    DPTR,#DSTN
          MOV    R2,#NUM
LOOP:     MOVX   A,@R0
          MOVX   @DPTR,A
          JNB    RDY,$
          INC    R0
          INC    DPTR
          DJNZ   R2,LOOP
```

RET

4. 快擦写存储器（FlashROM）及其扩展技术

越来越多的单片机应用系统要求使用断电后仍能可靠地保存数据的大容量存储器。这种存储器既可以用于现场可编程系统的程序存储器，也可以用作实时数据采集系统中的数据存储器。

快擦写存储器（FlashROM）产品很多，AT29C010A 是美国 ATMEL 公司生产的具有优越性能价格比的电擦除可编程芯片。其引脚如图 6 - 16 所示。

A0～A16：地址信号线。

$\overline{CE}$：片选信号线。

$\overline{OE}$：输出使能信号线。

$\overline{WE}$：写使能信号线。

I/O0～I/O7：数据输入/输出信号线。

VCC：电源信号线。

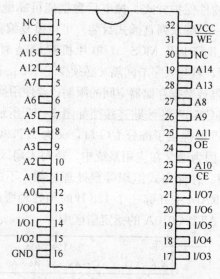

图 6 - 16　AT29C010A 引脚图

（1）读操作

AT29C010A 的存取类似于 EPROM，当 $\overline{CE}$ 和 $\overline{OE}$ 为低电平而 $\overline{WE}$ 为高电平时，由 A0～A16 寻址的内存单元中的数据会读到 I/O0～I/O7 输出管脚；若 $\overline{CE}$ 和 $\overline{OE}$ 为高电平，则 I/O0～I/O7 输出管脚为高阻态。这种双向控制的方式可避免总线竞争。

（2）字节装载

AT29C010A 的总存储容量为 128 KB，被分为 1 024 个扇区，每个扇区为 128 B。对其编程（写入）时只能以扇区为单位进行。其内部有一个 128 B 的数据缓冲区，编程数据只要送入该缓冲区之后，它会自动进入编程状态，将缓冲区内的数据在 10 ms 之内写入指定的扇区中，写入之前无需预擦除。需要注意的是，编程数据送入缓冲区时，在一个扇区之内，任何两个数据字节的间隔不能超过 150 μs，否则就自动进入编程状态，将扇区中其后的所有空间按空字节处理，全部填入 FFH。

AT29C010A 的字节装载可用来装入每一分区待编程的 128 KB 字节数据或用来进行数据保护的软件编码。每一字节的装载是通过 $\overline{CE}$ 和 $\overline{WE}$ 各自为低电平而 $\overline{OE}$ 为高电平来实现的，数据在 $\overline{CE}$ 或 $\overline{OE}$ 的一个上升沿时锁存。

（3）编程

AT29C010A 是以分区为单位进行再编程的，如果某一分区中的一个数据需要改变，那么这个分区的所有数据都必须重新装入。一旦每一分区中的字节被装入，这些字节将同时在内部编程时间内进行编程，在此时间内若有数据装入，则会产生不确定的数据；当第一字节数据装入 AT29C010A 之后，接着要被编程，则必须有 $\overline{WE}$（或 $\overline{CE}$）由高到低的跳变，这一跳变要在 150 μs 内完成，同时前面字节的 $\overline{WE}$（或 $\overline{CE}$）由低到高的跳变时间也是 150 μs。如果一个由高到低的跳变在最后一个由低到高的 150 μs 内没有被检测到，那么字节装载的时间段将结束，此时内部编程时间段开始。A7~A16 用于提供分区地址，分区地址只在每一个 $\overline{WE}$（或 $\overline{CE}$）由高到低的跳变时才有效；而 A0~A6 用来提供分区中每一字节的地址。一旦编程时间段开始，在写周期的维持时间内，读操作实际上是一种查询。

AT29C010A 具有多种软件保护方式，掉电后数据能可靠地保存。它采用＋5 V 电源供电，低功耗的 CMOS 结构，32 脚双列直插式封装。可以重复编程不少于 10 000 次。

应用 AT29C010A 扩展 80C51 及 MCS-51 单片机存储器时，主要应考虑两点：一是 AT29C010A 必须按扇区编程，且写入字节间隔又必须少于 150 μs；二是芯片总容量为 128 KB，大于单片机 64 KB 程序存储器或数据存储器空间的限制，要使用换体的方法来解决。

用 8031 扩展 1 片 AT29C010A 的线路连接图如图 6-17 所示。为了解决扇区写入问题，同时扩展 1 片 8155，该 8155 既提供了部分 I/O 口，又为 AT29C010A 的扇区写入提供了足够的数据准备缓冲存储器。因为通常在应用系统中，待写入扇区保护的信息可能要经过数据采集、代码转换、数据处理、存储格式组织等预处理过程，不能保证字间隔小于 150 μs 的要求。可以在 8155 片内 RAM 中开辟一个 128 B 的预处理缓冲区，用以将完成预处理的 128 B 信息一次连续地写入 AT29C010A 的指定扇区中。

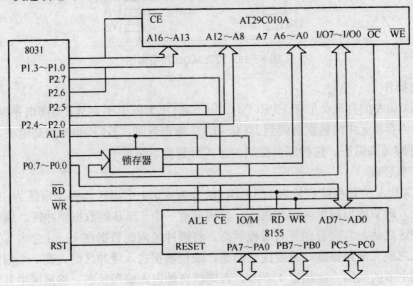

图 6-17 扩展 AT29C010A 的电路连接图

对该 AT29C010A 的存储管理，使用 P1.3～P1.0 连接其地址线的 A16～A13，将整个存储空间分为 16 个体。P2.4～P2.0 和系统地址锁存器输出的 A12～A7 连接，用来处理每个体中的 64 个扇区。系统地址 A6～A0（P0.6～P0.0）连接该片的 A6～A0，可以选择每一个扇区中的任意单元。

本例的使用方法，可用于早期的小型程控交换机电话记录器中，取代打印机输出、手工话费统计管理的模式。

6.4　并行 I/O 口扩展

6.4.1　并行 I/O 的简单扩展

简单 I/O 口扩展是通过系统外总线进行的。简单 I/O 口扩展芯片可选带输入、输出锁存器的三态门组合门电路，如 74LS373、74LS377、74LS273、74LS245 及 8282 等。图 6-18 为输入口，若不用的地址线取为"1"，则口地址为：0BFFFH（输出口）、7FFFH（输入口）。数据的输入与输出通过下述指令进行：

输出数据：

```
MOV     DPTR,#0BFFFH          ;指向输出口
MOVX    @DPTR,A               ;输出数据
```

输入数据：

```
MOV     DPTR,#7FFFH           ;指向输入口
MOVX    A,@DPTR               ;输入数据
```

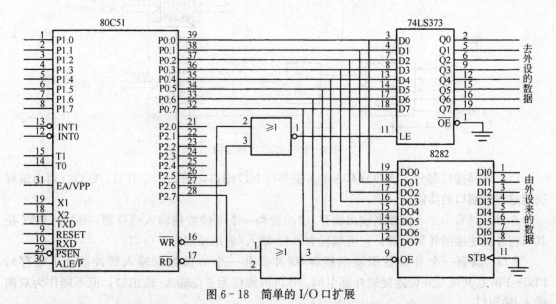

图 6-18　简单的 I/O 口扩展

6.4.2　采用 8255 扩展 I/O 口

简单 I/O 口的扩展有使用普通的 TTL 门电路作为扩展器件的简单 I/O 口扩展，该方式线路简单，但由于 TTL 门电路不可编程，因此用这种方法扩展的 I/O 口功能单一，使用不

太方便。使用通过可编程 I/O 扩展芯片如 8255、8155 等芯片进行扩展，由于它是 I/O 口扩展专用芯片，与单片机进行连接比较方便，而且芯片的可编程性质使得 I/O 扩展口应用灵活，这种方法在实际应用中用得较多。

通过串行口扩展并行 I/O 口也是一种常用的 I/O 口扩展方法，该方法的最大优点是不占用数据存储器地址空间，但速度较慢，适用于数据空间使用较多且对 I/O 口速度要求不高的应用场所。除通过串行口扩展 I/O 口外，用另两种方法扩展 I/O 口，其 I/O 口地址与数据存储器地址统一编址。8255 是一种可编程的并行 I/O 接口芯片，与 8155 相比，没有内部定时器/计数器及静态 RAM，但同样具有 3 个端口，端口的结构与功能略强于 8155。

1. 8255 的内部结构和引脚功能

8255 的内部由端口、端口控制电路、数据总线缓冲器、读/写控制逻辑电路组成。8255 的内部结构如图 6-19 所示，引脚功能见图 6-20。

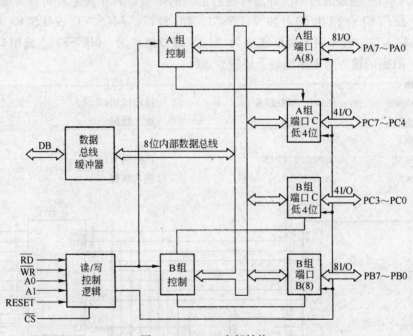

图 6-19　8255 内部结构

（1）外部接口部分。该部分有 3 个 8 位并行 I/O 端口，即 A 口、B 口、C 口。可由编程决定这 3 个端口的功能。

A 口：具有一个 8 位数据输出锁存/缓冲器和一个 8 位数据输入锁存器，PA0～PA7 是其可与外设连接的外部引脚。它可编程为 8 位 输入/输出或双向 I/O 口。

B 口：具有一个 8 位数据输出锁存/缓冲器和一个 8 位数据输入缓冲器（不锁存），PB0～PB7 是其可与外设连接的外部引脚。B 口可编程为 8 位输入/输出口，但不能作为双向输入/输出口。

C 口：具有一个 8 位数据输出锁存/缓冲器和一个 8 位数据输入缓冲器（不锁存），PC0～PC7 为其与外设连接的外部引脚。这个口包括两个 4 位口。C 口除作输入、输出口使用外，还可以作为 A 口、B 口选通方式操作时的状态/控制口。

（2）A 组和 B 组控制电路

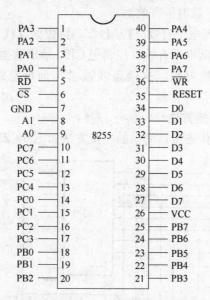

图 6 - 20　8255A 引脚图

这两组控制电路合在一起构成一个 8 位控制寄存器，每组控制电路既接收来自读/写控制逻辑电路的读/写命令，也从数据线接收来自 CPU 的控制字，并发出相应的命令到各自管理的外设接口通道，或对端口 C 按位清 0、清 1。

（3）数据总线缓冲器

数据总线缓冲器是一个三态双向 8 位缓冲器，D7～D0 为相应的外部引脚，用于和单片机系统的数据总线相连，以实现单片机与 8255A 芯片之间的数据、控制及状态信息的传送。

（4）读/写控制逻辑

读/写控制逻辑电路依据 CPU 发来的 A1、A0、$\overline{CS}$、$\overline{RD}$ 和 $\overline{WR}$ 信号，对 8255 进行硬件管理。决定 8255 使用的端口对象、芯片选择、是否复位，以及 8255 与 CPU 之间的数据传输方向，具体操作情况如表 6 - 8 所示。

表 6 - 8　8255 的端口选择及操作表

$\overline{CS}$	A_1	A_0	$\overline{RD}$	$\overline{WR}$	端 口 操 作
0	0	0	0	1	读 PA 口，端口 A→数据总线
0	0	0	1	0	写 PA 口，端口 A←数据总线
0	0	1	0	1	读 PB 口，端口 B→数据总线
0	0	1	1	0	写 PB 口，端口 B←数据总线
0	1	0	0	1	读 PC 口，端口 C→数据总线
0	1	0	1	0	写 PC 口，端口 C←数据总线
0	1	1	1	0	数据总线→8255 控制寄存器
1	×	×	×	×	芯片未选中（数据线呈高阻态）
0	1	1	0	1	非法操作
0	×	×	1	1	非法操作

RESET（输入）：复位信号，高电平有效，清楚控制寄存器，使 8255 各端口均处于基本的输入方式。

$\overline{\text{CS}}$（输入）：片选信号，低电平有效。

$\overline{\text{RD}}$（输入）：读信号，低电平有效。控制 8255 将数据或状态信息送至 CPU。

$\overline{\text{WR}}$（输入）：写信号，低电平有效。控制把 CPU 输出数据或命令信息写入 8255。

A1、A0（输入）：端口选择线。这两条线通常与地址总线的低两位地址相连接，使 CPU 可以选择片内的 4 个端口寄存器。

2. 80C51 与 8255A 的连接方法

80C51 和 8255A 可以直接连接，简单的连接方法如图 6-21 所示。

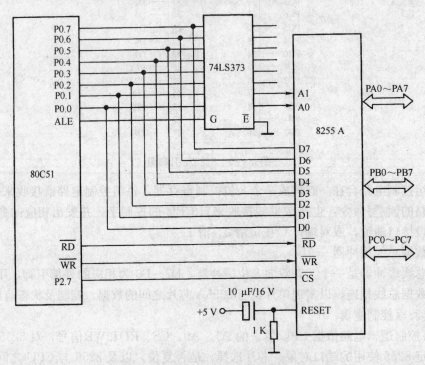

图 6-21　80C51 与 8255A 的连接方法图

A1A0：与 80C51 单片机的低两位地址经锁存器后相连。

$\overline{\text{CS}}$：与 80C51 单片机 P2.7 线相连。

$\overline{\text{RD}}$：与 80C51 单片机的 $\overline{\text{RD}}$ 相连。

$\overline{\text{WR}}$：与 80C51 单片机的 $\overline{\text{WR}}$ 相连。

RESET：与 80C51 单片机的 RESET 直接相连接。

D0～D7：与 80C51 单片机的 P0 口直接相连接。

根据图 6-21 所连接的情况，地址分配如表 6-9 所示（设未用地址线为高电平）。

表 6-9　8255A 地址分配情况表

P2.7（$\overline{\text{CS}}$）	A1（P0.1）	A0（P0.0）	端　　口	地　　址
0	0	0	A 口	7FFCH
0	0	1	B 口	7FFDH
0	1	0	C 口	7FFEH
0	1	1	控制寄存器	7FFFH

3. 8255A 的方式控制字

用编程的方法向 8255A 的控制端口写入控制字,可以用来选择 8255A 的工作方式。8255A 的控制字有两个,即方式选择控制字和 PC 口复位/置位控制字。这两个控制字共用一个地址,根据每个控制字的最高位 D7 来识别是何种控制字,D7＝1 为方式选择控制字,D7＝0 为 C 口置位/复位控制字。

(1) 方式选择控制字

方式选择控制字是用来定义 PA、PB、PC 口的工作方式。其中对 PC 口的定义不影响某些作为 PA、PB 口的联络线使用。方式控制字的格式和定义如图 6-22 所示。

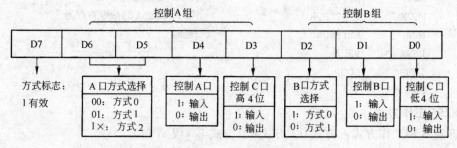

图 6-22　8255A 方式选择控制字

8255A 的 PA 和 PB 在设定工作方式时,必须以 8 位为一个整体进行,而 PC 可以分为高 4 位和低 4 位分别选择不同的工作方式,这样 4 个部分可以按规定互相组合起来,非常灵活方便。

例如,假设 8255A 的 PA 工作于方式 0 输入,PB 和 PC 工作于方式 1 输出,则命令字为 10010000B＝90H,以图 6-21 所示的电路为例,则初始化程序为:

```
MOV     DPTR,#7FFFH     ;指针指向命令口
MOV     A,#90H          ;方式命令字送 A
MOVX    @DPTR,A         ;写入 8255A 的命令寄存器
```

(2) C 口按位复位/置位控制字

C 口的各位具有位控制功能,在 8255 工作方式 1、2 下,某些位是状态信号和控制信号,为了便于实现控制功能,可以单独对某一位复位/置位。格式如图 6-23 所示。

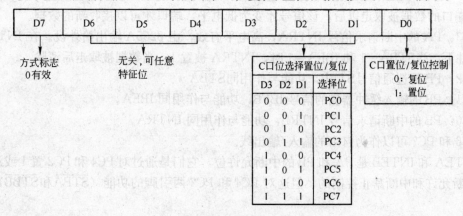

图 6-23　C 口按位复位/置位控制寄存器

必须注意的是，虽然是对 PC 的某一位进行操作，但命令字必须从 8255A 的命令口写入。例如如图 6-21 所示，要求从 PC7 输出方波，则程序如下：

```
              ORG     0100H
       LOOP:  MOV     DPTR,#7FFFH
              MOV     A,#0FH              ;PC7＝1 的命令字送 A
              MOVX    @DPTR,A             ;写入 8255A 的命令寄存器
              MOV     R2,#80H             ;延时
              DJNZ    R2, $
              MOV     A,#0EH              ;PC7＝0 的命令字送 A
              MOVX    @DPTR,A             ;写入 8255A 的命令寄存器
              MOV     R2,#80H             ;延时
              DJNZ    R2, $
              LJMP    LOOP
              END
```

4. 8255 工作方式

8255 有 3 种工作方式：方式 0、方式 1、方式 2（仅 A 口）。

（1）方式 0（基本输入/输出方式）

适用这种工作方式的外设，不需要任何选通信号。8255A 以方式 0 工作的端口在单片机执行 I/O 操作时，在单片机和外设之间建立一个直接的数据通道。PA 口、PB 口及 PC 口的高、低两个 4 位端口中的任何一个端口都可以被设定为方式 0 输入或输出。作为输出口时，输出数据锁存；作为输入口时，输入数据不锁存。

（2）方式 1（选通输入/输出方式）

方式 1 有选通输入和选通输出两种工作方式，只有 PA 口和 PB 口可由编程设定为方式 1 的输入或输出口，PC 口中的若干位将用来作为方式 1 输入/输出操作时的控制联络信号。

① 8255A 工作于方式 1 输入情况下的功能如图 6-23 所示。此时 PC 的位被定义为：

PC4：PA 的选通信号 $\overline{STBA}$，低电平有效，由外设提供。当该信号有效时，8255A 的 PA 将外设提供的数据锁存。

PC5：PA 的输入缓冲器满信号 IBFA，高电平有效，由 8255A 输出给外设。当该信号有效时，表明外设送来的数据已到 PA 的输入缓冲器。该信号可以作为端口查询信号，只有当 PA 端口的数据被取走以后，该信号才变为低电平，端口才可以接收新的数据。

PC3：PA 的中断请求信号 INTRA，高电平有效，由 8255A 输出给外设。在 INTEA＝1 的条件下，当 $\overline{STBA}$＝1 和 IBFA＝1 时，INTRA 被置 1，当数据被取走后清除。

PC2：PB 的选通信号 $\overline{STBB}$，功能与作用同 $\overline{STBA}$。

PC1：PB 的输入缓冲器满的信号 IBFB，功能与作用同 IBFA。

PC0：PB 的中断请求信号 INTRB，功能与作用同 INTRA。

PC6 和 PC7 可以作为自由的输入/输出线。

INTEA 和 INTEB 是 PA 和 PB 的中断允许位，它们是通过对 PC4 和 PC2 置 1 或清 0 来实现中断允许和中断禁止控制的，但这对 PC4 和 PC2 两引脚的功能（$\overline{STBA}$ 和 $\overline{STBB}$）并无影响。

② 8255A 工作于方式 1 输出情况下的功能如图 6-24 所示。此时 PC 的位被定义为：

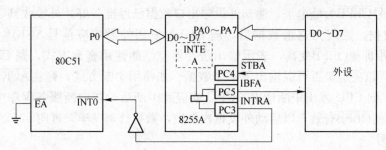

图 6-24　8255A 方式 1 选通输入方式

PC7：PA 的输出缓冲器满信号$\overline{OBFA}$，低电平有效，由 8255A 输出给外设。当该信号有效时，表示 8255A 的 PA 中已有数据，外设可以将此数据取走。当$\overline{ACKA}$到来时，该信号变为高电平。

PC6：PA 的响应信号$\overline{ACKA}$，低电平有效，当外设将数据取走后发回给 8255A 的应答信号。

PC3：PA 的中断请求信号 INTRA，高电平有效，由 8255A 输出给外设。在 INTEA＝1 的条件下，当$\overline{OBFA}$＝1 和$\overline{ACKA}$＝1 时，INTRA 被置为 1，$\overline{WR}$信号的上升沿使其复位。

PC1：PB 的输出缓冲器满信号$\overline{OBFB}$，功能与作用同$\overline{OBFA}$。

PC2：PB 的响应信号$\overline{ACKB}$，功能与作用同$\overline{ACKA}$。

PC0：PB 的中断请求信号 INTRB，功能与作用同 INTRA。

PC4 和 PC5 可以作为自由的输入/输出线。

INTEA 和 INTEB 是 PA 和 PB 的中断允许位，它们是通过对 PC6 和 PC2 置 1 或清 0 来实现中断允许和中断禁止控制的。

5. 数据输入/输出操作

(1) 选通输入操作过程

如图 6-24 所示，首先，外设发出数据准备好的信号使选通输入$\overline{STBA}$有效，输入数据装入 8255A 的端口 A 缓冲器，然后端口缓冲器满，缓冲器满信号 IBFA 置 1，CPU 可查询这个状态信号，以决定是否可以读这个输入数据。如使用中断方式，当$\overline{STBA}$重新变为高电平时，中断请求信号 INTRA 有效，向 CPU 发出中断请求，相应中断后，在中断服务程序中读取数据，并使 INTRA 恢复为低（无效），同时也使 IBFA 变低，用于通知外设可以送下一个输入数据。

(2) 选通输出操作过程

如图 6-25 所示，80C51 输出到 8255A 的数据送到输出端口的数据输出锁存器，引起输

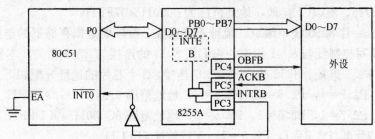

图 6-25　8255A 方式 1 选通输出方式

出缓冲器满信号$\overline{\text{OBFB}}$为低电平，通知外设输出口数据已经准备好，外设收到$\overline{\text{OBFB}}$信号后，从 B 口取出数据，处理完这组数据后，向 8255A 发回外设响应信号$\overline{\text{ACKB}}$，8255A 收到$\overline{\text{ACKB}}$的下降沿即使$\overline{\text{OBFB}}$变高，表示输出缓冲器空。如使用查询方式，则 CPU 可以查询$\overline{\text{OBFB}}$的状态，以决定是否可以输出下一个数据。如使用中断方式，则在$\overline{\text{ACKB}}$的上升沿使 INTRB 有效，向 CPU 发出中断请求，CPU 响应此中断后，在中断服务程序中把数据再次写入 8255A，使$\overline{\text{OBFB}}$有效，以启动外设再次取数，数据处理完毕，再向 8255A 发出下一个$\overline{\text{ACKB}}$响应信号。

（3）A 口双向输入/输出方式

A 口在双向输入/输出方式下，作输入总线时受信号$\overline{\text{STBA}}$和 IBFA 信号控制，工作原理同选通输入方式，作输出总线时受信号$\overline{\text{ACKA}}$和$\overline{\text{OBFA}}$信号控制，工作原理同方式 1 的输出方式。

6. 8255 的典型应用举例

应用 8031 单片机应用系统，扩展 2 KB 的 EPROM、4 KB 的 RAM 及用 8255 构成的一个 EPROM 2732 编程入口。连线情况如图 6-26 所示。

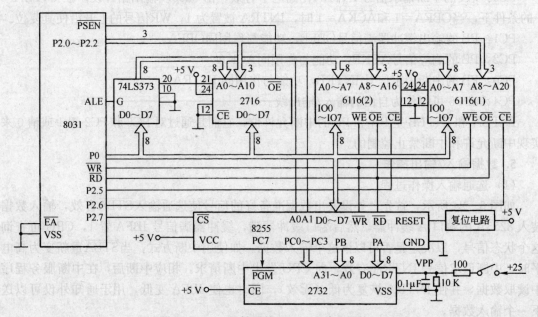

图 6-26　8255 扩展的 EPROM 编程器接口

2716 与 8031 的连接，如同其他芯片不存在一样，依据扩展 EPROM 的方法。由于本例中只扩展一片 2716，所以$\overline{\text{CE}}$接地，地址范围为 0000H～07FFH。

两片 6116、一片 8255 统一编址，地址不能重叠，按扩展数据存储器的连接方法将数据线、地址线、读写控制线与 8031 相连，它们同 8031 的连接与 2716 无关。本例中两片 6116 的$\overline{\text{CE}}$与 P2.6、P2.5 连接，8255 的$\overline{\text{CS}}$与 P2.7 连接，3 个芯片的地址分配如下。

6116（1）：P2.7=1，P2.6=0，P2.5=1；地址范围 0A000H～0A7FFH。

6116（2）：P2.7=1，P2.6=1，P2.5=0；地址范围 0C000H～0CDFFH。

8255：P2.7=0，P2.6=1，P2.5=1；A 口地址 7FFCH。

8255：P2.7=0，P2.6=1，P2.5=1；B 口地址 7FFDH。

8255：P2.7＝0，P2.6＝1，P2.5＝1；C 口地址 7FFEH。

8255：P2.7＝0，P2.6＝1，P2.5＝1；控制寄存器地址 7FFFH。

8255 作为编程器 2732 与 8031 之间的接口，其 A 口、B 口及 C 口的低 4 位均为输出口，A 口与 2732 的 D0～D7 连接，为 2732 提供数据信号，B 口及 C 口的低 4 位与 2732 的 12 根地址线相连接，为 2732 提供地址信号，PC7 与 2732 的 PGM 相连接，输出编程脉冲。

例如，将外部 RAM 起始地址为 ADR1，长度为 LEN16 数据区中的数据（用户程序）固化到待写入的 EPROM 2732 中起始地址为 ADR2 的存储器中。根据编程要求及硬件连接情况，其程序流程图如图 6-27 所示。

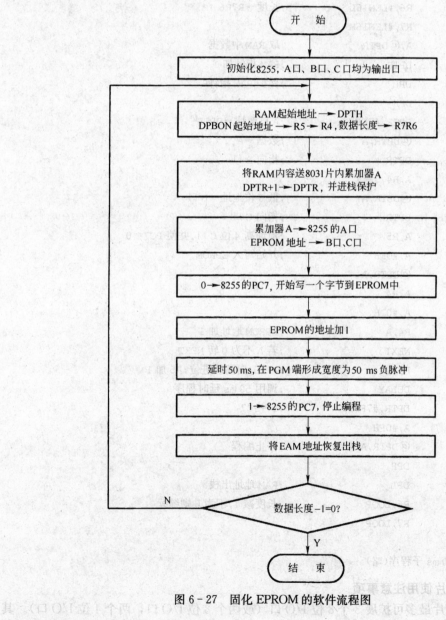

图 6-27　固化 EPROM 的软件流程图

程序清单：

```
              ORG        0100H
       START: MOV        DPTR,7FFFH           ;指向控制寄存器
              MOV        A,#80H               ;选择方式字:A、B、C口方式0输出
              MOVX       @DPTR,A              ;写入方式字
              MOV        A,#0FH               ;C口位控制字
              MOVX       @DPTR,A              ;使PC7=1,停止编程
              MOV        DPTR,#ADR1           ;RAM起始地址→DPTR
              MOV        R4,#ADR2L            ;EPROM起始地址→R5R4
              MOV        R5,#ADR2H
              MOV        R6,#LEN16L           ;长度→R7R6
              MOV        R7,#LEN16H
       LOOP:  MOVX       A,@DPTR              ;取RAM中数据
              INC        DPTR                 ;RAM指针加1
              PUSH       DPL                  ;保护RAM指针
              PUSH       DPH
              MOV        DPTR,#7FFCH          ;A口地址→DPTR
              MOVX       @DPTR,A              ;数据→A
              INC        DPTR                 ;指向B口
              MOV        A,R4
              MOVX       @DPTR,A              ;低8位地址→B口
              INC        DPTR                 ;指向C口
              MOV        A,R5                 ;地址高4位C口,并使PC7=0
              ANL        A,#0FH               ;开始写入EPROM
              MOVX       @DPTR,A
              MOV        A,R4
              ADD        A,#01H
              MOV        R4,A                 ;EPROM地址加1
              JNZ        NEXT                 ;若A不为0转NEXT
              INC        R5                   ;A=0,向高位进位;R5加1
       NEXT:  ACALL      DELAY                ;调用50ms延时程序
              MOV        DPTR,#7FFFH          ;1→PC7
              MOV        A,#0FH
              MOVX       @DPTR,A              ;停止编程
              POP        DPH
              POP        DPL                  ;RAM地址出栈
              DJNZ       R6,LOOP              ;长度减1,不为0则继续
              DJNZ       R7,LOOP
              RET
       DELAY: 延时50ms子程序(略)
```

7. 8255A芯片使用注意事项

① 8255A芯片最多可扩展3个8位I/O口（或两个8位I/O口，两个4位I/O口）。其中PA口、PB口、PC口及控制端口的地址分配，分别由$\overline{CS}$及A1、A0所接地址线决定。它

们的最末两位地址依次为 00、01、10 和 11。

②　PA 口和 PB 口是两个独立的 8 位端口，它们的工作可由方式控制字分别确定（PA 口可工作于方式 0、方式 1 和方式 2；PB 口只能工作于前两种方式），而 PC 口则要根据 PA 口和 PB 口的工作方式而定。只有 PA 口和 PB 口同时工作在方式 0 时，PC 口才可作为一个 8 位端口（或两个 4 位端口）；否则，PC 口总有几位用作联络信号。

③　当 PA 口或 PB 口工作于方式 1 时，外设（输入设备）输出的选通信号 $\overline{STB}$ 和（输出设备）输出的响应信号 $\overline{ACK}$ 均应为负脉冲。

④　当 8255A 用中断方式与 CPU 进行数据传送时，PC_0 和 PC_3 分别作为 PB 口和 PA 口的中断请求信号。

⑤　8255A 的初始化编程。首先按单片机应用系统的具体要求，结合方式控制字的格式确定方式控制字，然后将其写入控制字寄存器中。若用 PC 口作为 I/O 线，可写 PC 口置位/复位控制字，此控制字同样必须写入控制字寄存器而非 C 口地址。

设 8255A 的控制寄存器地址为 CONTROL，方式控制字为 WORD，则其初始化编程为：

```
MOV     DPTR,#CONTROL          ;指向控制寄存器
MOV     A,#WORD                ;方式控制字送 A
MOVX    @DPTR,A                ;写入方式控制字
```

方式控制字的值应根据具体要求而定,控制字寄存器的地址应根据接口逻辑接线图而定。

⑥ 8255A 复位后,所有端口均被置成输入方式,且端口数据清零。

6.4.3　可编程 RAM I/O 接口芯片 8155 及其扩展 I/O 口技术

8155 和 8255A 均可作为单片机的可编程 I/O 口扩展,但 8155 的功能更强一些,它除了能提供扩展所需的并行口外,还包括有 RAM 存储器和定时器/计数器。

1. 8155 内部结构及引脚

8155 芯片为 40 引脚双列直插式封装,单一＋5 V 电源。芯片内具有 256 B 的静态 RAM、2 个 8 位和 1 个 6 位的可编程并行 I/O 口、1 个 14 位定时器等常用部件及地址锁存器,可与 80C51 及 MCS-51 单片机直接相连接而不需要任何硬件,是单片机应用系统中最适用、最广泛使用的芯片。其内部结构和引脚图如图 6-28 所示。

AD0～AD7：地址/数据线,用来在单片机和 8155 之间传送地址、数据、命令及状态信息。

ALE：地址锁存信号输入线。在 ALE 的下降沿将单片机 P0 口输出的低 8 位地址信号及片选信号 $\overline{CS}$、IO/$\overline{M}$ 的状态都锁存到 8155 内部锁存器。

IO/$\overline{M}$：I/O 口与 RAM 选择信号线。当 IO/$\overline{M}$＝0 时,单片机选择 8155 内部的 RAM。当 IO/$\overline{M}$＝1 时,单片机选择 8155 的 I/O 口,AD0～AD7 地址为 I/O 口地址。

$\overline{CS}$：片选信号输入线。

$\overline{RD}$、$\overline{WR}$：读、写控制输入线。

PA7～PA0：A 口输入/输出线。

PB7～PB0：B 口输入/输出线。

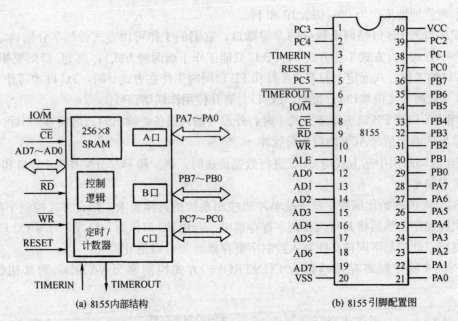

(a) 8155内部结构   (b) 8155引脚配置图

图6-28   8155内部结构及引脚图

PC7~PC0：C口输入/输出线。可用作A口、B口选通输入/输出时的联络控制信号线。

2. 8155的RAM和I/O口地址编码

8155在单片机应用系统中是按外部数据存储器统一编址的，地址为16位，其高8位由片选CS提供，低8位地址为片内地址。当IO/$\overline{M}$＝0时，单片机对8155片内RAM读/写，RAM地址低8位编址为00H~FFH。当IO/$\overline{M}$＝1时，单片机对8155中的I/O口进行读/写。8155内部RAM、I/O口及定时/计数器的地址的低8位编址如表6-9所示。

表6-9   8155 I/O接口地址编码

$\overline{CS}$	IO/$\overline{M}$	A7	A6	A5	A4	A3	A2	A1	A0	I/O口
	0	×	×	×	×	×	×	×	×	内部RAM
		×	×	×	×	×	0	0	0	命令/状态寄存器口
		×	×	×	×	×	0	0	1	PA口
0	1	×	×	×	×	×	0	1	0	PB口
		×	×	×	×	×	0	1	1	PC口
		×	×	×	×	×	1	0	0	定时器低8位
		×	×	×	×	×	1	0	1	定时器高8位

3. 8155的工作方式与基本操作

8155可作为片外256 B数据存储器、扩展I/O口及定时/计数器使用，基本操作分述如下。

（1）作为片外256 B数据存储器

将8155内部256 B RAM作为单片机外部数据存储器进行读/写操作时，与应用系统中其他数据存储器统一编址；使用外部数据存储器的操作指令（MOVX指令），指令中的地址信号必须能使8155的引脚CS和IO/$\overline{M}$置低电平。

（2）作为扩展I/O口使用

8155作扩展I/O口使用时，IO/$\overline{\text{M}}$引脚必须置高电平，这时PA、PB、PC口的口地址的低8位分别为01H、02H、03H（设地址无关位为0时）。可通过对8155内部命令寄存器（命令口）设定命令控制字来选择8155 I/O口的工作方式。命令寄存器的低8位地址为00H。另外在8155中还设置一个状态寄存器，用来存放A口和B口的状态标志。状态标志寄存器的地址与命令寄存器的地址相同，但只能读出不能写入，其内容可由CPU查询。命令寄存器和状态寄存器的格式如图6-29（a）和图6-29（b）所示。

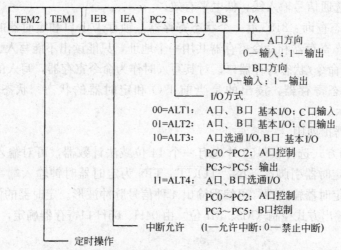

(a) 命令寄存器格式

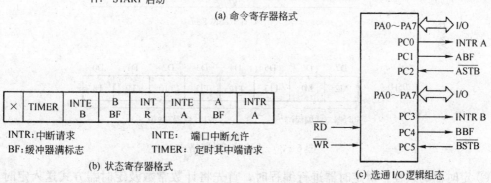

(b) 状态寄存器格式

(c) 选通I/O逻辑组态

图6-29　8155命令状态寄存器格式

① I/O口的工作方式选择。命令寄存器的D0～D5位为I/O工作方式选择位。其中D0、D1分别控制A口、B口数据方向（输入或输出），D4、D5分别是A口、B口工作在中断方式时的允许位，而D2和D3两位用于控制A口、B口和C口的工作方式。

8155的A口、B可工作于基本I/O方式或选通I/O方式；C口可作为基本I/O线，也可以作为A口、B口选通方式工作时的状态控制信号线。

当8155编程为ALT1、ALT2时，A、B、C口均为基本输入/输出方式，而用D0、D1位选定A、B口为输出还是输入。

当8155被编程为ALT3时，A口定义为选通I/O，B口定义为基本I/O。编程为ALT4

时，A、B口均定义为选通 I/O 工作方式。选通输入/输出的逻辑组态如图 6-29(c) 所示。

INTR：中断请求输出线，作为单片机的外部中断源，高电平有效。当 8155 的 A 口（或 B 口）缓冲器接收到设备输入的数据或设备从缓冲器中取走数据时，中断请求线 INTR 升高（仅当命令寄存器相应中断允许位为 1 时），向单片机请求中断，单片机对 8155 的相应 I/O 口进行一次读/写操作，INTR 变为低电平。

BF：缓冲器状态标志输出线。缓冲器有数据时，BF 为高电平，否则为低电平。

$\overline{STB}$：设备选通信号输入线，低电平有效。

② I/O 的状态查询。8155 有一个状态寄存器，锁存 I/O 口和定时器的当前状态，供单片机查询用。状态寄存器和命令寄存器共用一个地址，只能读出不能写入。因此，可以认为 8155 的 00H 口是命令/状态寄存器口，对其写入时作为命令寄存器，写入的是命令；而对其读出时，作为状态寄存器，读出的是当前 I/O 和定时器的状态。状态寄存器的格式如图 6-29(b) 所示。

(3) 作定时器扩展用

① 定时器的方式选择：8155 片内有一个 14 位减法计数器，可对输入脉冲进行减 1 计数。外部有两个定时器引脚端 TIN、$\overline{TOUT}$。TIN 为定时器时钟输入端，由外部输入时钟脉冲；$\overline{TOUT}$ 为定时器输出端，可编程输出 4 种信号脉冲波形。定时器的低 8 位、高 6 位计数器以及定时器输出方式控制（M2、M1 位）由 04H、05H 口寄存器确定，其格式如图 6-30 所示。

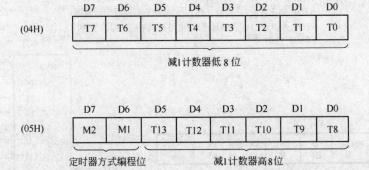

图 6-30　8155 定时器格式

② 定时器的编程：对定时器进行编程时，首先将计数常数及定时器方式送入定时器口 04H 及 05H（定时器低 8 位及定时器高 6 位，定时器方式 M2、M1）。计数常数在 0002H～3FFFH 之间选择。计数器的启动和停止计数由命令寄存器（00H）的最高两位控制。

命令寄存器最高两位（TM2、TM1）对定时器的控制如表 6-10 所示。

表 6-10　命令寄存器高两位控制操作

TM2	TM1	控　制　操　作
0	0	空操作，不影响计数器操作
0	1	停止计数器计数，当定时器未启动时，则无操作
1	0	计数器计满后立即停止计数，若定时器未启动，则无操作
1	1	启动，当计数器未计数时，装入计数常数后立即开始计数。若计数正在计数，则待计数器溢出后按新的操作方式及计数常数开始计数

任何时候都可以置定时器的常数和工作方式,然后必须将启动命令写入命令寄存器 (00H),即使计数器已经计数,在写入启动命令后仍可改变定时器的工作方式。如果写入定时器的计数常数为奇数,输出方波将不对称。例如,计数常数为 9 时,定时器输出的方波在 5 个输入时钟周期内为高电平,4 个输入时钟周期内为低电平。8155 复位后并不预置定时器方式和计数常数。另外,8155 的定时器在计数过程中计数器的值并不直接表示外部输入的脉冲,计数器终值为 2,初值在 2～3FFFH 之间。8155 计数器通常无法作为外部事件计数器使用,只作信号发生器使用。在输入连续时钟脉冲后,按编程输出单方波、连续方波、单脉冲和连续脉冲信号,如表 6 - 11 所示。

表 6 - 11 8155 定时器编程方式及相应的输出波形

M2	M1	方　式	定时器输出波形
0	0	单方波	
0	1	连续方波	
1	0	单脉冲	
1	1	连续脉冲	

(4) MCS-51 单片机同 8155 的接口与操作软件

① 8155 与 8031 的连接方法。8155 可以直接和 MCS-51 单片机连接而不需要任何外加逻辑。连接后,可以直接为系统增加 256 B 片外 RAM、22 位 I/O 口线及 14 位定时器。图 6 - 31 为 8155 与 8031 的一种连接方法。8155 的 AD7～AD0 无需使用锁存器直接连接 8031 的 P0 口,P0 口发出的低 8 位地址信息由 ALE 锁存在 8155 中。图 6 - 31 中连接状态下的地址编号如下。

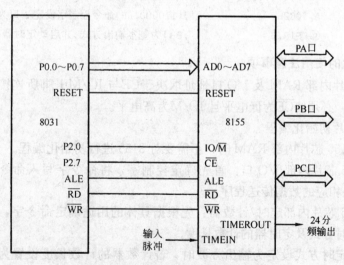

图 6 - 31 8155 和 8031 单片机接口

RAM 地址		7E00H～7EFFH
命令/状态口		7F00H
I/O 口地址	PA 口	7F01H
	PB 口	7F02H
	PC 口	7F03H

定时器低 8 位寄存器地址	7F04H
定时器高 6 位及 2 位定时输出方式寄存器地址	7F05H

② 8155 芯片的初始化编程。如果仅使用 8155 芯片内部的 RAM，则不需要初始化编程。例如在图 6-31 所示的电路中，要将 8031 内部 RAM 的 30H 单元内容送入 8155 内部 RAM 的第 30H 单元，可直接使用如下程序：

```
MOV      A,30H            ;从 8031 内部 RAM 的 30H 单元取数
MOV      DPTR,#7E30H      ;指向 8155 内部 RAM 的第 30H 单元
MOVX     @DPTR,A          ;传送数据
```

如果要使用 8155 内部的 I/O 口，则应先根据具体用途并按命令字格式确定命令字，再用初始化程序将该命令字写入 8155 的命令寄存器，然后再编制相应的数据传送程序。在图 6-31 所示的电路中，使 8155A 口定义为基本输入方式，B 口定义为基本的输出方式，定时器作为方波发生器，对输入脉冲进行 24 分频（8155 中定时器最高计数频率为 4 MHz），则8155的 A、B 口初始化及定时器操作程序如下：

```
MOV      DPTR,#7F04H      ;指向定时器低 8 位
MOVX     A,#18H           ;设定计数长度为 0018H＝24
MOV      @DPTR,A          ;计数常数低 8 位装入
INC      DPTR             ;指向定时器高 6 位及 2 位定时方式寄存器
MOV      A,#40H           ;(01000000B)设定定时器方式为连续方波输出
MOVX     @DPTR,A          ;定时器高 8 位装入
MOV      DPTR,#7F00H      ;指向命令状态口
MOV      A,#0C2H          ;(11000010B)命令控制字设定 A 口为基本输入方式
MOVX     @DPTR,B          ;B 口为基本输出方式,并启动定时器
```

4. 8155 芯片的使用注意事项

（1）8155 芯片内部 RAM 及 I/O 口地址取决于 $\overline{CE}$ 与 IO/$\overline{M}$引脚所连接的地址线。若要访问内部 I/O 口，必须使 $\overline{CE}$ 为低电平且 IO/$\overline{M}$ 为高电平。

（2）8155 芯片初始化编程。

① 仅使用 8155 芯片内部 RAM 时，不需要对 8155 进行初始化编程。

② 使用 8155 芯片内部 I/O 口：首先确定控制字，将命令字写入命令寄存器（即初始化），然后再编址相应的数据传送程序。

③ 使用 8155 芯片内部定时/计数器：先根据具体的用途确定命令字，并写入命令寄存器，然后写入定时方式及定时器的计数长度。

当定时器的定时方式设定为输出方波时，若计数器的计数长度设置为偶数，则方波对称；若设置为奇数，则方波不对称。方波的前半周期（高电平持续期）比后半周期（低电平持续期）长一个计数脉冲周期。计数长度的范围为 0002H～3FFFH。

定时器在运行过程中如要改变计数长度和定时方式时，可将相应的计数值和定时方式按上述方法写入，此时命令字最高 2 位必须为 11。

若要使定时器停止计数，则可在 8155 芯片的 RESET 端加一个宽约为 5 μs 的正脉冲，或者使 M2M1＝01。

6.5 串行 IO 端口的扩展

I²C 总线（Inter Intergrated Circuit BUS)是菲利浦（Philips）公司推出的一种串行扩展总线，为二线制总线，总线上扩展的外围器件及外设接口通过总线寻址。该总线由数据线 SDA 和时钟线 SCL 构成，SDA/SCL 总线上挂接单片机、外围器件（如 I/O 口、日历时钟、ADC、DAC、存储器等)和外围接口（如键盘、游戏手柄、显示器、打印机等)。所有挂接在 I²C 总线接口上器件和接口电路都应具有 I²C 总线接口，而且所有的 SDA/SCL 同名端连接。I²C 总线接口电路均为漏极开路，故总线上必须有上拉电阻，一般为 $2 \sim 10 \text{ k}\Omega$。I²C 总线的驱动能力的电容容量为 400pF，通过驱动扩展可达电容容量为 4 000 pF，传输速率可达 400 Kb/s。

目前应用的 I²C 总线器件发展得很快，具有 I²C 总线的器件越来越多，其领域也由存储器、IC 卡扩展到了 ADC、DAC、时钟芯片、DTMF 等。本节简单地介绍 I²C 总线的地址分配、I²C 总线的数据传输，以及单片机与 I²C 总线的存储器的接口电路。

6.5.1 I²C 总线器件的地址分配

挂接到 I²C 总线上的所有器件都是总线上的节点。在任何时刻总线上只有一个主控器件来实现总线的控制操作，对总线上的其他节点寻址，分时实现点对点的数据传送。因此，总线上每一个节点都应有一个固定的地址。

I²C 总线上所有的外围器件都有规范的器件地址。器件地址由 7 位组成，它和 1 位方向位构成了 I²C 总线器件的寻址字节 SLA，寻址格式如图 6 - 32 所示。

SLA	DA3	DA2	DA1	DA0	A2	A1	A0	R/$\overline{\text{W}}$

图 6 - 32 I²C 总线的器件地址

器件地址的高 4 位 DA3、DA2、DA1、DA0 是器件的识别地址码，是由器件的生产厂家拟定好的，在器件出厂时就已经给定的。比如 I²C 总线的 EEPROM AT24CXX，其器件识别码为 1010，4 位 LED 驱动器 SAA1064 的器件识别地址码为 0111。

管脚地址码 A2、A1、A0 是 I²C 总线外围器件上由管脚可设的器件地址，它在使用中只能接高电平或者接地，从而形成不同的地址（接高电平 1，接地 0），同时它也决定了在同一组 I²C 总线上挂接该类器件的数量。

数据方向码 R/$\overline{\text{W}}$ 规定了总线上主节点对从节点的数据传送方向，R 为接收，$\overline{\text{W}}$ 为发送。

器件内单元的地址为：器件地址＋片内地址。

6.5.2 I²C 总线的数据传输

在传送数据前，主控制器应发送起始位，通知从接收器做好接收数据的准备；在传输数据结束时，主控器件应发送停止位，通知从接收器停止接收。这两种信号是启动和关闭 I²C 器件的信号。图 6 - 33 描述了 I²C 总线的各种信号时序。

图 6 - 33 中描述的信号如下。

① 起始信号 "S"：在时钟信号 SCL 为高时，数据信号 SDA 从高电平变为低电平，表示启动 I²C 总线。

② 结束信号 "P"：在时钟信号 SCL 为高时，数据信号 SDA 出现由低电平到高电平的

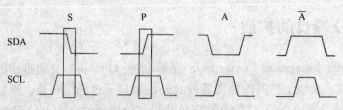

图 6-33   I²C 总线的信号时序

变化，表示停止 I²C 总线的数据传送。

③ 应答信号 "A"：I²C 总线上第 9 个脉冲信号对应于应答位。相应数据线上低电平时为应答信号，高电平时为非应答信号（Ā）。

④ 数据传送位。在 I²C 总线启动后或应答信号后的第 1～8 个时钟脉冲对应于一个字节的 8 位数据传送。脉冲高电平期间，数据串行传送，低电平期间为数据准备，允许总线上数据电平转换。

主发送和主接收的数据操作格式如图 6-34 所示。

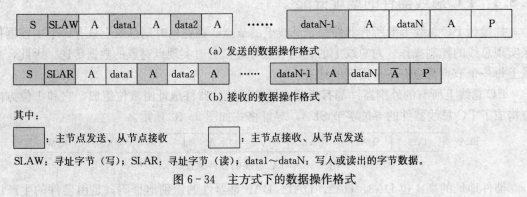

| S | SLAW | A | data1 | A | data2 | A | …… | dataN-1 | A | dataN | A | P |

（a）发送的数据操作格式

| S | SLAR | A | data1 | A | data2 | A | …… | dataN-1 | A | dataN | Ā | P |

（b）接收的数据操作格式

其中：

▨：主节点发送、从节点接收   ▢：主节点接收、从节点发送

SLAW：寻址字节（写）；SLAR：寻址字节（读）；data1～dataN：写入或读出的字节数据。

图 6-34   主方式下的数据操作格式

在应用 I²C 总线进行读写时，要注意：

● 所有操作都是主控器件来启动总线，发送寻址字节和终止运行；

● 在 I²C 总线接口的外围器件中，其读写都有地址自动加 1 功能，简化了 I²C 总线的外部寻址。

6.5.3   80C51 单片机与 AT24C 系列串行 EEPROM 扩展的接口设计

AT24C 系列串行 EEPROM 具有 I²C 总线的接口功能，功耗小。电源电压宽（根据不同型号为 2.5～6.0 V），工作电流约为 3 mA，静态电流随电源电压的不同为 30～110 μA，存储容量从 1 K 位到 256 K 位不等。部分参数如表 6-11 所示。

表 6-11   AT24C 系列串行 EEPROM 参数

型　号	容量（bit）	器件寻址字节（8 位）				一次装载字节数
AT24C01	128×8		A2	A1	A0	R/W	4
AT24C02	256×8		A2	A1	A0	R/W	8
AT24C04	512×8	1 010	A2	A1	P0	R/W	16
AT24C08	1 024×8		A2	P1	P0	R/W	16
AT24C16	2 048×8		P2	P1	P0	R/W	16

所有的 AT24C 系列 EEPROM 的器件地址皆为 1010，A2A1A0 为管脚地址，在硬件设计时由连接管脚的电平给定。比如，A2A1A0 都连高，则该器件的地址为 1010111XB，X 表示 R/W，其中 R 为 1；W 为 0。若为读，即为 10101111B，即 AFH；若为写，即为 AEH。对于存储容量大于 256 B 的存储器来说，8 为片内寻址范围就不够用了，如 AT24C16，相应的寻址位数为 11 位，对此采取的方法是采用页面寻址的方式，即以 256 B 为一页，多于 8 位的寻址视为页面寻址。在 AT24C 系列中，对页面寻址采用占用器件管脚地址（A2、A1、A0）的方法，如 AT24C16 中将 A2、A1、A0 都作为页寻址处理。凡在系统中管脚用作页面地址后，该管脚在电路中不得使用，作悬空处理。表 6 - 11 中的 P2、P1、P0 即作页面寻址应用的管脚。

图 6 - 35 为 AT24C04 的管脚分布图，表 6 - 12 为其管脚的含义。

图 6 - 35　AT24C04 的管脚分布图

表 6 - 12　AT24C04 的管脚含义

管　　脚	管　脚　含　义	管　　脚	管　脚　含　义
A0	器件地址 A0 口	SDA	数据线
A1	器件地址 A1 口	SCL	时钟线
A2	器件地址 A2 口	WP	数据写保护（高电平有效）
GND	地线	VCC	电源（1.8 V～5.5 V），（2.7～5.5 V）

图 6 - 36 为 2 片 AT24C04 与 80C51 单片机的接口设计。

在图 6 - 36 中，因为 AT24C04 的 A0 口要被当作页地址，因此该管脚悬空。第一片

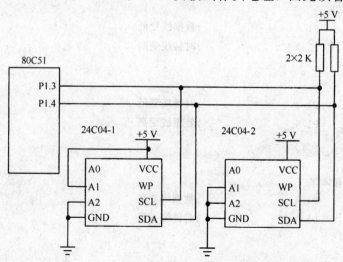

图 6 - 36　80C51 与两片 AT24C04 的接口图

AT24C04 的 A1 接高电平, A2 接地, 因此其读地址为 101001X1B, X=0 为 0 页, X=1 为 1 页, 其写地址为 10101X10B; 对于第二片 AT24C04, 由于其 A1、A2 均接地, 因而其读地址为 101000X1B, 写地址为 101000X0B。WP 端为数据写保护端, 高电平有效, 在此悬空, 表示该芯片的数据内容可以读写, 处于未保护状态。

下面给出其启动、停止、写入一个字节和读出一个字节的子程序。

```
启动:START
START:SETB    P1.4        ;数据线置高
      SETB    P1.3        ;时钟线置高
      NOP                 ;加入 NOP 使延时超过 4.7μs,VCC=1.8V
      NOP
      CLR     P1.4        ;数据线变低
      NOP
      NOP
      CLR     P1.3        ;时钟线变低
      RET


停止:STOP
STOP: CLR     P1.4        ;数据线置低
      SETB    P1.3        ;时钟线置高
      NOP
      NOP
      SETB    P1.4        ;数据线置高
      NOP
      NOP
      CLR     P1.3        ;时钟线置低
      RET


发送应答位:MACK
MACK: CLR     P1.4        ;数据线变低
      SETB    P1.3        ;时钟线变高
      NOP
      NOP
      CLR     P1.3        ;时钟线变低
      SETB    P1.4        ;数据线变高
      RET


发送非应答位:NMACK
NMACK:SETB    P1.4        ;数据线变高
      SETB    P1.3        ;时钟线变高
      NOP
      NOP
      CLR     P1.3        ;时钟线变低
```

```
        CLR        P1.4                    ;数据线变低
        RET
```

应答位检查：CACK（在此设 PSW 中的 F0 位用作标志，当检查到正常应答位后，置位 F0，否则该位清零）

```
CACK:   SETB       P1.4                    ; 数据线变高
        SETB       P1.3                    ; 时钟线变高
        CLR        F0                      ; 先将 F0 置低
        MOV        C, P1.4                 ; 检查数据线
        JNC        CEND                    ; C＝0?, 若不是转 CEND, 检查结束, 并将 F0 置 0
        SETB       F0                      ; 将 F0 置高
CEND:   CLR        P1.3                    ; 时钟线变低
        RET
```

写入一个 "1"：WR1

```
WR1:    SETB       P1.4                    ; 数据线变高
        SETB       P1.3                    ; 时钟线变高
        NOP
        NOP
        CLR        P1.3                    ; 时钟线变低
        CLR        P1.4                    ; 数据线变低——写入了一个 "1"
        RET
```

写入一个 "0"：WR0

```
WR0:    CLR        P1.4                    ; 数据线变低
        SETB       P1.3                    ; 时钟线变高
        NOP
        NOP
        CLR        P1.3                    ; 时钟线变低
        RET
```

主控器发送一个字节给从机，设被发送数在 A 内：WRBYT

```
WRBYT:  MOV        R0, #08H                ; 将要写入的位数送 R0 作计数用
WLOOP:  RLC        A                       ; 数据左移, 由高位开始
        JC         WRITE1                  ; A 的高位移入 C 后, 检查 C 为 1 还是 0
                                           ; 是 1, 转至 WRITE1
        AJMP       WRITE0                  ; 不是 1, 则为 0, 程序跳转到 WRITE0
WLOOP1: DJNZ       R0, WLOOP               ; 看 8 位数据是否已经写完, 没有的话,
                                           ; 转移到 WLOOP 继续
        RET                                ; 如果一个字节写完, 程序返回
WRITE1: ACALL WR1
        AJMP       WLOOP1                  ; 返回判断 8 位是否写完
WRITE0: ACALL      WR0
```

```
        AJMP           WLOOP1
        RET
```

从从机上读一个字节：RDBYT，仍旧用 R0 作为位数计数器，并设读出的字节存放在 R1 中。

```
RDBYT: MOV            R0, #08H
READLOOP:
        SETB           P1.4            ; 数据线变高
        SETB           P1.3            ; 时钟线变高
        MOV            C, P1.4         ; 把数据线上的状态读入 C
        MOV            A, R1           ; 把读出的部分存放在 R1 中
        RLC            A               ; 把刚读出的位移进 A 中
        MOV            R1, A           ; 再把新数据存放在 R1
        CLR            P1.3            ; 时钟线变低
        DJNZ           R0, READLOOP    ; 如果没有读完 8 位，继续
        RET
```

按照上面的子程序，再根据图 6 - 36 所示的格式，读者就很容易地写出单片机与 AT24C16 的读写子程序了。由于这部分程序只是对上面的子程序的组合应用，因此总程序端在此省略。如果读者想更深入地学习 I²C 总线的有关知识，请参阅其他有关 I²C 总线方面的应用资料。

<h2 style="text-align:center">本章小结</h2>

1. 单片机的三条总线的形成：

(1) 以 P_0 的 8 位口线作地址/数据线；

(2) 以 P_2 口的口线作高位地址线；

(3) 控制信号线。

① 使用 ALE 作地址锁存的选通信号，以实现低 8 位地址的锁存。

② 以 $\overline{PSEN}$ 作扩展程序存储器和 I/O 端口的读选通信号。

③ 以 $\overline{EA}$ 为内外程序存储器的选择信号。

④ 以 $\overline{RD}$ 和 $\overline{WR}$ 作为扩展数据存储器和 I/O 端口的读写选通信号。

2. 单片机存储器扩展：

(1) 尽管位数不同，但各芯片都要使用低位地址，因此低位地址线的连接是并行的。

(2) 各芯片数据线的连接也是并行的。

(3) 程序存储器扩展只使用 $\overline{PSEN}$ 信号，因此该控制信号的连接也是并行的。

(4) 各芯片使用不同的片选信号，片选信号可由线选法或译码法得到。

3. 一般来说，进行单片机功能扩展的前提是单片机已有的资源不能满足应用的要求。在选择单片机时，基本上是选择具有程序存储器的单片机，程序存储器的扩展在现有的单片机应用中是极少的，数据存储器的扩展也是不多的，在单片机基本接口不能满足要求时，需要扩展 I/O 口，这种情况是比较常见和得到普遍应用的。

(1) 简单 I/O 口扩展芯片可选用带输入、输出锁存器的三态门组合门电路，如

74LS373、74LS377、74LS273、74LS245 及 8282 等。

(2) 8255A 芯片内有 3 个并行 I/O 口：A 口、B 口和 C 口，有 A、B 两组控制电路及一个读写控制逻辑电路。A、B 两组控制电路把 3 个端口分成 A、B 两组，两组控制电路中的两个控制寄存器构成一个控制端口。由 CPU 写入控制字来决定 3 个 I/O 端口的工作方式，A 口有 0、1、2 三种工作方式，B 口有 0、1 两种工作方式，C 口只有一种工作方式——方式 0。

(3) 8155 芯片内有一个 256 B×8 位的静态 RAM，两个 8 位、一个 6 位可编程并行口 I/O 口和一个 14 位可编程定时/计数器。

(4) 8255A、8155 芯片的共同特点是：可以直接通过系统 3 总线与单片机连接，由于扩展 I/O 口与外部 RAM 统一编址，因此 CPU 只能用访问外部 RAM 的指令 MOVX 访问它们，与 CPU 交换信息有查询传送方式和中断传送方式两种。在使用这两种芯片前，必须初始化编程，设定它们的工作方式和（或）命令控制字，然后结合它们的应用特性和信息传送方式编写应用子程序或中断服务程序。

(5) 8155 内部还带有地址锁存器，因此，最适合于用来扩展小型单片机应用系统。

4. 以 AT24C04 为例介绍了新型串行数据存储器的芯片的使用方法。串行接口在如 IC 卡等现代产品中有广泛的使用，不同的串行接口芯片使用方法大同小异，常用二线制或三线制接口方法。

习 题 6

一、填空题

1. 6264 芯片是（ ）。

(A) EEPROM   (B) RAM   (C) FlashROM   (D) EPROM

2. 用 80C51 串行扩展并行 I/O 口时，串行接口工作方式选择（ ）。

(A) 方式 0   (B) 方式 1   (C) 方式 2   (D) 方式 3

3. 使用 8255 可以扩展出的 I/O 口线是（ ）。

(A) 16 根   (B) 24 根   (C) 22 根   (D) 32 根

4. 80C51 外扩程序存储器 8 KB 时，需使用 EPROM 2716（ ）。

(A) 2 片   (B) 3 片   (C) 4 片   (D) 5 片

5. 某种存储器芯片是 8 KB×4/片，那么它的地址线根线是（ ）。

(A) 11 根   (B) 12 根   (C) 13 根   (D) 14 根

6. MCS-51 及 80C51 外扩 ROM，RAM 和 I/O 口时，它的数据总线是（ ）。

(A) P0   (B) P1   (C) P2   (D) P3

7. 当使用快速外部设备时，最好使用的输入/输出方式是（ ）。

(A) 中断   (B) 条件传送   (C) DMA   (D) 无条件传送

8. MCS-51 及 80C51 的中断源全部编程为同级时，优先级最高的是（ ）。

(A) INT1   (B) TI   (C) 串行接口   (D) INT0

9. MCS-51 及 80C51 的并行 I/O 口信息有两种读取方法：一种是读引脚，还有一种是（ ）。

　　　　(A) 读锁存器　　　(B) 读数据库　　　(C) 读 A 累加器　　(D) 读 CPU

10. MCS-51 及 80C51 的并行 I/O 口读-改-写操作，是针对该口的（　　　）。

　　　　(A) 引脚　　　　　(B) 片选信号　　　(C) 地址线　　　　　(D) 内部锁存器

二、判断题

1. 80C51 外扩 I/O 口与外 RAM 是统一编址的。（　　　）

2. 使用 80C51 且 EA＝1 时，仍可外扩 64 KB 的程序存储器。（　　　）

3. 8155 的复位引脚可与 89C51 的复位引脚直接相连。（　　　）

4. 片内 RAM 与外部设备统一编址时，需要专门的输入/输出指令。（　　　）

5. 8031 片内有程序存储器和数据存储器。（　　　）

6. EPROM 的地址线为 11 条时，能访问的存储空间有 4K。（　　　）

7. 8255A 内部有 3 个 8 位并行口，即 A 口、B 口、C 口。（　　　）

8. 8155 芯片内具有 256 B 的静态 RAM，2 个 8 位和 1 个 6 位的可编程并行 I/O 口，1 个 14 位定时器等常用部件及地址锁存器。（　　　）

9. 在单片机应用系统中，外部设备与外部数据存储器传送数据时，使用 MOV 指令。（　　　）

10. 为了消除按键的抖动，常用的方法有硬件和软件两种方法。（　　　）

三、简答题

1. 80C51 的扩展存储器系统中，为什么 P0 口要接一个 8 位锁存器，而 P2 口却不接？

2. 为什么要扩展单片机的 I/O 接口？

3. 为什么当系统有外部程序存储器时，P2 口不能再当 I/O 口使用了？

4. 在 MCS-51 及 80C51 扩展系统中，外部程序存储器和数据存储器共用 16 位地址线和 8 位数据线，为什么两个存储空间不会发生冲突？

5. 以 80C51 单片机为主机系统，采用 2 片 2764 EPROM 芯片扩展 16 K 字节程序存储器。

6. 8031 单片机需要外接程序存储器，实际上它还有多少条 I/O 线可以用？当使用外部存储器时，还剩下多少条 I/O 线可用？

7. 试将 8031 单片机外接一片 2716 EPROM 和一片 6116 RAM 组成一个应用系统，请画出硬件连线图，并指出扩展存储器的地址范围。

8. 简述可编程并行接口 8255A 的内部结构。

9. 编制 8255 初始化程序，使 A 口按工作方式 0 输出，B 口按工作方式 0 输入，C 口的高 4 位按方式 0 输出，C 口低 4 位按方式 0 输入。

10. 8155 有哪几种工作方式？怎样进行选择？

11. 编制 8155 初始化程序，使 A 口为选通输出，B 口为基本输入，C 口为控制联络信号，并启动定时器/计数器，按工作方式 1 定时工作，定时时间为 1 ms。

12. 扩展串口存储器 AT24C04，电路如图 6-36 所示。编写连续从 AT24C04 中 80H 读出 20H 个数据放入 50H 开头的内部 RAM 的程序。

第 7 章　80C51 单片机接口技术

学习目标

1. 掌握独立式键盘、矩阵式键盘的工作原理及运用方法。
2. 掌握 LED 数码管显示器静态显示方式、动态显示方式的工作原理及运用方法。
3. 了解 LCD 显示器的工作原理及程序设计过程。
4. 掌握 A/D 转换的主要指标，理解逐次逼近型 A/D 转换的电路结构和工作原理，掌握 ADC0809 的使用方法。
5. 掌握 D/A 转换的主要指标，理解 D/A 转换的电路结构和工作原理，掌握 DAC0832 的使用方法。

7.1　键盘接口技术

键盘是单片机系统中最常用的人机联系的一种输入设备，它由若干个按键组成，用户通过键盘向 CPU 输入数据或命令以实现简单的人机通信。

对键盘的识别可分为两类：一类是由专用的硬件电路来识别（如 2376、74C922），它产生相应的编码，并送往 CPU，这种方式称为编码键盘，它使用起来方便，但需要价格昂贵的专用芯片，在单片机系统中一般不采用；另一类靠软件来识别，称为非编码键盘，它结构简单，价格便宜，应用灵活，但需要编制相应的键盘管理程序。单片机系统普遍采用这种方式。

本节将讨论非编码键盘接口技术。对于非编码键盘，主要要解决键的识别与消除抖动的问题。

1. 键的识别

按键工作处于两种状态：按下与释放。一般按下为接通，释放为断开，这两种状态要被 CPU 识别，通常将该两种状态转换为与之对应的低电平与高电平。这可以通过图 7-1 所示电路实现，CPU 通过对按键信号电平的低与高来判别按键是否被按下与释放。

一般情况下，将按键信号直接接入单片机的 I/O 口，可用 JB bit, rel 或 JNB bit, rel 等指令对接入 P 口的按键的高低电平状态进行识别。

由于键的按下与释放是随机的，如何捕捉按键的状态变化是需要考虑的问题。主要有以下两种方法。

（1）外部中断捕捉

图 7-2 是用外部中断捕捉键按下的示意图。

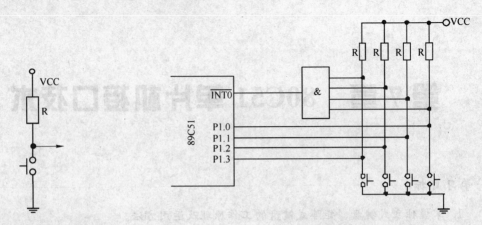

图 7-1　按键信号的产生　　　图 7-2　用外部中断捕捉键按下的示意图

图 7-2 中，4 个键的信号接 P1.0～P1.3 端口，该 4 根接线通过"与"门相与后与 $\overline{INT0}$ 端口相连。无键按下时，P1.0～P1.3 端口全为高电平，经过相"与"后的 $\overline{INT0}$ 端口也为高电平。当有任意键按下时，$\overline{INT0}$ 端口由高变为低，向 CPU 发出中断请求，若 CPU 开放外部中断 0，则响应中断，执行中断服务程序，扫描键盘。

用外部中断捕捉按键方法的优点是无需定时查询键盘，节省 CPU 的时间资源。缺点是容易受到干扰，已有键按下未释放时再有其他键按下时，则无法识别，此处，还需要额外增加一个"与"门。

（2）定时查询

一般情况下，单片机系统的用户按一次键（从按下到释放）或释放一次键（从释放到再次按下），最快也需要 50 ms 以上，在此期间，CPU 只要有一次查询键盘，则该次按键和释放就不会丢失。因此，可以编制这样的键盘程序，即每隔不大于 50 ms 的时间（典型为 20 ms）CPU 就查询一次键盘，查询各键的按下与释放的状态，就能正确地识别用户对键盘的操作。

各次查询键盘的间隔时间的定时，可用定时器中断来实现，也可以用软件定时来实现（如主程序的执行时间），同时也可以结合将在后面讲到的 LED 动态扫描显示时间来实现。

定时查询键盘方法的电路，优点是电路简洁、节省硬件、抗干扰能力强、应用灵活。缺点是占用较多的 CPU 时间资源（但这对大多数单片机应用系统来说不是个问题）。一般情况下推荐使用该方法。

2. 键的消抖

理想的按键信号如图 7-3(a) 所示，是一个标准的负脉冲，但实际情况如图 7-3(b) 所示。按下和释放都需要经过一个过程才能达到稳定，这一过程是处于高低电平之间的一种不稳定状态，称为抖动。抖动持续时间的长短、频率的高低与按键的机械特性及人的操作有关，一般在 5～10 ms 之间。这就有可能造成 CPU 对一次按键过程做多次处理。为了避免这种情况的发生，应采取措施消除抖动。

消除抖动的方法有两种，一种是采取硬件来实现，如用滤波器电路、双稳态电路等。图 7-4 是一种比较简单、实用、可靠的方法。图 7-4 中 RC 常数选择在 5～10 ms 之间比较适宜。这种方法的另一好处是增强了电路抗干扰能力。另一种是利用软件来实现，即当发现有键按下，间隔 10 ms 以上时间后，才能进行下一次的查询，这样就让过了抖动过程。同样，对于释放也应进行相应的处理。

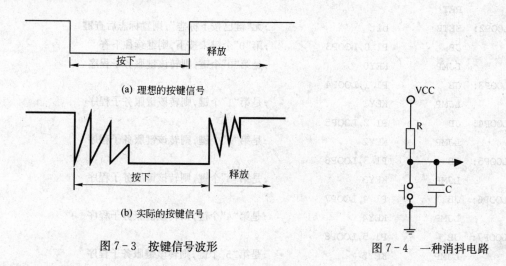

(a) 理想的按键信号

(b) 实际的按键信号

图 7-3　按键信号波形

图 7-4　一种消抖电路

非编码键盘可以分为两种结构形式：独立式键盘和行列式键盘。

7.1.1　独立式键盘

独立式键盘是指直接用 I/O 口线构成单个按键电路，每个按键占用一条 I/O 口线，如图 7-5 所示。

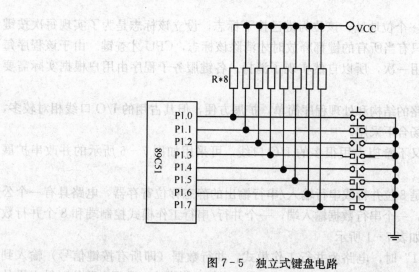

图 7-5　独立式键盘电路

当图 7-5 中的某一个键闭合时，相应的 I/O 口线变为低电平，当 CPU 查询到为低电平的 I/O 口线时，就可以判别出与其对应的键处于按下状态，反之处于释放状态。

以下是一个初学者比较容易理解的键盘处理子程序，可每隔 20 ms～50 ms 调用一次。

```
KEY:    MOV     A,P1
        CJNE    A,#0FFH,LOOP1          ;有键按下,则转向查键
```

```
            CLR        bit                      ;无键按下,则清"键已按下标志"
            RET
LOOP1:   JNB        bit,LOOP2                ;有"键已按下标志",则返回
            RET
LOOP2:   SETB       bit                      ;无"键已按下标志",则置标志后查键
            JB         P1.0,LOOP3               ;第"0"个键未按下,则继续往下查
            LJMP       KEY0                     ;是第"0"个键,则转该键服务子程序
LOOP3:   JB         P1.1,LOOP4
            LJMP       KEY1                     ;是第"1"个键,则转该键服务子程序
LOOP4:   JB         P1.2,LOOP5
            LJMP       KEY2                     ;是第"2"个键,则转该键服务子程序
LOOP5:   JB         P1.3,LOOP6
            LJMP       KEY3                     ;是第"3"个键,则转该键服务子程序
LOOP6:   JB         P1.4,LOOP7
            LJMP       KEY4                     ;是第"4"个键,则转该键服务子程序
LOOP7:   JB         P1.5,LOOP8
            LJMP       KEY5                     ;是第"5"个键,则转该键服务子程序
LOOP8:   JB         P1.6,LOOP9
            LJMP       KEY6                     ;是第"6"个键,则转该键服务子程序
LOOP9:   JB         P1.7,LOOP10
            LJMP       KEY7                     ;是第"7"个键,则转该键服务子程序
LOOP10: CLR        bit                      ;8个键,查完都未按下,则视为干扰
            RET
```

程序中 "bit" 是一个位地址,该位为键已按下标志,设立该标志是为了实现每次按键只处理一次的目的,只有当所有的键都释放时才清除该标志,CPU 才查键。由于该程序每隔 $20 \sim 50$ ms 才被调用一次,所以自然实现了消抖。各键服务子程序由用户根据实际需要编写。

独立式键盘的电路的结构和处理程序简单,扩展方便,但其占用的 I/O 口线相对较多,不适合在按键较多的场合下采用。

如果按键较多,又不希望占用很多的 I/O 口线,可采用如图 7-6 所示的并改串扩展方案。

图 7-6 中 4021 是 8 位并行或串行输入/串行输出的静态移位寄存器,电路具有一个公共的时钟脉冲输入端,一个串行数据输入端,一个并行/串行工作模式控制端和 8 个并行数据输入端。其真值表如表 7-1 所示。

当 P/S 端位为 "1" 时,电路为并行工作模式,并行数据(即所有按键信号)输入到 4021 内部移位寄存器,当 P/S 端为 "0" 时,电路为串行工作模式,数据在移位时钟上沿的驱动下,一位一位地从 Q8 输出,SI 端为串行输入端,通过它可以使多个 4021 级联,图 7-6 中是一个 16 键的键盘,如果需要一个更大的键盘,可级联更多的 4021,仍然只占用单片机的 3 根 I/O 口线。

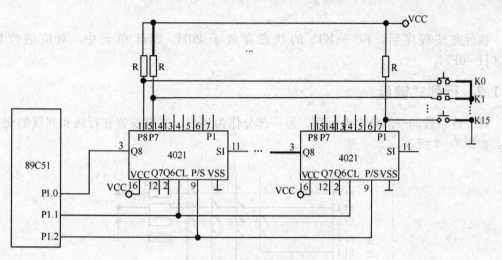

图 7-6 多键的并改串方案

表 7-1 4021 真值有

CL	SI	P/S	P1	Pn	内 部	
					Q1	Qn
φ	φ	1	0	0	0	0
φ	φ	1	0	1	0	1
φ	φ	1	1	0	1	0
φ	φ	1	1	1	1	1
⌐	0	0	φ	φ	0	Qn−1
⌐	1	0	φ	φ	1	Qn−1
⌐	φ	0	φ	φ	不变	不变

将键盘状态读进单片机内部可用以下程序：

```
RDKEY:  SETB   P1.2        ;将并行的键状态输入至4021内
        CLR    P1.2
        MOV    R2,#16      ;置循环计数器
LOOP:   MOV    C,P1.0      ;取一位键状态
        MOV    A,21H       ;存放至21H、20H单元内
        RRC    A
        MOV    21H,A
        MOV    A,20H
        RRC    A
        MOV    20H,A
        SETB   P1.1        ;发移位时钟
        CLR    P1.1
        DJNZ   R2,LOOP
```

RET

执行完该程序后，K0～K15 的状态存放于 20H、21H 单元中，对应的位地址为00H～0FH。

7.1.2　行列式键盘

将 I/O 口线的一部分作为行线，另一部分作为列线，按键设置在行线和列线的交叉点上，如图 7-7 所示。

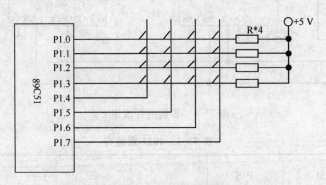

图 7-7　行列式键盘电路

这就构成了行列式键盘。行列式键盘中按键的数量可达行线数 n 乘以列线数 m。如图 7-7 中所示的 4 行、4 列键盘的按键数可达 $4 \times 4 = 16$ 个。由此可以看到行列式键盘在按键较多时，可以节省 I/O 口线。

其工作原理是：行线 P1.0～P1.3 是输入线，CPU 通过其电平的高低来判别键是否被按下。但每根线上接有 4 个按键，任何键按下都有可能使其电平变低，到底是哪个键按下呢？这里采用了"时分复用"的方法，即在一个查询周期里把时间分为 4 个间隔，每个时间间隔对应一个键，在哪个时间间隔检查到低电平，则代表是与之相对应的键被按下。时间间隔的划分是通过列线 P1.4～P1.7 来实现的。

依次使列线 P1.4～P1.7 中的一根输出为低电平，则只有与之对应的键按下时，才能使行线为低电平，此时其他列线都输出高电平，与它们对应的键按下，不能使行线电平变低，所以就实现了行线的时分复用。

由于行列式键盘的按键数量比较多，为了使程序简洁，一般在键盘处理程序中，给予每个键一个键号，由从列线 I/O 口输出的数据和从行线 I/O 口读入的数据得到按键的键号，然后由该键号通过散转表进入各按键的服务程序。

以下是一个初学者比较容易理解的行列式键盘子程序（参见图 7-7 电路），可每隔 20～50 ms调用一次。

```
KEY:        MOV     P1,#0FH          ;列线全部输出低电平
            MOV     A,P1             ;判别行线是否有低电平
            CJNE    A, 0FH,LOOP1     ;有键按下转查键
            CLR     bit              ;无键按下清"键已按下标志"
            RET
LOOP1:      JNB     bit,LOOP2        ;有"键已按下标志"，则返回
```

```
                RET
LOOP2:  SETB    bit                      ;无"键已按下标志",则置标志后查键
        MOV     R1,#00H                   ;置第"0"列列号
        MOV     P1,#11101111B             ;第"0"列输出低电平
        MOV     A,P1                      ;查第"0"列是否有键按下
        ORL     A,#0F0H
        CJNE    A,#0FFH,LINE              ;有键按下转行处理程序
        MOV     R1,#01H                   ;无键按下继续查其他列
        MOV     P1,# 11011111B
        MOV     A,P1
        ORL     A,#0F0H
        CJNE    A,#0FFH,LINE
        MOV     R1,#02H
        MOV     P1,#10111111B
        MOV     A,P1
        ORL     A,#0F0H
        CJNE    A,#0FFH,LINE
        MOV     R1,#03H
        MOV     P1,#01111111B
        MOV     A,P1
        ORL     A,#0F0H
        CJNE    A,#0FFH,LINE
        SJMP    LOOP3                     ;所有列都无键按下,则视为干扰
LINE:   MOV     R2,#00H                   ;置第"0"行行号
        JNB     P1.0,COUNT                ;查第"0"行有键按下转求键号程序
        MOV     R2,#01H                   ;无键按下继续查其他行
        JNB     P1.1,COUNT
        MOV     R2,#02H
        JNB     P1.2,COUNT
        MOV     R2,#03H
        JNB     P1.3,COUNT
LOOP3:  CLR     bit                       ;所有行都无键按下,则视为干扰
        RET
COUNT:  MOV     A,R1                      ;由列号乘以总行数加以行号得到键号
        MOV     B,#04H
        MUL     AB
        ADD     A,R2
        MOV     DPTR,#TAB                 ;由键号通过散转表进入键服务程序
        ADD     A,ACC
        JMP     @A+DPTR
TAB:    AJMP    KEY0                      ;转键号为"00"H 的键服务子程序
        AJMP    KEY1                      ;转键号为"01"H 的键服务子程序
        AJMP    KEY2                      ;转键号为"02"H 的键服务子程序
```

```
        AJMP        KEY3                        ;转键号为"03"H 的键服务子程序
        AJMP        KEY4                        ;转键号为"04"H 的键服务子程序
        AJMP        KEY5                        ;转键号为"05"H 的键服务子程序
        AJMP        KEY6                        ;转键号为"06"H 的键服务子程序
        AJMP        KEY7                        ;转键号为"07"H 的键服务子程序
        AJMP        KEY8                        ;转键号为"08"H 的键服务子程序
        AJMP        KEY9                        ;转键号为"09"H 的键服务子程序
        AJMP        KEY10                       ;转键号为"0A"H 的键服务子程序
        AJMP        KEY11                       ;转键号为"0B"H 的键服务子程序
        AJMP        KEY12                       ;转键号为"0C"H 的键服务子程序
        AJMP        KEY13                       ;转键号为"0D"H 的键服务子程序
        AJMP        KEY14                       ;转键号为"0E"H 的键服务子程序
        AJMP        KEY15                       ;转键号为"0F"H 的键服务子程序
```

程序中"bit"是一个位地址，该位为键已按下标志，设立该标志是为了实现每次按键只处理一次的目的，只有当所有键释放时才清该标志，CPU 才查键。由于该程序每隔 20～50 ms 才被调用一次，所以自然实现了消抖。16 个键的键号从上到下，从左到右按顺序分别为 00H～0FH，与之对应的键服务子程序入口地址分别为 KEY0～KEY15。各键服务子程序由用户根据实际需要编写。

7.2　LED 显示器接口技术

LED 显示器即为发光二极管显示器（Light Emitting Diode，LED），具有显示醒目、成本低、配置灵活、接口方便等特点，单片机应用系统中常用它来显示系统的工作状态和采集的信息输入数值等。

LED 显示器按其发光管排布结构的不同，可分为 LED 数码管显示器和 LED 点阵显示器。LED 数码管主要用来显示数字及少数字母和符号，LED 点阵显示器可显示数字、字母、汉字和图形等。LED 点阵显示器虽然显示灵活，但其占用的单片机系统软件、硬件资源远远大于 LED 数码管。因此除专门应用大屏幕 LED 点阵显示或有特殊显示要求场合外，几乎所有单片机应用系统都采用 LED 数码管显示。本节将主要介绍 LED 数码管显示器接口技术，并在 7.2.4 节，对 LED 点阵显示器作一简单介绍。

7.2.1　LED 显示器的结构和原理

LED 数码管显示器，由 8 只发光二极管组成。7 只发光二极管排成"8"字形的 7 个段，另一段构成小数点，各段标记如图 7-8 所示。通过不同的组合，可用来显示数字 0～9、字母 A～F 及小数点"."等。

LED 显示器的管脚配置如图 7-8（a）所示，其有共阴极和共阳极两种接法，如图 7-8(b)和图 7-8(c) 所示。共阴极 LED 显示器的发光二极管阴极共地，当某个发光二极管的阳极为"1"电平时，发光二极管点亮。共阳极 LED 显示器的发光二极管的阳极并接到电源上。当要点亮某个发光二极管时，只要使其阴极为"0"电平即可。由于发光二极管排成"8"字型，要显示某个字符时，将相应字段点亮即可。例如，要显示 1，点亮 b、c 段；要显示 2，点亮 a、

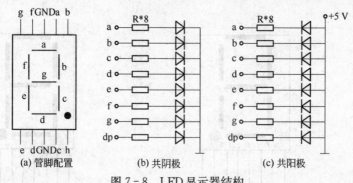

图 7-8　LED 显示器结构

b、g、e、d 段……。输出点亮相应段的数码称字形码，字形码各位定义如表 7-2 所示。

表 7-2　字型码各位含义

D7	D6	D5	D4	D3	D2	D1	D0
h	g	f	e	d	c	b	a

7.2.2　LED 静态显示方式

　　数码管显示器有两种工作方式，即静态显示方式和动态显示方式。本小节介绍静态显示方式。

　　在静态显示方式下，每位数码管的 a～g 和 h 端与一个 8 位的 I/O 相连。要在某一位数码管上显示字符时，只要从对应的 I/O 口输出其显示代码即可。其特点为：数码管中的发光二极管恒定地导通或截至，直到显示字符改变为止。其电路如图 7-9 所示。

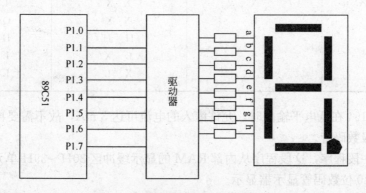

图 7-9　数码管静态显示接口电路

　　图 7-9 中"驱动器"可以是 1413、7406、7407，普通三极管等。值得一提的是：大多数驱动器输出采用集电极开路形式，也就是输出电流为灌电流，适合选用共阳极数码管。

　　静态显示方式程序非常简单，占用 CPU 时间资源很少，只是在显示字符改变时调用一下显示程序。但硬件电路繁多，每个数码管需要一个 8 位 I/O 口、一个 8 位驱动、8 个限流电阻。一般应用于数码管位数较少的场合。

　　如果希望占用较少的 I/O 口线同时又能驱动较多的数码管，可采用如图 7-10 所示的串改并方案。

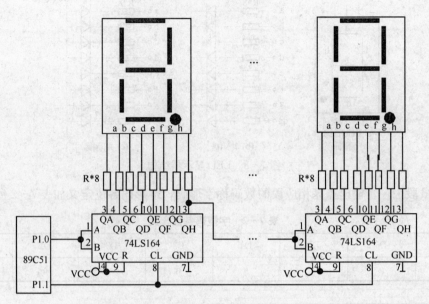

图 7-10　静态显示串改并电路

74LS164 是 8 位并行输出串行输入移位寄存器，其功能真值表如表 7-3 所示。

表 7-3　74LS164 真值表

输　　入			输　出	
清　　除	时　　钟	A B	QA QB QC	
L	X	X X	L L L	
H	L	X X	QA QB QH	
H	↑	H H	H QA QG	
H	↑	L X	L QA QG	
H	↑	X L	L QA QG	

由于 74LS164 在低电平输出时，允许灌入的电流可达 8 mA，故不需要再加驱动器，数码管采用共阳极数码管。

下面给出一段程序，这段程序从内部 RAM 的显示缓冲区 30H～39H 单元中取出要显示的代码，送给 10 位数码管显示器显示。

```
DISP:   MOV   R2,#10              ;置显示位数计数器
        MOV   R0,#30H             ;置显示缓冲区首址
LOOP1:  MOV   A,@R0               ;取显示代码
        MOV   R1,#8               ;置移位次数计数器
LOOP2:  RRC   A
        MOV   P1.0,C              ;送串行数据出口
        SETB  P1.1               ;发移位时钟
        CLR   P1.1
```

```
        DJNZ    R1,LOOP2
        INC     R0                          ;指向下一个代码单元
        DJNZ    R2,LOOP1
        RET
```

7.2.3　LED 动态显示方式

　　LED 静态显示由于使用的元器件较多,在数码管显示器较多的场合,电路显得烦琐,为了简化线路,降低成本,单片机系统中常常采用动态扫描显示方式。

　　动态扫描显示方式的工作原理是:逐个地循环点亮各位显示器,也就是说在任一时刻只有 1 位显示器在显示。为了使人看到所有显示器都在显示,就得加快循环点亮各位显示器的速度(提高扫描频率),利用人眼的视觉残留效应,给人感觉到与全部显示器持续点亮的效果一样。一般地,每秒循环扫描不低于 50 次。在这里需要指出的是,由于每位显示器只有部分时间点亮,因此看上去亮度有所下降,为了达到与持续点亮一样的亮度效果,必须加大显示器的驱动电流。一般有几位显示器,电流就得加大几倍。

　　图 7-11 是 8 位数码管动态扫描显示的电路原理图。

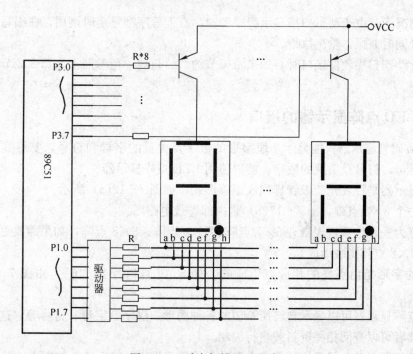

图 7-11　动态扫描显示电路

　　从图 7-11 中可以看出,各位数码管的 a～h 端并连在一起,通过驱动器与单片机系统的 P1 口相连,每只数码管的共阳极通过电子开关(三极管)与 VCC 相连,电子开关受控于 P3 口。图中数码管为共阳极数码管。要点亮某一位数码管时,先将该位显示代码送 P1 口,再选通该位电子开关(相应的口线输出低电平)。

　　下面给出一段程序,这段程序从内部 RAM 的显示缓冲区 30H～37H 中取出要显示的代码,送给 8 位数码管。前面说过,要让人感觉到 8 位数码管同时在显示,而且不感到闪烁,每秒循环扫描次数不少于 50 次,也就是循环周期必须不大于 20 ms。现有 8 位数码管,每个显示 2 ms,则循环周期为 16 ms,符合要求。下面程序每调用一次显示一位,即每 2 ms 调用一次。在单片机上电初始化时,预置(R0)=30H,(R2)=08H,(R3)=0FEH。

```
DIR:    MOV     P3,#0FFH          ;关显示,防止送数时闪烁
        MOV     P1,@R0            ;取显示代码送显示器
        MOV     P3,R3             ;送选位数据
        INC     R0                ;指向下一显示代码
        MOV     A,R3              ;修改选择数据指向下一位
        RL      A
        MOV     R3,A
        DJNZ    R2,LOOP           ;8 位数码未扫完,则返回
        MOV     R2,#08H           ;已扫完,则重置循环计数器
        MOV     R0,#30H           ;重置显示缓冲单元首址
        MOV     R3,#0FEH          ;重置选位数据初值
LOOP:   RET
```

一般情况下,由于动态扫描显示程序和键盘查询程序都是定时调用,在编写单片机系统软件时两者同时兼顾,轮流执行。

在设计动态扫描硬件接口时,如果希望节约 I/O 口线,可参照上文 7.2.2 节所述的"串改并"方案。

7.2.4　LED 点阵显示器的接口

LED 数码管显示器只能显示 7 段字形的数字及少量的字母和符号,要想显示图形、汉字、各种字母、符号及美观的数字,就得使用 LED 点阵显示器。

点阵显示器是将发光二极管排列成矩阵形式,如图 7-12(a) 所示。

它是一个 8×8 点阵,图 7-12(b) 是内部等效电路图。

一个点为一个像素,规格有 5×7 点阵、5×8 点阵、8×8 点阵,如果需要更多像素的点阵一般由 8×8 点阵拼装而成。

点阵的字形是由点亮的相应点组成的。如 5×7 点阵字形"6",由图 7-13 中的点组成。

由于点阵显示器可以显示自己所希望的各种图形、汉字、字母、符号等,这里不可能一一列举,读者可以查阅相关资料或自行编制。

点阵显示器与单片机系统的接口电路的示意图见图 7-14,显示数据由 2 片 4094 提供。4094 是 8 位带锁存器的并行输出串行移位寄存器,它可以将串行数据改换为并行数据,与 74LS164 不同的是,4094 具有并行输出锁存的功能,也就是在串行数据位移期间,并行输出数据不改变,当移位工作结束后,将移位寄存器的数据写入锁存器输出并锁存,直至下一次的写入。其功能真值表见表 7-4。

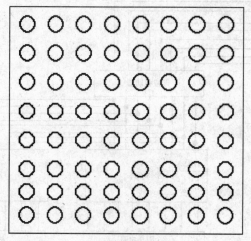

8×8点阵显示器外观

(a) 点阵显示器矩阵形式

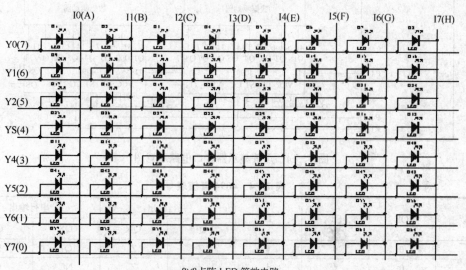

8×8点阵 LED 等效电路

(b) 内部等效电路图

图 7 - 12

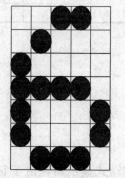

显示代码

3CH

4BH

49H

49H

30H

图 7 - 13　点阵字形示意图

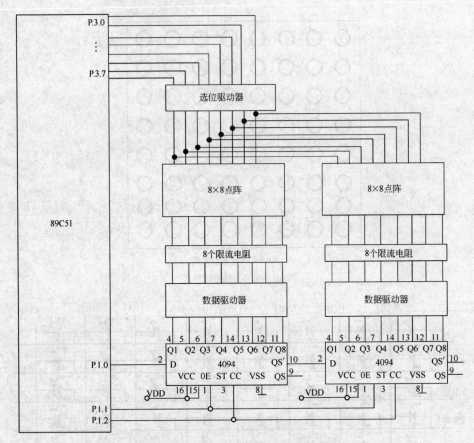

图 7 - 14　点阵显示器接口电路示意图

表 7 - 4　4094 真值表

CL	OE	ST	D	并行输出		串行输出	
				Q1	QN	QS	Q'S
⌐	0	φ	φ	Z	Z	Q7	NC
⌐	0	φ	φ	Z	Z	NC	Q7
⌐	1	1	φ	NC	NC	Q7	NC
⌐	1	1	0	0	Qn−1	Q7	NC
⌐	1	1	1	1	Qn−1	Q7	NC
⌐	1	1	1	NC	NC	NC	Q7

NC＝不变

7.3　液晶显示器的接口

7.3.1　液晶显示器的基本知识

液晶显示器也称 LCD，它是一种被动式显示器，由于它的功耗极低、平板型结构、显示信息量大、寿命长，因而得到越来越广泛的运用。

液晶显示器本身不发光，只是调节光的亮度，目前市售的 LCD 显示器都是利用液晶的扭曲——向列效应制成，这是一种电场效应，夹在两片导电玻璃电极间的液晶经过一定处理，它内部的分子呈 90°的扭曲，当线性偏振光透过其偏振面便会旋转 90°。当在玻璃电极上加上电压后，在电场作用下，液晶的扭曲结构消失，其旋光作用也消失，偏振光便可以直接通过。当去掉电场后液晶分子又恢复其扭曲结构。把这样的液晶置于两个偏振片之间，改变偏振片的相对位置（正交或平行）就可得到白底黑字或黑底白字的显示形式。

LCD 的主要参数有：

- 响应速度（200～300 ms）；
- 交流驱动电压（1.5～3 V）；
- 功耗（1 μw/cm^2）；
- 工作温度（0℃～50℃）。

现以笔段型 LCD 显示器为例，说明其显示驱动原理。显示器除了 a～g 这 7 个笔划以外，还有一个公共极 COM，其笔划如图 7 - 15 所示。它可用静态方式驱动，也可用动态方式驱动。

当加在笔划（a～g）中某个电极上的方波和公共电极（COM）上的方波信号相位相同时，相对电压为零，则该笔划段不显示；当加在某个笔划电极上的方波与公共电极上的方波信号相位相反时，则有幅值 2 倍于方波幅值的电压加在液晶上，该笔划被选中而显示，如图 7-16 所示。

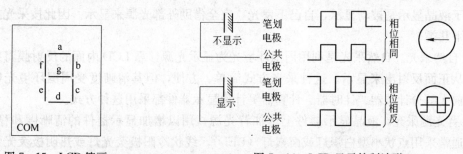

图 7 - 15　LCD 笔画　　　　　　图 7 - 16　LCD 显示控制波形

例如：如果要显示数字"3"，则应使 a、b、c、d、g 笔划段电极上的方波与 COM 电极上方波的相位相反，而 e、f 笔划段电极上的方波与 COM 电极上方波的相位相同。其控制波形如图 7-17 所示。

一般控制方波的频率为 25～100 Hz，并保证其为对称方波，从而使加在液晶极板上的交流电压平均值为零。否则如有较大的直流分量，将使液晶材料迅速分解，这会大大缩短显示器的工作寿命。

当前市场上液晶显示器件种类繁多，一般从以下几个方面分类。

（1）按排列形式分类

按排列形式可分为笔段型、字符型和点阵图形型。

① 笔段型。笔段型是以长条状显示像素组成一位显示。该类型主要用于数字显示，也可用于显示西文字母或某些字符。这种段显示器通常有 6 段、7 段、8 段、9 段、14 段和 16 段等，在形状上总是围绕数字"8"的结构变化。其中以 7 段显示最常用，它广泛用于电子

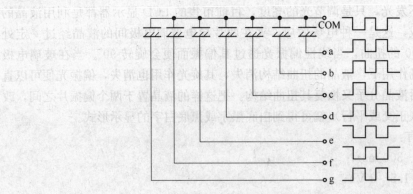

图 7-17　显示数字"3"的控制波形

表、数字仪表中。

② 字符型。字符型液晶显示模块是专门用来显示字母、数字、符号等点阵型显示模块。在电极图形设计上它是由若干个 5×7 或 5×11 点阵组成，每一个点阵显示一个字符。这类模块广泛应用于寻呼机、移动电话等电子设备中。

③ 点阵图形型。点阵图形型是在一平板上排列多行和多列，形成矩阵形式的晶格点阵，点的大小可根据显示的清晰度来设计。这类液晶显示器可广泛用于图形显示，如游戏机、笔记本电脑和彩色电视等设备中。

（2）按采光方法分类

由于液晶显示是被动显示，自己不发光，完全借助外部光源来显示。因此按采光方式可分为以下几类。

① 自然采光。自然采光是利用周围环境光为显示光源，靠 LCD 内面的反射膜将射入的自然光从正面反射出来显示。这种采光方式简单、方便，但其清晰度受周围环境光影响较大。目前大部分计数器、计时器、计算器等计量显示器件都采用这种方式。

② 背光源采光。液晶显示器件上增加背光源，用以增加显示器件的清晰度和稳定性。背光源通常采用点状小型白炽灯或卤素灯（LED），线状冷阳极荧光灯或热阴极荧光灯及面状扁平荧光灯（EL）。当前，塑料膜型的 EL 和三基色扁平荧光灯得到了更好的应用。按背光源的安装方式又可分为边光式和背光式。

（3）按 LCD 的显示驱动方式分类

LCD 显示器的驱动方法有静态驱动法、动态驱动法和双频驱动法

① 静态驱动法。静态驱动法是将振荡器的脉冲信号分频后直接加在背电极 BP 上、段电极脉冲直接加在某一段上。这种显示适用于笔段型液晶显示器件，每个字符段要有一个锁存器和驱动器。

② 动态驱动法。为了简化硬件驱动电路，在多个显示像素驱动时，将像素排列成矩阵结构，分别称为行电极和列电极。采用类似于 CRT 光栅动态扫描的方法，循环地给行电极施加选择脉冲并同时给需要显示数据的列电极相应地选择脉冲，这种行顺序扫描循环周期很短，使得显示屏上呈现出稳定的图像。

③ 双频驱动法。双频驱动法是利用液晶介电常数与驱动电压频率的相互关系，使用两种不同的驱动电压频率来改变液晶显示器件上各像素分子的取向，使其达到良好的显示效果。

7.3.2　使用单片机驱动笔段型液晶显示器件

把液晶显示器件直接与单片机连接，然后通过软件编程实现对液晶显示器件的驱动，这也是实现液晶显示器件驱动的一种方法。图 7-18 绘出了用 89C51 的 P1、P2、P3 三个并行口联合驱动 $3\frac{1}{2}$ 位液晶显示器件的电路，使用晶振为 6 MHz。

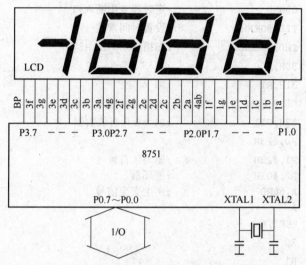

图 7-18　89C51 驱动 $3\frac{1}{2}$ LCD 电路原理图

这种驱动方法的实现主要是通过软件程序在 P1、P2、P3 口实现液晶显示器件的静态驱动原理。编程的基本思路是：

① 显示位的段电极状态与 BP 不在同一状态位上，即当 BP=1 时，段电极为 "0"；当 BP=0 时，段电极为 "1"；

② 不显示位的段电极状态与 BP 相同；

③ 交流波形，定时间隔地将驱动信号求反，以实现波形的变化。

在编程时首先要建立显示缓冲区及显示字形数据，比如把 20～22H 单元设置为显示位相对应的显示缓冲区，以及该区存储显示的数据。同时建立驱动区 23～25H 单元，用来实现驱动波形的变化。如表 7-5 所示。

表 7-5　显示缓冲区与驱动区驱动波形的变化

	RAM 单元地址	内　容　分　配							
		D7	D6	D5	D4	D3	D2	D1	D0
显示 缓冲区	20H	4a	1f	1g	1e	1d	1c	1b	1a
	21H	4g	2f	2g	2e	2d	2c	2b	2a
	22H	BP	3f	3g	3e	3d	3c	3b	3a
驱动区	23H	P1							
	24H	P2							
	25H	P3							

在显示缓冲区中，主程序是可以随机地写入数据的，现设定显示位为"1"，不显示位为"0"。所以，在写完显示数据后要将 BP 位置成"0"状态，从而表示显示数据有效。

在显示的驱动区内，显示程序将显示缓冲区内有效的显示数据读入相应的驱动区单元内输出给 P1、P2、P3，然后把驱动区各单元内容求反，再输出给 P1、P2、P3，这样循环下去，就在显示器件上形成了交流驱动波形，从而达到显示的效果。驱动程序如下：

```
占用寄存器:R0,R1,R2,A
              ORG      000BH             ;定时器 0 中断入口
PR1:          MOV      TL0,#0EFH         ;设置时间常数
              MOV      TH0,#0D8H         ;扫描频率＝50 Hz
              MOV      30H,A             ;A 入"栈"
              MOV      31H,R1            ;R1 入"栈"
              MOV      R0,# 20H          ;R0＝显示缓冲区首址
              JNB      17H,P11           ;BP＝0 为有效数据
              MOV      R0,#23H
P11:          MOV      R1,#23H           ;驱动区首址
              MOV      R2,#03H           ;循环量
P12:          MOV      A,@R0             ;产生交变信号
              CPL      A
              MOV      @R1,A
              INC      R0
              INC      R1
              DJNZ     R2,P12
              MOV      P1,23H            ;驱动输出
              MOV      P2,24H
              MOV      P3,25H
              MOV      A,30H             ;出"栈"
              MOV      R1,31H            ;出"栈"
              SETB     17H               ;BP＝1 为无效数据
              RETI
```

驱动程序使用了定时器 0 中断方式，定时器每 20 ms 中断一次，驱动程序中要判断显示缓冲区 BP 位状态。当 BP＝1 时，驱动程序仅在原驱动区内数据求反，输出驱动液晶显示器件以实现交流波形驱动。当 BP＝0 时，将显示缓冲区数据取出，更新驱动区数据来实现新内容的显示。

在主程序中，要实现中断方式驱动液晶显示器件，需要设置一些初始化值，同样在显示缓冲区写入数据 00H 以实现显示缓冲区的初始化。另外，向显示缓冲区写入数据，该数据由字符代码转换成显示字形码，其码表 TAB 将存放用户根据自己系统需要设置的字形码。其字符代码将是码表 TAB 的偏移地址量。主程序及数据写入子程序如下：

```
初始化程序段: …
              CLR      A                 ;初始化
              MOV      P1,A
              MOV      P2,A
              MOV      P3,A
```

```
            MOV       20H,A
            MOV       21H,A
            MOV       22H,A
            MOV       TMOD,#31H      ;定时器 0 为定时状态
            MOV       TH0,#0D8H      ;设置时间常数
            MOV       TL0,#0EFH      ;扫描频率＝50Hz
            MOV       IE,#82H        ;开中断
            SETB      TR0            ;启动定时器 0
数据写入子程序  占用寄存器:R1,A,DPTR;
            输入寄存器:R 显示缓冲区地址,A 显示字符代码
PR2:        MOV       DPTR,#TAB      ;设置表地址
            MOVC      A,@A+ DPTR     ;取显示字形码
            MOV       @R1,A          ;送入
            CLR       17H            ;BP=0 为有效数据
            RET
TAB:        DB        …              ;显示字符字形码表
```

7.3.3　点阵式液晶显示控制器 HD61830

1. 简介

HD61830 可以接收 8 位微处理器的数据，并产生点阵液晶驱动信号。它有两种驱动方式：一种为图像方式，另一种为字符方式。在图像方式下，外接 1 位数据控制 LCD 上一个点的亮与灭；在字符方式下，字符的显示是通过把字符代码存储到外部 RAM 中，控制器根据字符代码来确定其在内部字符发生器 ROM 中的地址，将其变换成相应的点阵数据。

作为单片机的一种外围接口，HD61830 通过数据总线接收来自 CPU 的指令和数据。

它有两个通道：一个为指令口，用来接收 CPU 送来的指令码；另一个为数据口，用来接收和发送指令参数和显示数据。它受 CPU 控制的信号有片选信号、口选信号和读/写信号等。

(1) 特点

● 点阵式液晶图像显示控制器，可与 8 位微处理器直接接口。

●显示控制容量。

　图像方式：512 K 个点，2^{16} 字节。

　字符方式：4 096 个字符，2^{12} 字节。

● 内部字符发生器 ROM，7 360 位。

　5×7 字体 160 种；

　5×11 字体 32 种。

● 时隙划分可由编程选择，取值范围为 1～128。

● 多种指令功能：光标开/关/闪，字符闪和位操作等。

● 工作频率最大为 1.1 MHz。

● 功耗低。

● +5 V 单一电源供电。

- 采用 CMOS 工艺制造。
- 60 脚塑装。

（2）引脚及其功能

图 7-19 为 HD61830 的引脚图。

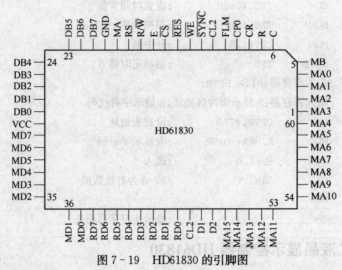

图 7-19　HD61830 的引脚图

引脚功能说明如下。

- DB0～DB7：数据总线，双向，三态。
- $\overline{CS}$：片选信号，低电平有效。
- R/$\overline{W}$：读/写，当 R/W=1 时，读有效；当 R/W=0 时，写有效。
- RS：寄存器选择，当 RS=1 时，选指令寄存器，当 RS=0 时，选数据寄存器。
- CR、R、C：RC 振荡器输入端。
- $\overline{RES}$：复位信号，低电平有效。
- MA0～MA15：外接 RAM 地址输出，空间为 64 K。
- MD0～MD7：显示数据总线，双向，三态。
- RD0～RD7：ROM 数据输入，即外接字符发生器的点数据输入，单向。
- $\overline{WE}$：使能，外部 RAM 的写信号。
- CL2：LCD 驱动器的显示数据移动时钟。
- CL1：LCD 驱动器的显示数据锁存信号。
- FLM：显示器帧同步信号。
- MA、MB：将液晶驱动信号转换成 AC 信号。
- D1、D2：显示数据串行输出，D1 用于上半屏幕，D2 用于下半屏幕。
- CP0：从动方式时的 HD61830 时钟信号。
- SYNC：并行操作时的同步信号，三态。

（3）与 CPU 接口时的读/写操作时序

HD61830 工作时序图如图 7-20 所示。

（4）HD61830 的指令系统

CPU 通过向 HD61830 的指令寄存器和 13 个数据寄存器中写入数据，即可控制显示。

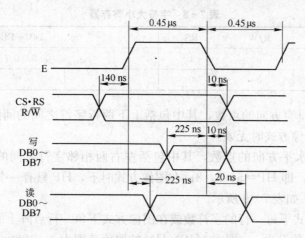

图 7-20　HD61830 读/写操作时序

RS 为寄存器选择信号，当 RS=1 时，向指令寄存器写入控制代码，此时相应的数据寄存器即被确定；当 RS=0 时，向数据寄存器写入数据，并执行所定义的指令。

在一条指令的执行过程中，控制器不能接收新的指令。

寄存器选择功能由 RS 和 R/$\overline{\text{W}}$ 寻址，共有 4 种方式，如表 7-6 所示。

表 7-6　寄存器选择功能表

RS	R/$\overline{\text{W}}$	操　作	RS	R/$\overline{\text{W}}$	操　作
0	0	数据寄存器写入	1	0	指令寄存器写入
0	1	数据寄存器读出	1	1	指令寄存器读出

命令字共有 14 种，由数据字节的低 4 位寻址，高 4 位固定为 0。

① 方式控制。向指令寄存器写入 00H，即选中了方式控制寄存器，如表 7-7 所示。

表 7-7　方式控制寄存器

寄 存 器	R/$\overline{\text{W}}$	RS	DB7~DB0	
指令寄存器	0	1	00000000	
方式控制寄存器	0	0	00	方式控制数据

方式控制数据含义如下。

● DB5：显示开关，1 为开显示，0 为关显示。

● DB4：1 是主动方式，0 是从动方式。

● DB1：0 为字符方式，1 为图像方式。

● DB0：图像方式恒为 0；字符方式时，如为 0，为内部字符，1 为外扩字符。

● DB3，DB2：图像方式时恒为 00；字符方式时定义光标状态，即：00，光标关；01，光标开；10，光标关，字符闪；11，光标闪。

② 设置字符大小，见表 7-8。

表 7-8　字符大小寄存器

寄　存　器	R/$\overline{\text{W}}$	RS	DB7～DB0		
指令寄存器	0	1	0000 0001		
字符大小寄存器	0	0	VP$_{-1}$	0	HP$_{-1}$

　　VP 指每个字符垂直方向的点数，其中包括上下两行字符之间的间隙。VP 只有在字符方式下有意义，在图像方式时无效。

　　HP 指每个字符水平方向的点数，其中包括左右两相邻字符之间的间隙。在字符方式下，HP 有 3 个取值，即 HP=6，7，8；在图像方式时下，HP 只有一个取值，即 HP=8。

　　③ 设置字符数，如表 7-9 所示。

　　HN 指在字符方式下每一行的字符数或在图像方式下每一行点阵上的字节数。如果把屏幕上每一行点阵的总数设为 n，则 n=HP×HN 的取值范围为 2～128。

表 7-9　字符数寄存器

寄　存　器	R/$\overline{\text{W}}$	RS	DB7～DB0	
指令寄存器	0	1	0000 0010	
字符数寄存器	0	0	0	NX$_{-1}$

　　④ 设置时隙划分数即扫描行数，如表 7-10 所示。

表 7-10　时隙分割寄存器

寄　存　器	R/$\overline{\text{W}}$	RS	DB7～DB0	
指令寄存器	0	1	0000 0011	
时隙分割寄存器	0	0	0	NX$_{-1}$

　　NX 指在多重显示时的时隙分割数，其取值范围为 1～128。

　　⑤ 设置光标位置，如表 7-11 所示。

表 7-11　光标位置寄存器

寄　存　器	R/$\overline{\text{W}}$	RS	DB7～DB0	
指令寄存器	0	1	0000 0100	
光标位置寄存器	0	0	0000	CP$_{-1}$

　　CP 指在字符方式下光标显示的位置。其取值范围为 1～16。一般取 CP=VP，则光标显示在字符下面，其长度等于字符水平的宽度 HP。

　　⑥ 设置显示起始地址的低 8 位，如表 7-12 所示。

表 7-12　显示起址寄存器

寄　存　器	R/$\overline{\text{W}}$	RS	DB7～DB0
指令寄存器	0	1	0000 1000
显示起址寄存器	0	0	显示起始地址低 8 位

　　⑦ 设置显示起始地址的高 8 位，见表 7-13。

表 7 - 13　显示起址寄存器

寄 存 器	R/$\overline{W}$	RS	DB7~DB0
指令寄存器	0	1	00001000
显示起址寄存器	0	0	显示起始地址高 8 位

通过这两条指令可将显示数据的起始地址写入显示起始地址寄存器中。显示起始地址是指自屏幕的左上角起所显示的内容存储在 RAM 中的地址。在图像方式下，显示的地址由高/低16 位数据组成。在字符方式下，显示的起始地址由高 8 位地址的低 4 位和低 8 位地址组成，高 8 位地址的高 4 位无效。

⑧ 设置光标地址的低 8 位，如表 7 - 14 所示。

表 7 - 14　光标地址计数器

寄 存 器	R/$\overline{W}$	RS	DB7~DB0
指令寄存器	0	1	00001010
光标地址计数器	0	0	光标地址低 8 位

⑨ 设置光标地址的高 8 位，如表 7 - 15 所示。

表 7 - 15　光标地址计数器

寄 存 器	R/$\overline{W}$	RS	DB7~DB0
指令寄存器	0	1	00001011
光标地址计数器	0	0	光标地址高 8 位

通过以上两条指令可将光标地址写入光标地址计数器中。光标地址是指将显示数据或字符代码写入或读出的 RAM 地址，因此，由它确定的 RAM 地址可读/写。光标地址计数器是一个 16 位增量计数器，且具有置位和复位功能。当第 N 位由 1 变为 0 时，第 $N+1$ 位加 1。在设置低位地址时，如果低位地址的最高位由 1 变为 0，则高位地址的最低位加 1。因此，在设置高、低位地址时，应按如下要求进行：

● 当高位地址和低位地址都需要改写时，先写低位地址，再写高位地址；
● 当只需要改写低位地址时，在写入低位地址后，不需再写高位地址；
● 当只需改写高位地址时，不需重写低位地址而只写高位地址。

⑩ 写显示数据，如表 7 - 16 所示。

表 7 - 16　写 RAM 地址

寄 存 器	R/$\overline{W}$	RS	DB7~DB0
指令寄存器	0	1	00001100
RAM	0	0	图像数据或字符代码

此指令将图像数据或代码传送到光标地址定义的 RAM 单元中。在此操作之后，光标地址自动加 1。

⑪ 读显示数据，见表 7 - 17。

表 7 - 17 读 RAM 地址

寄 存 器	R/$\overline{W}$	RS	DB7～DB0
指令寄存器	0	1	00001101
RAM	1	0	图像数据或字符代码

此指令执行时，能读出光标地址所定义的 RAM 单元中的数据。

在执行此指令时，先将数据输出寄存器的内容输出到数据总线 DB7～DB0 上，然后再将由光标地址所确定的 RAM 中的数据传送到数据输出寄存器，光标地址加 1。当设置光标地址后，第一次读时，并无数据输出，而在第二次读时才有正确的数据输出。因此，当设置好光标地址之后作读操作时，应先作一次伪读操作。

⑫ 清位，如表 7 - 18 所示。

表 7 - 18 清位寄存器

寄 存 器	R/$\overline{W}$	RS	DB7～DB0	
指令寄存器	0	1	00001110	
清位寄存器	0	0	00000	NB－1

⑬ 置位，如表 7 - 19 所示。

表 7 - 19 置位寄存器

寄 存 器	R/$\overline{W}$	RS	DB7～DB0	
指令寄存器	0	1	00001111	
置位寄存器	0	0	00000	NB－1

清位、置位指令可分别将 RAM 中的一个字节显示数据的某一位变为 0 或 1，RAM 的地址由光标地址确定，而一个字节的哪一位则取决于 NB。指令执行后，光标地址自动加 1。

⑭ 读忙标志，如表 7 - 20 所示。

表 7 - 20 忙标志位

寄 存 器	R/$\overline{W}$	RS	· DB7～DB0
指令寄存器	1	1	忙

控制器设有忙标志位，用以表示其当前的工作状态。在一条指令执行期间，忙标志被置位为 1，此时控制器不接收 CPU 的任何信息，指令执行完后，忙标志变为 0，此时控制器可接收 CPU 发来的下一条指令。因此，CPU 在向控制器发送指令或写数据之前，应先判别忙标志。该标志可从指令寄存器的 DB7 位直接读出。

2. HD61830 和单片机的接口

这里以 HD61830 和 8031 的接口为例。其原理图如图 7 - 21 所示。

数据寄存器的地址为 4000H；指令寄存器的地址为 4001H。下面介绍其简单的编程应用。

本程序可检查忙标志的子程序，以后可以经常调用。

(1) 检查 HD61830 的忙标志

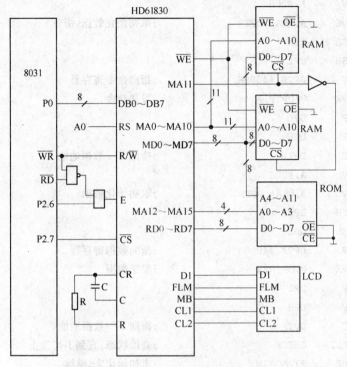

图 7 - 21　HD61830 和单片机的接口

```
CHECK:    PUSH    PSW
          PUSH    ACC
          PUSH    DPH
          PUSH    DPL          ;保护现场
CHECK1:   MOV     DPTR,#4001H  ;指令寄存器地址
          MOVX    A,@DPTR      ;读指令寄存器
          JB      ACC.7,CHECK1 ;忙,继续等待
          POP     DPL          ;闲,则恢复现场返回
          POP     DPH
          POP     ACC
          POP     PSW
          RETI
```

（2）将“GOOD LUCK TO YOU!”由屏幕第一行左上角起显示在屏幕上

要实现正确的显示，首先需对 HD61830 进行初始化设置，如设置控制方式、字符参数等。在这里选用内部字符方式，字符为 5×7 点阵，LCD 可显示两行字符，即 NX＝16，每行可显示 20 个字符。

参考程序如下：

```
          ORG     0100H
START:    MOV     DPTR,#DATA   ;初始化数据表首址送 DPTR
          MOV     R7,#09H      ;初始化命令个数
```

```
            MOV    A,#00H
AGAIN:      MOVC   A,@A+ DPTR                ;取初始化数据(指令)
            PUSH   DPH
            PUSH   DPL
            MOV    DPTR,#4001H              ;指向命令寄存器
            MOVX   @DPTP,A                  ;发送指令
            POP    DPL
            POP    DPH
            INC    DPTR                     ;指向下一数据地址
            MOV    A,#00H
            MOVC   A,@A+ DPTR               ;取初始化数据
            PUSH   DPH
            PUSH   DPL
            MOV    DPTR,#4000H              ;指向数据寄存器
            MOVX   @DPTR,A                  ;发送数据
            POP    DPL
            POP    DPH
            INC    DPTR                     ;指向下一数据地址
            ACALL  CHECK                    ;查忙状态,直到不忙为止
            DJNZ   R7,AGAIN                 ;末初始化完,继续
            MOV    A,#0CH                   ;开始写显示数据
            MOV    DPTR,#4001H
            MOVX   @DPTR,A
            MOV    DPTR,#CHARTAB            ;显示数据首址送 DPTR
            MOV    R7,#0FH                  ;显示字符数
DISP:       MOV    A,#00H
            MOVC   A,@A+ DPTR               ;取显示数据
            PUSH   DPH
            PUSH   DPL
            MOV    DPTR,#4000                ;指向数据寄存器
            MOVX   @DPTR,A                  ;输出显示数据
            ACALL  CHECK                    ;查忙标志
            POP    DPL
            POP    DPH
            INC    DPTR                     ;指向下一显示数据
            DJNZ   R7,DISP                  ;显示未完,继续
            RET
DATA:       DB 00H,3CH                      ;开显示,主动,内部字符方式,光标闪
            DB 01H,77H                      ;字符大小 5×7 点阵
            DB 02H,12H                      ;每行字符数 18
            DB 03H,0FH                      ;共 16 行
            DB 04H,07H                      ;光标定位为 7
            DB 08H,00H                      ;显示起始地址低 8 位为 00H
```

```
        DB 09H,00H              ;显示起始地址高 8 位为 00H
        DB 0AH,00H              ;光标地址低 8 位为 00H
        DB 0BH,00H              ;光标地址高 8 位为 00H
CHARTAB: DB 47H,4FH,4FH,44H,20H  ;显示 GOOD 空格
        DB 4BH,55H,43H,4AH,20H  ;显示 LUCK 空格
        DB 54H,4FH,20H          ;显示 TO 空格
        DB 59H,4FH,55H,21H      ;显示 YOU!
```

本例是用字符方式将输入的 ASCII 码显示在屏幕上。使用图像方式时，用法与此类似，只是方式有所不同而已。

HD61830 控制器使用十分方便，且控制的显示信息量大。对于一块 LCD，可根据需要在一行点阵总数一定的情况下，设定不同的显示字符数，它所控制的 LCD 最多可显示 16 行字符或 8 行汉字，当需要显示的信息量更大时，它还可以控制两块 LCD，其中一块采用主动方式，另一块采用从动方式。由此可见，在显示的信息量大时，HD61830 更具有优越性。

7.4　模数（A/D）转换接口

单片计算机只能接收二进制数，但是在单片机构成的系统中，许多输入量都是非数字信号的模拟信号，如速度、压力、流量、温度等。A/D 变换的作用就是把模拟量变换成计算机能识别的数字量。

A/D 变换过程主要包括：采样、保持、量化及编码。采样和保持是把变化的待测模拟信号在 A/D 转换工作期间保持稳定，以保证转换结果的稳定，采样保持的结果是把模拟信号在时间上离散化。量化是把采样并保持稳定的待测信号的值和给定的参考电平按一定的精度进行比较，得到一个与参考电平对应的比例，即把模拟信号在幅值上离散。编码是把量化后的比例值变换成相应的二进制数码。如满幅电压为 5 V、转换精度为 8 位的 A/D 转换器，采集到 0 V 电压，则变换成 0000 0000B 数字信号，采集到 5 V 电压变换成 1111 1111B 数字信号，其他在 0～5 V 之间的模拟量都可转换成 00H～FFH 之间的数字量。

A/D 转换芯片种类繁多，性能各异，但按其变换原理可分成直接并行比较式、逐次逼近式、双积分式等。其中逐次逼近式精度、速度及价格都适中，应用最广泛。直接并行比较式速度最快但价格高。双积分式精度高、抗干扰能力强、价格低，但速度偏低，使用时可根据实际需要选择不同芯片。下面以逐次逼近式和双积分式 A/D 转换为例，说明 A/D 转换原理及主要技术指标。

1. A/D 转换原理

（1）逐次逼近式 A/D 转换器原理

① 逐次逼近式 A/D 转换原理如图 7 - 22 所示。图 7 - 22 的工作原理详细介绍如下。

由图 7 - 22 可见，A/D 转换器的主要结构是由 D/A 转换器、N 位寄存器、比较器及控制电路 4 部分组成。

② A/D 转换过程。当欲转换的模拟量 VX 输入后，启动 A/D 转换器开始进行模/数转换。首先把 N 位寄存器最高位 D_{N-1} 置 "1"，其余全送 "0"，即 N 位寄存器数字量为 100 000 00B（N＝8），该数字量经 D/A 转换器变换成模拟信号 VN，然后将 VX 与 VN 进行

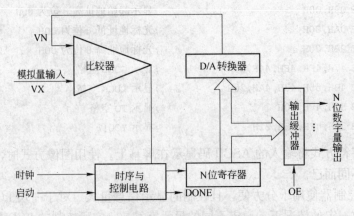

图 7-22　逐次逼近式 A/D 转换原理图

比较。如果 VX≥VN，保留 DN-1位的"1"。如果 VX≤VN，清"0"该位，并把次高位 DN-2位置"1"，再把此时 N 位寄存器中的数字量送入 D/A 转换器变换成模拟量 VN，VX 与这次的 VN 比较，若 VX≥VN，保留 DN-1位的"1"，否则清"0"，同时又把 DN-3位置 "1"，如此循环变换、比较，直到把 N 位寄存器中最后一位 D0 比较完为止。控制单元发出转换结束信号，转换结束后读出最后 N 位寄存器的数字量，就是与模拟量 VX 相对应的转换结果。显然，N 位寄存器需要比较 N 次，故称这种方式为逐次逼近式。上述过程就是逐次逼近式 A/D 转换的基本过程。

2. 双积分式 A/D 转换器原理

双积分式 A/D 转换器，一般具有精度高、抗干扰性好、价格便宜等优点，但转换速度慢。
图 7-23 为双积分式 A/D 转换器工作原理。它由电子开关、积分器、比较器、计数器和控制逻辑等组成。

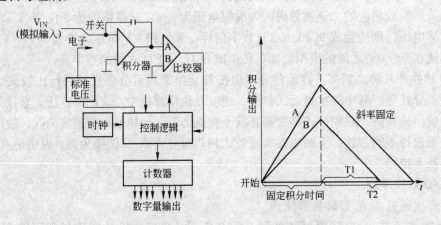

图 7-23　双积分式 A/D 转换器工作原理

其电路的工作原理如下：电路由外来的启动信号启动后，未知的输入模拟电压加到积分电路进行固定时间的积分，同时计数器开始对时钟脉冲进行计数。这时计数器是作为定时器来使用的。当计满一个预先规定的固定值之后（通常这段时间约为整个转换周期的 1/3），则将极性相反的标准电压加到积分电路上，积分电路从刚才积分的终值开始进行反向积分。

与此同时，计数器清零并重新开始对时钟脉冲计数，直至积分器输出到达零，使计数器停止计数。这时控制造辑电路向 CPU 发出"数据有效"的状态信号。CPU 可从计数器的输出端得到转换结果。输入模拟电压 UIN 幅度越大，在固定时间积分的终了时，积分器的输出电压值也越大，因而反向积分所需的时间也越长。

7.4.1　A/D 转换器的主要技术指标

1. 转换时间和转换速率

转换时间是 A/D 完成一次转换所需要的时间。转换时间的倒数为转换速率。直接并行比较式 A/D 转换器，转换时间最短约 $20\sim50$ ns，速率为 20 MHz～50 MHz；双极性逐次逼近式转换时间约为 $0.4~\mu s$，速率为 2.5 MHz。

2. 分辨率

A/D 转换器的量化精度称为分辨率，习惯上用输出二进制位数和 BCD 码位表示。例如，AD574A/D 转换器，可输出二进制数 12 位，即用 2^{12} 个量化级分割模拟量进行量化。显然，可量化的最小分割为 $1/2^{12}$，即 12 位二进制的最小数值，称这个数值为 1 LSB。不难看出，量化的分辨率应为这个最小值 1 LSB，用百分数表示为 $1/2^{12}\times100\%=0.0244\%$。又如双积分式输出 BCD 码的 A/D 转换器 MC14433，其分辨率 3 位半。若满字位为 1 999，用百分数表示其分辨率为 $1/1999\times100\%=0.05\%$。

量化过程引起的误差为量化误差。量化误差是由于有限字长对模拟量进行量化引起的误差。量化误差理论上规定为一个单位分辨率的 $\pm1/2$ LSB，提高分辨率可以减少量化误差。

3. 转换精度

A/D 转换器的转换精度定义为一个实际 A/D 转换器与一个理想 A/D 转换器在量化值上的差值。可用绝对误差或相对误差来表示。

7.4.2　多通道 A/D 转换器 ADC0809 及其与单片机接口电路

1. ADC0809 引脚及功能

ADC0809 是一种逐次逼近式 8 路模拟输入，8 位数字量输出的 A/D 转换器。其引脚如图 7-24 所示。

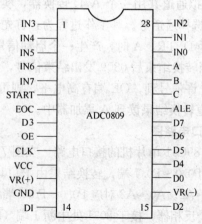

图 7-24　ADC0809 引脚

由引脚可见，ADC0809 共有 28 个引脚，采用双列直插式封装。ADC0809 虽然有 8 路模拟通道可以同时输入 8 路模拟信号，但每个瞬间只能转换一路，各路之间的切换由软件变换通道地址来实现。其主要引脚功能如下：

IN0～IN7 是 8 路模拟信号输入端；

D0～D7 是 8 位数字量输出端；

A、B、C 与 ALE 控制 8 路模拟通道的切换，A、B、C 分别与三根地址线或数据线相连，三者编码对应 8 个通道地址口。CBA＝000～111 分别对应 IN0～IN7 通道地址；

OE、START、CLK 为控制信号端，OE 为输出允许端；

START 为启动信号输入端，CLK 为时钟信号输入端；

VR（＋）和 VR（－）为参考电压输入端。

2. ADC0809 结构及转换原理

ADC0809 结构框图如图 7 - 25 所示。

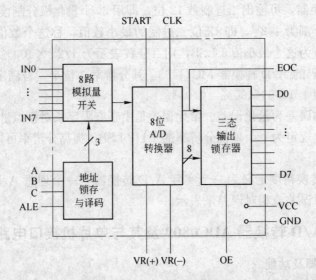

图 7 - 25　ADC0809 结构框图

由结构框图可见，8 路模拟通道共用一个 A/D 转换器，实际上 8 路模拟信号转换是分时进行的，由 A、B、C 编码选择通道号。其工作过程为：首先用指令选择 0809 的一个模拟输入通道，当执行 MOVX　@DPTR，A 时，产生一个启动信号使 START 引脚得到启动脉冲，开始对选中通道转换。当转换结束后 0809 发出结束信号，置 EOC 脚为高电平，该信号可作为中断申请信号；当读允许信号到，OE 端有高电平，则可以读出转换的数字量。利用 MOVX A，@DPTR 把该通道转换结果读到 A 累加器中。

3. ADC0809 与单片机接口电路图

图 7 - 26 是 ADC0809 与 89C51 单片机的接口电路。在图 7 - 26 中，ADC0809 的数据线 D0～D7 接于 8031 地数据总线 P0.0～P0.7 端，转换结果由 P0 口送入 CPU。地址编码端 ABC 经 74LS373 接低位地址线 A0～A2。A0～A2 对应 P0.0～P0.2 端，这三位的状态决定选择的通道。转换结束信号 EOC 经一个反相器，接于 8031 处中断 1 端（$\overline{INT1}$端）。8031 的 $\overline{WR}$、$\overline{RD}$ 与 P2.0 通过逻辑门控制 ADC0809 的启动、锁存和输出。当 P2.0＝0，$\overline{WR}$＝0 时，启动 0809；

当 P2.0＝0，$\overline{RD}$＝0 时，读转换结果。这些信号状态是由指令时序形成的。

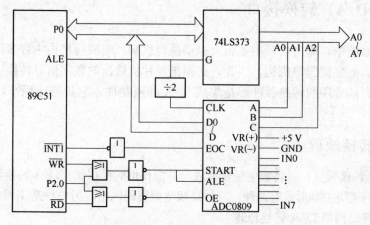

图 7-26　ADC0809 与 89C51 单片机的接口电路

7.4.3　A/D 转换应用举例

设有一个 8 路模拟量输入的巡回检测系统，使用中断方式采样数据，并依次存放在外部 RAM 的 A0H～A7H 单元中。采集完一遍以后即停止采集。其数据采样的初始化程序和中断服务程序如下：

初始化程序：

```
        MOV     R0,#A0H         ;设立数据存储区指针
        MOV     R2,#08H         ;8 路计数值
        SETB    IT1            ;边沿触发方式
        SETB    EA             ;CPU 开中断
        SETB    EX1            ;允许外部中断 1 中断
        MOV     DPTR,#0FEF0H    ;送入口地址并指向 IN0
LOOP:   MOVX    @DPTR,A         ;启动 A/D 转换
HERE:   SJMP    HERE           ;等待中断
```

中断服务程序：

```
        MOVX    A,@DPTR         ;采样数据
        MOVX    @R0,A           ;存数
        INC     DPTR           ;指向下一个模拟通道
        INC     R0             ;指向数据存储区下一个单元
        DJNZ    R2,INT1         ;8 路未转换完,则继续
        CLR     EA             ;已转换完,则关中断
        CLR     EX1            ;禁止外部中断 1 中断
        RETI                   ;从中断返回
INT1:   MOVX    @DPTR,A         ;再次启动 A/D 转换
        RETI                   ;从中断返回
```

7.5 数模 (D/A) 转换接口

单片机控制系统中，输出信号主要用来驱动执行机构，而执行机构中许多设备只能接收模拟量，如电机、电气伺服等机构。因此，必须把单片机输出的数字信号转换成模拟信号以控制执行部件。目前常用的转换器件都是集成 D/A 转换器件，它具有体积小，使用方便等优点。

7.5.1 D/A 转换原理

D/A 转换即数/模转换，是将数字量转换成与其成比例的模拟量。D/A 转换器的核心电路是解码网络，解码网络主要形式有两种：一种是权电阻解码网络，另一种是 T 型电阻网络。

（1）权电阻解码网络 D/A 转换原理

权电阻解码网络 D/A 转换电路如图 7 - 27 所示。

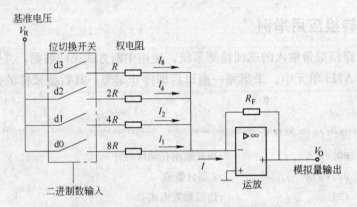

图 7 - 27　权电阻解码网络 D/A 转换电路

权电阻解码网络 D/A 芯片的转换原理：根据一个二进制数的每一位的权值，产生一个与二进制数的权成正比的电压，显然，只要将代表每一个二进制位权的电压叠加起来就是该二进制数所对应的模拟电压信号。图 7 - 27 是一个输入 4 位二进制数的 D/A 转换电路，V_R 是基准电压，d0～d3 是 4 位二进制数，控制 4 位切换开关，开关分别接 4 个加权电阻，权电阻值分别按 8∶4∶2∶1 比值分配。权电阻解码网络的输出接至运算放大器的反相输入端，R_F 是负反馈电阻。运算放大器用以放大模拟电压信号。

D/A 转换过程如下：位切换开关受被转换的二进制数 d0～d3 控制。当二进制数的某位为 "1" 时，位切换开关闭合，基准电压加在相应的权电阻上，由此产生与之对应的电流输入运算放大器，这个电流称为权电流。此时运算放大器输出电压就是这些输入的、与二进制权对应的权电流作用的结果。如 d3＝1，就会产生一个电流 $I_8 = \dfrac{V_R}{R}$。相应的，d2＝1 会产生电流 $I_4 = V_R/2R = I_8/2$；d1＝1 产生电流 $I_2 = V_R/4R = I_8/4$；d0＝1 会产生电流 $I_1 = V_R/8R = I_8/8$。因此输入运算放大器的总电流为：

$$I = I_8 + I_4 + I_2 + I_1 = I_8(d3/2^0 + d2/2^1 + d1/2^2 + d0/2^3)$$

$$= V_R/2^3 R(d3 \times 2^3 + d2 \times 2^2 + d1 \times 2^1 + d0 \times 2^0)$$

上式表明送入运算放大器的电流是各位二进制位对应的权之和，其中，$V_R/2^3R$ 可看成一个比例系数，该式完成了二进制数变为模拟量的转换。通过运算放大器的反馈电阻 R_F 把权电流之和转换为电压量，就可以把二进制量变为模拟电压量。转换后的模拟电压为：

$$V_O=-R_F\times I=-V_RR_F/2^3R\,(d3\times2^3+d2\times2^2+d1\times2^1+d0\times2^0)$$

不同的 D/A 转换器有不同的权电阻网络。当二进制位数较多时，该方法精度受影响。

（2）T 型电阻网络 D/A 转换原理

T 型电阻网络如图 7-28 所示。

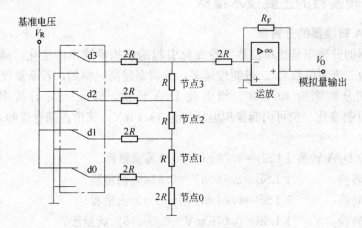

图 7-28　T 型电阻网络

T 型电阻网络的特点是电阻接成"T 型"，电阻网络由相同的环节组成，每一环节仅有两个电阻 R 和 $2R$，如图 7-28 所示。电阻网络的节数与二进制数的位数相同，每一节的等效电阻皆为 R。T 型电阻网络等效电路如图 7-29 所示。

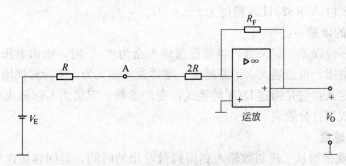

图 7-29　T 型电阻网络等效电路

图 7-29 中 V_E 为等效电源电压，R 为 T 型网络等效电阻。设电阻网络与运算放大器输入端从 A 点断开，开路电压为 V_A。根据叠加原理和等效电压定理，各节点开路电压从上到下依次递减 1/2。图 7-28 中第 0～3 号节点电压依次为：$V_R\times d0/2^4$；$V_R\times d1/2^3$；$V_R\times d2/2^2$；$V_R\times d3/2^1$。应用叠加原理，A 点开路电压等于各节点开路电压之和，即：

$$V_A =V_R\times d3/2^1+V_R\times d2/2^2+V_R\times d1/2^3+V_R\times d0/2^4$$
$$=V_R(d3\times2^3+d2\times2^2+d1\times2^1+d0\times2^0)/2^4$$

运算放大器输出电压：$V_O=-R_F\times V_E/\,(3\times R)$

由于开路时 $V_E=V_A$，代入上式则有：

$$V_O = -R_F \times V_A/(3 \times R) = -R_F \times V_R(d3 \times 2^3 + d2 \times 2^2 + d1 \times 2^1 + d0 \times 2^0)/(3 \times 2^4 \times R)$$

例　设二进制数为 4 位 d3～d0＝1001，$R_F = 3R$，利用上式，则模拟输出电压为：

$$V_O = -R_F \times V_R(1 \times 2^3 + 0 \times 2^2 + 0 \times 2^1 + 1 \times 2^0)/(3 \times 2^4 \times R)$$
$$= -R_F \times V_R \times 9/(3 \times 2^4 \times R)$$
$$= -9 \times V_R/16$$

可见，V_O 的数值不仅与输入的二进制数有关，还与反馈电阻 R_F 及标准电压 V_R 有关。

7.5.2　D/A 转换器的主要技术指标

1. 衡量 D/A 转换器的分辨率

D/A 转换器的分辨率是指单位数字量变化引起的模拟量输出的变化。通常定义刻度值与 2^n 之比（n 为二进制位数）。二进制位越多，分辨率越高。例如，若满量程为 10 V，根据分辨率定义，则分辨率为 $10 \text{ V}/2^n$。设 8 位 D/A 转换，即 $n = 8$，分辨率为 $10 \text{ V}/2^8 \approx 39.1 \text{ mV}$，即二进制变化一位可引起模拟电压变化 39.1 mV，该值占满量程的 0.391％，常用符号 1 LSB 表示。

同理：10 位 D/A 转换 1 LSB＝9.77 mV＝0.1％满量程。

12 位 D/A 转换　　　1 LSB＝2.44 mV＝0.024％满量程。

14 位 D/A 转换　　　1 LSB＝0.61 mV＝0.006％满量程。

16 位 D/A 转换　　　1 LSB＝0.076 mV＝0.00076％满量程。

2. D/A 转换精度

在理想情况下，精度与分辨率基本一致，位数越多，精度越高。但由于电源电压、参考电压、电阻等各种因数存在着误差，严格来讲精度与分辨率并不完全一致。只要位数相同，分辨率则相同，但相同位数的不同转换器精度会有所不同。例如，8 位 ADDAC—08D 精度为 ±0.19％，而 8 位 AD75231LN 精度为 ±0.05％。

3. 影响精度的误差

失调误差（零位误差）定义为：当数值量输入全为"0"时，输出电压却不为 0 V。该电压值称为失调电压，该值越大，误差越大。增益误差定义为：实际转换增益与理想增益之误差。线性误差定义：它是描述 D/A 转换线性度的参数，定义为实际输出电压与理想输出电压之误差，一般用百分数表示。

4. D/A 转换速度

D/A 转换速度是指从二进制数输入到模拟量输出的时间，时间越短速度越快，一般几十到几百微妙。

7.5.3　集成 D/A 转换器及接口电路

D/A 集成芯片的种类很多，这里介绍几种，便于掌握 D/A 芯片的用途及接口电路设计方法。D/A 芯片可分为电流输出型（如 DAC0832、AD7522 等）和电压输出型（如 AD558、AD7224 等）。电压输出型又可分为单极性输出和双极性输出等。

1. DAC0832 转换器及接口电路

DAC0832 是 8 位电流输出型 D/A 转换器，20 引脚直插式封装，其引脚及结构框图如图 7-30所示。

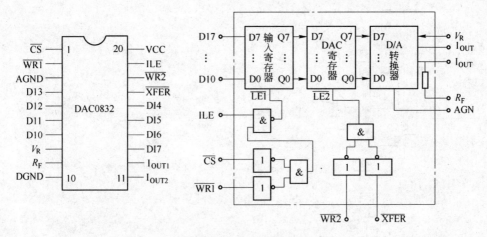

图 7-30　DAC0832 引脚及结构框图

各引脚功能如下。

DI0～DI7：8 位数据线，作为 8 位数字信号输入端。

$\overline{CS}$：片选端，低电平有效。

ILE：数据锁存允许控制端，高电平有效。

$\overline{WR1}$：第一级输入寄存器写选通控制端，负跳变有效，当 $\overline{CS}=0$、ILE=1、而 $\overline{WR1}$ 负跳变时，数据信号被锁存到第一级输入寄存器中。

$\overline{XFER}$：数据传送控制，低电平有效。

$\overline{WR2}$：DAC 寄存器写选通控制端，低电平有效，当 $\overline{XFER}=0$、$\overline{WR2}$ 负跳变时，输入寄存器状态传入 DAC 寄存器中。

IOUT1：D/A 转换器电流输出 1 端，输入数字量全为"1"时，IOUT1 最大，输入数字量全为"0"时，IOUT1 最小。

IOUT2：电流输出 2 端，IOUT1+ IOUT2=常数。

R_F：外部反馈信号输入端，内部已有反馈电阻，根据需要可外接反馈电阻。

V_R：基准电压输入端，电压范围+5 V～+15 V。

DGND：数字信号接地端，最好与电源共地。

AGND：模拟信号接地端，最好基准电源共地。

2. DAC0832 与单片机接口电路

DAC0832 有 3 种工作方式：单缓冲方式、双缓冲方式及直通式。下面以单缓冲方式为例来说明 DAC0832 接口电路及软件设计方法。

图 7-31 所示是 DAC0832 的单缓冲方式接口电路。

单缓冲方式的电路特点是：两级寄存器并联，即 $\overline{CS}$ 与 $\overline{XFER}$ 并联，$\overline{WR1}$ 与 $\overline{WR2}$ 并联，输入信号直接锁存到 DAC 寄存器。图 7-31 中，LM324 作为电流—电压转换器使用。

DAC0832 接口电路常用作波形发生器，以图 7-31 为例介绍锯齿波形发生的程序。在图中若设地址无效位为"1"，则 DAC0832 的地址口为 FFFEH。此程序如下所示：

```
MOV    A,#00H            ;取下限值
MOV    DPTR,#FEFFH       ;指向 0832 口地址
```

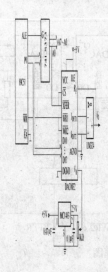

图 7 - 31　DAC0832 单缓冲方式电路

```
MM:   MOVX    @DPTR,A              ;输出
      INC     A                   ;转换值增量
      NOP                         ;延时
      NOP
      NOP
      SJMP    MM                  ;反复
```

　　这是一个循环程序，程序完成一个任务，把累加器 A 里的内容通过 P0 口送出，并由 DAC0832 进行 D/A 转换，通过运算放大器 LM324 后得到模拟电压输出 V_O。数字量从 0 开始，逐次加 1 后进行 D/A 变换，因此输出 V_O 也就随着数字量的增加而增加，形成了一个随时间线性递增的输出电压。当数字量增加到 A＝FFH 时，再加 1，则溢出清 0，模拟输出 V_O 回落为 0，上述过程重复出现。如此循环下去输出波形就是一个锯齿波，如图 7 - 32 所示。

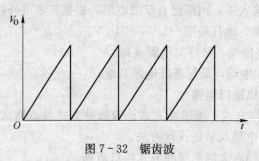

图 7 - 32　锯齿波

本章小结

　　本章对单片机系统常用接口进行了讨论。

　　1. 键盘是单片机系统最常用的输入部件，在按键的数量比较少时，一般采用独立式键盘，按键数量比较多时，采用行列式键盘；

2. LED 数码管显示器是目前单片机系统最常用的输出显示器，它使用方便，显示醒目，价格低廉，一般情况下采用动态扫描驱动方式。

3. LCD 显示器功耗低，显示信息量大。特别是 LCD 点阵显示器，很适合用来显示汉字及图形。

4. 在自动控制领域中，经常要将温度、速度、压力、电压等模拟信号转换成数字信号，这就需要 A/D 转换器。目前最常用的是双积分型和逐次逼近型。前者精度高，抗干扰性能好，价格便宜，但速度慢。后者精度、速度和价格都比较适中。

5. D/A 转换器的作用是将单片机输出的数字量转换成模拟量，如电机的调速、测量闭环系统、信号波形的产生等都要用到 D/A 转换器。D/A 转换器由电阻网络将数字信号转换成模拟信号。

习　题　7

一、填空题

1. 键盘是单片机系统中常用的人机联系的_____设备。

2. 对键盘的识别可分为两类：一类由专用的硬件电路来识别，称为_____；另一类靠软件来识别，称为_____。

3. CPU 捕捉按键状态变化有两种方法：一种为_____，另一种为_____。

4. LED 数码管显示器有两种显示方式，即_____和_____。

5. LED 数码管动态显示每种循环，扫描次数不少于_____次。

6. LED 数码管可以显示_____及少量的_____、_____。
   LED 点阵可以显示各种图形、_____、_____、_____等。

7. 利用并改串与串改并器件可以节省_____。

8. 目前市场上液晶显示器按排列形式，可分为_____、_____和_____。

9. 液晶显示器本身不发光，完全借助_____来显示。

10. LCD 的主要参数有：相应速度为_____、交流驱动电压为_____、功耗为_____、工作温度为_____。

11. LCD 的采光方式可以为_____采光和_____采光。

12. A/D 转换的作用是将_____量变换成计算机能接收的_____量。

13. A/D 转化的过程主要包括：_____、_____、_____及_____。

14. D/A 转换器将计算机输出的_____量转换成_____量。

15. D/A 转换的核心电路是电阻解码网络，主要有两种：一种是_____，另一种是_____。

二、多项选择题

1. 对键盘采用定时查询的优点是（　　）。
   (A) 电路简洁　　　　　　　　　(B) 节省 CPU 的时间资源
   (C) 抗干扰能力强　　　　　　　(D) 无需定时查键

2. 独立式键盘的优点是（　　）。
   (A) 电路结构简单　　　　　　　(B) 处理程序简单

  (C) 占用 I/O 口线少   (D) 适合按键较多的场合

3. LED 数码管显示器动态显示方式的优点是（ ）。

  (A) 适合数码管较多的场合   (B) 占用 CPU 的时间资料少

  (C) 使用元件数量少   (D) 占用 I/O 口线少

4. 液晶显示器的优点是（ ）。

  (A) 功耗极低   (B) 平板型结构

  (C) 显示信息量大   (D) 亮度高

5. 关于 A/D 转换器，下述说法正确的是（ ）。

  (A) 双积分式精度高，速度低，价格低

  (B) 逐次逼近型精度、速度及价格都适中

  (C) 直接并行比较型速度最快，但价格高

  (D) 3 种类型中，逐次逼近型应用最广泛

6. 关于 A/D 转换器的速度，下述说法正确的是（ ）。

  (A) 双积分型约为 50 ms 左右

  (B) 逐次逼近型约为 0.4 μs 左右

  (C) 直接并行比较型约为 20～50 ns

  (D) 双积分型与逐次逼近型的分速率越高，转换速度越慢。

7. 组成 D/A 转换器的主要部件有（ ）。

  (A) 晶体振荡器   (B) 电阻解码网络

  (C) 基准电源   (D) 运算放大器

8. 非编码键盘的优点是（ ）。

  (A) 结构简单   (B) 程序简单

  (C) 价格便宜   (D) 应用灵活

9. 以下（ ）指令可识别接入 P 口的按键的状态。

  (A) JB bit，rel   (B) CJNE A，#data，rel

  (C) MOV bit，C   (D) JNB bit，rel

10. 下面关于 LED 的叙述（ ）说法是正确的。

  (A) 静态显示方式比动态显示方式多占用 I/O 口线

  (B) 动态在同等亮度下可比静态显示节省功耗

  (C) 大多数驱动器采用共集电极开路输出，适合选用共阳极数码管

  (D) 静态显示如果希望占较少 I/O 口线的同时又能驱动较多的数码管，可采用"串改并"方案

三、综合题

1. 机械式按键组成的键盘，应如何消除按键抖动？

2. 独立式按键和行列式按键分别具有什么特点？适用于什么场合？

3. 试设计一个 LED 显示器/键盘电路。

4. 7 段 LED 显示静态显示和动态显示分别具有什么特点？实际设计时应如何选择使用？

5. 试为 89C51 微机系统设计一个 LED 显示器接口，该显示器共有 8 位，从左到后分别

DG1～DG8（共阴极式），要求将内存 30H～37H 共 8 个单元中的十进制（BCD）依次显示

在 DG1～DG8 上。要求：画出该接口硬件连接图并进行接口程序设计。

6. A/D 转换的作用是什么？在单片机应用系统中，什么场合用到 A/D 转换？

7. 目前应用较广的 A/D 转换器如何分类？各有什么特点？

8. 选择 A/D 转换器芯片，主要应从哪几个方面考虑？

9. 什么是 A/D 芯片的分辨率？16 位 A/D 芯片的分辨率是多少？

10. A/D 转换器的分辨率如何表示？它与精度有何不同？

11. 画出 ADC0809 典型应用电路，其中 CLK 引脚连接应注意什么问题？EOC 引脚连接在中断和查询工作方式下应如何处理？

12. ADC0809 A/D 转换中断方式、查询方式和延时等待方式各有什么优缺点？

13. 若 ADC0809 V_{REF}＝5 V，输入模拟信号电压为 2.5 V 时，A/D 转换后的数字量是多少？若 A/D 转换后的结果为 60H，输入的模拟信号电压为多少？

14. 什么是 D/A 转换？组成 D/A 芯片的核心电路是什么？

15. D/A 转换器的主要技术指标有哪些？分辨率是如何定义的？参考电压 V_R 的作用如何？

16. DAC0832 与 89C51 单片机接口时有哪些控制信号？作用分别是什么？

第8章 单片机应用系统的设计开发

学习目标

1. 掌握单片机系统设计开发的基本原则和基本步骤；
2. 理解单片机系统可靠性设计的基本内容；
3. 能初步了解简单系统的设计。

8.1 系统开发的原则和步骤

单片机应用系统是指以单片机为核心部件构成的计算机应用系统，包括工业控制系统、数据采集系统、智能仪器仪表及其他使用单片机的系统。通常要求单片机系统应具有可靠性高、操作维护方便、性价比高和设计周期短等特点，下面将对这几点做详细讨论。

8.1.1 单片机系统开发的基本原则

1. 可靠性

高可靠性是单片机系统应用的前提，在系统设计的每一个环节，都应该将可靠性作为首要的设计准则。提高系统的可靠性通常从以下几个方面考虑：

① 使用可靠性高的元器件；

② 采用双机系统；

③ 设计电路板时布线和接地要合理，严格安装硬件设备及电路；

④ 对供电电源采用抗干扰措施；

⑤ 输入输出通道抗干扰措施；

⑥ 进行软硬件滤波；

⑦ 系统自诊断功能。

2. 操作维护方便

在系统的软硬件设计时，应从普通人的角度考虑操作和维护方便，尽量减少对操作人员专用知识的要求，以利于系统的推广。因此在设计时，要尽可能减少人机交互接口，多采用操作内置或简化的方法。同时系统应配有现场故障诊断程序，一旦发生故障能保证有效地对故障进行定位，以便进行维修。

3. 性价比

单片机除体积小、功耗低等特点外，最大的优势在于高性能价格比。一个单片机应用系统能否被广泛使用，性价比是其中一个关键的因素。因此，在设计时，除了保持高性能外，尽可能降低成本，如简化外围硬件电路，在系统性能和速度允许的情况下尽可能用软件功能取代硬件功能等。

4. 设计周期短

只有缩短设计周期，才能有效地降低设计费用，充分发挥新系统的技术优势，及早占领市场并具有一定的竞争力。这就需要对系统的软件、硬件采用标准化、模块化设计，平时注重技术的积累与储备，可利用已经成功的技术和经验，摒弃已被证明是失败了的做法，少走弯路。适宜地采用"以软代硬"或"以硬代软"也是提高设计效率的一种选择。另外，在没有特殊要求时，选用自己所熟悉型号的单片机，也有助于缩短设计周期。

8.1.2 单片机系统开发的基本步骤

1. 确定设计方案

① 了解用户的需求，确定设计规模和总体框架。

② 摸清软硬件技术难度，明确技术主攻问题。

③ 针对主攻问题开展调研工作，查找中外有关资料，确定初步方案。

④ 在单片机系统设计中，首先要确定单片机机型。选择单片机的原则是：第一，单片机的性能要能满足使用要求；第二，应找到相应的技术资料；第三，市场上应有性能优异的开发工具；第四，有供货渠道；第五，性价比要高；第六，在其他条件相同的情况下，尽量选择自己所熟悉的单片机。

⑤ 单片机应用开发技术是软硬件结合的技术，方案设计要权衡任务的软硬件分工。有时硬件设计会影响到软件程序结构。如果系统中增加某个硬件接口芯片，而给系统程序的模块化带来可能和方便，或大大简化程序、增加程序运行的可靠性的话，那么这个硬件开销是值得的。在无碍大局的情况下，以软件代替硬件正是计算机技术的长处。

⑥ 尽量采纳可借鉴的成熟技术，减少重复性劳动。

2. 硬件设计

单片机应用系统的硬件设计是围绕着单片机外部功能扩展而展开的，以下主要涉及扩展部分的设计。

（1）程序存储器

若单片机内无片内程序存储器或存储容量不够时，需外部扩展程序存储器。外部扩展妁存储器通常选用 EPROM 或 E^2PROM，EPROM 集成度高、价格便宜，E^2PROM 则编程容易。当程序量较小时，使用 E^2PROM 较方便；当程序量较大时，采用 EPROM 更经济。

（2）数据存储器

数据存储器利用 RAM 构成。大多数单片机都提供了小容量的片内数据存储器，只有当片内数据存储器不够用时才扩展外部数据存储器。存储器的设计原则是：在存储容量满足的前提下，尽可能减少存储芯片的数量。建议使用大容量的存储芯片，以减少存储器芯片数目，但应避免盲目地扩大存储容量。

（3）I/O 接口

由于外设多种多样，使得单片机与外设之间的接口电路也各不相同。因此，I/O 接口常常是单片机应用系统中设计最复杂也是最困难的部分之一。I/O 接口大致可归类为并行接口、串行接口、模拟采集通道（接口）、模拟输出通道（接口）等。目前有些单片机已将上述各接口集成在单片机内部，使 I/O 接口的设计大大简化。系统设计时，可以选择含有所需接口的单片机。

（4）译码电路

当需要外部扩展电路时，就需要设计译码电路。译码电路要尽可能简单，这就要求存储器空间分配合理，译码方式选择得当。考虑到修改方便与保密性强，译码电路除了可以利用常规的门电路、译码器实现外，还可以利用只读存储器与可编程门阵列来实现。

（5）总线驱动器

如果单片机外部扩展的器件较多，负载过重，就要考虑设计总线驱动器。比如，MCS-51单片机的 P0 口负载能力为 8 个 TTL 芯片，P2 口负载能力为 4 个 TTL 芯片。如果P0、P2 实际连接的芯片数目超出上述定额，就必须在 P0、P2 口增加总线驱动器来提高它们的驱动能力。P0 口应使用双向数据总线驱动器（如 74LS245），P2 口可使用单向总线驱动器（如 74LS244）。

（6）抗干扰电路

针对可能出现的各种干扰，应设计抗干扰电路。在单片机应用系统中，一个不可缺少的抗干扰电路就是抗电源干扰电路。最简单的实现方法是在系统弱电部分（以单片机为核心）的电源入口处对地跨接 1 个大电容（100 μF 左右）与 1 个小电容（0.1 μF 左右），在系统内部各芯片的电源端对地跨接 1 个小电容（0.01 μF～0.1 μF）。

另外，可以采用隔离放大器、光电隔离器件抗地干扰；采用差分放大器抗共摸干扰；采用平滑滤波器抗白噪声干扰；采用屏蔽手段抗辐射干扰等。

要注意的是，在系统硬件设计时，要尽可能充分地利用单片机的片内资源，使自己设计的电路向标准化、模块化方向靠拢。

3. 软件设计

软件是单片机应用系统中的一个重要组成部分。软件设计的关键是确定软件应完成的任务及选择相应的软件结构。

（1）任务确定

根据系统软、硬件的功能分工，确定出软件应完成什么功能。作为实现控制功能的软件应明确控制对象、控制信号及控制时序；作为实现处理功能的软件应明确输入是什么、要做什么样的处理（即处理算法）、产生何种输出。

针对可能出现的由干扰引起的错误进行容错设计，给出错误处理方案，以达到提高软件可靠性的目的。一种最简单的错误处理就是软件引导重新启动系统。

明确所设计的用户程序应达到的精度、速度指标。比如，程序中数据字长选择为几位，每段程序及整个程序的运行时间是多少。对于过程控制，速度指标是主要的；对于事务处理，精度指标显得更加重要。

软件设计的结果不仅要完成预定的任务，而且要满足系统精度与速度等指标的要求。

（2）软件结构设计

软件结构设计与程序设计技术密切相关。程序设计技术则提供了程序设计的基本方法。

在单片机应用系统中，最常用的程序设计方法是模块程序设计。模块程序设计具有结构清晰、功能明确、设计简便、程序模块可共享、便于功能扩展及便于程序维护等特点。为了编制模块程序，先要将软件功能划分为若干子功能模块，然后确定出各模块的输入、输出及相互间的联系。

模块程序需要在管理程序的管理下方可有效地运行。这个管理程序就是通常所说的用户实时监控程序，用来协调管理各模块的工作。在简单系统中，实时监控程序可按实时单任务操作系统模式建立；在复杂系统中，实时监控程序可按实时多任务操作系统模式建立。最简单的实时监控程序就是按时间顺序调度各功能模块的调用程序。

实际操作中，模块划分的好坏，直接影响实时监控程序对模块的管理效率。模块划分的一般原则是：模块不宜过长，功能相对独立。

在前面工作的基础上开始编写程序。首先绘制程序流程图。实时监控程序依据调度算法编写流程图；控制模块依据控制时序编写流程图；处理模块依据处理算法编写流程图；抗干扰模块依据抗干扰措施（如滤波算法）或出错处理办法编写流程图。在程序流程编写时，要明确规定数据来源、流向及存储位置。其次着手编写程序，将所有程序流程图的每一步用相应的指令来实现，就得到了应用系统的全部程序。

4. 系统的调试

系统调试包括硬件调试和软件调试。硬件调试的任务是排除系统的硬件电路故障，包括设计性错误和工艺性故障。软件调试是利用开发工具进行在线仿真调试，除发现和解决程序错误外，也可以发现硬件故障。

1）硬件调试

单片机应用系统的硬件调试和软件调试是分不开的，许多硬件故障是在调试软件时发现的，但通常是先排除系统中明显的硬件故障后，再和软件结合起来调试。

（1）常见的硬件故障

① 逻辑错误。样机硬件的逻辑错误是由于设计错误或加工过程中的工艺性错误所造成的，包括错线、开路和短路等几种，其中短路是最常见的故障。

② 元器件失效。元器件失效的原因有两个方面：一是器件本身已经损坏或性能不符合要求；二是由于组装错误造成的元器件失效，如电解电容、二极管的极性错误或集成块安装方向错误等。

③ 可靠性差。引起系统不可靠的因素很多，如接插件接触不良会造成系统时好时坏，内部和外部的干扰、电源纹波系数过大或器件负载过大等造成逻辑电平不稳定，另外走线和布局不合理等也会引起系统的可靠性差。

④ 电源故障。若样机中存在电源故障，则加电后将造成器件损坏。电源故障包括电压值不符合设计要求、电源引出线和插座不对应、电源功率不足和负载能力差等。

（2）硬件调试方法

① 脱机调试。脱机调试是在样机加电之前，先用万用表等工具，根据硬件电气原理图和装配图，仔细检查样机线路的正确性，并核对元器件的型号、规格和安装是否符合要求。

特别注意电源的走线，防止电源之间的短路和极性错误，重点检查系统的总线或其他信号线之间是否存在相互的短路。

样机所用的电源，事先必须单独调试后才能加到系统中。在不插芯片的情况下，加电检查各插件上引脚的电位，仔细测量各点电位是否正常，尤其应注意单片机插座上的各点电位是否正常。

② 联机调试。通过脱机调试可排除一些明显的硬件故障，有些硬件故障需要通过联机调试才能发现和排除。通电后，执行读写指令，对用户样机的存储器、I/O 端口进行读写和逻辑检查等操作，用示波器等设备观察波形（如输出波形、读/写控制信号、地址数据波形和有关控制电平），通过对波形的观察分析，发现和排除故障。

2）软件调试

软件调试方法与选用的软件结构和程序设计技术有关。如果采用模块设计技术，则逐个模块调好以后，再进行系统程序总调试；如果采用实时多任务操作系统，一般是逐个任务进行调试。

对于模块结构程序，要对子程序逐个进行调试。调试子程序时，一定要符合入口条件和出口条件，调试手段可采用单步运行方式和断点运行方式，通过检查用户系统 CPU 的现场、RAM 的内容和 I/O 口的状态，检测程序执行结果是否符合设计要求。通过检测，可以发现程序中的死循环错误、机器码错误和转移地址的错误，同时也可以发现用户系统中的硬件故障、软件算法和硬件设计错误，在调试过程中不断调整用户系统的软件和硬件，完成每个程序模块的调试。

每个程序模块通过后，可以联合各功能模块进行整体程序综合调试。在这一阶段如果发生故障，可以分析子程序在运行时是否破坏现场、缓冲单元是否发生冲突、零位的建立和清除在设计上是否失误、堆栈区域是否溢出或输入设备的状态是否正常等。若用户系统是在开发系统的监控程序下运行，还要考虑用户缓冲单元是否和监控程序的工作单元发生冲突。

单步运行只能验证程序正确与否，而不能确定定时精度、CPU 的实时响应等问题，所以单步和断点调试后，还应进行连续调试。除了观察稳定性之外，还要观察用户系统的操作是否符合原始设计要求，以及安排的用户操作是否合理等，必要时还要做适当修正。

实时多任务操作系统的调试方法与上述方法相似，只是实时多任务操作系统的应用程序是由若干个任务程序组成的，一般是逐个任务进行调试。在调试某一个任务时，同时也调试相关的子程序、中断服务程序和一些操作系统的程序。各个任务调试好以后，再使各个任务同时运行。如果操作系统中没有错误，一般情况下系统就能正常运转。

3）系统联调

系统联调是指让用户系统的软件在其硬件上实际运行，进行软、硬件联合调试，从中发现硬件故障或软、硬件设计错误。这是对用户系统检验的重要一关。

系统联调主要解决以下问题：

① 软、硬件能否按预定要求配合工作，如果不能，那么问题出在哪里？如何解决？

② 系统运行中是否有潜在的设计时难以预料的错误，如硬件延时过长造成工作时序不符合要求、布线不合理造成有信号串扰等；

③ 系统的动态性能指标（包括精度、速度参数）是否满足设计要求。

系统联调时，首先采用单步、断点、连续运行方式调试与硬件相关的各程序段既可以检验这些用户程序段的正确性，又可以在各功能独立的情况下，检验软、硬件的配合情况。然后，将软、硬件按系统工作要求进行综合运行，采用全速断点、连续运行方式进行总调试，以解决在系统总体运行的情况下软、硬件的协调与提高系统动态性能。在具体操作中，用户系统在开发系统环境下，先借用仿真器的 CPU、存储器等资源进行工作。若发现问题，按上述软、硬件调试方法准确定位错误，分析错误原因，找出解决办法。用户系统调试完后，将用户程序固化到用户系统的程序存储器中，再借用仿真器 CPU 使用户系统运行。若无问题，则用户系统插上单片机即可正确工作（注意，不要忘记用户系统时钟、复位电路的调试）。

5. 程序的固化

所有开发装置调试通过的程序，最终要脱机运行，即将仿真运行的程序固化到单片机系统的程序存储器中脱机运行。但在开发装置上运行正常的程序，固化后脱机运行并不一定同样正常。若脱机运行有问题，需分析原因，如是否总线驱动功能不够，或是对接口芯片操作的时间不匹配等。经修改的程序需再次写入。

8.2 单片机系统的可靠性设计

单片机应用主要是针对工业控制和智能化仪器仪表，所以系统的可靠性是最基本、最重要的技术指标。作为单片机应用的技术人员，要提高元器件本身的可靠性，特别是在系统结构的合理设计方面提高整个系统的可靠性。在实际设计中，还可以采取各种有效的抗干扰措施和容错技术来提高系统的可靠性。

单片机系统的可靠性设计包括硬件和软件两个方面，下面分别简要加以介绍。

1. 硬件的可靠性设计

单片机应用系统可靠性设计中首先应考虑硬件设计的可靠性。

① 要考虑元器件本身的性能与可靠性。元器件是组成系统的基本单元，其特性好坏与稳定性直接影响整个系统性能与可靠性。因此，在可靠性设计中，首要的工作是精选元器件，使其在长期稳定性、精度等级方面满足要求。

② 在设计中要特别注意元器件的选择、使用和替换。对于电阻和电容，要考虑其标称值和误差、额定功率、频率特性及耐压值等；对于 CMOS 集成电路，应注意输入电压不能超过其电源电压，也不能低于 0 V，未用的输入端必须与电源或地端相接，而输出端则不许短路，在焊接时如用电烙铁，则应先切断电源，利用余热进行焊接；对于 TTL 集成电路，其电源不能超过 5 ± 0.25 V，未用的门电路的输入端应并联接到该片要使用的输入端上，输出端则接高电平，并注意加上适当的去耦电容等。

③ 系统结构设计。元器件选定之后，根据系统运行原理与生产工艺要求，将其连成整体，电路设计中要求元器件或线路布局合理，以消除元器件之间的电磁耦合相互干扰。优化的电路设计也可以消除或削弱外部干扰对整个系统的影响，如去耦电路、平衡电路等。也可以采用冗余结构，当某些元器件发生故障时，也不影响整个系统的运行。

④ 在设计中应考虑环境条件对硬件参数的影响，如温度、湿度、气压、电源及各种干扰等。所以在设计中元器件的选择应遵循降额使用的原则，留出一定的余地。在机械结构中要控制工作环境的条件，如屏蔽、防振、通风、除湿、除尘等。

2. 软件的可靠性设计

在单片机应用系统中，软件就是系统的监控程序。软件和硬件是密切相关的，软件错误主要来自设计上的错误。要提高软件的可靠性，必须从设计、测试和长期使用等方面来考虑，所以在设计中一定要十分认真。

① 要正确地使用中断。系统程序中，中断处理是很常用的设计方法，同时也是容易出

错的环节。在主程序和中断程序的安排上，应考虑保护现场问题、时间分配问题、某段不允许被打断的程序的中断屏蔽问题等。

② 要将整个系统软件根据功能划分为若干个相对独立的模块，这样便于多人分工编写和调试程序。

③ 根据现场技术指标和具体的控制精度要求选取适当的控制策略，有些测控因素关联度较大的对象，应采用多种控制策略。同一控制对象的不同调节参数可以采用不同的控制算法。

④ 利用定时中断监控、软件陷阱来纠正程序"跑飞"。

但是，软件的可靠性设计没有统一的模式，应根据各个具体的硬件系统和测控对象灵活地采用不同的方法。

除此之外，利用软硬件结合的看门狗技术，也是防止程序"跑飞"、提高系统运行可靠性的一项有效措施。

8.3　实时时钟系统的设计

8.3.1　系统的功能与要求

① 自动计时，由 4 位 LED 数码管显示器显示时、分，用 2 个 LED 闪动的点来指示秒的节拍；

② 具备校调功能；

③ 精度为 ± 15 秒/月（$\pm 5.8 \times 10^{-6}$）。

8.3.2　设计方案

1. 确定单片机的型号

根据系统的功能与要求，选择 AT89C2051 比较适宜。

AT89C2051 是 Atmel 公司把 51 内核与其擅长的闪速存储器（FLASH）制造技术相结合的产品之一。与 MCS-51 系列单片机相比有三大优势：第一，片内程序存储器采用闪速存储器，使程序的写入更加方便；第二，芯片尺寸小，使整个硬件电路体积更小；第三，价格低廉。另外，其 I/O 口作输出时可接收 20 mA 的电流，可直接驱动 LED，节省系统硬件。AT89C2051 的引脚如图 8-1 所示。限于篇幅不能详述，读者可自行查阅相关资料。

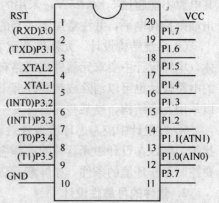

图 8-1　AT89C2051 的引脚

2. 校调方案

通常时钟的校调使用按键进行操作，本方案使用三个按键，一个用于被调位的选取，另两个分别用于加一和减一。这种方案直观，使用方便，需要按键数量少。

3. 时间基准

由于对时钟的精度要求较高，达到 $\pm 5.8 \times 10^{-6}$，因此只能采用晶体振荡器。定时由内部定时器来完成，但考虑用软件装载定时常数会产生误差，所以要采用具有自动重装载功能的定时器方式 2，这样会消除积累误差，另外在硬件上采用可调电容来消除晶振的调整频差。

8.3.3 硬件设计

电路的核心是 AT89C2051 单片机，其片内带有 2 KB 的 FLASH ROM 和 128 B 的 RAM 能够满足本设计的要求。

为了节省 I/O 线和其他硬件，4 位 LED 数码管显示器采用动态扫描显示方式。由于 AT89C2051 每根 I/O 口线的低电平时的灌入电流可达 20 mA，故可以省去驱动器，直接将 LED 数码管显示器通过限流电阻，接在 I/O 口上。因某根 I/O 线低电平时，相应的 LED 点亮，所以应选择共阳极 LED 数码管显示器，动态扫描选位控制电子开关选用 PNP 型（便于 I/O 口线灌电流驱动），三极管 9012，其主要参数为：$P_{CM} = 625$ mW，$I_{CM} = 500$ mA，$V_{CEO} = 20$ V。均符合使用要求。秒的节拍显示采用两个 Φ3 普通 LED，由 1 根 I/O 口线单独控制。所有 LED 每管的平均电流选择 5 mA 比较适宜。

3 个按键采用独立键盘结构形式，各接一个调高电阻后，分别接 3 根 I/O 口线。在 XTAL2 引脚上，对地接一个可变电容，用来调整晶振频率的偏差。

在 RST 引脚端，连接了一个由电容、电阻、按键组成的上电复位电路和手动复位电路。系统电路原理图如图 8-2 所示。

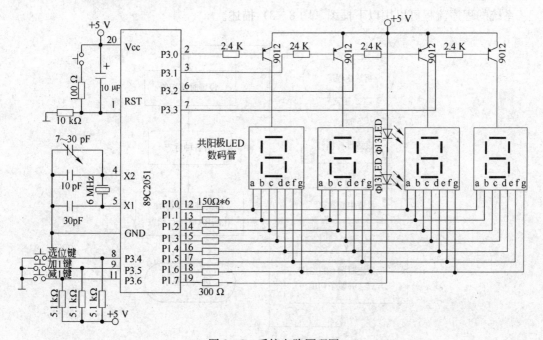

图 8-2 系统电路原理图

8.3.4　软件设计

1. 定时器中断服务程序

在实时时钟系统中，时间基准是一个至关重要的因素，除了前面所述在硬件上采取措施外，在软件上也应给予充分考虑。用定时器定时要比软件定时精度高，但从定时器提出中断请求到 CPU 响应中断，再由软件重新装载定时常数，需要一个过程，并且时间不能精确确定。这个过程不断重复，会产生不能接受的积累误差。采用具有自动重装载功能的定时器方式 2，可解决这一问题。但使用定时器方式 2，需要注意，这是一个 8 位计数器，中断服务程序的执行时间不能超过甚至不能接近 250 个机器周期的定时计数的溢出值；否则中断请求可能会被丢失或过多地影响主程序的运行时间。

定时器中断服务程序还需进行秒、分、时节拍的计时工作。为了与显示配合，简化程序，运算采用十进制运算。

2. 主程序

由定时器中断服务程序完成了时、分、秒节拍的计时工作后，需要将它们输出到显示器上。另外，用户还可以通过键盘对时间校调。

考虑以上因素，主程序应循环执行，一个循环时间选择 20 ms 比较适宜，这能满足键盘与动态扫描显示的要求。

3. 初始化程序

系统复位后，需要设置堆栈存储器区，对定时器的工作状态进行设置，对时间的初值进行设置，这样系统才能正常工作。

系统的程序流程可以用以下框图（图 8 - 3）描述。

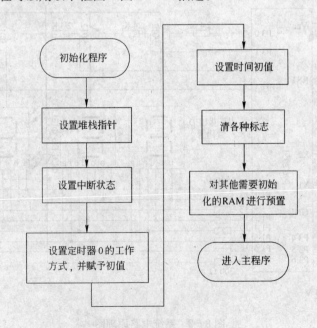

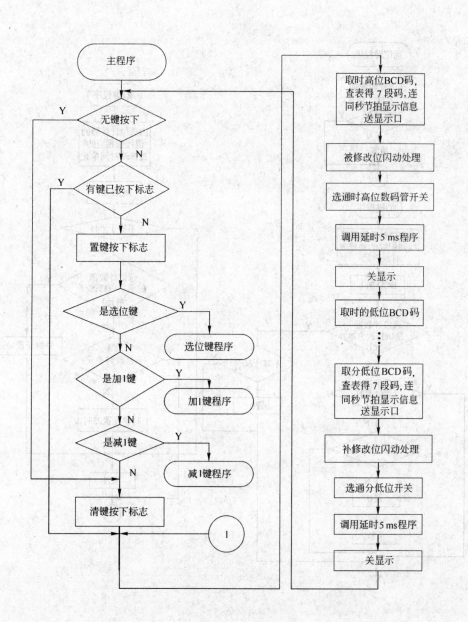

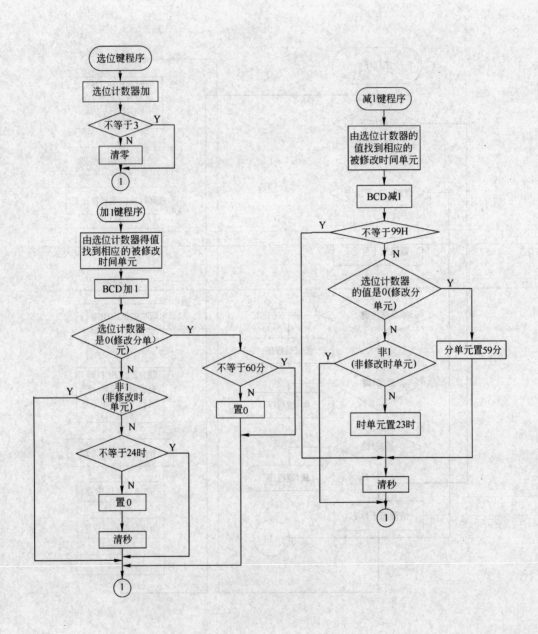

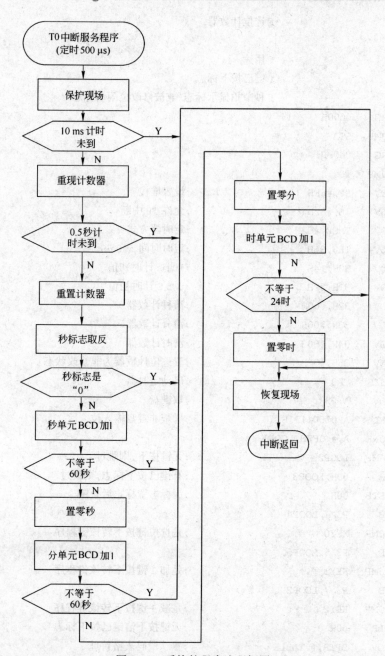

图8-3 系统的程序流程框图

RAM 分配表

单元地址	用途
30H	10 毫秒计时
31H	0.5 秒计时
32H	秒计数器
33H	分计数器
34H	f时计数器

35H			f 选位计数器

位地址			f 用途
00H			f 键已按下标志
01H			f 秒节拍显示标志(兼被修改位闪动标志)

```
        ORG    0000H
        LJMP   STA
        ORG    000BH
        LJMP   T0
STA:    MOV    SP,#6FH              ;设置堆栈
        MOV    IE,#82H              ;允许 T0 中断
        MOV    TMOD,#02H            ;定时器方式 2
        MOV    TH0,06H              ;定时时间 500 μS
        MOV    30H,14H              ;10 ms 计时初值
        MOV    31H,32H              ;0.5 S 计时初值
        MOV    32H,#00H             ;清秒计数器
        MOV    33H,#00H             ;清分计数器
        MOV    34H,#00H             ;清时计数器
        MOV    35H,#02H             ;置选位计数器为非修改状态
        SETB   TR0                  ;启动定时器
MAIN:   MOV    A,P3                 ;取键盘
        ORL    A,01001111B          ;屏蔽非键盘输入位
        CJNE   A,# 0FFH,LOOP1
        SJMP   LOOP2                ;无键按下,则跳过
LOOP1:  JB     00H,LOOP3            ;有键已按下标志,则跳过
        SETB   00H                  ;无标志置标志后查键
        JB     P3.4,LOOP4
        LJMP   KEY0                 ;是选位键按下转该键程序
LOOP4:  JB     P3.5,LOOP5
        SJMP   KEY1                 ;是加 1 键按下转该键程序
LOOP5:  JB     P3.7,LOOP2
        SJMP   KEY2                 ;是减 1 键按下转该键程序
LOOP2:  CLR    00H                  ;无键按下清键已按下标志
LOOP3:  MOV    DPTR,# TABLE         ;置 7 段码表格首址
        MOV    A,34H                ;取时的高位显示
        SWAP   A
        ANL    A,#0FH
        MOVC   A,@A+ DPTR
        MOV    C,01H                ;秒节拍显示处理
        MOV    ACC.7,C
        MOV    P1,A
        MOV    A,35H                ;如修改时单元,作闪动处理
        CJNE   A,# 01H,LOOP12       ;选位计数器未选中时单元跳过
```

```
        JNB     01H, LOOP12              ;无闪动标志跳过
        ORL     P1, #7FH                 ;清显示
LOOP12: CLR     P3.0                     ;选通时的高位数码管
        LCALL   DELY                     ;延时 5 ms
        ORL     P3, #0FH                 ;关显示
        MOV     A, 34H                   ;取时的低位显示
        ANL     A, # 0FH
        MOVC    A, @A+DPTR
        MOV     C, 01H
        MOV     ACC.7, C
        MOV     P1, A
        MOV     A, 35H
        CJNE    A, #01H, LOOP13
        JNB     01H, LOOP13
LOOP13: ORL     P1, #7FH
        CLR     P3.1
        LCALL   DELY
        ORL     P3, #0FH
        MOV     A, 33H                   ;取分的高位显示
        SWA     PA
        ANL     A, #0FH
        MOVC    A, @A+DPTR
        MOV     C, 01H
        MOV     ACC.7, C
        MOV     P1, A
        MOV     A, 35H
        CJNE    A, # 00H, LOOP14
        JNB     01H, LOOP14
LOOP14: ORL     P1, #7FH
        CLR     P3.2
        LCALL   DELY
        ORL     P3, #0FH
        MOV     A, 33H                   ;取分的低位显示
        ANL     A, #0FH
        MOVC    A, @A+DPTR
        MOV     C, 01H
        MOV     ACC.7 , C
        MOV     P1, A
        MOV     A, 35H
        CJNE    A, #00H, LOOP15
        JNB     01H, LOOP15
LOOP15: ORL     P1, #7FH
        CLR     P3.3
```

```
              LCALL  DELY
              ORL    P3,#0FH
              LJMP   MAIN
      KEY0:   INC    35H                       ;选位键程序
              MOV    A,35H
              CJNE   A,#02H,LOOP6              ;将选位计数器值限制在 0～2 之内
              MOV    35H,#00H
      LOOP6:  LJMP   LOOP3
      KEY1:   MOV    A,35H                     ;加 1 键程序
              ADD    A,#33H                    ;得到被修改单元地址
              MOV    R0,A
              MOV    A,@R0
              ADD    A,# 01H                   ;将该单元加 1
              DA     A
              MOV    @R0,A
              MOV    R1,35H
              CJNE   R1,#00H,LOOP7
              CJNE   A,#60H,LOOP8             ;是修改分,满 60 则清零
              MOV    @R0,#00H
              SJMP   LOOP8
      LOOP7:  CJNE   R1,#01H,LOOP18           ;非修改状态不作处理
              CJNE   A,#24H,LOOP8             ;是修改时,满 24 则清零
              MOV    @R0,#00H
      LOOP8:  MOV    32H,#00H                 ;只要有修改就将秒清零
      LOOP18: LJMP   LOOP3


      KEY2:   MOV    A,35H                     ;减 1 键程序
              ADD    A,#33H                    ;得到被修改单元地址
              MOV    R0,A
              MOV    A,@R0
              ADD    A,#99H                    ;将该单元减 1
              DA     A
              MOV    @R0,A
              CJNE   A,#99H,LOOP9            ;结果不为负,则不作处理
              MOV    R1,35H
              CJNE   R1,#00H,LOOP10
              MOV    @R0,#59H                 ;结果为负,是修改分则置成 59 分
              SJMP   LOOP9
      LOOP10: CJNE   R1,#01H,LOOP19           ;非修改状态不作处理
              MOV    @R0,#23H                 ;结果为负,是修改时则置成 23 时
      LOOP9:  MOV    32H,#00H                 ;只要有修改就将秒清零
      LOOP19: LJMP   LOOP3


      T 0:    PUSH   ACC                       ;T0 中断服务程序(500 μS)
              PUSH   PWS
```

```
          DJNZ    30H,LOOP11              ;10 ms 计时
          MOV     30H,#14H
          DJNZ    31H,LOOP11              ;0.5s 计时
          MOV     31H,#32H
          CPL     01H                     ;秒节拍显示取反
          JNB     01H,LOOP11              ;未到 1 秒跳过
          MOV     A,32H                   ;秒加 1
          ADD     A,#01H
          DA      A
          MOV     32H,A
          CJNE    A,#60H,LOOP11
          MOV     32H,#00H
          MOV     A,33H                   ;分加 1
          ADD     A,#01H
          DA      A
          MOV     33H,A
          CJNE    A,#60H,LOOP11
          MOV     33H,#00H
          MOV     A,34H                   ;时加 1
          ADD     A,#01H
          DA      A
          MOV     34H,A
          CJNE    A,#24H,LOOP11
          MOV     34H,#00H
LOOP11:   POP     PSW
          POP     ACC
          RETI


DELY:     MOV     R2,#05H                 ;延时 5 ms
LOOP16:   MOV     R3,#06H
LOOP17:   DJNZ    R3,LOOP13
          DJNZ    R2,LOOP12
          RET

TABLE:    DB 0C0H,0F9H,0A4H,0B0H,99H     ;7 段码字形表
          DB 92H,82H,0F8H,80H,90H
          END
```

8.4　单片机乐曲演奏控制器的设计

8.4.1　系统的功能与要求

① 可选择播放 5 首曲乐。

② 当前播放乐曲的序号由 1 位 LED 数码管显示器显示。

③ 用 3 个键控制播放，一个播放/停止键，1 个选曲加 1 键，一个选曲减 1 键。

8.4.2　设计方案

① 确定单片机的型号。根据系统的功能与要求，选择 AT89C2051 比较适宜。

② 音色选择。所谓音色的选择，即为选择音乐信号的输出波形。由于没有为系统指定输出波形，在这里就选择方波输出。方波由于谐波丰富，播放出来的声音比较悦耳。另外方波输出所需要的硬件和软件资源都比较少，实现起来相对比较容易，比较适合初学者实践。

③ 乐曲以表格的形式存放，即将每个音符的参数顺序存放在 ROM 里，由播放程序将其逐个取出，转换成方波信号输出。这种方法，使得程序简洁、明了。乐曲的编制直观、方便，不容易出错。

8.4.3　硬件设计

电路的核心是一片 AT89C2051，其片内带有的 2 KB flashROM，128 B 的 RAM，以及 15 根 I/O 口线能满足设计要求。

1 位 LED 数码管显示器的显示方式除了非常特别的场合外，都采用静态显示方式，占用 7 根 I/O 口线。由于 AT89C2051 每根 I/O 口线的低电平时的灌入电流可达 20 mA，可以直接驱动共阳极的 LED 数码显示器。LED 每管的点亮电流选择 5 mA 比较适宜。

3 个按键采用独立键盘结构形式，各接一个调高电阻后，分别接 3 根 I/O 口线。

乐曲的播放最终要通过扬声器将电信号转换成声音信号。用一根 I/O 口线输出方波音

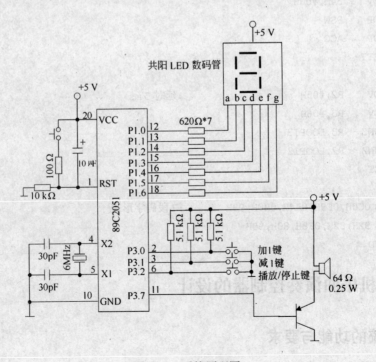

图 8-4　系统原理图

乐信号，通过一个 NPN 型（便于 I/O 口线灌电流驱动）三极管 9012，驱动一个 64 Ω、0.25 W 的扬声器（这样选择对于本设计从功耗和音量角度来说比较适中，如需更大的功率，更好的音质可外接音箱）。

在 RST 引脚端，连接了一个由电容、电阻、按键组成的上电复位电路和手动复位电路。

系统电路原理图见图 8-4。系统的详细程序流程框图如图 8-5 所示。

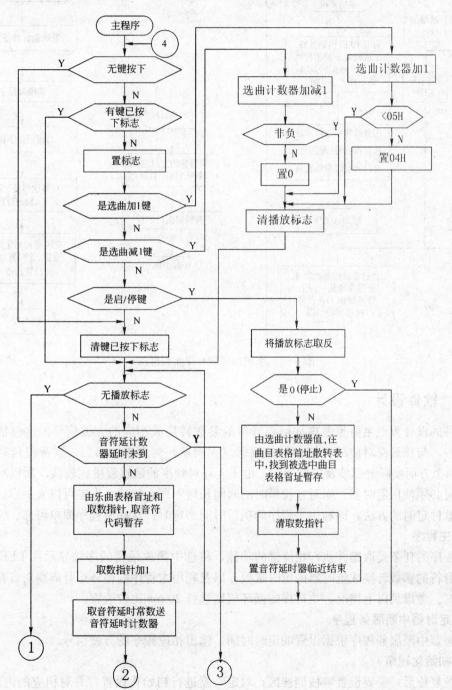

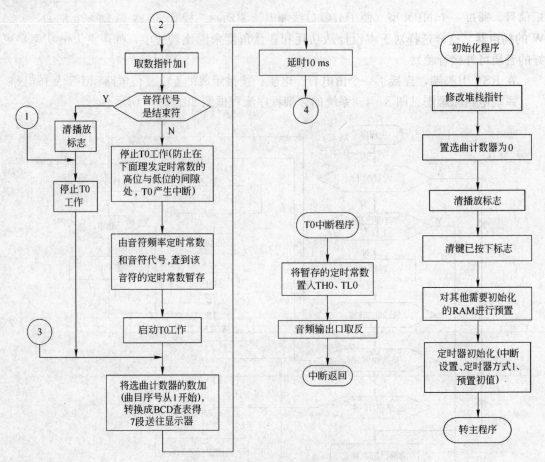

图 8-5 系统的详细程序流程框图

8.4.4 软件设计

软件的设计重点主要是考虑如何将音符的参数转换成相应的方波信号。这包括两个方面：第一，与该音符对应的方波信号的频率（或周期）为多少？第二，该音符延时多长时间？这两个方面实际上都涉及定时问题。由于人耳对频率的敏感程度比较高，所以对方波周期的定时必须使用定时器。而对音符延时的时间长短不那么敏感，误差可以大一点，可以考虑采用软件定时的方法，即利用主程序的执行时间来定时。这样做程序简单可靠。

1. 主程序

主程序的任务是取键并执行相应键的功能，将选中播放乐目的序号显示在 LED 数码管上，将音符的参数转换成定时器的定时常数，以及利用主程序的循环运行周期对音符的播放进行延时。考虑到以上情况，主程序的循环周期选择 20 ms 比较适宜。

2. 定时器中断服务程序

定时器中断服务程序根据设置的定时时间，输出相应频率的方波信号。

3. 初始化程序

系统复位后，需要设置堆栈储器区，对定时器进行初始化设置，并对相应的内部 RAM 预置初值。

RAM 分配表

单元地址	用途
30H	音符延时计数器
31H	乐曲表格取数指针
32H	选曲计数器

位地址	用途
00H	键已按下标志
01H	播放标志

```
            ORG   0000H
            LJMP  STA

            ORG   000BH
            LJMP  T0


STA:    MOV     SP,#6FH         ;设置堆栈
        MOV     32H,#00H        ;选曲计数器指向第一首乐曲
        MOV     20H,#00H        ;清标志
        MOV     IE,#82H         ;允许 T0 中断
        MOV     TMOD,#01H       ;定时器方式 1


MAIN:   MOV     A,P3            ;取键盘
        ORL     A,#0F8H         ;屏蔽非键盘输入位
        CJNE    A,#0FFH,LOOP1
        SJMP    LOOP2           ;无键按下,跳过
LOOP1:  JB      00H,LOOP3       ;有键已按下标志,跳过
        SETB    00H             ;置键已按下标志
        JB      P3.0,LOOP4
        LJMP    KEY0            ;是选曲加 1 键,则转该键程序
LOOP4:  JB      P3.1,LOOP5
        LJMP    KEY1            ;是选曲减 1 键,则转该键程序
LOOP5:  JB      P3.2,LOOP2
        LJMP    KEY2            ;是播放/停止键,则转该键程序
LOOP2:  CLR     00H             ;无键按下清键,已按下标志
LOOP3:  JNB     01H,LOOP6       ;无播放标志,跳过
        DJNZ    30H,LOOP7       ;音符延时未到,跳过
        MOV     A,31H           ;由取数指针取音符代号暂存于 R0
        MOV     DPH,R7          ;将暂存的被选中乐曲表格首址置入 DPTR
        MOV     DPL,R6
        MOVC    A,@A+DPTR
        MOV     R0,A
        INC     31H
```

```
          MOV     A,31H              ;取音符延时常数
          MOVC    A,@A+DPTR
          MOV     30H,A              ;送延时计时器
          INC     31H
          MOV     A,R0
          CJNE    A,#0FFH,LOOP8
          CLR     01H                ;是结束符停止播放
LOOP6:    CLR     TR0
          SJMP    LOOP7
LOOP8:    MOV     DPTR,#TAB1         ;由音符代号查到音符的定时常数存于R5,R4
          ADD     A,ACC
          MOV     R0,A
          MOVC    A,@A+DPTR
          CLR     TR0
          MOV     R5,A
          MOV     A,R0
          INC     A
          MOVC    A,@A+DPTR
          MOV     R4,A
          SETB    TR0
LOOP7:    MOV     A,32H              ;将选曲计数器的值加1得到乐曲序号显示
          INC     A
          MOV     DPTR,#TAB2
          MOVC    A,@A+DPTR
          MOV     P1,A
          MOV     R1,#14H
LOOP12:   MOV     R0,#0FAH
LOOP13:   DJNZ    R0,LOOP13
          DJNZ    R1,LOOP12
          LJMP    MAIN

KEY0:     INC     32H                ;选曲加1键程序
          MOV     A,32H
          CJNE    A,#05H,LOOP9       ;使选曲计数器值不超过4
          MOV     32H,#04H
LOOP9:    CLR     01H                ;停止播放
          LJMP    LOOP3

KEY1:     DEC     32H                ;选曲减1键程序
          MOV     A,32H
          JNB     ACC.7,LOOP10       ;使选曲计数器的值不小于0
          MOV     32H,#00H
LOOP10:   CLR     01H                ;停止播放
```

```
        LJMP    LOOP3

KEY2:   CPL     01H                 ;播放/停止标志取反
        JB      01H,LOOP11
        LJMP    LOOP3               ;无播放标志不作处理
LOOP11: MOV     DPTR,#TAB3          ;有播放标志取当前准备播放的乐曲首址存于R7,R6
        MOV     A,32H
        ADD     A,ACC
        MOVC    A,@A+DPTR
        MOV     R7,A
        MOV     A,32H
        ADD     A,ACC
        INC     A
        MOVC    A,@A+DPTR
        MOV     R6,A
        MOV     31H,#00H            ;清取数指针
        MOV     30H,#01H            ;将延时计数器置成延时结束
        LJMP    LOOP3

T0:     CLR     TR0                 ;定时器中断服务程序
        MOV     TH0,R5              ;重置音符定时常数
        MOV     TL0,R4
        SETB    TR0
        CPL     P3.7                ;音乐信号输出口取反,得到方波信号
        RETI

TAB1:   DW      0FB05H              ;音符5的定时常数,音符代号为00H
        DW      0FB90H              ;音符6的定时常数,音符代号为01H
        DW      0FC0CH              ;音符7的定时常数,音符代号为02H
        DW      0FC45H              ;音符1的定时常数,音符代号为03H
        DW      0FCADH              ;音符2的定时常数,音符代号为04H
        DW      0FD0AH              ;音符3的定时常数,音符代号为05H
        DW      0FD34H              ;音符4的定时常数,音符代号为06H
        DW      0FD82H              ;音符5的定时常数,音符代号为07H
        DW      0FDC8H              ;音符6的定时常数,音符代号为08H
        DW      0FE06H              ;音符7的定时常数,音符代号为09H
        DW      0FE22H              ;音符1的定时常数,音符代号为0AH
        DW      0FE57H              ;音符2的定时常数,音符代号为0BH
        DW      0FE85H              ;音符3的定时常数,音符代号为0CH
        DW      0FE9AH              ;音符4的定时常数,音符代号为0DH
        DW      0FEC1H              ;音符5的定时常数,音符代号为0EH

TAB2:   DW      MUSIC0              ;乐曲1首址
```

```
        DW      MUSIC1              ;乐曲 2 首址
        DW      MUSIC2              ;乐曲 3 首址
        DW      MUSIC3              ;乐曲 4 首址
        DW      MUSIC4              ;乐曲 5 首址
```

;曲目 1《在钟表店》50/拍

; 1 3 2 5——1 2 3 1——3 1 2 5——5 2 3 1——

```
MUSIC0:  DB   03H,32H;音符代号及延时常数(时间单位 20 ms)
         DB   05H,32H,04H,32H,00H,96H
         DB   03H,32H,04H,32H,05H,32H
         DB   03H,96H,05H,32H,03H,32H
         DB   04H,32H,00H,96H,00H,32H
         DB   04H,32H,05H,32H,03H,96H 0FFH;停止符
```

;曲目 2《真的好想你》32/拍

;3•5 2 3 6 1——6 1 2•5 3 2 3 7 6 5——

```
MUSIC1:DB 05H,30H,07H,10H,04H,10H
       DB 05H,20H,01H,10H,03H,60H
       DB 01H,10H,03H,10H,04H,30H
       DB 07H,10H,0CH,10H,04H,08H
       DB 05H,08H,02H,10H,01H,10H
       DB 00H,60H
       DB 0FFH              ;停止符
```

;   曲目 3《小城故事多》32/拍

; 3•5 6 5 6 1 5——5•6 3 2 3 5 2——

```
MUSIC2:DB   05H,30H,07H,10H,08H,10H
       DB 07H,10H,08H,08H,0AH,08H
       DB 07H,80H,07H,30H,08H,30H
       DB 05H,10H,04H,10H,05H,10H
       DB 07H,10H,04H,80H,0FFH
```

;曲目 4《致爱丽丝》24/拍

; 3 2 3 2 3 7 2 1 6——•3 6 7——•3 6 7 1——

```
MUSIC3:DB 05H,0CH,04H,0CH,05H,0CH
       DB 04H,0CH,05H,0CH,02H,0CH
       DB 04H,0CH,03H,0CH,08H,3CH
       DB 05H,0CH,08H,0CH,08H,3CH
       DB 05H,0CH,08H,0CH,09H,0CH
       DB 03H,48H,0FFH
```

;曲目 5《铃儿叮当响》24/拍

; 5̣ 3̣ 2̣ 1̣ | 5—5 3̣ 2̣ 1̣ | 6̇—6 4 5̇ | 3̇ 2̇ 7—5 5 4 2̣ | 3̣—

```
MUSIC4:DB 00H,0CH,05H,0CH,04H,0CH
       DB 03H,0CH,00H,30H,00H,0CH
       DB 05H,0CH,04H,0CH,03H,0CH
       DB 01H,30H,06H,0CH,05H,0CH
       DB 04H,0CH,02H,30H,07H,0CH
       DB 07H,0CH,06H,0CH,04H,0CH
       DB 05H,30H,0FFH
END
```

本章小结

　　单片机系统的设计开发原则应具有可靠性高，操作维护方便，性价比高，设计周期短等特点。开发步骤包括确定设计方案、硬件设计、软件设计、软硬件调试、程序固化等。

　　实时时钟系统、乐曲演奏控制系统非常适合初学者了解单片机系统的设计过程，本章中进行了详细的讨论。

习　题　8

一、填空题

1. 单片机应用系统是指以_____为核心部件构成的计算机应用系统。

2. 电源抗干扰电路的简单设计方法是系统弱电部分的电源入口处_____。

3. 为了考虑到修改方便与保密性，译码电路可采用_____或_____来实现。

4. 可采用光电隔离器件抗_____干扰；采用差分放大器抗_____干扰；采用平滑滤波器抗_____干扰；采用屏蔽手段抗_____干扰。

5. 编写程序首先绘制_____，其次每一步用_____来实现。

6. 在系统硬件设计时，要尽量充分地利用_____资源。

7. 在单片机系统设计时，尽量降低成本，在无碍大局的情况下，尽可能以_____代替_____。

8. 实时时钟系统中，时间基准是由定时器产生的，为了消除时间误差积累，应采用定时器方式_____。

9. 有一个单片机系统使用了 3 个 LED 数码管，现选择 89C51 或 89C2051 型号单片机，如果采用静态显示，适宜选_____。如果采用动态显示，适宜选_____。

10. 在单片机乐曲演奏控制器的设计中，乐曲是以_____形式存放。

二、多项选择题

1. 下述（　　）项是为了提高系统可靠性的。

　　（A）使用精度高的元件　　　　　　（B）采用双机系统

　　（C）对电源采取抗干扰措施　　　　（D）进行软硬件滤波

2. 为了缩短设计周期，应考虑（　　）。

 （A）软硬件采用标准化、模块化设计

 （B）选择自己所熟悉的单片机

 （C）适宜地采用"以软代硬"或"应硬代软"

 （D）选择高档单片机

3. 以下（　　）环境因素对硬件电器参数有影响。

 （A）温度   （B）湿度   （C）气压   （D）振动

4. 以下（　　）措施是机械结构中要采取的。

 （A）防振   （B）防掉电   （C）屏蔽   （D）通风

5. 正确使用中断需考虑（　　）。

 （A）保护现场问题

 （B）时间分配问题

 （C）计算精度问题

 （D）某段步允许被打断的程序的中断屏蔽问题

6. 可用以下（　　）方法来纠正程序"跑飞。"

 （A）定时器中断监控   （B）中断现场保护

 （C）软件陷阱   （D）看门狗技术

7. 一般情况下，初始化程序需要完成的事有（　　）。

 （A）设置堆栈   （B）设置中断状态

 （C）对 I/O 口进行设置   （D）对 RAM 进行设置

8. Atmel 公司生产的 AT 89C 系列与 MCS-51 系列单片机相比，具有的优势是（　　）。

 （A）采用闪速存储器，程序写入更方便

 （B）提供更小尺寸的芯片

 （C）指令更丰富

 （D）价格低廉

9. 在实时时钟系统中，以下（　　）选择不适宜时间基准的产生。

 （A）采用 RC 振荡器作为单片机振荡时钟

 （B）采用软件定时

 （C）采用定时器方式 1 定时

 （D）采用定时器方式 2 定时

10. 在乐曲演奏控制系统的设计中，如果改成 6 首乐曲，程序应该修改（　　）地方。

 （A）选曲计数器最高限值为＜6

 （B）曲目首址散转表添加第 6 首乐曲首址

 （C）增加第 6 首乐曲的存放表格

 （D）增加一段显示程序

三、问答题

1. 简述单片机应用系统设计的基本原则。

2. 单片机应用系统的研制分哪几个步骤？

3. 选择单片机的原则是什么？

4. 划分软硬件功能的原则是什么？

5. 硬件调试常见故障有哪些？

6. 进行系统联调时主要解决哪些问题？

7. 单片机应用系统的主要干扰源有哪些？应如何采取相应的抗干扰措施？

8. 单片机系统的可靠性设计包括哪两个方面？分别要考虑哪些内容？

实验 1　数据传送实验

一、实验目的

1. 熟悉并掌握伟福仿真软件的使用方法。
2. 理解片内 RAM、片外 RAM 间数据传送指令及读程序存储器的指令的应用。
3. 掌握观察指令执行结果的方法。

二、实验设备

PC 机一台，伟福仿真软件。

三、实验原理

使用伟福仿真软件能模拟单片机指令的执行，并方便地查看指令执行的结果。在 REG 窗口中观察 A、Rn 等的内容；在 DATA 窗口中观察片内 RAM 的内容；在 XDATA 窗口中观察片外 RAM 的内容；在 PDATA 窗口中观察片外页内 RAM 的内容，在 CODE 窗口中观察 ROM 的内容。

四、实验内容及步骤

1. 实验内容

（1）内部 RAM 30H 单元内的数据传送到外部 RAM 30H 单元；

（2）内部 RAM 30H 单元内的数据传送到外部 RAM 2030H 单元；

（3）外部 RAM 2000H 单元内的数据传送到内部 RAM 30H 单元；

（4）外部 RAM 2000H 单元内的数据传送到外部 RAM 2030H 单元；

（5）ROM 0100H 单元内的数据传送到外部 RAM 30H 单元。

2. 操作步骤

（1）启动计算机，打开伟福仿真软件，进入仿真环境，进行仿真设置，选择模拟器 8751；

（2）建立 CHS1. ASM（或 CHS2. ASM、CHS3. ASM 等）文件，保存在 E：\DPJI 文件夹下；

（3）输入练习指令的程序后保存，编译后全速运行，如果程序无误，在上述窗口中观察程序执行结果，如果有误，则修改后重新编译运行。

五、程序及观察结果

1. 实验1：CHS1. ASM

```
        ORG     0000H
        LJMP    START
        ORG     0030H
START:  MOV     A,30H
        MOV     R0,#30H
        MOVX    @R0,A
        SJMP    $
```

观察：在 RAM 30H 单元中预置数 56H，正确运行后在 REG 窗口中观察 A 的内容还是 56H 不变，在 PDATA 窗口中观察片外 RAM 30H 单元的内容是 56H。

2. 实验2：CHS2. ASM

```
        ORG     0000H
        LJMP    START
        ORG     0030H
START:  MOV     A,30H
        MOV     DPTR,#2030H
        MOVX    @DPTR,A
        SJMP    $
```

观察：在 RAM 30H 单元中预置数 85H，正确运行后在 REG 窗口中观察 A 的内容是 85H，在 XDATA 窗口中观察片外 RAM 2030H 单元的内容是 85H。

3. 实验3：CHS3. ASM

```
        ORG     0000H
        LJMP    START
        ORG     0030H
START:  MOV     DPTR,#2000H
        MOVX    A,@DPTR
        MOV     30H,A
        SJMP    $
```

观察：在外部 RAM 2000H 单元中预置数 A3H，正确运行后在 DATA 窗口中观察 30H 的内容是 A3H，在 XDATA 窗口中观察片外 RAM 2000H 单元的内容是 A3H 不变。.

4. 实验4：CHS4. ASM

```
        ORG     0000H
        LJMP    START
        ORG     0030H
START:  MOV     DPTR,#2000H
        MOVX    A,@DPTR
        MOV     DPTR,#2030H
        MOVX    @DPTR,A
```

```
            SJMP        $
```

观察：在外部 RAM 2000H 单元中预置数 D9H，正确运行后在 XDATA 窗口中观察片外 RAM 2030H 单元的内容是 D9H。

5. 实验 5：CHS5. ASM

```
            ORG         0000H
            LJMP        START
            ORG         0030H
START:  MOV         DPTR,#0100H
            MOV         A,#00H
            MOVC        A,@A+ DPTR
            MOV         R0,#30H
            MOVX        @R0,A
            ORG         0100H
            DB          0C9H
            SJMP        $
```

观察：程序正确运行后在 PDATA 窗口中观察片外 RAM 30H 单元的内容是 C9H；ROM 0100H 单元的内容可在 CODE 窗口中观察，其内容与外部 RAM 30H 单元的内容一致。

六、思考题

1. 将 ROM 2000H 单元内的数据传送到内部 RAM 30H 单元；
2. 将 R1 的内容传送到以 R2 的内容为地址的存储单元中。

实验 2 分支程序练习

一、实验目的

1. 熟练掌握伟福仿真软件的使用方法。
2. 掌握两分支程序及多分支程序编制及调试方法。

二、实验设备

PC 机一台，伟福仿真软件。

三、实验原理

使用伟福仿真软件能在线模拟单片机程序的执行，并方便地查看程序执行的结果。软件提供了单步执行等调试方法。程序执行完毕后在 REG 窗口中观察 A、Rn 等的内容；在 DATA 窗口中观察片内 RAM 的内容；在 XDATA 窗口中观察片外 RAM 的内容。

四、实验内容及步骤

1. 实验内容

（1）片内 RAM 30H 单元中有一个带符号二进制补码，将该数的绝对值存到 31H 单元；

（2）设无符号数 X 存放于内部 RAM 30H 单元，按下列要求将对应 Y 值存放于 50H 单元；

$$Y = \begin{cases} 2X & \text{当 } X > 30 \text{ 时} \\ X+10 & \text{当 } 20 < X < 30 \text{ 时} \\ 0 & \text{当 } X < 20 \text{ 时} \end{cases}$$

（3）已知片内 RAM 30H 和 31H 单元中各有一个带符号二进制补码数，比较两数大小后，将大数存入到 40H 单元。

2. 操作步骤

（1）启动计算机，打开伟福仿真软件，进入仿真环境，进行仿真设置，选择模拟器 8751；

（2）建立 FZH1. ASM（FZH2. ASM、FZH3. ASM）文件，保存在 E：\DPJI 文件夹下；

（3）输入程序后保存，编译后全速运行，如果程序无误，在上述窗口中观察程序执行结果，如果有误，则修改后重新编译运行。

五、程序及观察结果

1. 实验 1：FZH1. ASM

```
            ORG     0000H
            LJMP    START
            ORG     0030H
START:      MOV     A,30H
            JNB     ACC. 7,MM
            CPL     A
            ADD     A,#01H
MM:         MOV     31H,A
            SJMP    $
```

观察结果：在 RAM 30H 单元中预置数 56H，在 DATA 窗口中观察 31H 单元的内容是 56H；在 RAM 30H 单元中预置数 D3H，在 DATA 窗口中观察 31H 单元的内容是 2DH。

2. 实验 2：FZH2. ASM

```
            ORG     0000H
            LJMP    START
            ORG     0030H
START:      MOV     A,#20
            CLR     C
            SUBB    A,30H
            JC      DD1
            CLR     A
            SJMP    DD3
DD1:        MOV     A,30H
            CLR     C
            SUBB    A,#30
            MOV     A,30H
            JC      DD2
            ADD     A,30H
            SJMP    DD3
DD2:        ADD     A,#0AH
DD3:        MOV     40H,A
            SJMP    $
```

观察结果：在 RAM 30H 单元中预置数 62H，在 DATA 窗口中观察 40H 单元的内容是 C4H；在 RAM 30H 单元中预置数 12H，在 DATA 窗口中观察 40H 单元的内容是 00H；在 RAM 30H 单元中预置数 21H，在 DATA 窗口中观察 40H 单元的内容是 42H。

3. 实验 3：FZH3. ASM

```
            ORG     0000H
            LJMP    START
            ORG     0030H
```

```
START:   MOV    A, 30H
         CLR    C              ;为作减法,清进位标志 CY
         SUBB   A, 31H         ;两数作减法
         JZ     XMAX           ;两数相等
         JB     ACC.7, NEG     ;ACC.7 为 1,转 NEG 判断 OV 状态
         JB     OV, YMAX       ;ACC.7 为 0, OV 为 1,后数真正是大数
         SJMP   XMAX           ;ACC.7 为 0,OV 为 0,前数真正是大数
NEG:     JB     OV, XMAX       ;ACC.7 为 1,OV 为 1,前数真正是大数
YMAX:    MOV    A, 31H         ;ACC.7 为 1,OV 为 0,后数真正是大数
         SJMP   RMAX
XMAX:    MOV    A, 30H
RMAX:    MOV    40H, A         ;将大数送到目标单元 40H
         SJMP   $
```

观察结果：在 RAM 30H、31H 单元中预置数 25H、72H，程序正确执行后在 DATA 窗口中观察 40H 单元的内容是 72H；在 RAM 30H、31H 单元中预置数 D5H、E6H，执行后 40H 单元的内容是 E6H；在 RAM 30H、31H 单元中预置数 D5H、36H，执行后 40H 单元的内容是 36H。

实验 3 循环程序练习

一、实验目的

1. 熟练掌握伟福仿真软件的使用方法。
2. 掌握循环程序编制及调试方法。
3. 掌握循环程序中循环次数已知和不定的控制方法。
4. 掌握双重循环程序编制及调试方法。
5. 熟练掌握单步调试程序的方法。

二、实验设备

PC 机一台，伟福仿真软件。

三、实验原理

使用伟福仿真软件能在线模拟单片机程序的执行，并方便地查看程序执行的结果。该软件提供了单步执行等调试方法。程序执行完毕后在 REG 窗口中观察 A、Rn 等的内容；在 DATA 窗口中观察片内 RAM 的内容；在 XDATA 窗口中观察片外 RAM 的内容。

四、实验内容及步骤

1. 实验内容

（1）将片内 RAM 30H～35H 共 6 个连续单元的内容传送到片外 RAM 2000H～2005H。

（2）在片内 RAM 40H 单元开始连续存放了 10 个无符号数，试编程序找出最大数存入 50H 单元。

（3）编写程序统计数据区的长度。设数据区从内部 RAM 30H 单元开始，以数据 00H 为结束标志，将统计结果存入 2FH 单元。

（4）从内部数据 RAM xx 单元开始连续存放 10 个无符号数，编写程序将这 10 个单元的数据按从小到大的顺序进行排序，排序结果还是保存在这十个单元中。设 xx 为 30H。

2. 操作步骤

（1）启动计算机，打开伟福仿真软件，进入仿真环境，进行仿真设置，选择模拟器 8751；

（2）建立 xunh1. ASM（xunh2. ASM，xunh3. ASM，xunh4. ASM）文件，保存在 E：\ DPJI 文件夹下；

（3）输入程序后保存，编译后全速运行，如果程序无误，在上述窗口中观察程序执行结果，如果有误，则修改后重新编译运行。

五、程序及观察结果

1. 实验 1：xunh1. ASM

```
                ORG         0000H
                LJMP        START
                ORG         0030H
START:          MOV         R0,#06H
                MOV         DPTR,#2000H
                MOV         R1,#30H
LOOP:           MOV         A,@R1
                MOVX        @DPTR,A
                INC         DPTR
                INC         R1
                DJNZ        R0,LOOP
                SJMP        $
```

观察结果：在 DATA 窗口中 RAM 30H～35H 单元中预置数 56H，38H，A3H，F6H，D3H，49H；正确运行后在 XDATA 窗口中观察 2000H～2005H 单元的内容是 56H，38H，A3H，F6H，D3H，49H。

2. 实验 2：xunh2. ASM

```
                ORG         0000H
                LJMP        START
                ORG         0030H
START:          MOV         R1,#40H
                MOV         R0,#09H
                MOV         A,@R1
LOOP:           CLR         C
                INC         R1
                SUBB        A,@R1
                JNC         L1
                MOV         A,@R1
                SJMP        NEXT
L1:             ADD         A,@R1
NEXT:           DJNZ        R0,LOOP
                MOV         50H,A
                SJMP        $
```

观察结果：在 RAM 40～49H 单元中预置数 87H，98H，F3H，04H，38H，A5H，69H，FCH，C4H，D9H，在 DATA 窗口观察 50H 单元的内容是 FCH。

3. 实验 3：xunh3. ASM

```
                ORG         0000H
                LJMP        START
```

```
            ORG     0030H
START:      MOV     2FH,#00H
            MOV     R0,#30H
DD1:        MOV     A,@R0
            JZ      DD2
            INC     2FH
            INC     R0
            SJMP    DD1
DD2:        SJMP    $
```

观察结果：在 DATA 窗口中在 RAM30H～39H 中置数 56H、98H、37H、A4H、F5H、00H、67H、E6H、B3H、75H，程序编译无误运行后，在 DATA 窗口中观察 2FH 单元内容是 05（5 个数），将 A4H 改为 00H 后再次运行程序，可观察 2FH 单元内容是 03。

4. 实验 4：xunh4. ASM

设计思路：首先将第一个数据与第二个数据进行比较，然后将第二个数据与第三个数据进行比较，也就是相邻的两个数进行比较，每次比较后，都将较小的数放到前面的地址单元中，而将较大的数放到后面的单元中。使用循环来做，循环 9 次后，最大的数就排在了最后一个地址单元 39H。如果将这样的 9 次循环作为内循环，使用双重循环来做，则第二次内循环 9 次后，就将第二大的数据排在了 38H，依此类推，经过若干次外循环，就可以完成 10 个数从小到大排序的操作。考虑到如果 10 个数已经从小到大排列好了，那么在内循环中就无交换操作，这时就可以停止外循环操作，结束程序的执行，因此设置一个循环终止标志来结束外循环。当内循环中有交换操作时，则将循环终止标志置 1，否则将循环终止标志清零。即在程序中判断循环终止标志是否为 0，如果为 0，则终止外循环。

```
            ORG     0000H
            LJMP    0030H
            ORG     0030H
START:      CLR     00H
            MOV     R7,#09H
            MOV     R0,#30H
            MOV     A,@R0
LOOP:       INC     R0
            MOV     R2,A
            CLR     C
            SUBB    A,@R0
            JC      NEXT
            SETB    00H
            MOV     A,R2
            XCH     A,@R0
            DEC     R0
            MOV     @R0,A
            INC     R0
NEXT:       MOV     A,@R0
```

```
DJNZ        R7,LOOP
JB          00H,START
SJMP        $
END
```

观察结果：在 DATA 窗口中在 RAM30H～39H 中置数 46H、A3H、80H、49H、35H、12H、F5H、A6H、E5H、06H，程序编译无误运行后，在 DATA 窗口中观察 RAM30H～39H 中的数依次是：06H、12H、35H、46H、49H、80H、A3H、A6H、E5H、F5H。

六、思考题

1. 如果将实验 2 改为找出最小数存入 50H 单元，应在哪些地方改动？
2. 如果将实验 4 改为使用气泡法排序，应如何修改程序？

提示： 首先将相邻的两个数据进行比较，都将较小的数放到前面的地址单元中，而将较大的数放到后面的单元中。使用双重循环来完成。外循环 9 次，内循环次数分别是 9，8，7，6，5，4，3，2，1 次。如果是对 n 个数进行排序，则外循环次数为 $n-1$，内循环次数分别是 $n-1$，$n-2$，…，2，1 次。

实验 4   常用子程序练习

一、实验目的

1. 熟练掌握伟福仿真软件的使用方法。
2. 掌握不同码制间数据转换程序编制及调试方法。
3. 理解并掌握使用查表程序实现代码转换的方法。

二、实验设备

PC 机一台，伟福仿真软件。

三、实验原理

使用伟福仿真软件能在线模拟单片机程序的执行，并方便地查看程序执行的结果。该软件提供了单步执行等调试方法。程序执行完毕后在 REG 窗口中观察 A、Rn 等的内容；在 DATA 窗口中观察片内 RAM 的内容。

四、实验内容及步骤

1. 实验内容

（1）编写程序，将 RAM 20H 单元中的低 4 位二进制数转换成 ASCII 码后存入 20H 单元。

（2）将 RAM 20H 单元中的一字节无符号数转换成 3 字节 BCD 码数，将百位数存入 31H 单元，将十位数和个位数存入到 30H 单元。

（3）已知片内 RAM 30H 单元有一个小于 0FH 的无符号二进制数，将其平方值送入 50H 单元。

2. 操作步骤

（1）启动计算机，打开伟福仿真软件，进入仿真环境，进行仿真设置，选择模拟器 8751；

（2）建立 ZHHU1. ASM（ZHHU2. ASM，CHB. ASM）文件，保存在 E：\DPJI 文件夹下；

（3）输入程序后保存，编译后全速运行，如果程序无误，在上述窗口中观察程序执行结果，如果有误，则修改后重新编译运行。

五、程序及观察结果

1. 实验 1：ZHHU1. ASM

```
          ORG        0000H
          LJMP       0030H
          ORG        0030H
BINASC:   MOV        A,20H
          ADD        A,#30H
          MOV        20H,A
          CLR        C
          SUBB       A,#3AH
          JC         MM
          XCH        A,20H
          ADD        A,#07H
          MOV        20H,A
MM:       SJMP       $
```

观察结果：在 DATA 窗口的 RAM 20H 单元中预置数 08H，正确运行后在 DATA 窗口中观察 20H 单元中内容是 38H；预置数 0FH 的结果是 46H。

2. 实验 2：ZHHU2. ASM

```
          ORG        0000H
          LJMP       0030H
          ORG        0030H
          MOV        A, 20H
          MOV        B,#64H
          DIV        AB
          MOV        31H, A
          MOV        A,#0AH
          XCH        A,B
          DIV        AB
          SWAP       A
          ADD        A, B
          MOV        30H ,A
          SJMP       $
```

观察结果：在 DATA 窗口的 RAM 20H 单元中预置数 95H，正确运行后在 DATA 窗口中观察 31H、30H 单元中内容分别是 01、49（BCD 码 149）；预置数 50H 的结果是 00、80（BCD 码）。

3. 实验 3：CHB. ASM

```
          ORG        0000H
          LJMP       0030H
          ORG        0030H
          MOV        A, 30H
```

```
          MOV      DPTR,#TAB
          MOVC     A,@A+ DPTR
          MOV      50H ,A
          SJMP     $
TAB:      DB       00H,01H,04H,09H,10H,19H
          DB       24H,31H,40H,51H, 64H,79H
          DB       90H,0A9H,0C4H,0E1H
```

观察结果：在 DATA 窗口的 RAM 30H 单元中预置数 09H，正确运行后在 DATA 窗口中观察 50H 单元中内容是 51H（即 81）；预置数 0FH 的结果是 E1H（即 225）。

实验 5 系统认识实验

一、实验目的

1. 熟悉 THDPJ-1 型单片机综合实验开发板的组成与使用方法。
2. 掌握 P1 口作为输入输出方式使用时，CPU 对 P1 口的操作方式。
3. 理解延时子程序的编写和使用。

二、实验设备

PC 机一台，THDPJ-1 型单片机综合实验开发板一台（含仿真器），串行数据通信线，扁平线，导线若干。

三、实验原理

P1 口是 8 位准双向口，每一位可独立定义为输入或输出。CPU 对 P1 口的操作可以是字节操作，也可以是位操作。实验中 P1 口接 8 个发光二极管，编写程序，通过 P1 口控制 LED 状态，熟悉 CPU 对 P1 口操作的指令。

四、实验内容及步骤

1. 实验 1：用 P1 口做输出口

（1）实验要求

P1 口接 8 位逻辑电平显示，程序功能使发光二极管从右到左轮流循环点亮。

（2）操作步骤

① 使用单片机最小应用系统 1 模块。关闭该模块电源，用扁平数据线连接单片机 P1 口与 8 位逻辑电平显示模块；

② 用串行数据通信线连接计算机与仿真器，把仿真器插到模块的锁紧插座中，请注意仿真器的方向要缺口朝上；

③ 打开 Keil μVision2 仿真软件，首先建立本实验的项目文件，接着添加 "P1A. ASM" 源程序，进行编译，直到编译无误；

④ 进行软件设置，选择硬件仿真，选择串行口，设置波特率为 38400，晶振为 11.059 2 MHz；

⑤ 打开模块电源和总电源，单击 "开始调试" 按钮，单击 RUN 按钮运行程序，观察发光二极管显示情况。发光二极管单只从右到左轮流循环点亮。

2. 实验 2：用 P1 口做输入输出口

（1）实验要求

用 P1.7、P1.6 作输入接两个拨断开关，P1.0、P1.1 作输出接两个发光二极管。程序读取开关状态，并在发光二极管上显示出来。

（2）操作步骤

① 用导线分别连接 P1.7、P1.6 到两个拨断开关，P1.0、P1.1 到两个发光二极管；

② 添加 "P1B.ASM" 源程序，编译无误后，运行程序，拨动拨断开关，观察发光二极管的亮灭情况。向上拨为熄灭，向下拨为点亮。

五、源程序

1. 实验 1：P1A.ASM

```
        ORG     0000H
        LJMP    START
        ORG     0030H
START:  MOV     A,#0FEH
OUTPUT: MOV     P1,A
        RL      A
        ACALL   DELAY
        LJMP    OUTPUT
DELAY:  MOV     R6,#255
DEL1:   MOV     R7,#255
DEL2:   DJNZ    R7,DEL2
        DJNZ    R6,DEL1
        RET
        END
```

2. 实验 2：P1B.ASM

```
        ORG     0000H
        LJMP    START
        ORG     0030H
START:  SETB    P1.7          ;欲读先置一
        SETB    P1.6
NEXT:   MOV     C,P1.7        ;将 P1.7 代表的拨断开关状态读入到 C
        MOV     P1.1,C
        MOV     C,P1.6        ;将 P1.6 代表的拨断开关状态读入到 C
        MOV     P1.0,C
        LCALL   DELAY
        SJMP    NEXT
DELAY:  MOV     R6,#05
LL2:    MOV     R7,#200
LL1:    DJNZ    R7,LL1
        DJNZ    R6,LL2
```

RET

六、思考题

1. 粗略计算本实验延时子程序的执行时间为多少？

2. 从 P1 口读入数据时应注意什么？

3. 如果将实验 2 改为用 P1 口作输入，P2 口作输出，程序应如何修改？实验箱的连线应如何调整？

实验 6   定时器和中断实验

一、实验目的

1. 掌握 80C51 内部计数器的使用和编程方法。
2. 进一步掌握中断处理程序的编写方法。
3. 熟悉并理解显示子程序的功能。

二、实验设备

计算机一台，THDPJ-1 型单片机综合实验开发板一台（含仿真器），串行数据通信线，扁平线，导线若干。

三、实验原理

80C51 内部有 T0、T1 两个定时器/计数器，TH0、TL0 和 TH1、TL1 分别对应两个定时器/计数器的高 8 位和低 8 位。与定时器/计数器有关的 SFR 还有 TMOD 和 TCON。TMOD 用于设置定时器/计数器的工作方式 0～3，并确定用于定时还是用于计数。TCON 主要功能是为定时器在溢出时设定标志位，并控制定时器的运行或停止等。

80C51 的定时器/计数器有定时器和计数器两个功能。本实验使用的是定时器，定时为 50 ms。CPU 运用定时中断方式，定时初值为 3CB0H。每中断 1 次显示数字加 1。本程序显示使用 2 个数码管，从 00 开始计到 99 后停止。

四、实验内容及步骤

1. 实验要求

在右面 2 个数码管上显示 00，50 ms 后显示 01，再过 50 ms 后显示 02，依次类推，直到显示 99 后，恢复显示初值 00 后停止。

2. 操作步骤

（1）用扁线连接单片机最小应用系统 1 的 P1 口到动态显示数码管的位码端 S1～S6，将最小应用系统 1 的 P0 口连到动态显示数码管的段码端 a～h；

（2）用串行数据通信线连接计算机与仿真器，把仿真器插到模块的锁紧插座中，请注意仿真器的方向应缺口朝上；

（3）打开 Keil μVision2 仿真软件，首先建立本实验的项目文件，接着添加"定时器.ASM"源程序，进行编译，直到编译无误；

（4）进行软件设置，选择硬件仿真，选择串行口，设置波特率为 38 400，晶振为

11. 059 2 MHZ；

（5）打开模块电源和总电源，单击"开始调试"按钮，单击 RUN 按钮运行程序。观察 LED 数码管上数字的显示情况。

五、源程序

定时器.ASM

```
        ORG     0000H
        LJMP    START
        ORG     0030H
        LJMP    CTCO
START:  MOV     30H,#00H
        MOV     31H,#00H
        MOV     32H,#00H
        MOV     33H,#00H
        MOV     34H,#00H
        MOV     35H,#00H
        MOV     R3,#02
        MOV     TMOD,#01H
        MOV     TH0,#3CH
        MOV     TL0,#0B0H
        SETB    EA
        SETB    ET0
        SETB    TR0
NEXT:   LCALL   DISPLAY
        SJMP    NEXT
CTCO:   PUSH    ACC
        PUSH    PSW
        DJNZ    R3,BACK
        MOV     R3,#02
        INC     30H
        MOV     A,30H
        CJNE    A,#0AH,BACK
        MOV     30H,#00H
        INC     31H
        MOV     A,31H
        CJNE    A,#0AH,BACK
        MOV     31H,#00H
        MOV     30H,#00H
        CLR     TR0
BACK:   MOV     TH0,#3CH
        MOV     TL0,#0B0H
        POP     PSW
```

```
          POP       ACC
          RETI
DISPLAY:  MOV       R0,#30H
          MOV       R2,#01H
          MOV       DPTR,#TAB
L1:       MOV       A,@R0
          MOVC      A,@A+ DPTR
M1:       MOV       P0,A
          MOV       P1,R2
          LCALL     DELAY
          INC       R0
          MOV       A,R2
          JB        ACC.5,L2
          RL        A
          MOV       R2,A
          SJMP      L1
L2:       RET
TAB:      DB        3FH,06H,5BH,4FH,66H,6DH,7DH,07H,7FH,6FH
DELAY:    MOV       R6,#05
LL2:      MOV       R7,#200
LL1:      DJNZ      R7,LL1
          DJNZ      R6,LL2
          RET
```

六、思考题

1. 如果显示到 99 后停止不变，程序应如何改写？

2. 如果显示到 99 后，重新从 0 开始计数，程序应如何改写？

3. 如果实验箱的晶振频率是 6 MHz，会出现什么现象？要使秒表正常，应如何调整程序？

4. 如果想使显示的数字变化慢一些，程序应做哪些调整？

实验 7 可编程 I/O 接口 8155 实验

一、实验目的

1. 了解 8155 芯片结构及接口方式。
2. 掌握 8155 输入、输出的编程方法。

二、实验设备

计算机一台，THDPJ-1 型单片机综合实验开发板一台（含仿真器），串行数据通信线，扁平线，导线若干。

三、实验原理

1. 本实验利用 8155 可编程并行口芯片，实现数据的输入、输出。实验中 8155 的 PA口、PB 口作为输出口。8155 具有 3 个可编程 I/O 口，其中 PA、PB 为 8 位口，PC 口为 6位口。PA 口、PB 口为通用的输入、输出口，主要用于数据的 I/O 传送，它们都是数据口，因此只有输入、输出两种工作方式。

2. 本实验 8155 的端口地址由单片机的 P0 口和 P2.7 及 P2.0 控制。控制口的地址为7F00H；PA 口的地址为 7F01H；PB 口的地址为 7F02H。

四、实验内容及步骤

1. 实验 1：PA 口作为输出口

（1）实验要求

PA 口作为输出口，接 8 位逻辑电平显示，使发光二极管单只从右到左轮流循环点亮。

（2）操作步骤

① 单片机最小应用系统 1 的 P0 口接 8155 的 D0~D7 口，8155 的 PA0~PA7 接 8 位逻辑电平显示，单片机最小应用系统 1 的 P2.0、P2.7、$\overline{RD}$、$\overline{WR}$、ALE 分别接 8155 的 IO/$\overline{M}$、$\overline{CE}$、$\overline{RD}$、$\overline{WR}$、ALE，RESET 接上复位电路；

② 用串行数据通信线连接计算机与仿真器，把仿真器插到模块的锁紧插座中，请注意仿真器的方向应缺口朝上；

③ 打开 Keil μVision2 仿真软件，首先建立本实验的项目文件，接着添加 8155 A. ASM源程序，进行编译，直到编译无误；

④ 进行软件设置，选择硬件仿真，选择串行口，设置波特率为 38400，晶振为11.059 2 MHz；

⑤ 打开模块电源和总电源，单击"开始调试"按钮，单击RUN按钮运行程序，发光二极管单只从右到左轮流循环点亮。

2. 实验2：PA口作为输出口，PB口作为输入口

（1）实验要求

PB口作为输入口，读入开关信号；PA口作为输出口，送8位逻辑电平显示模块显示。

（2）操作步骤

① 单片机最小应用系统1的P0口接8155的D0～D7口，8155的PA0～PA7接8位逻辑电平显示，PB0～PB7口接8位逻辑电平输出模块，单片机最小应用系统1的P2.0、P2.7、$\overline{RD}$、$\overline{WR}$、ALE分别接8155的IO/$\overline{M}$、$\overline{CE}$、$\overline{RD}$、$\overline{WR}$、ALE，RESET接上复位电路；

② 添加8155B. ASM源程序，进行编译，直到编译无误；

③ 进行软件设置，选择硬件仿真，选择串行口，设置波特率为38 400，晶振为11.059 2 MHz；

④ 打开模块电源和总电源，单击"开始调试"按钮，单击RUN按钮运行程序，拨8位逻辑电平输出的各个开关，观察发光二极管的亮灭情况，发光二极管与开关状态相对应，向下为点亮，向上为熄灭。

五、源程序

1. 实验1：8155 A. ASM

```
ORG        0000H
LJMP       START
ORG        0030H
START:     MOV      A,#03H           ;方式0,PA、PB输出
           MOV      DPTR,#7F00H
           MOVX     @DPTR,A
LOOP:      MOV      A,#0FEH
           MOV      R2,#8
OUTPUT:    MOV      DPTR,#7F01H
           MOVX     @DPTR,A          ;数据输出到A口
           ACALL    DEALY
           RL       A
           DJNZ     R2,OUTPUT
           LJMP     LOOP
DEALY:     MOV      R6,#05
LL2:       MOV      R7,#200
LL1:       DJNZ     R7,LL1
           DJNZ     R6,LL2
           RET
           END
```

2. 实验2：8155B. ASM

```
ORG        0000H
LJMP       START
```

```
              ORG        0030H
START:        MOV        A,#01H
              MOV        DPTR,#7F00H
              MOVX       @DPTR,A          ;控制字为方式 0,PA 输出,PB 输入
LOOP:         MOV        DPTR,#7F02H
              MOVX       A,@DPTR          ;读入 B 口
              MOV        DPTR,#7F01H
              MOVX       @DPTR,A          ;输出到 A 口
              ACALL      DELAY
              SJMP       LOOP
DELAY:        MOV        R6,#05
LL2:          MOV        R7,#200
LL1:          DJNZ       R7,LL1
              DJNZ       R6,LL2
              RET
              END
```

实验 8　LED 动态扫描显示实验

一、实验目的

1. 掌握数字、字符转换成显示段码的软件译码方法。
2. 动态显示的原理和相关程序的编写与调试。

二、实验设备

计算机一台，THDPJ-1 型单片机综合实验开发板一台（含仿真器），串行数据通信线，扁平线，导线若干。

三、实验原理

动态显示，也称扫描显示。显示器由 6 个共阴极 LED 数码管构成。单片机的 P0 口输出显示段码，经由一片 74LS245 驱动输出给 LED 管，由 P1 口输出位码，经由 74LS06 输出给 LED 管。

四、实验内容及步骤

1. 实验内容

在动态显示模块上从右向左动态显示 061225，循环不止。

2. 操作步骤

（1）用扁线将单片机最小应用系统 1 的 P0 口接段码口 a～h，P1 口接位码口 S1～S6；

（2）用串行数据通信线连接计算机与仿真器，把仿真器插到模块的锁紧插座中，请注意仿真器的方向应缺口朝上；

（3）打开 Keil μVision2 仿真软件，首先建立本实验的项目文件，接着添加"扫描显示. ASM"源程序，进行编译，直到编译无误；

（4）进行软件设置，选择硬件仿真，选择串行口，设置波特率为 38400，晶振为 11.0592 MHz；

（5）打开模块电源和总电源，单击"开始调试"按钮，单击 RUN 按钮运行程序。6LED 显示"061225"。程序停止运行后，显示随之变化，说明动态扫描显示模块不具有数据锁存功能。

五、源程序

1. 扫描显示 . ASM

```
            ORG     0000H
            LJMP    START
            ORG     0030H
START:  MOV     30H, #5          ;在缓冲区存入待显示数据
            MOV     31H, #2
            MOV     32H, #2
            MOV     33H, #1
            MOV     34H, #6
            MOV     35H, #0
DISP:   MOV     R0,#30H
            MOV     R2, #01H
            MOV     DPTR, #TAB
L1:     MOV     A,@R0
            MOVC    A,@A+DPTR
            MOV     P0,A
            MOV     P1,R2
            LCALL   DELAY
            INC     R0
            MOV     A, R2
            JB      ACC.5, L2
            RL      A
            MOV     R2, A
            SJMP    L1
L2:     SJMP    DISP
TAB:    DB      3FH,06H,5BH,4FH,66H,6DH ;0,1,2,3,4,5
            DB      7DH,07H,7FH,6FH,77H,7CH ;6,7,8,9,A,b
            DB      39H,5EH,79H,71H,00H,40H ;C,d,E,F, ,-
DELAY:  MOV.    R6,#05
DL:     MOV     R7,#200
DL1:    DJNZ    R7,DL1
            DJNZ    R6,DL
            RET
            END
```

六、思考题

1. 如何修改程序，在 6 位 LED 数码管上显示自己的学号？
2. 6 位 LED 数码管上的数字不停闪动的原因是什么？如何调整？

实验 9 查询式键盘实验

一、实验目的

1. 掌握独立式键盘的工作原理。
2. 掌握独立式键盘按键的软件识别方法。

二、实验设备

计算机一台，THDPJ-1 型单片机综合实验开发板一台（含仿真器），串行数据通信线，扁平线，导线若干。

三、实验原理

本实验提供了 8 个按钮的小键盘，可接到单片机的并行口，如果有键按下，则相应输出为低，否则输出为高。单片机通过识别，判断按下什么键。有键按下后，要有一定的延时，防止由于键盘抖动而引起误操作。

四、实验内容及步骤

1. 实验 1：用两个按键控制一个发光二极管

（1）实验内容

用 P2.0、P2.1 控制实验箱最右面的发光二极管，当 P2.0=0（按下 Key1）时，发光二极管点亮，当 P2.1=0（按下 Key2）时，发光二极管熄灭。

（2）实验步骤

① 用一根扁平数据插头线连接查询式键盘实验模块与单片机最小应用系统 1 的 P2 口，用另一根扁平数据插头线连接单片机最小应用系统 1 的 P1 口与 8 位逻辑电平显示模块；

② 用串行数据通信线连接计算机与仿真器，把仿真器插到模块的锁紧插座中，请注意仿真器的方向应缺口朝上；

③ 打开 Keil μVision2 仿真软件，首先建立本实验的项目文件，接着添加 KEY1. ASM 源程序，进行编译，直到编译无误；

④ 进行软件设置，选择硬件仿真，选择串行口，设置波特率为 38400，晶振为 11.059 2 MHz；

⑤ 打开模块电源和总电源，单击"开始调试"按钮，单击 RUN 按钮运行程序。在键盘上按下 Key1 或 Key2 键，观察是否能正确控制。

2. 实验 2：判断按键值并显示

（1）实验内容

判断独立式按键是否有键按下。无键按下时，键盘输出全为"1"。6 位 LED 数码管全部熄灭，有键按下，判别键值在动态显示数码管的最右面显示按键值。如果程序判断有 2 个或 2 个以上的键盘同时按下，则重新进行判断，以免键盘分析错误。

（2）实验步骤

① 用一根扁平数据插头线连接查询式键盘实验模块与单片机最小应用系统 1 的 P2 口，再用两根扁平数据插头线分别连接单片机最小应用系统 1 的 P1 口、P0 口到动态显示的位码口 S1~S6、段码口 a~h；

② 用串行数据通信线连接计算机与仿真器，把仿真器插到模块的锁紧插座中，请注意仿真器的方向应缺口朝上；

③ 打开 Keil μVision2 仿真软件，首先建立本实验的项目文件，接着添加 KEY2. ASM 源程序，进行编译，直到编译无误；

④ 进行软件设置，选择硬件仿真，选择串行口，设置波特率为 38400，晶振为 11.059 2 MHz；

⑤ 打开模块电源和总电源，单击"开始调试"按钮，单击 RUN 按钮运行程序。在键盘上按下某个键，观察数显是否与按键值一致，键值从左至右为 0~7。

五、源程序

1. 实验 1：KEY1. ASM

```
        ORG     0000H
        LJMP    START
        ORG     0030H
START:  JB      P2.0,TT1
        LCALL   DELAY
        JB      P2.0,TT1
MM:     LCALL   DELAY
        JNB     P2.0,MM
        CLR     P1.0
        LJMP    BACK1
TT1:    JB      P2.1,BACK1
        LCALL   DELAY
        JB      P2.1,BACK1
MM2:    LCALL   DELAY
        JNB     P2.1,MM2
        SETB    P1.0
BACK1:  SJMP    START
DELAY:  MOV     R6,#05
LL2:    MOV     R7,#200
LL1:    DJNZ    R7,LL1
        DJNZ    R6,LL2
        RET
```

2. 实验 2：KEY2. ASM

```
        ORG     0000H
```

```
          LJMP      START
          ORG       0030H
START:    MOV       30H,#08
MAIN:     ACALL     DISP
          ACALL     KEY
          AJMP      MAIN
KEY:      MOV       P2,#0FFH
          MOV       A,P2
          CJNE      A,#0FFH,K00
          AJMP      KEY
K00:      ACALL     DELAY
          MOV       A,P2
          CJNE      A,#0FFH,K01
          AJMP      KEY
K01:      MOV       R3,#8
          MOV       R2,#0
          MOV       B,A
          MOV       DPTR,#K0TAB
K02:      MOV       A,R2
          MOVC      A,@A+DPTR
          CJNE      A,B,K04
K03:      MOV       A,P2
          CJNE      A,#0FFH,K03
          ACALL     DEALY
          MOV       A,R2
          MOV       30H,A
          RET
K04:      INC       R2
          DJNZ      R3,K02
          MOV       A,#0FFH
          AJMP      KEY
K0TAB:    DB        0FEH,0FDH,0FBH,0F7H
          DB        0EFH,0DFH,0BFH,7FH

DISP:     MOV       R0,#30H
          MOV       R5,#01H
L1:       MOV       A,@R0
          ADD       A,#09
          MOVC      A,@A+PC
          MOV       P0,A
          MOV       P1,R5
          LCALL     DELAY
          RET
```

```
TAB:    DB      3FH,06H,5BH,4FH,66H,6DH
        DB      7DH,07H
DELAY:  MOV     R6,#05
DL:     MOV     R7,#200
DL1:    DJNZ    R7,DL1
        DJNZ    R6,DL
        RET
        END
```

六、思考题

1. 如果将实验 1 改为用一个按键控制一个发光二极管的亮与灭，程序应如何修改？

2. 如果在实验 2 判断并显示键值的基础上，再增加一个在 8 位逻辑电平模块点亮对应的发光二极管，程序应如何调整？硬件连线应怎样调整？

实验 10 ADC0809 模数转换实验

一、实验目的

1. 掌握 ADC0809 模/数转换芯片与单片机的连接方法及 ADC0809 的典型应用。
2. 掌握用查询方式、中断方式完成模/数转换程序的编写方法。

二、实验设备

计算机一台，THDPJ-1 型单片机综合实验开发板一台（含仿真器），串行数据通信线，扁平线，导线若干。

三、实验原理

本实验使用 ADC0809 模数转换器，ADC0809 是 8 通道 8 位 CMOS 逐次逼近式 A/D 转换芯片，片内有模拟量通道选择开关及相应的通道锁存、译码电路，A/D 转换后的数据由三态锁存器输出，由于片内没有时钟，需外接时钟信号。

四、实验内容及步骤

（1）单片机最小应用系统 1 的 P0 口接 A/D 转换的 D0～D7 口，单片机最小应用系统 1 的 Q0～Q7 口接 0809 的 A0～A7 口，单片机最小应用系统 1 的 WR、RD、P2.0、ALE、INT1 分别接 A/D 转换的 WR、RD、P2.0、CLOCK、INT1，A/D 转换的 IN 接入＋5V，单片机最小应用系统 1 的 P1.0、P1.1 连接到串行静态显示实验模块的 DIN、CLK。

（2）用串行数据通信线连接计算机与仿真器，把仿真器插到模块的锁紧插座中，请注意仿真器的方向：缺口朝上。

（3）打开 Keil μVision2 仿真软件，首先建立本实验的项目文件，接着添加 AD 转换 .ASM 源程序，进行编译，直到编译无误。

（4）进行软件设置，选择硬件仿真，选择串行口，设置波特率为 38400，晶振为 11.0592 MHz。

（5）打开模块电源和总电源，单击"开始调试"按钮，单击 RUN 按钮运行程序。5LED 静态显示"AD XX"，"XX"为 AD 转换后的值，8 位发光二极管显示"XX"的二进制值，调节模拟信号输入端的电位器旋钮，显示值随着变化，顺时针旋转值增大，AD 转换值的范围是 0～FFH。

五、源程序

AD 转换 . ASM

```
            ORG     0000H
            LJMP    START
            ORG     30H
START:      MOV     R0,#30H              ;显示缓冲器存放 0AH,0DH,- ,0XH,0XH
            MOV     @R0,#0AH             ;串行静态显示"AD XX" XX 表示 0～F
            INC     R0
            MOV     @R0,#0DH
            INC     R0
            MOV     @R0,               10H
            INC     R0
            MOV     DPTR,#0FEF3H         ;A/D 地址
            MOV     A,#0                 ;清零
            MOVX    @DPTR,A              ;启动 A/D
            JNB     P3.3, $              ;等待转换结束
            MOVX    A,@DPTR              ;读入结果
            MOV     P1,A                 ;转换结果送入发光二极管显示
            MOV     B,A                  ;累加器内容存入 B 中
            SWA     PA                   ;A 的内容高 4 位与低 4 位交换
            ANL     A,#0FH               ;A 的内容高 4 位清零
            XCHD    A,@R0                ;A/D 转换结果高位送入 DBUF3 中
            INC     R0
            MOV     A,B                  ;取出 A/D 转换后的结果
            ANL     A,#0FH               ;A 的内容高 4 位清零
            XCHD    A,@R0                ;结果低位送入 DBF4 中
            ACALL   DISP1                ;串行静态显示"AD XX"
            ACALL   DELAY                ;延时
            AJMP    START
DISP1:                                   ;静态显示子程序
            MOV     R0,#30H
            MOV     R1,#40H
            MOV     R2,#5
DP10:       MOV     DPTR,#TAB            ;表头地址
            MOV     A,@R0
            MOVC    A,@A+ DPTR           ;取段码
            MOV     @R1,A                ;到 TEMP 中
            INC     R0
            INC     R1
            DJNZ    R2,DP10
            MOV     R0,#40H              ;段码地址指针
            MOV     R1,#5                ;段码字节数
DP12:       MOV     R2,#8                ;移位次数
            MOV     A,@R0                ;取段码
DP13:       RLC     A                    ;段码左移
```

```
        MOV     P1.0,C              ;输出一位段码
        CLR     P1.1                ;发送一个位移脉冲
        SETB    P1.1
        DJNZ    R2,DP13
        INC     R0
        DJNZ    R1,DP12
        RET
TAB:
        DB      3FH,6,5BH,4FH,66H,6DH ;0,1,2,3,4,5
        DB      7DH,7,7FH,6FH,77H,7CH ;6,7,8,9,A,b
        DB      58H,5EH,79H,71H,0,40H ;C,d,E,F,(空格),-
DELAY:                              ;延时
        MOV     R4,#08H
AA1:    MOV     R5,#0FFH
AA:     NOP
        NOP
        NOP
        DJNZ    R5,AA
        DJNZ    R4,AA1
        RET
        END
```

六、思考题

1. A/D 转换程序有 3 种编制方式：中断方式、查询方式、延时方式，实验中使用了查询方式，请用另两种方式编制程序。

2. P0 口是数据/地址复用的端口，请说明实验中 ADC0809 的模拟通道选择开关在利用 P0 口的数据口或地址地位口时，程序指令和硬件连线的关系。

实验 11 DAC0832 数模转换实验

一、实验目的

1. 学习 DAC0832 直通方式、单缓冲器方式、双缓冲器方式的编程方法。
2. 掌握 D/A 转换程序的编程方法和调试方法。

二、实验设备

PC 机一台，THDPJ-1 型单片机综合实验开发板一台（含仿真器），串行数据通信线，扁平线，导线若干。

三、实验原理

DAC0832 是 8 位 D/A 转换器，它采用 CMOS 工艺制作，具有双缓冲器输入结构，其引脚排列如右图所示，DAC0832 各引脚功能说明如下。

DI0～DI7：转换数据输入端。

CS：片选信号输入端，低电平有效。

ILE：数据锁存允许信号输入端，高电平有效。

WR1：第一写信号输入端，低电平有效。

Xfer：数据传送控制信号输入端，低电平有效。

WR2：第二写信号输入端，低电平有效。

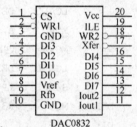

DAC0832

Iout1：电流输出 1 端，当数据全为 1 时，输出电流最大；当数据全为 0 时，输出电流最小。

Iout2：电流输出 2 端。DAC0832 具有 Iout1＋Iout2＝常数的特性。

Rfb：反馈电阻端。

Vref：基准电压端，是外加的高精度电压源，它与芯片内的电阻网络相连接，该电压范围为－10 V～＋10 V。

VCC 和 GND：芯片的电源端和地端。

DAC0832 内部有两个寄存器，而这两个寄存器的控制信号有 5 个，输入寄存器由 ILE、CS、WR1 控制，DAC 寄存器由 WR2、Xfer 控制，用软件指令控制这 5 个控制端可实现 3 种工作方式：直通方式、单缓冲方式、双缓冲方式。

3 种工作方式区别是：直通方式不需要选通，直接 D/A 转换；单缓冲方式一次选通；双缓冲方式两次选通。

四、实验内容及步骤

（1）单片机最小应用系统 1 的 P0 口接 0832 的 DI0～DI7 口，单片机最小应用系统 1 的 P2.0、WR 分别接 D/A 转换的 P2.0、WR，Vref 接－5 V，D/A 转换的 OUT 接示波器探头；

（2）用串行数据通信线连接计算机与仿真器，把仿真器插到模块的锁紧插座中，请注意仿真器的方向应缺口朝上。

（3）打开 Keil μVision2 仿真软件，首先建立本实验的项目文件，接着添加 DA 转换.ASM 源程序，进行编译，直到编译无误；

（4）进行软件设置，选择硬件仿真，选择串行口，设置波特率为 38400，晶振为 11.059 2 MHz；

（5）打开模块电源和总电源，单击"开始调试"按钮，单击 RUN 按钮运行程序，观察示波器测量输出波形的周期和幅度。

五、源程序

```
        DA 转换.ASM
        ORG     0000H
        AJMP    START
        ORG     0030H
START:  MOV     DPTR,#0FEFFH        ;置 DAC0832 的地址
LP:     MOV     A,#0FFH            ;设定高电平
        MOVX    @DPTR,A           ;启动 D/A 转换,输出高电平
        LCALL   DELAY             ;延时显示高电平
        MOV     A,#00H            ;设定低电平
        MOVX    @DPTR,A           ;启动 D/A 转换,输出低电平
        LCALL   DELAY             ;延时显示低电平
        SJMP    LP                ;连续输出方波
DELAY:  MOV     R3,#11            ;延时子程序
D1:     NOP
        NOP
        NOP
        NOP
        NOP
        DJNZ    R3,D1
        RET
        END
```

六、思考题

1. 计算输出方波的周期，并说明如何改变输出方波的周期。
2. 在硬件电路不改动的情况下，请编程实现输出波形为锯齿波及三角波。

实验 12   综合应用实验

一、实验目的

1. 掌握 80C51 内部计数器的使用和编程方法。
2. 熟练掌握中断处理程序的编写方法。
3. 掌握显示子程序的功能。
4. 掌握查询式按键的识别方法与实际应用中按键的具体应用方式。

二、实验设备

计算机一台，THDPJ-1 型单片机综合实验开发板一台（含仿真器），串行数据通信线，扁平线，导线若干。

三、实验原理

80C51 内部有 T0、T1 两个定时器/计数器，TH0、TL0 和 TH1、TL1 分别对应两个定时器/计数器的高 8 位和低 8 位。与定时器/计数器有关的 SFR 还有 TMOD 和 TCON。

使用 80C51 内部定时器/计数器 T0 进行定时，定时时间是 50 ms。CPU 运用中断方式，每中断 2 次即 100 ms，则显示数字减 1。定时器初值是 3CB0H。本程序显示使用最右面 3 个数码管，从 24.0 开始倒计 00.0 后，恢复初值 24.0 后停止。

四、实验内容及步骤

1. 实验要求

在右面 3 个数码管上显示 24.0，0.1 s 后显示 23.9，再过 0.1 s 后显示 23.8，依此类推，直到显示 00.0 后，恢复显示初值 24.0 后停止。在显示过程中，当按下 Key1 键再松开后，定时器 T0 停止工作，显示数字维持不变，当按下 Key2 键再松开后，重新启动定时器，显示数字继续倒计。

2. 操作步骤

（1）用扁线连接单片机最小应用系统 1 的 P1 口到动态显示数码管的位码端 S1~S6，将最小应用系统 1 的 P0 口连到动态显示数码管的段码端 a~h；用扁线连接单片机最小应用系统 1 的 P2 口到查询式按键的端口。

（2）用串行数据通信线连接计算机与仿真器，把仿真器插到模块的锁紧插座中，请注意仿真器的方向应缺口朝上。

（3）打开 Keil μVision2 仿真软件，首先建立本实验的项目文件，接着添加"综合

. ASM"源程序，进行编译，直到编译无误。

（4）进行软件设置，选择硬件仿真，选择串行口，设置波特率为38400，晶振为11.059 2 MHz。

（5）打开模块电源和总电源，单击"开始调试"按钮，单击 RUN 按钮运行程序。观察到动态显示数码管从 24.0 开始倒计到 00.0 后恢复显示 24.0，然后停止。

五、源程序

```
             综合.ASM
             ORG      0000H
             LJMP     MAIN
             ORG      000BH
             LJMP     CTCO
             ORG      0030H
MAIN:        MOV      30H,#00H
             MOV      31H,#04H
             MOV      32H,#02H
             MOV      33H,#00H
             MOV      34H,#00H
             MOV      35H,#00H
             MOV      TMOD,#01H
             MOV      TH0,#3CH
             MOV      TL0,#0B0H
             SETB     EA
             SETB     TR0
             SETB     ET0
             MOV      R5,#02H
             MOV      SP,#60H
NEXT:        LCALL    DISPLAY
             LCALL    ANJIAN
             SJMP     NEXT
CTCO:        PUSH     ACC
             PUSH     PSW
             DJNZ     R5,BACK
             MOV      R5,#02H
             DEC      30H
             MOV      A,30H
             CJNE     A,#0FFH,BACK
             MOV      30H,#09H
             DEC      31H
             MOV      A,31H
             CJNE     A,#0FFH,BACK
             MOV      31H,#09H
             DEC      32H
```

```
              MOV      A,32H
              CJNE     A,#0FFH,BACK
              MOV      32H,#02H
              MOV      31H,#04H
              MOV      30H,#00H
              CLR      TR0
BACK:         MOV      TH0,#3CH
              MOV      TL0,#0B0H
              POP      PSW
              POP      ACC
              RETI
DISPLAY:      MOV      R0,#30H
              MOV      R2,#01H
              MOV      DPTR,#TAB
L1:           MOV      A,@R0
              MOVC     A,@A+ DPTR
              CJNE     R2,#02H,L2
              ORL      A,#80H
L2:           MOV      P0,A
              MOV      P1,R2
              LCALL    DEALY
              INC      R0
              MOV      A,R2
              JB       ACC.5,L3
              RL       A
              MOV      R2,A
              LJMP     L1
L3:           RET
ANJIAN:       JB       P2.0,TT1
              LCALL    DEALY
              JB       P2.0,TT1
MM:           LCALL    DISPLAY
              JNB      P2.0,MM
              CLR      TR0
              LJMP     BACK1
TT1:          JB       P2.1,BACK1
              LCALL    DEALY
              JB       P2.1,BACK1
MM2:          LCALL    DISPLAY
              JNB      P2.1,MM2
              SETB     TR0
BACK1:        RET
TAB:          DB       3FH,06H,5BH
```

```
              DB      4FH,66H,6DH
              DB      7DH,07H,7FH
              DB      6FH,77H,7CH
              DB      39H,5EH,79H
              DB      71H,00H
DEALY:        MOV     R6,#05
LL2:          MOV     R7,#200
LL1:          DJNZ    R7,LL1
              DJNZ    R6,LL2
              RET
              END
```

六、思考题

1. 如果显示到 24.0 秒表不停止，重新开始倒计，程序应如何改写？

2. 如果显示改为 0.00 加 1 显示到 24.0，程序如何修改？

3. 程序中是如何实现小数点的显示的？

4. 如果将此程序改为电子表从 00.00.00 开始显示到 23.59.59 后，重新归 00.00.00 开始计时，程序应该如何调整？

附录 A 使用 THDPJ-1 /-2 实现 Keil C 的在线调试

μVision2 IDE 是德国 Keil 公司开发的基于 Windows 平台的单片机集成开发环境，它包含一个高效的编译器、一个项目管理器和一个 MAKE 工具。其中 Keil C51 是一种专门为单片机设计的高效率 C 语言编译器，符合 ANSI 标准，生成的程序代码运行速度极高，所需要的存储器空间极小，完全可以与汇编语言媲美。

μVision2 包括一个项目管理器，它可以使 8X51 应用系统的设计变得简单。要创建一个应用，需要按下列步骤进行操作。

1. 系统设置

实验箱联接好电源线，串口线联接好 PC 机和 THKL-C51 仿真器，把仿真器插入单片机最小应用系统 1 的锁紧插座，请注意仿真器插入方向，缺口应朝上。硬件实验的数据线都应连接好。

2. 软件设置

（1）打开 Keil C 软件后，在菜单中选择"Project"→"New Project"选项。在弹出的"Create New Project"对话框中选择要保存项目文件的路径，例如保存到 E：\DPJI 文件夹里，在"文件名"文本框中输入文件名为"定时器"，扩展名为 uv2，如图 A-1 所示，然后单击"保存"按钮。

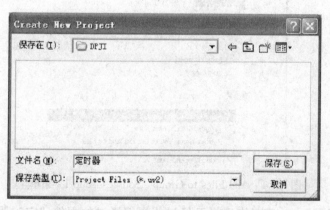

图 A-1 "Create New Project"对话框

（2）这时会弹出一个对话框，要求选择单片机的型号。读者可以根据使用的单片机型号来选择，Keil C51 几乎支持所有的 51 核的单片机，这里只是以常用的 AT89C51 为例来说明，如图 A-2 所示。选择 89C51 之后，右边 Description 栏中即显示单片机的基本说明，然后单击"确定"按钮。

（3）这时需要新建一个源程序文件。建立一个汇编或 C 文件，如果已经有源程序文件，可以直接添加。一般采用经过伟福软件初步调试正确的程序。如图 A－3 所示。单击 Target 1 前面的＋号，展开里面的内容 Source Group 1，如果里面已有 ＊.ASM 文件，用右键单击 Source Group 1，在弹出的快捷菜单中选择"Remove file ＊.asm"。

例如图 A－3 中需要用右键快捷菜单选择"Remove file startup. a51"。

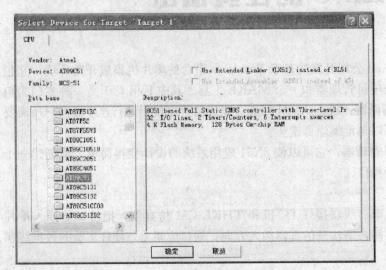

图 A－2　选择单片机的型号对话框

图 A－3　Target 展开图

然后用右键单击 Source Group 1，在弹出的快捷菜单中选择 Add File to Group 'Source Group 1'选项，如图 A－4 所示。

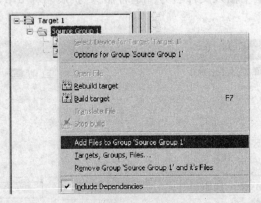

图 A－4　Add Files to Group 'Source Group 1'菜单

在出现的 Add Files to 窗口中选择已经过伟福编译过的文件"定时器．ASM"，文件类型选择 Asm Source file（＊.C）。如果是 C 文件，则选择 C Source file；如果是目标文件，则选择 Object file；如果是库文件，则选择 Library file。最后单击"Add"按钮，如果要添加多个文件，可以不断添加。添加完毕后单击"Close"按钮，关闭该窗口，如图 A－5 所示。

这时在 Source Group 1 目录里就有"定时器．ASM 文件"，如图 A－6 所示。

（4）对目标进行一些设置。用鼠标右键（注意用右键）单击 Target 1，在弹出的快捷菜单中选择 Options for Target "Target 1"选项，如图 A－7 所示。

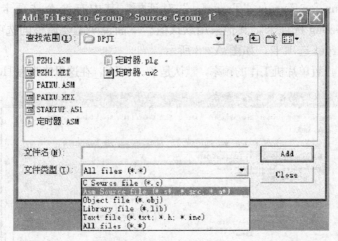

图 A-5   Add Files to Group 'Source Group 1' 对话框

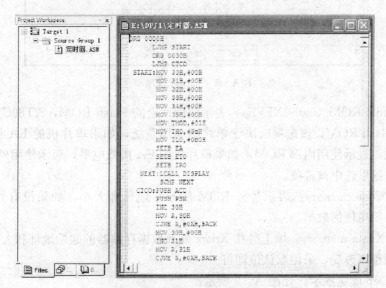

图 A-6   添加好的"定时器. ASM"文件

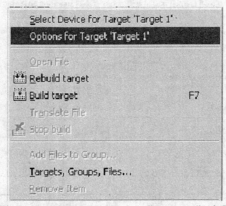

图 A-7   Options for Target "Target 1" 选项

在弹出 Options for Target "Target 1" 对话框，其中有 8 个选项卡。这里需要调整 Target 选项卡和 Debug 选项卡，其他采用默认值。下面说明需要调整的选项。

① 默认为 Target 选项卡，如图 A-8 所示。

Xtal（MHZ）：设置单片机工作的频率，默认是 24.0 MHz，在这里修改为 11.059 2 MHz。

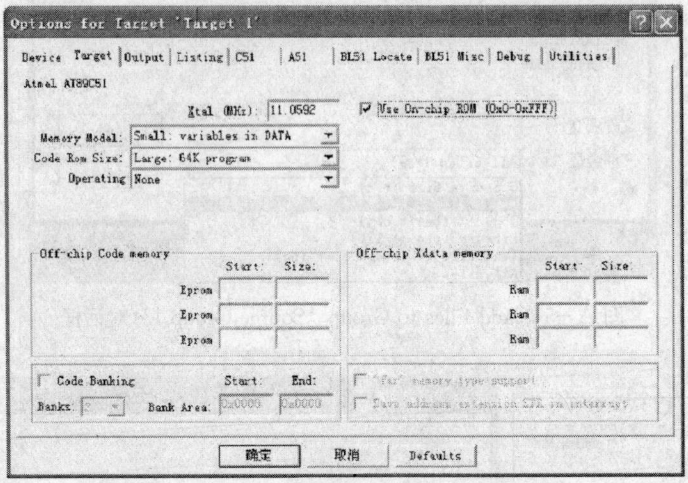

图 A-8　Target 选项卡

Use On-chip ROM（0x0-0XFFF）：表示使用片上的 Flash ROM，AT89C51 有 4 KB 的可重编程的 Flash ROM，该选项取决于单片机应用系统，如果单片机的 EA 接高电平，则选中这个选项，表示使用内部 ROM；如果单片机的 EA 接低电平，表示使用外部 ROM，则不选中该项。这里选中该选项。

Off-chi PCode memory：表示片外 ROM 的开始地址和大小，如果没有外接程序存储器，那么不需要填任何数据。

Off-chip Xdata memory：填上外接 Xdata 外部数据存储器的起始地址和大小。

其他选项都不改变，采用默认值即可。

② 设置 Debug 选项卡，如图 A-9 所示。

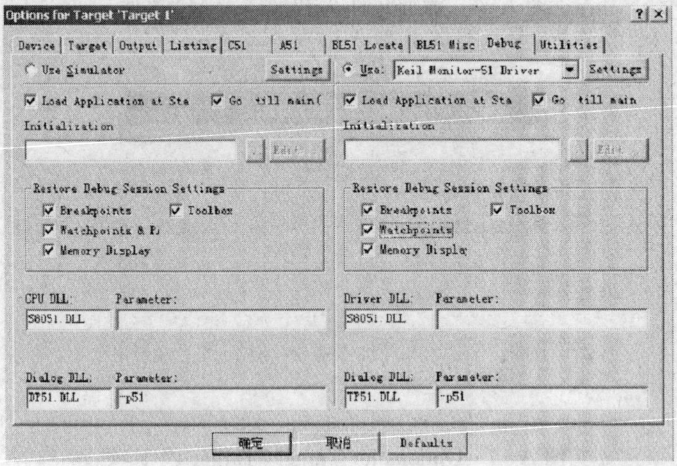

图 A-9　设置 Debug 选项卡

这里有两类仿真形式可选：Use Simulator 和 Use：Keil Monitor-51 Driver，前一种是纯软件仿真，后一种是带有 Monitor-51 目标仿真器的仿真。

这里选择 Use：Keil Monitor-51 Driver，然后单击图 A-9 中的"Settings"按钮，打开新的窗口如图 A-10 所示，修改其中的波特率为 38400。最后单击"OK"按钮关闭窗口。

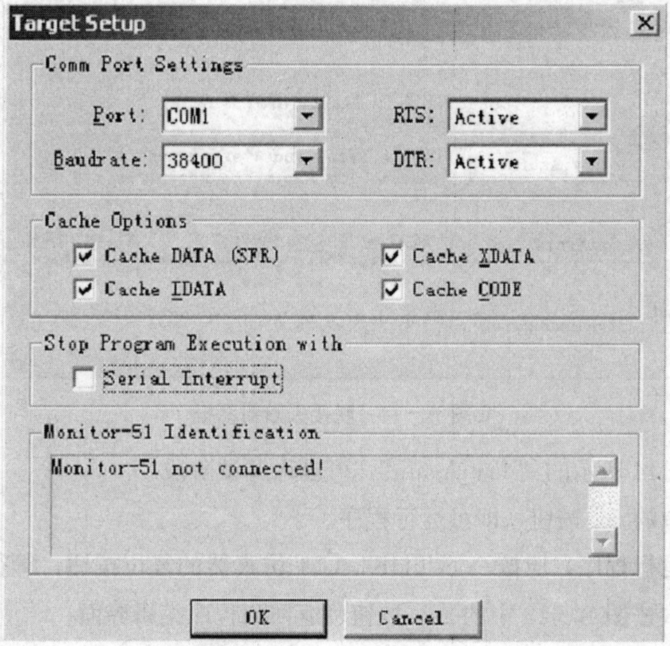

图 A-10　波特率设置

（5）编译程序，选择"Project"→"Rebuild all target files"选项或者单击工具栏中的按钮，如图 A-11 所示，开始编译程序。

图 A-11　工具栏中的按钮

如果编译成功，开发环境下面会显示编译成功的信息，如图 A-12 所示。如果编译提示有错误，修改后重新编译。

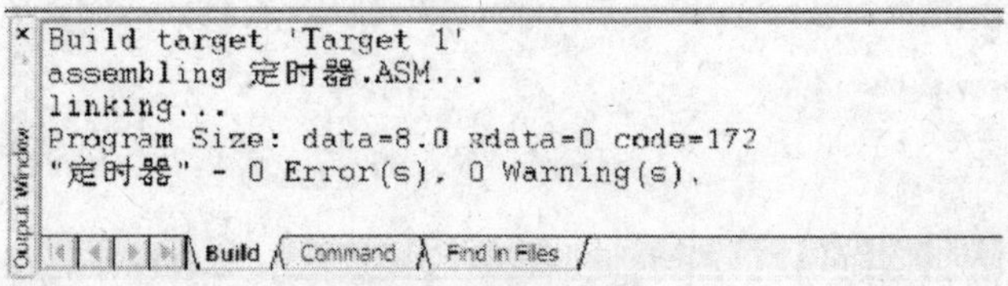

图 A-12　编译成功信息

3. 程序调试

编译完毕之后，打开实验箱相关模块的电源开关（关闭不相关模块的电源开关），打开总电源开关。选择"Debug"→"Start/Stop Debug Session"选项，或者单击工具栏中的按钮，即可进入仿真环境，如图 A-13 所示。

图 A-13　工具栏仿真按钮

这时候如果出现图 A-14 所示的对话框，那么硬件系统应复位一次，关闭总电源开关 2 秒后重新打开电源。

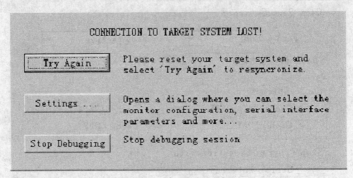

图 A-14　联接失败对话框

然后按图 A-14 所示的"Try Again"，可进入调试阶段。

按下工具栏中的 按钮，即可运行程序。

如果想停止运行程序，应按一下 THKL-C51 仿真器的复位按钮，等待约 2 秒后，程序便停止运行，再次按图 A-13 中的  按钮可返回到程序编辑界面。

附录 B 80C51 分类指令表

类别	助 记 符	功能简述	指令字节数	机器周期数
	MOV A，Rn	寄存器送 A	1	1
	MOV A，direct	直接地址单元送 A	2	1
	MOV A，@Ri	间址 RAM 单元送 A	1	1
	MOV A，#data	立即数送 A	2	1
	MOV Rn，A	A 送寄存器	1	1
	MOV Rn，direct	直接地址单元送寄存器	2	2
	MOV Rn，#data	立即数送寄存器	2	1
	MOV DPTR，data16	16 位立即数送数据指针	3	2
	MOV direct，A	A 送直接地址单元	2	1
	MOV direct，Rn	寄存器送直接地址单元	2	2
	MOV direct2，direct1	直接地址单元送直接地址单元	3	2
数	MOV direct，@Ri	间址 RAM 单元送直接地址单元	2	2
据	MOV direct，#data	立即数送直接地址单元	3	2
传	MOV @Ri，A	A 送间址 RAM 单元	1	1
送	MOV @Ri，direct	直接地址单元送间址 RAM 单元	2	2
与	MOV @Ri，#data	立即数送间址 RAM 单元	2	1
交	MOVX A，@DPTR	DPTR 间址外部 RAM 单元送 A	1	2
换	MOVX @DPTR，A	A 送 DPTR 间址外部 RAM 单元	1	2
	MOVX A，@Ri	Ri 间址外部 RAM 单元送 A	1	2
	MOVX @Ri，A	A 送 Ri 间址外部 RAM 单元	1	2
	MOVC A，@A+PC	PC 变址程序 ROM 单元送 A	1	2
	MOVC A，@A+DPTR	DPTR 变址程序 ROM 单元送 A	1	2
	XCH A，Rn	A 和寄存器内容交换	1	1
	XCH A，direct	A 和直接地址单元内容交换	2	1
	XCH A，@Ri	A 和间址 RAM 单元内容交换	1	1
	XCHD A，@Ri	A 和间址 RAM 单元低 4 位内容交换	1	1
	PUSH direct	直接地址单元进栈	2	2
	POP direct	推栈到直接地址单元	2	2

续表

类别	助 记 符	功 能 简 述	指令字节数	机器周期数
算术运算	ADD　A，Rn	A 和寄存器相加	1	1
	ADD　A，direct	A 和直接地址单元相加	2	1
	ADD　A，@Ri	A 和间址 RAM 单元相加	1	1
	ADD　A，#data	A 和立即数相加	2	1
	ADDC　A，Rn	A 和寄存器带进位相加	1	1
	ADDC　A，direct	A 和直接地址单元带进位相加	2	1
	ADDC　A，@Ri	A 和间址 RAM 单元带进位相加	1	1
	ADDC　A，#data	A 和立即数带进位相加	2	1
	SUBB　A，Rn	A 和寄存器带借位减	1	1
	SUBB　A，direct	A 和直接地址带借位减	2	1
	SUBB　A，@Ri	A 和间址 RAM 单元带借位减	1	1
	SUBB　A，#data	A 和立即数带借位减	2	1
	MUL　AB	A 和 B 相乘	1	4
	DIV　AB	A 除以 B	1	4
	INC　A	A 加一	1	1
	INC　Rn	寄存器加一	1	1
	INC　direct	直接地址单元加一	2	1
	INC　@Ri	间址 RAM 单元加一	1	1
	INC　DPTR	数据指针加一	1	2
	DEC　A	A 减一	1	1
	DEC　Rn	寄存器减一	1	1
	DEC　direct	直接地址单元减一	2	1
	DEC　@Ri	间址 RAM 单元减一	1	1
	DA　A	二－十进制调整	1	1
逻辑运算与循环	ANL　A，Rn	A 和寄存器相与	1	1
	ANL　A，direct	A 和直接地址单元相与	2	1
	ANL　A，@Ri	A 和间址 RAM 单元相与	1	1
	ANL　A，#data	A 和立即数相与	2	1
	ANL　direct，A	直接地址单元与 A 相与	2	1
	ANL　direct，#data	直接地址单元与立即数相与	3	2
	ORL　A，Rn	A 和寄存器相或	1	1
	ORL　A，direct	A 和直接地址单元相或	2	1
	ORL　A，@Ri	A 和间址 RAM 单元相或	1	1
	ORL　A，#data	A 和立即数相或	2	1
	ORL　direct，A	直接地址单元与 A 相或	2	1
	ORL　direct，#data	直接地址单元与立即数相或	3	2

类别	助 记 符	功 能 简 述	指令字节数	机器周期数
逻辑运算与循环	XRL　A，Rn	A 和寄存器相异或	1	1
	XRL　A，direct	A 和直接地址单元相异或	2	1
	XRL　A，@Ri	A 和间址 RAM 单元相异或	1	1
	XRL　A，♯data	A 和立即数相异或	2	1
	XRL　direct，A	直接地址单元与 A 相异或	2	1
	XRL　direct，♯data	直接地址单元与立即数相异或	3	2
	CPL　A	A 求反	1	1
	CLR　A	A 清零	1	1
	SWAP　A	累加器 A 的半字节交换	1	1
	RL　A	A 不带进位位左循环	1	1
	RLC　A	A 带进位位左循环	1	1
	RR　A	A 不带进位位右循环	1	1
	RRC　A	A 带进位位右循环	1	1
子程序调用与转移	ACALL　addr11	绝对子程序调用	2	2
	LCALL　addr16	子程序长调用	3	2
	AJMP　addr11	绝对转移	2	2
	LJMP　addr16	长转移	3	2
	SJMP　rel	相对转移	2	2
	JMP @A+DPTR	间接转移	1	2
	JZ　rel	A 为零转移	2	2
	JNZ　rel	A 不为零转移	2	2
	DJNZ　Rn，rel	寄存器减 1 不为零转移	2	2
	DJNZ　direct，rel	直接地址单元减 1 不为零转移	3	2
	CJNE A，direct，rel	A 与直接地址单元比较，不相等转移	3	2
	CJNE A，♯data，rel	A 与立即数比较，不相等转移	3	2
	CJNE Rn，data，rel	寄存器与立即数比较，不相等转移	3	2
	CJNE @Ri，♯data，rel	间址 RAM 单元与立即数比较，不相等转移	3	2
位操作	CLR　C	清进位位	1	1
	CLR　bit	清直接位地址单元	2	1
	SETB　C	置位进位位	1	1
	SETB　bit	置位直接位地址单元	2	1
	CPL　C	进位位求反	1	1
	CPL　bit	直接位地址单元求反	2	1
	ANL　C，bit	进位位和直接位地址单元相与	2	2
	ANL　C，/bit	进位位和直接位地址单元之反相与	2	2
	ORL　C，bit	进位位和直接位地址单元相或	2	2

类别	助 记 符	功 能 简 述	指令字节数	机器周期数
位 操 作	ORL C，/bit	进位位和直接位地址单元之反相或	2	2
	MOV C，bit	直接位地址单元向进位位传送	2	1
	MOV bit，C	进位位向直接位地址单元传送	2	2
	JC rel	进位位为1，则转移	2	2
	JNC rel	进位位为0，则转移	2	2
	JB bit，rel	位地址单元为1，则转移	3	2
	JNB bit，rel	位地址单元为0，则转移	3	2
	JBC bit，rel	位地址单元为1，则转移且清该位	3	2
CPU 控 制	RET	子程序返回	1	2
	RETI	中断返回	1	2
	NOP	空操作	1	1

附录C　指令编码表

按字母顺序排列：

助记符	操作数	机器码代码（H）
ACALL	addrll	*
ADD	A，Rn	28～2F
ADD	A，dir	25　dir
ADD	A，@Ri	26～27
ADD	A，#data	24　data
ADDC	A，Rn	38～3F
ADDC	A，dir	35　dir
ADDC	A，@Ri	36～37
ADDC	A，#data	34　data
AJMP	addrll	*
ANL	A，Rn	58～5F
ANL	A，dir	55　dir
ANL	A，@Ri	56～57
ANL	A，#data	54　data
ANL	dir，A	52　dir
ANL	dir，#data	53　dir　data
ANL	C，bit	82　bit
ANL	C，/bit	B0　bit
CJNE	A，dir，rel	B5　dir　reI
CJNE	A，#data，reI	B4　data　reI
CJNE	Rn，#data，rel	B8～BF　data　rel
CJNE	@Ri，#data，rel	B6～B7　data　reI
CLR	A	E4
CLR	C	C3
CLR	bit	C2　bit
CPL	A	F4
CPL	C	B3
CPL	bit	B2　bit
DA	A	D4
DEC	A	14
DEC	Rn	18～lF
DEC	dir	15　dir
DEC	@Ri	16～17

助记符	操作数	机器码代码（H）
DIV	AB	84
DJNZ	Rn, rel	D8～DF reI
DJNZ	dir, rel	D5 dir rel
INC	A	04
INC	Rn	08～0F
INC	dir	05 dir
INC	@Ri	06～07
INC	DPTR	A3
JB	bit, rel	20 bit reI
JBC	bit, rel	10 bit reI
JC	rel	40 reI
JMP	@A+DPTR	73
JNB	bit, rel	30 bit rel
JNC	rel	50 rel
JNZ	rel	70 rel
JZ	rel	60 rel
LCALL	addrl6	12 addrl6
LJMP	addrl6	02 addrl6
MOV	A, Rn	E8～EF
MOV	A, dir	E5 dir
MOV	A, @Ri	E6～E7
MOV	A, ♯data	74 ♯data
MOV	Rn, A	F8～FF
MOV	Rn, dir	A8～AF dir
MOV	Rn, ♯data	78～7F data
MOV	dir, A	F5 dir
MOV	dir, Rn	88～8F dir
MOV	dir2, dir1	85 dir1 dir2
MOV	dir, @Ri	86～87 dir
MOV	dir, ♯data	75 dir data
MOV	@Ri, A	F6～F7
MOV	@Ri, dir	A6～A7 dir
MOV	@Ri, ♯data	76～77 data
MOV	C, bit	A2 bit
MOV	bit, C	92 bit
MOV	DPTR, datal6	90 data16
MOVC	A, @A+DPTR	93
MOVC	A, @A+PC	83
MOVX	A, @Ri	E2～E3
MOVX	A, @DPTR	E0

助记符	操作数	机器码代码（H）
MOVX	@Ri，A	F2～F3
MOVX	@DPTR，A	F0
MUL	AB	A4
NOP		00
ORL	A，Rn	48～4F
ORL	A，dir	45　dir
ORL	A，@Ri	46～47
ORL	A，#data	44　data
ORL	dir，A	42　dir
ORL	dir，#data	43　dir　data
ORL	C，bit	72　bit
ORL	C，/bit	A0　bit
POP	dir	D0　dir
PUSH	dir	C0　dir
RET		22
RETI		32
RL	A	23
RLC	A	33
RR	A	03
RRC	A	13
SETB	C	D3
SETB	bit	D2　bit
SJMP	rel	80　rel
SUBB	A，Rn	98～9F
SUBB	A，dir	95　dir
SUBB	A，@Ri	96～97
SUBB	A，#data	94　data
SWAP	A	C4
XCH	A，Rn	C8～CF
XCH	A，dir	C5　dir
XCH	A，@Ri	C6～C7
XCHD	A，@Ri	D6～D7
XRL	A，Rn	68～6F
XRL	A，dir	65　dir
XRL	A，@Ri	66～67
XRL	A，#data	64　data
XRL	dir，A	62　dir
XRL	dir，#data	63　dir　data

附录 D 常用集成电路引脚图

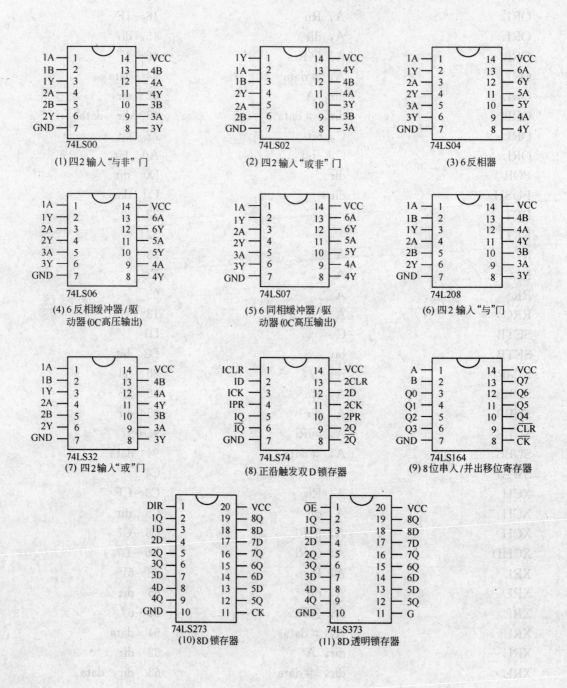

(1) 四2 输入"与非"门 74LS00

(2) 四2 输入"或非"门 74LS02

(3) 6 反相器 74LS04

(4) 6 反相缓冲器 / 驱动器 (0C 高压输出) 74LS06

(5) 6 同相缓冲器 / 驱动器 (0C 高压输出) 74LS07

(6) 四2 输入"与"门 74L208

(7) 四2 输入"或"门 74LS32

(8) 正沿触发双 D 锁存器 74LS74

(9) 8 位串入/并出移位寄存器 74LS164

(10) 8D 锁存器 74LS273

(11) 8D 透明锁存器 74LS373

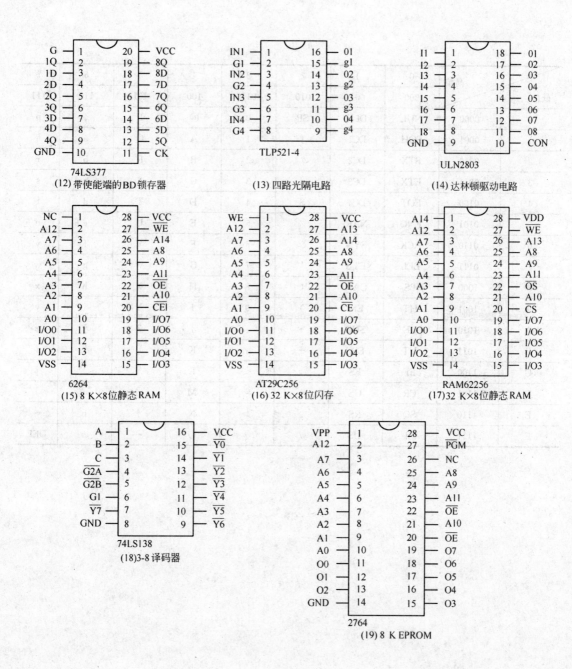

G	1	20	VCC
1Q	2	19	8Q
1D	3	18	8D
2D	4	17	7D
2Q	5	16	7Q
3Q	6	15	6Q
3D	7	14	6D
4D	8	13	5D
4Q	9	12	5Q
GND	10	11	CK

74LS377
(12) 带使能端的BD锁存器

IN1	1	16	01
G1	2	15	g1
IN2	3	14	02
G2	4	13	g2
IN3	5	12	03
G3	6	11	g3
IN4	7	10	04
G4	8	9	g4

TLP521-4
(13) 四路光隔电路

I1	1	18	01
I2	2	17	02
I3	3	16	03
I4	4	15	04
I5	5	14	05
I6	6	13	06
I7	7	12	07
I8	8	11	08
GND	9	10	CON

ULN2803
(14) 达林顿驱动电路

NC	1	28	VCC
A12	2	27	$\overline{WE}$
A7	3	26	A14
A6	4	25	A8
A5	5	24	A9
A4	6	23	A11
A3	7	22	$\overline{OE}$
A2	8	21	A10
A1	9	20	$\overline{CE1}$
A0	10	19	I/O7
I/O0	11	18	I/O6
I/O1	12	17	I/O5
I/O2	13	16	I/O4
VSS	14	15	I/O3

6264
(15) 8 K×8位静态 RAM

WE	1	28	VCC
A12	2	27	A13
A7	3	26	A14
A6	4	25	A8
A5	5	24	A9
A4	6	23	A11
A3	7	22	$\overline{OE}$
A2	8	21	A10
A1	9	20	$\overline{CE}$
A0	10	19	I/O7
I/O0	11	18	I/O6
I/O1	12	17	I/O5
I/O2	13	16	I/O4
VSS	14	15	I/O3

AT29C256
(16) 32 K×8位闪存

A14	1	28	VDD
A12	2	27	$\overline{WE}$
A7	3	26	A13
A6	4	25	A8
A5	5	24	A9
A4	6	23	A11
A3	7	22	$\overline{OS}$
A2	8	21	A10
A1	9	20	$\overline{CS}$
A0	10	19	I/O7
I/O0	11	18	I/O6
I/O1	12	17	I/O5
I/O2	13	16	I/O4
VSS	14	15	I/O3

RAM62256
(17) 32 K×8位静态 RAM

A	1	16	VCC
B	2	15	$\overline{Y0}$
C	3	14	$\overline{Y1}$
$\overline{G2A}$	4	13	$\overline{Y2}$
$\overline{G2B}$	5	12	$\overline{Y3}$
G1	6	11	$\overline{Y4}$
$\overline{Y7}$	7	10	$\overline{Y5}$
GND	8	9	$\overline{Y6}$

74LS138
(18) 3-8 译码器

VPP	1	28	VCC
A12	2	27	$\overline{PGM}$
A7	3	26	NC
A6	4	25	A8
A5	5	24	A9
A4	6	23	A11
A3	7	22	$\overline{OE}$
A2	8	21	A10
A1	9	20	$\overline{OE}$
A0	10	19	O7
O0	11	18	O6
O1	12	17	O5
O2	13	16	O4
GND	14	15	O3

2764
(19) 8 K EPROM

附录 E ASCII（美国信息交换标准码）表

低位		高位 0 000	1 001	2 010	3 011	4 100	5 101	6 110	7 111
0	0000	NUL	DLE	SP	0	@	P	、	p
1	0001	SOH	DC1	!	1	A	Q	a	q
2	0010	STX	DC2	"	2	B	R	b	r
3	0011	ETX	DC3	#	3	C	S	c	s
4	0100	EOT	DC4	$	4	D	T	d	t
5	0101	ENQ	NAK	%	5	E	U	e	u
6	0110	ACK	SYN	&.	6	F	V	f	v
7	0111	BEL	ETB	'	7	G	W	g	w
8	1000	BS	CAN	(	8	H	X	h	x
9	1001	HT	EM	)	9	I	Y	i	y
A	1010	LE	SUB	*	:	J	Z	j	z
B	1011	VT	ESC	+	;	K	[	k	{
C	1100	FF	FS	,	<	L	\	l		
D	1101	CR	GS	−	=	M	]	m	}
E	1110	SQ	RS	.	>	N	↑	n	~
F	1111	SI	US	/	?	O	←	o	DEL

参考文献

[1] 张毅坤. 单片微型计算机原理及应用. 西安：西安电子科技大学出版社，2004.
[2] 何宏. 单片机原理与接口技术. 北京：国防工业出版社，2006.
[3] 张振荣. MCS-51 单片机原理及应用技术. 北京：人民邮电出版社，2000.
[4] 李全利. 单片机原理与应用技术. 北京：高等教育出版社，2005.
[5] 胡汉才. 单片机原理与其接口技术. 北京：清华大学出版社，1996.
[6] 张志良. 单片机原理与控制技术. 北京：机械工业出版社，2001.
[7] 张积东. 单片机 51/98 开发与应用. 北京：电子工业出版社，1994.
[8] 刘华东. 单片机原理与应用. 北京：电子工业出版社，2006.
[9] 金国龙. 单片机原理与应用. 北京：中国水利水电出版社，2005.
[10] 刘迎春. MCS-51 单片机原理及应用教程. 北京：清华大学出版社，2005.
[11] 孙莉，将从根. 单片机原理及应用. 北京：机械工业出版社，2004.
[12] 李朝青. 单片机原理及接口. 北京：北京航空航天大学出版社，1999.
[13] 李光飞. 单片机课程设计实例指导. 北京：北京航空航天大学出版社，2004.
[14] 蔡朝洋. 单片机控制实习与专题制作. 北京：北京航空航天大学出版社，2006.
[15] 张伟. 单片机原理及应用. 北京：机械工业出版社，2002.
[16] 张振荣，晋明武，王毅平. MCS-51 单片机原理及实用技术. 北京：人民邮电出版社，2000.
[17] 陈文艺. 单片机原理与应用. 北京：机械工业出版社，2001.
[18] 朱运利. 单片机技术应用. 北京：机械工业出版社，2005.
[19] 李维诜，郭强. 液晶显示器件应用技术. 北京：北京邮电学院出版社，1993.
[20] 赵依军，胡戎. 单片微机接口技术. 北京：人民邮电出版社，1989.
[21] 张毅坤，陈善久，裘雪红. 单片机微型计算机原理及应用. 西安：西安电子科技大学出版社，1989.
[22] 张俊谟. 单片机中级教程. 北京：北京航空航天大学出版社，2003.
[23] 李传军. 单片机原理及应用. 郑州：河南科学技术出版社，2006.
[24] 李朝青. 单片机学习指导. 北京：北京航空航天大学出版社，2005.
[25] 朱家建. 单片机与可编程控制器. 北京：高等教育出版社，2003.
[26] 张迎新. 单片机初级教程. 北京：北京航空航天大学出版社，2006.
[27] 耿长青. 单片机应用技术. 北京：化学工业出版社，2004.
[28] 王幸之. AT89 系列单片机原理与接口技术. 北京：北京航空航天大学出版社，2004.
[29] 唐俊杰. 微型计算机原理及应用. 北京：高等教育出版社，2003.